MARTIN PRINZ

Die letzte Prinzessin

Roman

Insel Verlag

Für Gabriele

Erste Auflage 2016

Druck: Friedrich Pustet, Regensburg
Printed in Germany
ISBN 978-3-458-17683-1

Eins

I

Die Hunde bellten nicht. Mesli öffnete mit einem gewissen Zögern die hohe Flügeltüre.

Keine Sorge, Mesli … sagte eine Frauenstimme.

Die Dame thronte in einem über zweieinhalb Meter breiten Messingbett, die Beine unter der gestickten Decke. Seit einem Schlaganfall waren sie fühl- und bewegungslos. Zwei Schäferhunde lagen neben ihr, Lido und Libelle, die nur ihr allein gehorchten. Grund genug zur Vorsicht.

Die Ölbilder an der Wand glänzten, sahen im Licht dieses hellen Tagesbeginns dunkler aus als sonst. Nicht nur die Geschichte eines Landes hing hier nebeneinander, es war die des halben Kontinents. Gleich würde sie ihn wegen seiner Langsamkeit anherrschen. Zögerlichkeit oder gar Angst ertrug sie nicht. Er kannte die Worte, er kannte den Ton, und er würde wie immer zusammenzucken. Zumindest die Gefahr durch die Hunde wurde kleiner, wenn sie selbst es war, die ihn beim Eintreten anfuhr. Als wäre damit für die Tiere ein Teil der Aufgabe, die Welt rund um ihre Herrin in Schrecken zu halten, fürs Erste erledigt.

Mesli verneigte sich und warf einen Blick durch den Raum. Er kontrollierte das täglich neu anzuordnende Arrangement aus Schnittblumen, Blumenstöcken und Grünpflanzen. Wenn darin etwas nicht passte, war es den ganzen Tag über nicht mehr gutzumachen. Zum Glück hatte das Stubenmädchen sorgfältig gearbeitet, Sicherheit vor jäh aufflammenden Beschwerden garantierte aber selbst Fehlerlosigkeit nie.

Den Brief, Mesli.

Die alte Frau deutete in Richtung ihres Sekretärs, der wie eine Insel inmitten der Blumenpracht stand.

... aus der Schreibtischlade, Sie wissen.

Mesli atmete durch. Er wusste, dass sie den Brief in der mittleren Schublade meinte. Es ging immer um diesen. Er war stets an seinem Platz. Im Unterschied zu all den anderen Dingen, nach denen sie oft mit völlig falschen Angaben verlangte – stets überzeugt, dieses oder jenes müsste dort zu finden sein. Schon ein erstes Stutzen konnte sie reizen, ganz zu schweigen von Misserfolgen, die sie übergangslos in Empörung und Wut versetzten.

Draußen fuhr der Wind durch die Bäume, ein warmer, schwerer Wind, der auf dem Weg vom Portiershäuschen zur Villa gegen seinen Körper drückte. Mitte März und die Temperaturen hatten nach Abklingen des großen Winterfrostes etwas Ungewohntes behalten; kalt war die Luft selbst an schönen Tagen. An diesem Tag war es plötzlich auch im Schatten warm. Im Garten des Hauses etwa, wohin die Fenster aus dem Schlafzimmer sich öffneten, so dass die Gnädige Frau die Sonne den ganzen Winter lang nur an ihrem Widerschein im Park zu sehen bekam. Zwischen den dürren Sträuchern, an den kahlen, blätterlosen Bäumen, gelegentlich blitzend im Schnee, doch meist nur am welken Wiesengras.

Angesichts ihrer zunehmenden Schwäche war Mesli froh, nicht wie sonst gleich den Befehl zum Öffnen der Fenster erhalten zu haben. Wie sie nun in ihrem Bett lag, schien ihm schon ein erster Schwall Wärme so bedrohlich, dass ihm selbst ihre bissigen Hunde harmlos und klein vorkamen.

Mesli nahm den Brief heraus wie so oft. Er war an ihr Schloss in Schönau adressiert, das die Gnädige Frau vor über dreißig Jahren verkauft hatte. Kurz danach war Mesli in ihre Dienste getreten. Das Schloss hatte er nie gesehen. Dafür gab es eine Unzahl von Geschichten und Gerüchten darüber. Von Geisterbeschwörungen und Gesprächen mit dem Jenseits. Die einzige Bedienstete, die länger bei der Gnädigen Frau war als er, verlor nie ein Wort darüber. Nur der Brief reichte wie ein Anker in diese Tage und Jahre. Eine stumme Verbindung, ungeöffnet – nicht einmal einen Absender trug er.

Seit dem Tod ihres Mannes vor sieben Jahren verlangte sie regelmäßig nach dem abgegriffenen, vergilbten Kuvert, in den letzten Wochen und Monaten fast jeden Tag. Seltsam ungelenk sahen die Buchstaben der Addresszeilen aus. Wie von einem Kind oder gar von ihm selbst, dem Portier und Gärtner, der erst vor ein paar Jahren richtig zu schreiben gelernt hatte. Jedes Mal fragte er sich, woher dieser Brief kommen mochte, und dachte stets an die Gnädige Frau selbst. So deutlich auch der Unterschied zwischen den kritzelig aneinandergereihten Buchstaben auf dem Kuvert und der eigenen, immer noch gestochen scharfen Schrift war.

Danke, Mesli.

Ihre Stimme kam von weit her. Einen Augenblick lang starrte er sie an. Manchmal wünschte er sich, nichts von ihr zu wissen, weder von ihrem Leben noch von ihrer Herkunft. Doch das war unmöglich. Seit Generationen hatte ihre Familie seine Geschicke geprägt. Wehrlos sah sie jetzt aus, trotz der Hunde, und unschuldig. Sie hatte die Augen halb geschlossen, ihr Gesicht wirkte mädchenhaft. Mesli fürchtete und verehrte sie. Sie sah ihn an und drehte sich weg.

Mesli, sagte die alte Frau, während er die Tür hinter sich schloss. *Mesli*, flüsterte sie und war allein. Sie spürte den Brief in ihrer Hand. Da war etwas, das sie ihm sagen wollte, doch es war nichts, weshalb sie ihn zurückbeordern konnte. Es gab weder Klang noch Wörter oder Sätze dafür.

Elisabeth Petznek schloss die Augen. Es hatte nichts damit zu tun, wie sie ihre Bediensteten mit Anweisungen, Rügen und Strafen den ganzen Tag auf Trab hielt. Sie tauchte darin als kleines Mädchen auf. Sie konnte sich ganz deutlich sehen, in einem der unzähligen Zimmer der großen Burg. Die Kerzen flackerten. Sie trug die Kälte und Feuchtigkeit der alten Mauern in ihrem Kinderkörper. Sie stand vor einem Bett, in dem ein Mann lag. Seinen zerschossenen Kopf bedeckte ein großer weißer Verband. Neben ihr war der Großvater, der sie trösten wollte. Er legte ihr die Hand auf den Kopf. Der Mann in dem Bett war tot, es war ihr Vater.

Drei Tage davor war er zur Jagd aufgebrochen und hatte sich nicht verabschiedet. Sie war auf der Toilette gesessen. Am Thron, wie er gerne sagte. Dort dürfe er seine Prinzessin nicht stören, hatte er noch gescherzt. In zwei Tagen sei er wieder bei ihr, jetzt müsse er schnell fort.

Sie konnte sein Lachen bis heute hören. In ihrem müden, gelähmten Körper. Sie hörte das Lachen und ging ihrem Vater entgegen, als Mädchen wie als alte Frau. Er trat zwischen den Baumstämmen aus dem Wald, seine

Jagdhunde bellten, und auf einmal war alles bedrohlich für sie, die ihren Vater nur als kleines Mädchen an sich gedrückt hatte. Fest und lieb waren seine Arme gewesen, lebendig und warm die Stimme seiner Geschichten, mit der er sie in Abenteuer begleitete, wie nur er sie erfinden konnte. Bis heute hallten sie in ihr nach, als weite, lichte Stellen eines nicht gelebten Lebens. Vielleicht war es ja nur eines von jenen vielen anderen, aus denen jedes Leben zwangsläufig bestand. Von selbst aus nächster Nähe nur erahnbaren Welten, die einen hinter jeder Abzweigung oder Richtungsänderung als Schatten begleiteten.

Elisabeth Petznek hörte den Wind und spürte die Schnauzen ihrer Hunde unter der Bettdecke überall, wo der Schmerz des kleinen Mädchens bis heute in ihre Glieder reichte. Der Mann, der ihr Vater war, kam näher, und seine Hunde bellten, sie konnte deren Atem bereits spüren und wusste doch, ihre Beschützer würden stärker sein, Lido und Libelle.

Sie öffnete die Augen. Sie war ganz ruhig. Es war später Nachmittag. Sie wusste, es war soweit, und sie begann, das Briefkuvert in Stücke zu reißen, in kleine mundgerechte Teile. Etliche schluckte sie selbst, den Rest verfütterte sie an die Hunde, die ihr auch Papier aus der Hand fraßen. Jetzt konnte ihr nichts mehr geschehen. Sie atmete tief durch und ruhte bis zum Abend, bevor sie Mesli per Telefon die letzten Anweisungen durchgab.

Elisabeth Petznek hatte keine Zweifel mehr. Sie spürte, was jetzt kommen würde. Lange genug hatte sie darauf gewartet. Nur die Frage nach den Hunden tauchte wieder auf: Müssten sie bereits vor ihrem Tod eingeschläfert werden, um ihr dort, in der anderen Welt, aus der womöglich auch der Brief herkam, von der ersten Sekunde an Schutz zu bieten? Oder waren sie auch hier bis zum letzten Augenblick nötig?

Sie wusste es weniger denn je. Draußen wurde es finster. Nun hielten sie auch solche Fragen nicht mehr fest.

Sie hatte ihn angerufen. Paul Mesli saß in seinem Portiershäuschen, ein kleiner Radioapparat lief und Mesli schrieb Wörter auf ein Blatt Papier. Es waren an dem Abend keine komplizierten Übungsbegriffe wie Elektrokardiogramm, Physiologie oder Fauteuil, es war etwas anderes. Er blickte auf. Was er hier notierte, fiel ihm nicht leicht. Er durfte jetzt nicht lange innehalten, er durfte keine Gedanken an Rechtschreibung oder Grammatik verschwenden, an die Ordnung der Erinnerungen oder Einfälle. Er musste aufschreiben, dass er hier war, er musste festhalten, was er erlebt hatte. Dafür hatte er die Buchstaben und die Wörter gelernt. Jetzt brauchte er sie. Und Mesli schrieb wie nie zuvor. Er schrieb die längsten Sätze so selbstverständlich nieder, als würde er sprechen. Denn bald würde hier alles anders sein. Obwohl er sich das nicht vorstellen konnte.

Auch an diesem Tag hatte er seine Arbeit wie immer gemacht. Er hatte das Schweigen der Hunde verdrängt, ebenso die Sanftheit der Gnädigen Frau. Er hatte die Post hereingebracht, im Park Geäst zurechtgeschnitten und sich um die Blumenbeete gekümmert. In einem Haus mit einem derartigen Park gab es für alle Bediensteten ständig etwas zu tun. Die Bettlägrigkeit der Hausherrin änderte daran nicht das Geringste. Bis auf den letzten Winkel wollte sie stets alles über Aussehen und Zustand der Blumen und Sträucher, der Rasenflächen, Bäume und Brunnen wissen. Also hatte er heute die Rosenbeete gelockert, die Einfahrt gekehrt sowie die erst im letzten Jahr installierte Gegensprechanlage repariert. Es war, wie der Monteur behauptete, eine der ersten privaten Anlagen Wiens. Notwendig war sie nicht. Schließlich gab es immer noch ihn, Mesli. Trotzdem hielt er sie in Schuss.

Nach der Arbeit an der Gegensprecheinrichtung hatte er in seinem Portiershäuschen erst wenige Minuten mit dem Zeitungslesen verbracht, als das Telefon läutete. Er nahm ab und hörte ihre Stimme. Sie war leise und nah. Wie so oft fühlte er sich ertappt. Doch sie bedankte sich bei ihm lediglich für alles und wies ihn an, er solle am nächsten Morgen ihr Zimmer betreten, wenn er ihre Stimme auf sein Klopfen nicht mehr vernehme.

Mesli sah zum Tor hinaus ins Licht der Straßenlaternen. Er meinte das leichte Rütteln der Straßenbahn zu spüren, die fünfhundert Meter weiter stadteinwärts ihre Endschleife hatte. Gleichzeitig wurde in den 6-Uhr-Nachrichten berichtet, die frühere persische Kaiserin Soraya habe in Rom einen Filmvertrag mit dem italienischen Produzenten Dino de Laurentiis abgeschlossen.

Die Welt, dort draußen drehte sie jetzt um, machte eine Schleife und kehrte wieder dorthin zurück, wo sie herkam. Vor zwei, drei Tagen hatte die Gnädige Frau wieder von Selbstmord gesprochen. Mit derselben Verzweiflung und Angst wie immer. Im Haus hatte das niemand mehr erschreckt. Nun war ihre Stimme eine andere gewesen. Sie hatte wie jene geklungen, mit der sie in seinen Träumen auftauchte – in den guten, den friedlichen Träumen, nicht in den anderen.

Mesli gehörte zu denen im Haus, die Bescheid wussten, was zu geschehen hatte, wenn sie starb. Bis ins letzte Detail war dies von ihr geregelt und aufgeschrieben. Die wichtigste Bestimmung war, dass alles, was an Kunst- und Wertgegenständen sowie Büchern aus kaiserlichem Besitz stammte, an seine alten Plätze und Museen zurückkehren musste.

Nichts davon sollte in den Privatbesitz ihrer Kinder übergehen, womit sie sich über den Willen ihres zweiten Mannes, Leopold Petzneks, hinwegsetzte, der noch vor seinem Tod ihre Kinder, seine Stiefkinder, vor ihr verteidigt hatte. Ihm diesen Wunsch abzuschlagen war ihr schwerer gefallen, als die Ansprüche und Erwartungen der eigenen Kinder zu enttäuschen. Doch die Vorstellung, die Goldhaube oder eine Elfenbeinspindel Maria Theresias, der Familienschmuck von Kaiser Franz Joseph und Kaiserin Elisabeth sowie deren Privatbibliothek blieben dem Staat und seinen Ausstellungsorten weiterhin und womöglich für immer vorenthalten, war ihr ein Gräuel.

Deshalb sollten, ihrem ausdrücklichen und oft genug wiederholten Willen entsprechend, nicht nur die beiden rechtsanwaltlichen Testamentsexekutoren Kenntnis über die genauen Bestimmungen ihres Nachlasses haben, sondern auch ihre letzten Bediensteten, allen voran Josefine Steghofer, die seit über einem halben Jahrhundert bei ihr war. Bis auf ihren ältesten Sohn, Franz Joseph, der ebenfalls über alles informiert war, dürften weder die Tochter, ihr Schwiegersohn noch ihre beiden Schwiegertöchter und Enkel das Haus betreten, solange die der Republik vermachten Wertgegenstände nicht entfernt waren. Pepi Steghofer oder er, Paul Mesli, sowie die anderen Bediensteten würden sie in den ersten Stunden womöglich sogar daran hindern müssen.

Deshalb hatte sie auch für *jene, die da sind, wenn sie stirbt* – wie sie ihre engsten Bediensteten seit dem Tod

Leopold Petzneks immer wieder nannte – Zettel mit zusätzlichen handschriftlichen Anweisungen vorbereitet. Diesen zufolge sollte zuerst überhaupt niemand aus ihrer direkten Familie über ihren Tod informiert werden. Lediglich Otto Petznek, der Stiefsohn, sowie die mit der Testamentsvollstreckung befasste Anwaltskanzlei. Erst diese dürfe zu gegebener Zeit die eigenen Kinder und deren Familien benachrichtigen.

Spaziergänger kamen an Meslis Tor vorbei. Der eine oder andere Angeheiterte vom nahen Ausschankbetrieb Prilisauer. Man hörte das beständige Brummen der Maschinen drüben in Auhof beim Bau des letzten Abschnitts der Westautobahn. Seit die Böden nicht mehr fest gefroren waren, wurde dort in drei Schichten durchgearbeitet. Hin und wieder das Schienenschlagen eines Zuges.

Kaum jemand dort draußen wusste, wer hinter den schwarzen Gitterstäben des hohen Zaunes seit Jahr und Tag wohnte. Eine alte Frau, meist mit schwarzem Seidenhäubchen, wachen Augen und zwei Hunden an der Bettseite ihres verstorbenen Mannes. So saß sie dort oben, empfing keine Besuche mehr, las immer noch ohne Brille, telefonierte, musterte die täglich frischen Blumen rings um ihr Bett, blickte auf die nach allen Regeln des Handwerks gepflegten Sträucher und Bäume in ihrem Park und wartete auf den Tod.

So ging das seit Jahren, und Paul Mesli schien es in seinem Portiershäuschen manchmal, als wäre nicht nur die Welt von diesem Eingangstor, über dessen Schwelle kaum jemand trat, längst zu weit weg, sondern womöglich selbst der Tod. Nun aber kam er, und nichts konnte ihn daran hindern. Stets hatte Mesli sich gefürchtet vor diesem Tag. Nicht vor dem Tod als solchem oder vor dem

Abschied von der Gnädigen Frau. Er hatte um die kleine Welt hier gefürchtet, und um deren Ordnung, in der es für ihn immer noch eine letzte unmittelbare Anbindung an das untergegangene Reich der Familie dieser alten Frau gegeben hatte.

Dabei hatte er den Hunger und die Toten des Ersten Weltkriegs als Bub deutlich erlebt. Ebenso wie er auch von der Armut, der Benachteiligung und Unterdrückung in der Monarchie wusste. Trotzdem gab es eine Sehnsucht nach Heimat in ihm, der er sich innerhalb der Parkmauern dieser Villa im westlichsten Vorort Wiens näher fühlte als irgendwo sonst zwischen den nach dem Zweiten Weltkrieg wiederaufgebauten Häuserzeilen dieser Stadt, inmitten von Verkehr, Alltagsleben und Wirtschaftswunder.

Mit ihrem Sterben würde auch dieser Teil einer Welt verschwinden, wie man sie nur mehr aus den Geschichtsbüchern kannte. Mesli fragte sich, ob sie das erleichtere. Bis zuletzt hatte sie noch alles angeordnet, *als erteile ein Kaiser von seinem Trone die Befehle,* wie Mesli an diesem Nachmittag aufschrieb:

Widerrede oder einer anderen Meinung sein, oh – dies gab es hier überhaupt nicht. Jeder von uns im Hause war der ergebenste Diener, dieser hohen Person, die das regieren gelernt hat u. zum teil angeboren war. – Wie oft sagte sie mir von dieser Stelle ganz energisch: Auf dieser Welt ist noch kein Mensch der mich jemals untergekriegt hätte und es wird auch keiner auf die Welt kommen.

So beschrieb es Paul Mesli an diesem Freitagabend im März 1963, und in seinen Zeilen klangen Ehrfurcht wie Erleichterung, Erstaunen, Liebe und Angst mit. Eine Machtperson ohnegleichen sei sie gewesen, und das, fügte er hinzu, obwohl ihr Herrschaftsbereich längst bis auf einen kleinen Kreis und ihre Hunde zurückgeschraubt gewesen sei.

Er dachte an die Hunde, die ihn einige Male erwischt hatten, so wie alle hier im Haus. Immer wieder hatte man sich unter den Bediensteten die Frage gestellt, wie die Tiere nach ihrem Tod eingeschläfert werden sollten, wenn sie niemand an deren Bett ließen. Seit dem heutigen Morgen war sich Mesli jedoch sicher, auch die Hunde würden mit dem Tod ihrer Herrin ruhig sein. Eng an sie gedrückt, mit großen scheuen Augen, bis der Tierarzt die Nadel in sie drückte.

Draußen ging der Wind weiterhin in warmen Böen, es war stockfinster. Nicht einmal über dem Wienerwald färbten noch letzte Ockertöne den Horizont in dunkles Blau, und Mesli wusste, das Verschwinden hatte begonnen.

Im Eckzimmer der Villa lag sie in ihrem Bett. Die letzte Prinzessin, zu deren Geburt in Prag und Budapest, in Lemberg, Salzburg, Triest, Brünn und Wien 21 Geschützsalven abgefeuert worden waren, während in allen Kirchen der k. u. k. Monarchie die Glocken geläutet hatten: *Elisabeth Marie Henriette Stephania Gisela Petznek, geb. Habsburg-Lothringen.* Die Tochter des Kronprinzen Rudolf, die Lieblingsenkelin Kaiser Franz Josephs. Und von ihm allein, Mesli, hatte sie sich verabschiedet, ihm hatte sie gedankt.

Jetzt, so schrieb er, komme der Tod auch zu ihr: *Der Tod, dem keiner entgehen kann, auch wenn er Kaiser, König oder eine Person mit vielen Reichtümern auf dieser Erde war.* Und dieser Tod, der selbst dem stärksten Leben ein Ende bereite, hoffte Mesli, werde ihr Frieden bringen:

Ich sage Frieden, – schon weil er hier so notwendig wäre.

Die Stunde ist nun da, wo sie nicht mehr redet, wo sich ihre Hände nicht mehr schwingen u. die Hunde nicht mehr um sie bellen. Es war oft hart und schwer, sich unter diesen dramatischen Umständen zu halten, aber Gott wollte es, dass ich es bis zur Stunde erlebte.

Die Außenwelt weiß nur ganz wenig, was sich alles in dieser Einsamkeit abgespielt hat. Es ist auch gut so. Fast jeden Tag ein anderes Ereignis, ein anderes Erlebniß. Bald, ja bald werden auch wir aus diesem Hause gehen müssen, auch für immer. Es war hier schwer. – aber trotz allem schön, ja doch so schön.

Solche Sätze finden sich in seinen Aufzeichnungen. Sie enden mit der Zeile: *Niedergeschrieben von Paul Mesli, langjähriger Gärtner und Portier zugleich.*

Der nächste Morgen kam und schien hell in das Zimmer der reglosen Frau, strahlte auf die Blumen und auf die Bilder. Die Hunde lagen wach neben ihr, waren still. Elisabeth Petznek öffnete noch einmal die Augen. Die ersten grünen Knospen waren an den Ästen der hohen Laubbäume zu sehen, ebenso an den Sträuchern, die sich leicht im Morgenwind bewegten. Die Magnolie blühte, und die alte Prinzessin spürte Wind in ihrem Gesicht.

Es war der Wind von Pola, der jetzt über ihre Wangen, ihre Augen und die Stirn strömte. Es war das Meer und die Erinnerung an eine der wenigen Lieben ihres Lebens. An eine Zeit, in der sie geglaubt hatte, nur durch einen Mann zur Frau gemacht werden zu können. Eine Frau, die sich nicht mehr vor sich selbst als Mädchen fürchtete.

Ganz so, wie sie es noch als 17-Jährige tat, als ihr schon die erste Verliebtheit als Fluchtmöglichkeit erschienen war. Allen Ängsten und tauben Stellen glaubte sie damals an der Seite eines Mannes zu entkommen: Otto Windisch-Graetz, dessen Gewandtheit und Stärke Rettung, Rebellion und ein eigenes Leben sein sollten. Sofort wollte sie ihn heiraten und setzte diesen Wunsch nicht nur gegen den Willen des Großvaters durch, sondern auch gegen den Willen ihres zukünftigen Mannes. Blind für Jegliches außerhalb ihres Wollens und Sehnens und ohne Blick für alles außerhalb ihrer Schrecken, die sie als verheiratete Frau für immer hinter sich zu lassen hoffte. Vor allem das schreckensstarre Mädchen selbst, in all ihrer Angst, ihrer Einsamkeit und ihren Träumen.

In Pola, zwei Dutzend Jahre später und mitten im Krieg, hatte sie an solche Fluchtmöglichkeiten noch geglaubt, bedingungsloser als zuvor, ohne sich um Konvention, Anstand, die Verpflichtungen ihrer Herkunft oder jene ihrer Ehe zu kümmern. Damals, angesichts der Liebe zu einem Mann, der ein Held für sie sein wollte und daraufhin bei einer irrwitzigen Unterseebootattacke gegen die italienische Marine irgendwo in den seichten Gewässern vor Venedig starb.

Elisabeth Petznek spürte ihn, dessen Manschettenknöpfe mit dem eingravierten *U 12* in ihrer Nachtkästchenlade lagen, immer noch. Neben dem Band einer Matrosenmütze mit goldeingewebter Aufschrift *S. M. Untersee-Boot XII.* Sie hörte die ersten Autos des Tages in der Linzer Straße und spürte, wie eng die Hunde sich an sie drückten.

Ihrer letzten und wohl auch ersten Liebe, Leopold, hatte sie später alles über Egon Lerch, den U-Boot-Kapitän erzählt. Egon Lerch, der sie damals tatsächlich das Mädchen vergessen ließ. Für ein Leben hätte das nicht gereicht, nicht für ein Leben wie ihres und die ewigen

Schatten darin. Das Mädchen in ihr, es trotzte selbst dem stärksten und abenteuerlichsten Mann, es ließ sich weder vertreiben noch vergessen. Doch es hatte sich beschützen lassen. Vom einzigen Mann, der auch das kleine, starre Mädchen in ihr ertrug und den sie viel später endlich heiratete.

Leopold, sagte sie, wie so oft in solchen Augenblicken, nun unhörbar leise, und dachte an seine Arme und an die Beuge zwischen seiner Schulter und seinem Ohr. Bis heute sah sie sich neben ihm stehen, wie sie damals den abziehenden Polizisten, ihrem ersten Mann, Otto, und dessen Freiwilligenschar aus Weltkriegssoldaten nachblickte, als der ihr 1921 beinahe die Kinder entrissen hatte. Danach drehte sie sich zu Leopold und legte ihren Kopf in diese Beuge, bevor sie sich zum ersten Mal umarmten.

Weder die Hundertschaft an Arbeitern noch sonst irgendeine Gewalt hätten Otto Windisch-Graetz damals aufhalten können. Vor dem Gesetz war er auch in der Republik im Recht gewesen, es hatte keinerlei Einspruchsmöglichkeiten mehr gegeben. Ihre alleinige Verantwortung wäre es gewesen, die Arbeiter rechtzeitig zurückzurufen, bevor sie widerrechtlich Kopf und Kragen für sie riskierten. Das hatte sie damals genau gewusst. So wenig sie es auch akzeptieren hatte wollen. Doch sie hatte Leopold versprochen, sich dieses eine Mal zurückzuhalten. Das war seine Bedingung gewesen. Alles andere hatte er erledigt.

Durch seine Ruhe wehrte er an dem Tag Gerichtsurteil wie Waffengewalt ab. So unerschütterlich, wie sie sich das nicht einmal an ihrem Großvater je vorstellen hatte können.

Sie war vor Wut damals beinahe geplatzt. Otto war

vor ihnen gestanden, er hatte sie angesehen, voller Verachtung. Und aus irgendeinem Grund war es ihr möglich gewesen, sich in diesen Augenblicken einzugestehen, sie allein habe ihn unbedingt heiraten wollen – ja, sie hatte ihn mit Hilfe ihres Großvaters regelrecht in die Ehe gezwungen. Nun tat er ihr zum ersten Mal leid.

Otto hatte sich bereits zu Leopold gewandt. In der Hand hielt er immer noch das Urteil des Richters. Leopold sah ihn an, da streckte ihm Otto die Hand entgegen. Leopold nahm sie, schüttelte sie kurz, dann drehte sich Otto um und ging.

Sie sahen ihm nach, wie er seine Leute sammelte und zum Schlosstor hinausmarschierte. Elisabeth wollte Leopolds Hand nehmen und spürte erst, dass er ihre bereits hielt. Daraufhin drehte sie sich zu ihm und wollte in seiner Umarmung weinen. Doch da war keine Träne. Was sie damals spürte, war nur eine Ahnung davon gewesen. Bis sie wirklich weinen konnte, sollte es noch lange dauern. Diese erste Anmutung einer Träne hatte nur eine Bahn gelegt. Nun war sie offen.

Leopold

Ganz glatt und seidig fühlte sich ihre Wange unter dieser Träne nun an. So lange war sie schon bei ihr, fast ein ganzes Leben. Leicht wehte der Wind von draußen über ihr Gesicht.

Über die Träne, über die Haut und das Mädchen.

Paul Mesli wartete an diesem Morgen noch eine Zeitlang auf ihren Anruf. Dann ging er von seinem Portiershäuschen zur Villa hinüber.

Die Hunde waren still wie am Vortag. Sonst hörte man sie gleich beim Öffnen der großen Türe zur Eingangshalle. Nur der Braunbär in der Ecke blickte ihn an wie immer, eine Jagdtrophäe Kronprinz Rudolfs, die jeder Besucher hier bestaunte. Mesli nahm die Stufen in den ersten Stock, hörte den Hall seiner Schritte am Marmor und blieb vor dem Schlafzimmer Elisabeth Petzneks stehen.

Er horchte, und er hörte nichts, kein Geräusch.

Mesli klopfte an die Tür.

2

Das Schwarz, das kleine Mädchen konnte es nicht verstehen, dieses Schwarz all der Tücher und Drapierungen an den Wänden der Hofburg, sogar die Lieblingszeichnungen in ihrem Zimmer waren verhängt. Vor den Fenstern der Hofburg fielen dichte Schneeflocken, böiger Wind fuhr über die Plätze. Es war der 30. Januar 1889, ein Mittwoch, und ihre Mutter sagte Elisabeth Marie, die alle Erzsi nannten, ihr Vater würde von nun an im Himmel sein und friedlich für sie beten.

Tatsächlich klang nichts von dem, was sie an diesem Tag wie an den folgenden mitbekam, so, als ob ihr Vater auch nur in der Nähe eines Himmels wäre. Schon gar nicht der Schrei, mit dem alles begonnen hatte.

An dem Vormittag hatte die Mutter ihre Gesangsstunde, Elisabeth war mit ihrer Gouvernante im Kinderzimmer. Meist wurde um diese Zeit aus einem Buch vorgelesen, auf Ungarisch oder Französisch. Dann erst waren die Puppen an der Reihe. Darauf freute sie sich immer. An dem Tag nicht. Denn sie hatte in der Nacht von ihrem Esel geträumt. Sie hatte ihn vor einen kleinen Wagen aus Holz spannen lassen und war mit ihm durch die Stadt gefahren. Die Sonne schien und sie kam bis hinaus nach Schönbrunn. Als sie aufwachte, spürte sie den Fahrtwind noch wie ein Blinzeln an ihrer Haut. Dazu die Wärme der Sonne und den Papagei, der im Wagen vor sich hin plapperte.

Esel und Papagei, sie hatte sich noch nie etwas so gewünscht. Ganz genau hatte sie allen erklärt, was sie mit ihnen anfangen würde, wenn man ihr den Wunsch erfüllte. In manchen Momenten waren diese Vorstellungen so lebendig gewesen, als wären sie bereits ihre Kameraden. Trotzdem konnte sie es zuerst nicht glauben, als zu ihrem Geburtstag tatsächlich ein Esel und ein Papagei im Zimmer auf sie warteten. Der Esel hatte sich geschüttelt, er war am Fensterstock angeleint, ohne zu schreien. Auch der Papagei war still gewesen. An ihm hatte sie Ähnliches – im Unterschied zum Esel – seitdem kaum mehr erlebt. Selbst in der von Ablenkungen peinlich frei gehaltenen Nachmittagsruhe oder während der französischen und ungarischen Bücherstunden nach dem Frühstück schaffte es keiner, ihn durchgehend ruhig zu halten.

Hurra, hurra, hurra – schallte es durch ihre Mädchengemächer. Als Nächstes imitierte er ein Weinen, schüttelte den Kopf und lachte einen daraufhin schallend aus. Die meiste Zeit aber brabbelte er einfach vor sich hin. In einer wilden Mischung aller möglichen Geräusche, in der das Knarren einer Tür übergangslos in den abfällig ausgesprochenen Namen der Gouvernante, des Esels oder aller möglichen *Kruzitürken* übergehen konnte.

In Wirklichkeit, das wusste sie genau, vermisste der Papagei den Esel im Schloss. So wie sie. Sie hätte dem Esel auch ihr halbes Zimmer abgegeben. Selbst als ihr erklärt wurde, er gehe auf seinem Stroh auch aufs Klo, war sie bei ihrem Wunsch geblieben, hatte sich damit jedoch nicht bei ihrem Vater durchgesetzt. Dabei war er es gewesen, von dem sie ihren Esel bekommen hatte, während der Papagei von der Mutter stammte, die den Vogel am liebsten ebenfalls draußen im Stall gesehen hätte. Zum

Glück hatte sie sich bislang nicht dazu durchringen können.

Das Eselein ist der Vater, der Papagei die Mutter und ich bin das Mädchen von den beiden, so lautete die Spielanordnung, und Elisabeth spielte das in diesen letzten Monaten oft, in denen sie ihre Mutter beinahe jede Woche schreien hörte. So schreien, so unflätig schreien, wie das bei ihrer Strenge und Gottesfürchtigkeit niemand von ihr glaubte. Meist geschah es am Morgen. Womit es zusammenhing, konnte sie sich nicht erklären. Doch aus den aufgeschnappten Beschimpfungen wurde ihr allmählich klar, dass der Vater nachts in der Stadt gewesen war. Die Mutter beschimpfte ihn mit unbekannten weiblichen Namen – der Schmerz, den Elisabeth dabei spürte, berührte etwas, das sie nicht begreifen konnte.

Ja, mein Mädchen, das mit dem Esel, das mag stimmen, erklärte der Vater dann lachend. Selten stimmte auch die Mutter in das Lachen ein.

Und du bist die Prinzessin, fügte er hinzu, *eine Prinzessin, wie es nur die Prinzessin eines Esels sein kann.*

Dann funkelte Elisabeth ihn an, und er herzte sie so innig, dass sich auch die wildeste Mädchenempörung sofort in ein Gefühl von Geborgenheit auflöste.

An diesem Morgen war der Papagei still gewesen. Nur in ihrem Traum hatte er geplappert. Vor ihr der Esel mit fliegenden Ohren und sie im warmen Wind. Dann spürte sie die kalten Mauern der Hofburg neben sich, vor denen sie sich so fürchtete, und freute sich nicht einmal, als sie im tristen Grau der hohen Fenster die dichten Schneeflocken sah. Sie schloss die Augen, doch der Traum kam nicht mehr zurück. Stattdessen das seltsame Gefühl von Leere und Schmerz darüber, wie etwas von einem Augenblick zum anderen so unerreichbar sein konnte. Selbst wenn es nur ein Traum war.

So hatte dieser Mittwoch begonnen. Sie hatte an ihren Esel draußen in den warmen Schönbrunner Ställen gedacht, die Gouvernante hatte ihr vorgelesen und der Papagei hatte weiter nur vor sich hin gebrütet. Dann das Schreien der Mutter, gefolgt von einem knurrenden *Hurra!* des Papageis. Die Gouvernante hatte nach einem kurzen *Pscht!* wie immer beflissen weitergelesen. Normalerweise äffte der Papagei sie sofort nach. Diesmal nicht. Genauso wie auch das Schreien weder erneut aufflackerte noch in eine Schimpftirade überging.

Der Vater war gekommen, er war zurück, und irgendetwas versetzte ihre Mutter wieder einmal in Wut. Doch Hauptsache, er war zurück. Gleich würde er zu ihr gehuscht kommen und vielleicht Gerüche an sich tragen, die sie nicht kannte. Die Gouvernante würde sich unterwürfig schnell wegdrehen. Doch das wäre ihr egal, völlig egal. Selbst wenn er eines Tages tatsächlich als Esel bei ihr auftauchte, sie würde ihn umarmen, so fest sie nur konnte.

Später wird sie in diesem Morgen Zeichen suchen und Zeichen sehen. Im Schneefall draußen, im beharrlichen Schweigen des Papageis und in der wachsenden Leere dieser Augenblicke, in denen sie noch nichts wusste.

Jener Moment, als die Mutter mit ihren Hofdamen plötzlich im Kinderzimmer gestanden war, gehörte bereits zu einer anderen Welt. Die Mutter brachte kein Wort heraus, blickte sie lange an. Neben ihr die Oberhofmeisterin, dahinter die Hofdamen. Und in Elisabeth nichts als der plötzliche Wunsch, mitten in einem Traum zu sein.

Die Frauen kamen keinen Schritt näher, doch die Mutter begann zu flüstern. Zuerst verstand sie außer Vater, lieber Gott und Himmel wenig. Gleichzeitig aber war da noch eine andere Stimme, die um vieles deutlicher war. Sie kam nicht von der Mutter, auch von sonst niemandem. Sie war in ihr. Es war keine Stimme, es brannte nur.

Für Augenblicke glaubte sie, es wäre ihre Entscheidung. Sie müsste nicht vor den entsetzt um Fassung bemühten Blicken der Frauen verharren. Drehte sie sich einfach um, lachte ihr bestimmt sofort eine andere Wirklichkeit entgegen. Darauf liefe sie dann zu, wie sie ihrem Vater entgegenlief. Wie ein letzter Ankerpunkt sollte sie dieser Moment von nun an begleiten und ihr immer wieder aufs Neue sagen, alles hätte ganz anders sein können. Keine Sekunde in ihrem Leben würde das Gefühl verschwinden. Und darin sollte alles, was vor diesem Augenblick gewesen war, unerreichbar bleiben.

Im Himmel sei ihr Vater und werde nicht mehr kommen, sagte die Mutter leise und verhalten. Im Himmel, den sie sonst so inbrünstig beschwor. Nun klang es wie ein schäbiges Geheimnis.

Es war kurz nach zehn Uhr. Zu dem Zeitpunkt hatte nicht einmal Elisabeths Großvater etwas gewusst. Vielleicht hatte die Mutter deshalb so seltsam getan. Das Gefühl, dass am Tod des Vaters etwas nicht stimmte, dieses viel zu große Gefühl, war für Elisabeth nicht mehr auszulöschen, seitdem sie im Nachhinein begriffen hatte, dass im privaten Charakter, im Inoffiziellen der Grund für das unbeholfene Verhalten der Mutter gelegen haben mochte. Nicht einmal die tatsächlichen Widersprüche um den Tod ihres Vaters, all die Theorien und Beweise, die bereits während ihrer Jugendzeit hinter vorgehaltener Hand kolportiert wurden, später an sie herangetragen und nach dem Ende der Monarchie publiziert und öffentlich diskutiert wurden, hielten dagegen je stand.

Was sollte etwa die Frage, wann der tote Körper ihres Vaters gefunden worden war, angesichts der quälenden Leere darüber, wie es überhaupt sein könne, dass sich ihr Vater, längst entschlossen zu seiner Tat, vor dem Aufbruch zur Jagd nicht einmal bewusst von ihr verabschiedet hatte?

Stattdessen hatte er gescherzt und gelacht. Das war das letzte Mal, dass sie seine Stimme gehört hatte. Mittwochfrüh. Zwei Tage später fand man ihn als Toten. Kurz nach 8 Uhr 10, wie es im offiziellen Bericht hieß. Zumindest darin deckten sich die Angaben der vom Hof ausgesuchten Zeugen. Ging es um die Stunden davor, tauchten jedoch sofort jene seltsamen Widersprüche auf, die Elisabeth Jahr und Tag so scheute, da selbst die größte Ungereimtheit am Tod nichts änderte.

So hieß es etwa vom Kammerdiener Loschek, Elisabeths Vater habe ihn um 6 Uhr 10 mit dem Auftrag zu sich gerufen, die Pferde einspannen zu lassen. Daraufhin habe Loschek, kaum sei er zur Türe hinaus, zwei Detonationen gehört. Auf der Stelle sei er zurück, habe vor der Tür des Kronprinzen Pulvergeruch wahrgenommen, die Tür jedoch versperrt vorgefunden, woraufhin er sofort nach Graf Hoyos schicken ließ, der wenige Minuten vom Jagdschloss entfernt die Nacht verbrachte.

Lange konnte das angesichts der Dringlichkeit nicht gedauert haben. Eine Viertelstunde, vielleicht eine halbe. Sicherlich keine zwei Stunden, wie dies aus der beeideten Aussage des Grafen Hoyos hervorgeht. Demnach hätte Hoyos von Loschek lediglich erfahren, der Kronprinz habe dem Kammerdiener um 6 Uhr 30 in Nachtgewändern im Vorzimmer den Auftrag erteilt, ihn um 7 Uhr 30 noch einmal zu wecken, ein Frühstück bereitzustellen sowie den Fiaker Bratfisch die Pferde einspannen zu lassen. Um 7 Uhr 30 sei ihr Vater dann weder durch Klopfen an der Tür noch durch feste Schläge, am Ende nicht einmal mit einem Holzscheit zu wecken gewesen. So habe Hoyos das von Loschek erfahren. Gerufen habe man ihn jedenfalls erst kurz vor 8 Uhr.

Elisabeth wusste schon als Jugendliche über all das Bescheid. Es war ihr vorgekommen, all die Erklärungen und Aussagen hätten immer schon zu ihr gehört. Nicht bloß als Widersprüche, sondern als ein doppelter Boden, der ihr ganzes Leben unterhöhlte. So gut sie auch versucht hatte, all den Rumor, die Gerüchte und Recherchen von sich fernzuhalten, erlebte sie bei jeder noch so flüchtigen Begegnung, wie tief selbst die unglaubwürdigsten Erkenntnisse sie jedes Mal wieder trafen, wie wehrlos sie dagegen war und wie offen. Ganz gleich, um welche Theorie zum Tod ihres Vaters es sich handelte, rückgängig machte ihn keine. Auch dafür hasste sie jede neue Entdeckung schon im Vorhinein. Was auch immer geschehen sein mochte, am Ende blieb wieder nur die Leere seines Todes übrig.

Der Vater war weg und er hatte sich nicht von ihr verabschiedet. Dagegen gab es nichts, das auch nur annähernd so falsch sein konnte. Vielleicht war ihr deshalb die Tatsache, dass er die Nacht mit einer Siebzehnjährigen verbracht und diese vermutlich getötet hatte, nie sonderlich nahegegangen.

Dabei war sie selbst höchstens vierzehn gewesen, als sie die offizielle Version erfahren hatte. In Erinnerung ist ihr nur, wie lächerlich sie die Vorstellung gefunden hatte, dass Hoyos und Loschek aufgrund des zu befürchtenden unschicklichen Anblicks mit dem Aufbrechen der Türe auf das Eintreffen von Prinz Coburg warteten. Dessen Ankunft um etwa 8 Uhr 10 sowie der unverzügliche Beschluss der beiden Adeligen, den Kammerdiener nicht nur die Tür öffnen, sondern auch den ersten Blick auf das Geschehen werfen zu lassen, wurde von allen dreien in erstaunlicher Übereinstimmung bestätigt.

Für Elisabeth waren seitdem die Männer in ihrer Hilflosigkeit das einzig deutliche Bild geblieben. Und das, obwohl sie bereits als Jugendliche von Aussagen erfuhr, die in scharfem Widerspruch zu einem solchen Szenario standen. Denn allein die vom Grafen Hoyos nur wenige Tage nach dem Tod ihres Vaters abgegebene eidesstattliche Erklärung offenbarte einen gänzlich anderen Wissensstand, indem er angab, der Fiaker Bratfisch habe bereits um 7 Uhr Leibjäger Wodiczka mitgeteilt, dieser könne sich die übliche Vorausfahrt zum Jagdziel sparen, da der Kronprinz tot sei.

Nach dem Ende der Monarchie war sie immer öfter von Hobbyhistorikern, Hobbykriminalisten, Autoren und Journalisten mit ähnlichen Entdeckungen konfrontiert worden. Doch erst als Anfang der Dreißigerjahre Berichte von Bewohnern Mayerlings auftauchten, in denen es nicht mehr um bloße Ungereimtheiten ging, sondern um eine gänzlich andere Darstellung des Geschehens, verband sich mit dem bisherigen Bild eine Empfindung. Etwa bei der Beschreibung eines Tischlers aus der nächstgelegenen Ortschaft, der Böden und Täfelung aus den Privatzimmern ihres Vaters entfernte, bevor das Schloss auf Anordnung des Kaisers in Windeseile zu einem Nonnenkloster umgebaut wurde: Blutdurchtränkt seien Böden und Wände gewesen. Das Holz voll kleinster Scherben, so als sei mit Flaschen auf Leben und Tod gekämpft worden. Und tatsächlich erwähnten Leute, die sich in dieser Nacht in einer nahen Gaststätte aufhielten, wüsten Lärm, war die Rede von unzähligen Spuren im Schnee und Schüssen bereits mitten in der Nacht.

Es war unheimlich. Genau so hatte sie es als Jugendliche und, sofern sie die Erinnerungen nicht täuschten, bereits als kleines Mädchen geträumt. Davon hatte sie niemandem erzählt, keiner Gouvernante, nicht der Mutter, nicht dem Großvater, nicht einmal Papagei oder Esel. Denn anstatt bloß davon zu träumen und sich vor diesen Träumen zu fürchten, hatte sie sich danach gesehnt. Sie hatte sich diese Bilder auch als Hellwache immer wieder unter Anstrengung ihrer ganzen Vorstellungskraft zurechtgedacht:

Überall im Zimmer Kampfspuren, Blut, zerbrochene Möbel, Scherben und zerrissene Kleidung. Möglichst entstellt, doch gerade deshalb heldenhaft, so stellte sie sich ihren Vater vor und sah darin die Begründung, warum er sich von ihr nicht verabschiedet hatte.

Die offizielle Version, instinktiv war sie sich dessen bald sicher gewesen, konnte nur als möglichst blickdichte, widersprüchliche Trennwand zur Wirklichkeit gelten. Ein Paravent, der in all seinen Faltungen, seinen Winkeln und scheinbaren Öffnungen zu einem Labyrinth wurde, in dem jede Fährte ins Leere führte. Erst aus dieser Perspektive war für sie zu verstehen, wie etwa der Kammerdiener ernsthaft erzählen konnte, nach den beiden angeblichen Detonationen im Zimmer ihres Vaters ganz ruhig und ungerührt geblieben zu sein, bis dieser zur ausgemachten

Zeit knapp eineinhalb Stunden später auf das vereinbarte Klopfen nicht reagiert hätte.

Diese Ruhe war nur aus ihrem Gegenteil heraus zu begreifen. Ganz gleich, ob sie nun bloße Behauptung war oder eine Anordnung, an die sich die beteiligten Personen an diesem Morgen zumindest nach außen hin hielten. Wie auch der bei ihrer Mutter aufgrund seiner Redseligkeit verhasste Fiaker Bratfisch, ein Heurigensänger, Kunstpfeifer und Witzeerzähler. Ausgerechnet er sei laut Aussagen von Einheimischen, wie es zwei Wochen nach dem Tod des Vaters im *Le Figaro* hieß, um 7 Uhr ins Dorfwirtshaus gekommen, eine Stunde lang geblieben und habe dabei mit keinem ein Wort gesprochen. Ganz so, als gälte es, eine festgesetzte Zeit abzuwarten. Eine Stunde, in der noch ein Anschein gewahrt bleiben musste. Zu welchen Vorkehrungen, Arbeiten oder tatsächlich als eine Stunde längeren Schlafes? Im Jagdschloss ihres Vaters, wo der Kammerdiener Loschek wiederum vom ortsansässigen Unterförster kurz nach 7 Uhr angeblich schlafend in seiner Stube angetroffen wurde, als dieser im Auftrag von Graf Hoyos nach dessen am Vorabend beim Kronprinzen vergessener Zigarettentasche suchen hätte sollen.

Alles das – der zum ersten Mal in seinem Leben in einem Wirtshaus stumme Bratfisch oder der nach zwei Detonationen vor der Tür schlafende Kammerdiener – glich dem Verhalten von Kindern, die ernsthaft behaupteten, nicht gesehen zu werden, wenn sie sich die Hände vor das Gesicht hielten oder die Augen fest zusammenpressten. So verhielt sich ihr Onkel, Prinz Coburg, als er sagte, man habe Loschek allein in die Gemächer geschickt, damit möglichst wenige Augen über das Entsetzliche und womöglich auch Standes- und Sittenwidrige wüssten, bevor der Kaiser zu entscheiden hätte. Dass der Kaiser keinesfalls unverzüglich informiert wurde, vor allem nicht als Erster am Hof, passte allerdings nicht in dieses Bild.

Es war nicht einmal Coburg, das engste Familienmitglied, der auf schnellstem Weg nach Wien oder zumindest zur nächsten Telegraphenstation eilte, sondern neuerlich ein bloßer Platzhalter, ein Vertreter: Graf Hoyos, der wiederum zuerst Rudolfs Oberhofmeister informierte, bevor er mit diesem zur Oberhofmeisterin der Kaiserin ging.

Die Kaiserin las zu dem Zeitpunkt – so sollte sie es im Rückblick immer wieder erzählen, als bedeutete auch dies etwas – mit ihrer Griechischlehrerin gerade Homer. In der Zwischenzeit war es aufgrund der vielen Übermittlungsstationen sicherlich knapp 10 Uhr. Kurz davor war die Nachricht in Richtung Kronprinzessin Stephanie, Elisabeths Mutter, abgezweigt. Und damit auch zu Elisabeth selbst. Zu einer Zeit, in der selbst die Benennung der Todesursache Umwege ging. So erfuhr man von Graf Hoyos am Hof von einem Tod durch Vergiftung, obwohl der Graf bereits am Bahnhof Baden als Begründung für den außerplanmäßigen Stopp der Südbahn den Tod des Kronprinzen durch Erschießen angegeben hatte. Entsprechendes war im Laufe des Tages von der Rothschild-Bank als Mehrheitsaktionärin der Südbahn-Gesellschaft an alle europäischen Hauptstädte gekabelt worden, während der Kaiser immer noch glaubte, einen Giftselbstmord vertuschen zu müssen, indem er auf die Todesursache Herzschlag setzte.

Trotzdem, der Tod ihres Vaters war zu ihr gedrungen. Daran hatte sich nichts ändern lassen. Es war an dem Tag und an dem Morgen mitten im Winter gewesen. Draußen hatte es geschneit, der Papagei hatte stur geschwiegen. Die Mutter sang, dann schrie sie. Und Elisabeth war sich ganz sicher gewesen, dass ihr Vater wieder einmal über Nacht weg gewesen war, und nun auf eine unnennbare Weise roch, die sie Jahre später stets als etwas Magnetisches erfahren sollte: diesen Geruch von Lust, Schweiß und Grenzenlosigkeit.

Danach war es ganz still geworden. Kein Vater, kein Scherz. Die Mutter stand mit ihren Hofdamen in der Tür, verweint und ganz starr. Elisabeth erinnerte sich, dass sie sich im ersten Moment fragte, wie aus diesem verschlossenen Gesicht die paar Tränen gekommen waren. Dann ein Wink in ihre Richtung, eine Hand auf ihrer Schulter und ein Flüstern von Himmel, von Frieden und vom Vater, das anstatt eigener Träume nichts als Abwehr und Taubheit an ihr verursachte.

Später träumte sie oft, dass sie die Mutter als Nächstes einfach anschrie, sie schlug und entstellte. So wie sie es von ihrem Vater träumte. An der Mutter tat sie es im Traum jedoch ganz allein – und zerriss ihr das ganze Gesicht.

Mesli hatte geklopft. Nichts rührte sich, kein Mucks. Sein erster Gedanke: Jetzt sind die Hunde mit ihr gestorben. Er wollte ein zweites Mal klopfen, doch etwas hielt ihn zurück. Angesetzt hatte er bereits und sollte noch lange die starre Haltung der gekrümmten Finger an sich spüren. So als hielte er sie weiterhin zum Anklopfen bereit – und empfand in diesen Augenblicken eine Leere ringsum, wie er das nur aus Träumen kannte, wenn er auf einmal in den tiefen Schlund der Haltlosigkeit fiel, die so unendlich wie sonst nichts im Leben war. Dann riss es einen, man schreckte hoch und war munter. Der Fall gehörte zum Traum. Doch das Aufwachen bedeutete nicht die Rettung.

Die Leere rund um die zum Anklopfen bereiten Finger kam aus keinem Traum, sie kam aus jenen Momenten vor der Tür zu seiner Gnädigen Frau. Er stand da, den Atem angehalten, und hatte kein zweites Mal geklopft. So als fürchtete er, sie mit einem weiteren Geräusch doch noch zu wecken.

Dann drückte er langsam die Klinke und öffnete die Tür. Die Hunde starrten ihn an, und zwischen ihnen lag eine Tote. Die schwarze Seidenhaube auf ihrem wie immer hochgebetteten Kopf, der Mund halb offen. Er ging einen Schritt auf das große Bett zu, dann noch einen. Keine Reaktion, die Hunde rührten sich nicht von der Stelle. Sie sah friedlich aus, doch auf einmal schien ihm, als habe es sie nie gegeben. Alles, was sie bis vor kurzem ausgemacht hatte, war immer noch nah: Stimme, Bewegung, Temperament, Leben. Angesichts dessen, was sie einmal gewesen war, welche Kaiser und Kaiserinnen ihr aus den unzähligen Bildern an der Wand über die Schultern blickten, kam ihm alles Angreifbare und mit ihr Erlebte auf einmal wie eine Täuschung vor. Fast so, als wäre sie nun als Hochstaplerin enttarnt.

Er musste jetzt sofort die Fenster öffnen, sagte er sich. Die Hunde schauten ihm zu. Er tat es und spürte eine seltsame Spannung und Furcht, als zöge tatsächlich ihre Seele in die warme Luft hinaus. Dann drehte er sich um, musterte die Tote, und die Hunde blickten an ihm vorbei, als sähen sie ihr in den weit offenen Fenstern nach.

Der Brief fiel ihm ein. Jeden Tag hatte sie in den letzten Wochen und Monaten danach verlangt. Sie hatte sich nach den Blumen erkundigt und wie immer auf die genaueste Einhaltung des Ernährungsplanes für die Hunde bestanden. Sie hatte nach Ärzten schicken lassen sowie nach dem ihr stets so wichtigen Wunderheiler. Bis in die kleinsten Details hatte sie ihre testamentarischen Bestimmungen geregelt, hatte stundenlang telefoniert, nicht selten gelacht. Er hatte allerdings bei alldem stets das Gefühl der Abschottung gehabt. So wie sie ihre Kinder und Enkelkinder in dieser Zeit in einer Unerbittlichkeit und Härte von sich ferngehalten hatte, die nicht zu beschreiben, nicht zu verstehen war.

Der Brief war die einzige Lücke gewesen. Kurze Augenblicke, in denen sie sich einen kleinen, verschlossenen Raum Sehnsucht erlaubte. Doch keinesfalls länger, da sie sonst nicht zu beherrschen war.

Vielleicht waren solche Grenzziehungen auch der Grund für den Schutz gegen jedwede Nähe, in der die Sehnsucht angesichts des nahenden Todes nicht mehr zu kontrollieren gewesen wäre. Und der ungeöffnete Brief, dessen Poststempel Mesli in all den Tagen und Jahren nur ein einziges Mal einigermaßen zweifelsfrei entziffert hatte, war Schutzmauer und Höhle zugleich: eine dünne, papierene Schutzmauer und eine klaustrophobisch enge Höhle.

Draußen rauschten die Bäume, immer wärmere Luft strömte herein. Mesli war an den Sekretär getreten. Gemeinsam mit dem Schminktisch zwischen den großen Fenstern stammte er aus dem Jagdzimmer in Mayerling. In den hohen Schminkspiegel hatte wohl auch Mary Vetsera in ihrer letzten Nacht geblickt. Jetzt konnte er das Bett darin sehen. Einen Teil des toten Körpers der Gnädigen Frau unter der weißen Bettdecke, einer der beiden

Hunde mit abschätzigem Blick auf ihn, während er zur Schreibtischlade griff.

Wie erzählt wurde, habe die Gnädige Frau in den Jahren, aus denen der Brief stammte, in ihrem Schönauer Schloss mit allen erdenklichen Mitteln versucht, Kontakt mit dem Jenseits aufzunehmen. Wochen- und monatelang habe sie die bekanntesten und berüchtigtsten Parapsychologen und Medien im Schloss zu Gast gehabt. Offenbar hätten sogar ihre Kinder an den Experimenten teilgenommen. Doch all das waren nur Gerüchte, Erzählungen aus zweiter, dritter Hand.

Irgendwann habe sich alles verselbständigt. Messer seien von selbst durch Räume geflogen, Betten nächtelang nicht mehr still gestanden. Und jedes Mal wenn die Geschichten bei solchen Bildern landeten, schien ihm alles, sosehr es ihn anzog, nur blühende Erfindung zu sein. Ganz sicher war er sich in solchen Augenblicken. Doch die Kinderschrift auf dem Brief hatte immer wieder gereicht, das Undenkbare nicht gänzlich zu vergessen.

Die Lade war offen und er war überzeugt, nun die letzten Geister zu vertreiben. Er, Paul Mesli, ganz allein. Niemand sonst wusste von ihrem Tod. Vorerst war sie nur für ihn gestorben. Er dachte an die Herrscher auf den Ölbildern hinter ihr. Und ihm war, als sei das Reich dieser Familie erst jetzt untergegangen. Hier, in diesem Zimmer, direkt vor seinen Augen.

Nun musste dieser Brief geöffnet werden. Die Tiere ließen ihn gewähren. In dem Moment fühlte er sich ertappt. Er stand da, die Hand an der geöffneten Lade. Noch war nichts geschehen. Trotzdem musterte er durch den Spiegel das Antlitz der Toten nach einem Anzeichen, sie könnte noch einmal aufgeatmet haben. Doch das war unmöglich.

Er gab sich einen Ruck und griff, ohne ihr Gesicht aus den Augen zu lassen, nach dem Brief. Wohlgeordnet lag alles in der Lade, und Mesli wurde auf einmal klar, dass sie ihm den Brief am Vortag nicht wie sonst zurückgegeben hatte. Er war nachmittags nicht mehr bei ihr gewesen. Stattdessen hatte er nach ihrem Anruf bereits von ihrem Tod geschrieben.

Er wandte sich um. Auch auf dem Nachttisch war er nicht. Viele andere Möglichkeiten gab es keine. Entweder lag er in einer der Laden des Nachtkästchens oder sie hatte ihn unter dem Polster, unter der Decke.

Ihr Mund stand offen, die Hunde wirkten jetzt neugieriger als davor, hielten jedoch weiterhin still. Mesli machte einen Schritt auf ihr Bett zu. Dann hielt er inne.

Der Kopf in dem Bett mitten in der Hofburg sah ihrem Vater nur ähnlich. Das Gesicht, ohne Haut, es glänzte im Kerzenlicht wie fettiges Porzellan.

Sie waren mit der Kutsche aus Schönbrunn gekommen. Die Mutter trug Schwarz wie alle, nur Elisabeth stach heraus, in ihrem hellen Weiß. Sie hatte sich gewehrt, sie hatte Angst vor diesem Weiß gehabt, in dem sie so alleine war, doch die Gouvernante hatte sie zur Vernunft gemahnt. Vor der Hofburg standen die Menschen dicht gedrängt, der Schnee knirschte unter den Kutschenrädern. Im Schweizerhof wusste sie zuerst nicht, wo sie waren, da alle Fassaden mit schwarzem Stoffbehang abgedeckt waren.

Der Vater sei in seinem Schlafzimmer, hatte die Mutter ihr gesagt. Sie betraten die Burg, das Gefolge der Mutter hinter ihnen, erst im Raum vor dem Schlafzimmer waren sie allein. Ein Priester betete halblaut den Rosenkranz. Die Mutter zitterte und schob Elisabeth vor sich ins Zimmer des Vaters. Dort standen sie einen Meter von ihm entfernt. Den ganzen Tag hatte Elisabeth darauf gewartet. Im ersten Augenblick wollte sie noch auf ihn zulaufen, ihn fest an sich drücken und küssen. Dann war sie mit der Mutter stehen geblieben und hatte sein Gesicht gesehen.

So fest die Mutter sie nun auch an den Schultern hielt, sie hätte sich leichter Hand entwinden können. Doch sie tat es nicht. Stattdessen legte sich auf einmal etwas Dickes, Undurchdringliches an die eigene Haut. Im nächsten Augenblick stürzte die Großmutter mit einem Schluchzen zur Tür herein. Die Mutter trat sofort zur Seite und Elisabeth stand auf einmal allein da. Die Großmutter umarmte ihren Sohn, sie küsste ihn auf den Mund. Und Elisabeth bemerkte erst an seiner Stimme, dass nun der Großvater neben ihr stand. Sie sah an ihm hoch, er hatte rote, verweinte Augen und hielt sie an der Schulter. Doch sie spürte ihn nicht. Sie hörte nur seine langsame, ruhige Stimme. Er sprach zu seiner Frau, die ihre Großmutter war, er versuchte sie zu beruhigen, er wirkte unbeholfen, er wirkte schwach.

Vielleicht, so dachte sie, ist es beim Vater ähnlich. Vielleicht sieht und hört er unter seiner unbeweglichen Haut ebenso alles, wie sie nun alles sah und hörte, doch so deutlich spürte, dass sich zwischen der Hand ihres Großvaters und ihrer Haut etwas gebildet hatte, das kein Durchkommen mehr erlaubte, keine Regung und kein Empfinden.

3

Mesli blinzelte. Von dort, wo die 49er jeden Moment zwischen den Häuserzeilen der Linzer Straße auftauchen würde, blendete ihn tief stehendes Morgenlicht.

Er stand an der Gehsteigkante der Haltestelle, doch er wirkte nicht ungeduldig. Die Sonne überzog alles. Die Fenster und Auslagenscheiben glänzten, die Schienen und Verkehrsschilder, selbst der Asphalt vor ihm schimmerte und blitzte wie ein unantastbarer Traum. Für die Mittagszeit hatte der Wetterbericht des Morgenjournals beinahe 20 Grad angesagt. Trotzdem trug Mesli Mantel. Man wusste nie, vor allem nicht nach einem Winter, der die strengste Kälteperiode in Europa seit 1740 gewesen war.

Mesli musterte die Leute an der Station stadteinwärts. Sie waren auf dem Weg zur Arbeit wie er. Manche Gesichter kannte er, doch keine Namen, keine Berufe. Dort drüben standen stets mehr. Manchmal war er ganz allein auf seiner Seite. Daran lag es jedoch nicht, dass für ihn die Leute gegenüber zu einer anderen Welt gehörten. Er griff sich an den Mantelkragen. Diese ersten Tage nach dem Winter hatte er noch nie gemocht, den Staub, das Grau. Nie war die Stadt schmutziger, nie wirkte sie entblößter.

Der kälteste Winter seit 1740 – im Unterschied zu den meisten war das für ihn keine abstrakte Zahl, keine unvorstellbare Zeit. Diese Jahreszahl ließ ihn sofort an ein Ölgemälde über dem Bett der Toten denken. An Maria Theresia, die im selben Jahr ihre Regierung begonnen hatte. Er rollte einen Schotterstein unter der Schuhsohle. Vier Stationen waren es zur Station Bujattigasse, der Endstation. Einfach loszugehen hatte keinen Sinn. Er kannte die Intervalle. Selbst wenn die Tramway Verspätung hatte, holte sie einen, wenn man es an der Haltestelle nicht mehr aushielt, spätestens in der zweiten Station ein.

Mesli war kein großer Geher. Zu ihm gehörte das Sitzen, das Sitzen und Warten. Seine einzige Bewegung war die Gärtnerei. Das tat er gerne und gut. Selbst wenn er Kraft dafür brauchte: Für den Schubkarren, den Laubrechen, die Schaufel oder auch den Krampen. Bloßes Gehen aber, wie jede andere Bewegung, die keine Arbeit bedeutete, war ihm etwas weit Entferntes. Deshalb wusste er auch nicht, was ihn erfasst hatte, als er am Tag davor zu Hause gleich seit dem Aufstehen ständig in Bewegung gewesen war. Weder am Tisch noch im Fauteuil hatte er es ausgehalten.

Bis ihn seine Frau hinausschickte. Mit einem Kopfschütteln, doch einer Bestimmtheit, gegen die trotz aller Verwunderung nichts half. Ohne nachzudenken, ging er Richtung Stadt. Er ging an der Schnellbahnstation vorbei, auch an allen Stationen der Linie 62, die bis zur Oper an den Kärntner Ring fuhr. Schließlich kam er an der Wienzeile und am Naschmarkt vorbei und bog in die Operngasse Richtung Ring.

Spätestens dort wusste er, dass er mit jedem Schritt einem kleinen Mädchen folgte, das stets zu groß gewesen war für sein Alter. Sie war die Einzige in einem weißen Kleid, als der Sarkophag ihres Vaters durch die Stadt gezogen wurde. Damals hatten sie alle gekannt. Nun war sie bei den meisten seit Jahren und wohl Jahrzehnten in Vergessenheit geraten.

Mitten in der Stadt war sie am Hof aufgewachsen. In den großen Zimmerfluchten, den Geheim- und Dienergängen, den Audienz- und Tanzsälen von Hofburg und Schloss Schönbrunn. Als kleines Mädchen hatte sie von der Welt kaum etwas anderes gekannt. Mesli war noch nie in der Hofburg gewesen. Lediglich Schönbrunn hatte er sich als junger Mann einmal angesehen, bald nach Ausrufung der Republik. Seit seinem Dienstantritt bei der Gnädigen Frau vor mehr als dreißig Jahren mied er den Zoo. Ganz genau wie sie, die in den letzten 10, 15 Jahren nicht einmal mehr in die Stadt hineinwollte, da sie dabei an Schönbrunn vorbeimusste.

Die 49er tauchte mit einem sachten Quietschen in den Sonnenstrahlen auf. Mesli kannte jede Bewegung, jedes Ruckeln und jedes Bremsen auf den vier Stationen bis zur Bujattigasse. Er konnte sogar spüren, mit welchem Bein er den ersten Schritt aus der Straßenbahn hinaus tat, wie er sich dabei kurz mit den Händen an dem kleinen Geländer der Ausstiegsstufen festhielt. Das Gefühl all dieser Bewegungen war ganz deutlich und gleichzeitig war ihm klar, es war nichts, was auch nur einen Augenblick lang nachzumachen wäre, probierte er es außerhalb des gewohnten Terrains.

Alfred würde ihn sicher nach dem Vulkan fragen. Der Vulkan war genau das Richtige für Alfred, der seinen Wert als Meslis Sonn- und Feiertagsvertretung stets durch unerschütterliche Gelassenheit zu beweisen versuchte.

So wie die Kellner in den Kaffeehäusern heute sicher den ganzen Tag von nichts anderem redeten, würde Alfred, der seine Scheu vor der Toten im Haus keinesfalls zugeben könnte, sofort mit dem Vulkan beginnen. Bis 26 Kilometer sei die Eruptionssäule in die Luft gestiegen. Mesli konnte Alfred hören. Alfred war einer, der die Ereignisse aus der Welt meistens bereits Stunden später wusste. Es gab kaum Radionachrichten, die er versäumte.

Die Straßenbahn ruckelte und jede Bewegung fühlte sich wie eine auswendig gelernte an. Die Häuser und Seitengassen, die Passanten und Autos, die Geschäftsschilder und Eingänge, die Fenster und Gärten: Mit geschlossenen Augen spulte er alles haargenau so ab, wie er es gerade vor sich hatte. Selbst seine Schritte. 1123 waren es. Und schliefe er beim 645ten ein, unterschiede sich der 646ste ebenso wenig davon. Mit dem letzten käme er vor dem bekannten Mauertor an, dann das Läuten, dann Alfreds Stimme, dann das Portiershäuschen und sicherlich sofort der Vulkan.

Mesli hatte die Hofburg zuerst von der Stadt her umrundet, keinen ihrer Höfe betreten, selbst den Michaelerplatz an der äußeren Seite überquert, wo stets die Möglichkeit bestand, an der nächsten Ecke in eine der Gassen oder Straßen der Stadt abzubiegen, in denen Menschen und Geschäfte alles Herrschaftliche schnell verdrängten. So war er gegangen, und in seinem Kopf war alles aufgetaucht, was er von der Gnädigen Frau je über diese Jahre gehört, was er in Büchern darüber gelesen oder sich einfach nur vorgestellt hatte. Die Spiegel und die Kamine, die Torwachen, die Diener, Hofdamen und Gouvernanten. Vor allem aber war es der türkische Salon ihres Vaters, dessen warme Farben und weiche Stoffe, die dicken Teppiche, die behaglichen Diwans sowie die zelt-artig überdachte Sitzecke. Für Augenblicke glaubte er, das Leben dieses Raumes wie ein tief vergrabenes Herz hinter den dicken Mauern pochen zu spüren. Dabei wusste er genau, dass alle Möbel und Einrichtungsgegenstände des Kronprinzenarbeitszimmers längst fein säuberlich beschriftet und nummeriert im Hofimmobilienarchiv lagerten. Bald würde das auch mit dem Inventar der Villa der Fall sein.

Sie hat die Polizei geholt! Stell dir vor … die Verrückte. Mitten in der Nacht.

Mesli wusste zuerst nicht, wen Alfred meinte. Bisher war bei Dienstübergaben immer von der Gnädigen Frau die Rede gewesen.

Alfred schüttelte den Kopf, achtete nicht auf den stutzenden Mesli. Zumindest tat er so und packte den Rest seiner Jause sowie die Zeitung mit dem Vulkan auf der Titelseite ein.

Keine Ahnung, was sie damit wollte! Die hat doch gewusst, dass gleich nach dem Tod die Beamten da sein werden … Also gut, räumte er ein, *dass sie auch die ganze Nacht hindurch inventarisieren, das hätte ich mir auch nicht gedacht!*

… jedenfalls hat sie uns um halb drei die Polizei geschickt! Aus Angst vor Dieben! – Alfred schnaufte verächtlich – *Angeblich wären Leitern an den Hausmauern gestanden – so ein Blödsinn!*

Von wem redest du?, fragte Mesli, obwohl er ahnte, dass Alfred die Schwiegertochter meinte. Immerhin hatte er Ghislaine, der Frau des ältesten Sohnes, vorgestern selbst den Eintritt in die Villa verwehrt. Ohne dass sie sonderlich protestiert hätte. Er hatte vielmehr das Gefühl gehabt, sie hätte mit ihrem Besuch ohnedies nur der Form entsprechen wollen – wohl wissend, was im Testament stand. Denn über das Betretungsverbot für alle Angehörigen während der Übernahme ihrer Kunstschätze durch den Staat hatte die Gnädige Frau in der Familie kein Geheimnis gemacht. Franz Joseph, der Mann Ghislaines, würde sich deshalb auch sicherlich nicht mit der Rückkehr aus Kenia beeilen, wo er, wie so oft, auf Großwildjagd war.

Es war etwas anderes, das Mesli jetzt so tun ließ, als wüsste er nicht, wen Alfred meinte. Und er glaubte es nur durch möglichst große Ahnungslosigkeit zu bannen.

Ghislaine, die Schwiegertochter – was glaubst denn du?! Sonst lebt ja niemand von der werten Verwandtschaft nah genug, um in der Nacht hier vorbeizukommen! Adliges Pack ...!!

Alfred nahm seine Tasche vom Portierstisch und wollte an Mesli vorbei. Alfred hatte genug geredet. Mesli dachte an den Brief und an den toten Körper dort oben im großen Schlafzimmer. Er wollte Alfred zurückhalten und spürte gleichzeitig Angst, sich Blößen zu geben. So als müsste er in jedem Augenblick eine neue Stelle an sich verdecken. Von jedem sofort durchschaubare Stellen, die ganz offen zeigten, welcherart die Vorstellungen waren, die jetzt immer deutlicher wurden. Wie durch gläserne Sichtfenster, so meinte er, müsste man es ihm ansehen und ihn dabei auf frischer Tat dort oben in ihrem Zimmer ertappen:

Ihn und seine Hände am Körper der toten Frau ...

Und dann? – Mesli fiel nichts Besseres ein. Doch Alfred drehte sich noch einmal um. Mesli war erleichtert.

Nichts dann ...! Eine Streife ist gekommen, ich hab den Beamten gesagt, wer dort drinnen ist, da wollten sie nicht einmal ein Papier sehen und sind wieder gefahren ...

Mesli nickte und öffnete seine Tasche. Auf einmal war alles wieder wie immer. Alfred schaute ihn ratlos an, trat noch einmal an die Türschwelle.

Alles in Ordnung?

Mesli kramte darin, als hätte ihn schon die ganze Zeit

nichts anderes interessiert. Dabei war er es gewesen, der Alfred ausgefragt hatte. Er spürte, wie Alfred ihn musterte. Gleich würde er ihn fragen, ob alles in Ordnung sei.

Ob er schon vom Vulkan gehört habe?, etwas anderes fiel Mesli nicht ein. Doch Alfred hatte nur den Kopf geschüttelt und seine Frage gar nicht mehr gehört. Mesli sah ihn aus den Augenwinkeln am Portiersfenster vorbeigehen und kurz die Hand heben. Das Tor fiel ins Schloss und Mesli hörte auf, in der leeren Tasche etwas zu suchen. Er selbst war es, der sich hier als Einziger ertappte. Er allein hatte alles bereits vor Augen. Er schämte sich und spürte in der größten Scham einen Sog, gegen den er nicht ankam. Er, der stets auf Haltung und Form bedachte Portier und Gärtner Mesli, der bald darauf die Decke von der Toten nehmen, ihr das Nachthemd hinaufschieben, sie zur Seite drehen und schließlich die intimsten Öffnungen des schmächtigen alten Körpers nach dem Brief absuchen würde.

Erzsi, Erzsi ... !!

Elisabeth stand an der Steinmauer. Eine leichte Brise kam vom Meer herauf. Sie waren zwei Tage hier, und immer war der Wind vom Meer gekommen. Wie dessen Atem. Sie hörte die Mutter rufen. Warm zog die salzige Luft gegen ihr Gesicht, ließ Wangen und Stirn leicht werden. Sie hatte den Kopf an der Mauer abgestützt und schaute über das Blau der Bucht von Triest. Die Rippen unzähliger kleiner Wellen überzogen das Wasser. Sie hörte das Rauschen, das Schwappen und Zischen von Wellen und Gischt an den Klippen unter der Mauer.

Seit dem Begräbnis waren gerade drei Wochen vergangen. Die Sonne wärmte ihren Rücken. Allein das genügte, und schon waren nicht nur Schnee und Kälte weit weg, sondern auch das große Fehlen, das erstickende Fehlen ihres Vaters. Die Sonne tat gut. Sosehr sie sich auch schämte, wie wenig es dafür brauchte. Sie trug ein Kleid, eine Strumpfhose darunter, und eine leichte Jacke. Sonst nichts. Das Kleid war blau. Wie das Meer, hatte die Mutter dazu gesagt, nicht nur die Farbe, auch der Stoff würde sich so anfühlen. Elisabeth musste lachen. Die Mutter glaubte solche Sachen wirklich. Sie nicht, doch sie tat so.

Die Mutter brauchte sie, sie hielt sich an ihr fest. Nicht ganz so fest wie auf dem Weg zum Totenbett in der Hofburg. Oder am Tag danach, als sie bei den Großeltern zu Abend aßen und die Mutter immer wieder ihren Blick suchte. Doch ein Klammern war immer da, selbst wenn sie nicht nach ihr rief.

Dass ihre Mutter eigentlich viel weiter weg gewollt hatte als nach Miramare, ahnte Elisabeth bereits damals. Als kleines Kind brauchte man für ein solches Wissen nichts Konkretes. Sie konnte sich Jahre später nicht einmal erinnern, ob sie vor diesem Aufenthalt überhaupt von Anzeichen oder von Spuren anderer Pläne erfahren oder sie heimlich mitgehört hätte. Vielleicht aber hatte sie das über die Jahre verdrängt. Mit gutem Grund. Denn was immer sie als Kind empfunden hatte, als Erwachsene war ihr klar geworden, wie gut es nicht nur für ihre Mutter, sondern für Mutter und Tochter gewesen wäre, hätten sie damals den Hof verlassen.

Miramare war eine Entschädigung gewesen. Der Großvater in Brüssel hatte sich eine Rückkehr seiner Tochter sofort verbeten. Der Großvater in Wien konnte einer Abwanderung von Schwiegertochter und Enkelkind nicht zustimmen. Er war von seinem Sohn testamentarisch gebeten worden, Elisabeths Vormundschaft zu übernehmen. Davon hatte sie damals nichts gewusst. Später hatte sie es auch lange nicht wissen wollen. Umso mehr hatte sie es an der Mutter gespürt.

Sie hatte sie gerufen. Elisabeth atmete tief durch.

Als Erwachsene sollte sie sich an den Augenblick an der Mauer über den Klippen von Miramare oft erinnern. An die Brise in ihrem Gesicht, an das Blau und an eine Bewegung in ihr, die durch nichts fassbar war. Nicht einmal durch einen Anfang oder ein Ende. Es war ein ganz leichtes Gefühl, das sie an ihrem Körper spürte. An ihrem Mädchenkörper, den sie, aus einer anderen Welt auf Besuch kommend, berührte. So als sei sie woanders zu Hause. Und doch vermittelte es keinen Halt, so deutlich es auch wurde. Bei Tag oder Nacht, in Einsamkeit, Ausgelassenheit, Glück oder Wut. Völlig unberechenbar war es. So als gäbe es keinen Ort und keine Stimmung, in der dieses unheimliche Gefühl einen Platz fände. Es tauchte mit Männern auf, mit den Kindern, genauso wie mit den Hunden. Manchmal ganz nah, dann wieder unerreichbar.

Erzsi ...!!

Ungeduldig klang es und erzeugte in ihr sofort den Wunsch, den Arm um die Mutter zu legen. So wie im Zug zwei Tage davor, als die Mutter sich bereits nach ein paar Stunden zum zweiten Mal umgezogen hatte. Es war eine Überforderung, die Mutter beschützen oder auch nur beruhigen zu wollen. Doch das erkannte sie damals noch nicht und konnte nicht steuern, was diese Überforderung ihr an Auswegen und Ausweichmanövern vor der Mutter eintrug. Das Einzige, was sie vom ersten Tag dieser Wochen in Miramare an spürte, war das Meer als Rettungsanker, als Rückzug und Schutz. So wenig sie dies benennen oder beschreiben hätte können. Doch das Gefühl stellte sich jedes Mal ein, wenn sie sich vom Blau und von der Weite losreißen musste. Ganz gleich, ob hier an der Klippenmauer oder unten bei der Bootsanlegestelle.

Wirklich begreifbar wurde es erst später. Und womöglich war nicht wenig von dem, was sie dort in den ersten Wochen und Monaten nach dem Tod des Vaters erlebt zu haben glaubte, nachträgliche Einbildung. Sicher war, dass sie das Meer vom ersten Augenblick an magnetisch angezogen hatte.

Oft sollte sie über diese späten Wintermonate in Miramare nachdenken, über diesen Frühling mitten im Sommer, über das Meer, über die Luft und über die unheimliche Erinnerung, dass ihr in vielen Augenblicken der Vater gar nicht gefehlt hatte, sie schon wenige Wochen nach seinem Tod keinen Platz mehr für Trauer gehabt hatte.

Selbst das wäre ihr aber nicht möglich gewesen, hätte ihr dieses Meer nicht Jahre später einen Menschen genommen, der noch einmal die ganze Sehnsucht des Mädchens wachrief. Damals in Pola stand sie auf dem Hotelbalkon, sah auf das Meer hinaus und erlebte in all dem Schmerz plötzlich dieses erschreckend leichte Gefühl aus Miramare wieder. In dem Augenblick hatte sie gewusst, was dort im März 1889 vom ersten Tag an anders als davor gewesen war:

Sie hatte einfach nicht mehr in den Himmel hinaufgesehen, wenn sie an den Vater gedacht hatte. Sie hatte es seit dem Augenblick dort an der Klippenmauer vor dem Schloss Miramare nicht mehr getan. Es war nichts Abstraktes, und sie sollte es noch als alte Frau als ein befreiendes Gefühl in ihrem Nacken spüren, dass es nicht mehr der Himmel oben war, dem alle Sehnsucht galt, sondern das Meer. Auch in ihrem Bett, als sie es jahrzehntelang nicht mehr gesehen hatte. Das Meer, sein Rauschen, das Schwappen der Wellen, die Gischt und die Weite in ihr.

Gleich werden sie kommen und sie waschen. Die Umkleidefrau und die Männer von der Bestattung. Überraschen konnten sie ihn hier nicht, der Haupteingang war verschlossen und sie mussten läuten.

Gleich nach Alfreds Abgang war er zur Gnädigen Frau, hatte kontrolliert, ob etwas verändert worden war: Über die Decke das von Pepi Steghofer bereits am Samstag ausgebreitete weiße Tuch mit Blüten von Azaleen und Clivien. Auf dem Nachtkästchen stand ein Kreuz mit zwei brennenden Kerzen und ein Weihwasserbecken. Mesli konnte nicht anders, als die Tote damit zu besprengen.

So müde die Hunde bei alldem ausgesehen hatten, sie waren trotzdem ein guter Grund, die Suche nach dem Brief noch einmal aufzuschieben. Vor allem den Teil der Suche, der im Bett zu erledigen war, unter der Decke, unter dem Nachthemd.

Um 11 Uhr kam Dr. Schirl, der Tierarzt. Er war pünktlich wie zu Lebzeiten der Gnädigen Frau. Mesli begleitete ihn hinauf, die Hunde kannten ihn, sie ließen alles über sich ergehen. Danach wurden sie hinausgetragen und in die vorbereiteten Gräber im Garten gelegt.

Für 11 Uhr 55 waren die Tochter Stephanie, ihr Mann, der das Haus noch nie betreten hatte, sowie der Stiefsohn, Dr. Otto Petznek, angekündigt. Stephanie kam ins Zimmer ihrer Mutter mit Pepi Steghofer, doch ohne ihren Mann. Bald darauf trafen auch der Rechtsanwalt Schlitter und seine Sekretärin, Frau von Dornfeld, ein. Sie besprachen sich mit dem Stiefsohn, begutachteten den Stand des Abtransportes der Bilder, der Antiquitäten und Wertsachen. Kaum eine Stunde später war das Haus wieder ohne Menschen.

Mesli hatte in seinem Portiershäuschen Radio gehört, eine Zeitlang geschrieben, später einfach nur in die Luft geschaut. Es war genug Zeit gewesen. Nicht einmal die Hunde waren jetzt noch zur Abschreckung da. Sie schienen ihm zu fehlen. Die Scheu war in jedem Fall größer geworden. Ebenso aber auch etwas ganz anderes.

Er könnte sie jetzt erlösen. Es war eine Macht, die er spürte, und sie war ihm nicht einmal unheimlich. So stand er schließlich vor ihr. Alles lag jetzt an ihm, an ihm allein. Vielleicht war es von Anfang an so bestimmt gewesen, und niemand hätte an seine Stelle treten können, nicht Mutter, nicht Vater und auch kein anderer Mann. Er zog die Decke von ihrem Körper, tastete das Leintuch ab, das Nachthemd, hob es schließlich an. Doch da war nichts. Nur die alte Haut über zerbrechlichen Gliedern. Mesli zog Beine auseinander, hob ihren Körper an. Er hatte kaum mehr Gewicht, war zu leicht geworden, um ihn überhaupt glauben zu lassen, dass darin vor drei Tagen noch ein Leben mit allem Nachdruck und Befehlston gewesen war. Nichts von alldem, nur kalte papierene Haut und ein starker Geruch. Er konnte jetzt alles mit ihr tun, es lief ihm kalt über den Rücken. Er hob sie an. Doch auch unter ihrem Körper war kein Brief. Mesli ekelte sich vor sich.

Er fragte sich im Wegdrehen, was sie wohl als Letztes gesehen hatte? Ob es der Garten gewesen war, die Bäume, der Himmel? Oder nichts davon, nicht den Fensterausschnitt, nicht das Zimmer, die Blumen, das Bett, sondern ein Bild von sich selbst?

Das eigene Leben, in dem man verschwand.

Zuerst der Großvater. Der Kaiser ging immer als Erster hinunter. Sie waren in zwei großen Kutschen gekommen. Vorne die Großeltern und Marie Valerie, ihre junge Tante, dahinter sie mit der Mutter. Es war der zweite Todestag ihres Vaters.

Der Großvater stieg allein in die Gruft. Sie warteten in der Kapelle bei einem Gebet. Elisabeth sah ihm nach. Unten würden ihn ein Kapuzinerpater und der Totenwächter erwarten.

Elisabeth war froh, dass sie noch jung war, und es schien ihr ein böser Traum zu sein, dass ein solches Alter zu ihrem Leben gehören sollte. Dazu gehörten auch die Toten, die dort unten fest verschlossen in ihren großen Bleisarkophagen lagen. Mit Kronen und Waffen, die ihnen alle nichts mehr nützten.

Die Abläufe solcher Tage am Hof brauchten selten Wiederholungen, die Mitglieder der Familie wussten schon im Vorhinein, wie alles abzulaufen hatte. Selbst die Überraschung nach dem Besuch in der Gruft kannte sie. Denn eine Überraschung wartete in ihrem Zimmer immer auf sie, wenn die Mutter, der Kaiser oder die Gouvernante sie ablenken wollten. Wenn es mit dem Vater zu tun hatte – und selbst wenn es nur Unternehmungen waren, die sie früher mit ihm verbunden hatte, konnte sie sich darüber sogar sicher sein.

Die Großmutter weinte, sie nannte den lieben Gott bei einem ihr fremden Namen. Der große Jehova. Ihre Mutter blickte dabei jedes Mal weg und bekam ein rotes Gesicht. Elisabeth ahnte, was sie ihr darüber später alles erklären würde. Narretei, so hieß es dann, und dass es vom Kaiser geduldet werde, da ein Kaiser im Dulden die größte Übung habe. In Wirklichkeit aber sei es Frevel und zieme sich nicht.

Die Großmutter sah grau aus. Elisabeth hatte immer etwas Angst vor ihr, hatte schon so manche Ausbrüche erlebt, plötzliches Weinen, lautes Schreien, und bewunderte die tapfere junge Tante Marie Valerie, die neben der Großmutter selbst als Verheiratete immer noch wie ein Mädchen wirkte.

Elisabeth trug einen Kranz aus Moosröschen. Sie hatte ihn mit der Gouvernante zusammengesteckt. Jetzt erst fiel ihr ein, wie kalt es dort unten war. Ob das für die Moosröschen gut sein würde? Sie wusste, sie durfte nicht fragen. Sie wünschte sich in ihr Zimmer zurück, rund um ihr Baldachinbett und den Spiegelschrank aus Bambus. Dort warteten ihre Puppen, denen sie versprochen hatte, tapfer zu sein. Sie hatte Puppen ganz unterschiedlicher Altersstufen, die immer wieder erstaunt über ihren Mut und ihre Kraft waren. Ihnen erzählte sie alles.

Genauso wie sie ihrem Vater alles erzählte. In seinem türkischen Zimmer, das zum Glück geblieben war. Alle außer Elisabeth mieden es, so gehörte es ihr allein, das war ihre feste Überzeugung, und darin hatte sie nicht ganz unrecht, denn sosehr Mutter und Gouvernante sie stets ermahnten, nicht immer durch all die Gänge und Säle zu laufen, das türkische Zimmer erwähnten sie in ihren Vorhaltungen nie.

Vor dem Sarkophag wusste sie auch diesmal nicht, was sie tun sollte. Sie merkte, dass es ihrer Mutter nicht viel anders ging. Ungelenk hatte die Mutter den großen Kranz aus Parmaveilchen, weißen Rosen und Nelken am Sarkophag deponiert, darunter den Elisabeths. Am liebsten hätte Elisabeth in den Augenblicken die Moosröschen wieder mitgenommen. So standen sie vor dem kalten Ungetüm aus Blei, Elisabeth dachte an die feine Stimme ihres Vaters, an seine schlanken, lieben Finger, und wusste beim Zurückgehen nicht, ob sie sich richtig daran erinnerte, dass die Mutter nicht einmal gebetet hatte.

Oben wartete die Kutsche bereits, die Großeltern hatten sie abends zum Essen geladen, und im Unterschied zu ihrer Mutter freute sich Elisabeth darauf. An die Überraschung in ihrem Zimmer, die gerade an dem Tag eine große sein würde, dachte sie während des gesamten Rückwegs nicht. So viel würde sie immer wissen. Wo ihr Kopf stattdessen war, sollte ihr später, wenn sie sich an diesen Tag und ihren Schrecken erinnerte, nicht wieder einfallen.

Mesli wartete in seinem Portiershäuschen auf die Bestattung. Er versuchte, sich vom Brief abzulenken, setzte ein paar Mal an, in seinem Erinnerungsbüchlein weiterzuschreiben, doch heute wollte es nicht gelingen. Er hatte die Tote vor Augen, ihren Körper und sein Tasten an ihr. Er sah deutlich, wohin seine Finger gegriffen hatten, doch er spürte nichts dabei. Nicht einmal dort, wo er die Grenzen weit überschritten hatte. Nichts, nicht einmal Scham.

Die Bestatter sollten eigentlich jede Minute kommen. Er würde ihnen das Einfahrtstor öffnen und es später schließen. Seine letzte Handlung als Portier. Er blickte sich um: Der Holztisch, das Fenster, seine Ledertasche, sein Mantel, sein Hut, ein Raumthermometer, ein alter Stich sowie ein Kruzifix. – Das war alles, mehr gehörte nicht zu ihm. Selbst Holztisch und Fenster musste er von der Liste noch abziehen.

Er nahm den Bleistift in die Hand, subtrahierte die beiden Punkte wie in einer Rechnung. Draußen wurde es langsam finster. Auch das schrieb er auf. Er hörte Passanten vor dem hohen Zaun, er notierte ihre Anzahl, sah ihnen zu und beschrieb sie so wie die vorbeifahrenden Wagen, den Baulärm von Auhof und das metallische Geräusch der Tramway in der Endschleife Bujattigasse:

Es ist 17.30, ich bin in der Loge auf der Lauer. Ein eleganter Leichenwagen fährt vor, die Bestattung. Ich öffnete ihnen das Tor u. ließ sie herein fahren, sieben starke Männer stiegen aus dem Wagen, die gut gekleidet und einen vornehmen Auftritt hatten.

Die sterblichen Überreste der verstorbenen kaiserlichen Hoheit wollen wir in die Leichenhalle zum Hütteldorfer Friedhof überführen, gaben sie mir ihren Auftrag bekannt.

Die Umkleidefrau war noch nicht eingetroffen u. sie mußten noch eine Zeit warten. Unterdessen schauten sich die Herren einige Räume mit den schönen Bildern an u. waren darüber sehr erstaunt. Die Ankleidefrau war gekommen u. nahm die Arbeit an der Leiche vor, es war alles vorbereitet u. Frau Steghofer ging ihr zur Hand.

Alle mußten im Salon warten, wo schon der schöne Metallsarg auf seinen hohen Inhalt wartete, er war 2,20 m lang und innen mit einem weißen Spitzentuch ausgelegt u. einem weißen Polster, der Sarg hatte ein Glasfenster.

Dann kam der Augenblick, wo die Herren gerufen wurden, ich folgte ihnen, ich wollte alles sehen, die Leiche war schwarz gekleidet u. trug auf dem Kopf ein schwarzes Häubchen, in den Händen lag das Kreuzchen aus Jerusalem.

Man griff zu und trug die Tote Frau Elisabeth Marie

Petznek, geborene Erzherzogin von Österreich, in den harten Sarg. Sie richteten alles zurecht u. wir umringten die liebe Tote und betrachteten still und gerührt ihre letzte Ruhestätte.

Vollkommen verlassen lag sie da, nur von ihrem Personal umgeben. Vollkommen verlassen von der Welt. Wo sind jetzt alle Deine Verehrer? – Die Menschen, die Dir gehuldigt haben? Die Dich verführt haben? Wo ist die Welt, die Dir Dein Leben war? Oder wenigstens Deine Kinder?

Dann wurde der Sarg geschlossen. Wir schalteten nochmals alle Lichter des Hauses ein, zum Abschied aus ihrem Eigentum u. man ergriff behutsam den Sarg u. der letzte Weg durch ihr Haus wurde angetreten. Über die Stiege ging es hinunter, ich voraus, Frau Steghofer, Frau Schreckenstein, H. Melzer u. H. Billensteiner, folgten dem Sarg, durch die Halle in den Hof. Es war 1/2 7 Uhr am abend …

Man schob den Sarg in den Wagen überdeckte ihn mit einem Trauertuch. Die Türe wurde geschlossen. Die Männer bestiegen den Wagen u. mir wurde es zur Aufgabe, das Tor zu öffnen und den Wagen abfahren zu lassen.

Elisabeth war voller Ungeduld von der Kutsche gesprungen. Die Wachen im Schweizerhof salutierten und sie lief durchs Tor in ihr Zimmer. Ganz sicher war an dem Tag eine Überraschung in ihrem Zimmer zu erwarten. Eine richtig große, denn an keinem anderen Tag brauchte sie mehr Ablenkung als an diesem. Zumindest darin war sich die Mutter mit den Großeltern einig.

Dabei war sie auf die Gruft am ersten Jahrestag sogar neugierig gewesen. Vor dem Tod ihres Vaters hatte sie stets in ihrem Zimmer bleiben müssen, wenn die Familie zum Sarkophag des jüngsten Bruders ihres Großvaters hinunterstieg. Ebenso selbstverständlich musste sie nun mit. So war das, und es hatte weder eine Erklärung dafür gegeben, noch hatte sie selbst nach einer gefragt. Aber sie hatte danach jeden Wunsch frei gehabt, und es waren auch wirklich alle erfüllt worden: Einen neuen Stall für den Esel, ein Schaf und eine Ziege. Sogar ein kleiner Affe aus dem Zoo kam in ihren kleinen Schönbrunner Bauernhof, der – ihrem Wunsch nach – vom Großvater und von ihr bewirtschaftet werden sollte.

Doch selbst die größten Wünsche waren klein gegen die von ihr so geliebten Überraschungen. Gemessen am Moment des Stutzens, des Staunens, gemessen am Gefühl, das über ihren Rücken rieselte, während sie begriff, dass es wirklich war, was sie nun plötzlich vor sich hatte. Natürlich ahnte sie es an vielen Tagen des Jahres, wann und wo eine solche Überraschung auf sie warten würde. Ob in ihrem Zimmer oder auf ihrem Morgenbalkon in Schönbrunn. Elisabeth genoss diese Ahnung und das Gefühl des Vorausschauens, des Wissens und des Nichtwissens. Sie konnte es kaum erwarten, dorthin zu gelangen, wo sie die Überraschung vermutete. Musste sie dann noch vom Schweizerhof hinauf, waren die Stiegen und die Gänge endlos. Die hohen Türen gingen kaum auf, die einzelnen Schritte erschienen ihr ewige Zeit zu dauern.

An dem Tag aber war es anders. Sie wusste später zwar, dass sie in Windeseile hinaufgelaufen war, doch sie erinnerte sich an keine Ungeduld. Stattdessen schien der gesamte, sonst ewig lange Weg ein einziger schneller Sprung gewesen zu sein. Keine Spur des in solchen Augenblicken sonst so starken, fast greifbaren Gefühls der Ahnungslosigkeit, keine unbändige Vorfreude.

Die Tür zu ihrem Zimmer, die verschmitzt zurücktretende Gouvernante. Alles war wie immer, und doch kam es ihr nun um jenes Stück anders vor, wie sie das nur aus den Träumen kannte, bei denen sich jenes halb wache Wissen über den Traum anschlich, in dem man sich ebenso als Träumende begriff wie andere Male den Traum als Traum. Doch nie beides gleichzeitig. Als wäre man die Schwelle zwischen dem einen Zustand und dem anderen. Und damit auch das einzige Scharnier, in dem man vom Bewusstsein des einen in das des anderen hinüberglitt, einschlief oder aufwachte, wie man auch geboren wurde oder starb.

Sie öffnete die Tür und spürte auf einmal Angst. Tisch, Bett, Baldachin, Fenstervorhänge, die Reihe der Puppen, die bunten Pölster – nirgendwo die Spur einer großen Überraschung. Elisabeth machte keinen Schritt weiter und glaubte, sich selbst an der Türschwelle stehen zu sehen.

In Wirklichkeit sah sie jemand anderen. Er lehnte in der Ecke beim Fenster und sah sie an. Reglos angesichts dieser Begegnung, so reglos wie sie. Da stand jemand, so groß wie sie, mit dem gleichen blauen Kleid, mit dem gleichen Hütchen, mit der gleichen weißen Spitzenbluse. Sogar die Bänder, mit denen der Hut unter ihrem Kinn vor dem Weggehen von der Gouvernante zur schönen großen Masche verschnürt worden war, sahen gleich aus.

Elisabeth rührte sich nicht. Sie stand da und sah, wie sie sich selber anblickte. Sie traute sich nicht einmal zu zwinkern. Sie fürchtete sich, ihr Ebenbild würde nichts anderes tun. Auf noch weit tiefere Weise aber fürchtete sie sich davor, ihr Gegenüber würde sie einfach nur weiter anstarren. Wie ein Spiegelbild, das auf einmal einfror.

Sie hielt es nicht mehr aus. Sie trat auf das Mädchen zu, einen Schritt, zwei Schritte. Das Mädchen blieb an Ort und Stelle stehen, mit unverwandtem Blick. Elisabeth berührte den Arm des Mädchens. Die Haut war hart und kalt. In dem Augenblick hätte sie die Puppe am liebsten in tausend Stücke zerschlagen. Doch sie konnte es nicht. Sie spürte nur die Sehnsucht, die Wut, die Enttäuschung und sie empfand in alldem eine unendlich taube Lähmung.

Wie eine undurchdringlich feste, dicke Haut, unter der alles verpuffte. Jede Bewegung. Jeder Ton. Jedes Geräusch.

4

Der Großvater lachte. Kaum bemerkbar, doch Elisabeth erkannte es daran, wie sich der buschige Backenbart plötzlich bewegte. Ganz ähnlich sah er aus, wenn er weinte. Das kannte sie ebenfalls gut.

Jetzt stand er vor dem Zaun zu ihrem Gemüsegarten in Schönbrunn. Es war sonnig, einer der ersten sonnigen Märztage des Jahres, und alles war so, wie sie es sich für den ersten Gärtnerinnennachmittag auf ihrem Miniatur-Bauernhof hinter der Gloriette gewünscht hatte. Herr Forster von der Fasanerie hatte die Beete des Gemüsegartens umgestochen, geharkt und schöne ebene Rechtecke gerecht. Dazwischen waren Trittwege mit Steinplatten ausgelegt.

Karotten, Rote Rüben, Salat, Radieschen, Gurken und Paradeiser … alles war da, Pflänzchen, Samen, sowie undeutliche Erinnerungen daran, wie sie es im letzten Frühling gemacht hatten: Die Karotten im Eck, daneben die Roten Rüben?

Elisabeth versuchte sich nichts anmerken zu lassen und machte ein ernstes Gesicht. – Wo gehören die Gurken hin? – Eine leichte Brise strich durch die Bäume, blies ihr die Haare ins Gesicht.

Großvater, Sie dürfen sich etwas wünschen!

Er schmunzelte, das war jetzt nicht mehr zu übersehen. Elisabeth war erleichtert. Zu oft erschrak sie, wenn ihm gerade in frohen Augenblicken auf einmal Tränen kamen.

Großvater, wo sollen die Gurken dieses Jahr wachsen!

Der Großvater brummte, als ob etwas Ernstes zu entscheiden sei. Sein Bart zuckte, und er kam ihr gemessenen Schrittes entgegen. In der Gärtnerei kannte er sich noch weniger aus als sie. Er beugte sich neben ihr über das leere Beet und wirkte etwas verloren. Ihr machte das Angst. Zum Glück trug er heute *Zivil*, wie er das nannte, da wirkte es weniger bedrückend auf sie, wenn er so schaute.

Elisabeth hatte ihm etwas erzählen wollen und merkte, wie ihr die Gurken in Wirklichkeit überhaupt nicht wichtig waren.

Der Großvater blickte auf das Beet. Sie getraute sich nicht, ihn auf etwas anderes anzusprechen. Sie hatte Angst, doch sie galt nicht ihm. Vor ihm hatte sie sich noch nie gefürchtet. Obwohl er der Kaiser war und alle zu ihm aufsahen. Vielmehr fürchtete sie sich davor, dass er Angst vor ihr hatte. Es waren meist nur kurze Augenblicke. Doch sie spürte genau, dass darin eine Macht zum Vorschein kam, die für ein Mädchen viel zu groß war. Und der Kaiser, der dann vor ihr zurückwich, war für sie immer der Großvater, den sie doch so sehr brauchte. Da durfte er keine Angst haben und klein sein. Es war ihr schon zu viel, wenn er nur verloren auf ein leeres Beet aus Erde starrte.

Geben wir sie einfach ins andere Eck, die Gurken!

Er schien nicht gleich zu verstehen. Er schaute.

Großvater, dorthin, oder?

Jetzt erst nickte er.

Allmählich fühlte es sich wieder leichter an. Das war gut. Sie spürte seine Stimmungen und versuchte, ihn abzulenken, wenn sie merkte, dass sich diese Schwere über ihn senkte, die sie nicht verstand, doch auf undeutliche Weise als etwas begriff, das auch mit ihr zu tun hatte.

Der große Kaiser, vor dem sich alle verneigten – auf einmal vertiefte er sich in irgendwelche Kleinigkeiten, als ginge es bei einer Frage nach dem richtigen Platz für die Gurken um eine Entscheidung für die ganze Welt.

Als Kind war es ihr zum Glück stets gelungen, ihn auf andere Ideen zu bringen. Am besten im Zoo, bei den Affen und ihren Grimassen. Oder auch bei den Bären, die mit langsamen Kopfbewegungen so schlafwandlerisch sicher alles fingen, was Elisabeth ihnen nur allzu ungenau zuwarf.

Angst hatte sie vor den Momenten, in denen sich die Schwere zeigte. Gegen sie hatte selbst die größte Unbekümmertheit nie etwas geholfen. So als hätte sie bereits als Kind deutlich gespürt, wie nah diese Macht an eine Ohnmacht grenzte, der sie umso weniger entkommen würde, je mehr sie diese begriff.

In diesem Frühling lag der zweite Todestag ihres Vaters hinter ihr. Das Bauernhaus und die Tiere taten ihr gut. Die Puppe war so heimlich wieder verschwunden, wie sie gekommen war. Nie sollte Elisabeth erfahren, von wem die Idee stammte. Vielleicht von jemandem, der ihr eine Schwester gegen die Einsamkeit schenken wollte. Ganz sicher war es mit der besten Absicht geschehen. Trotzdem gab es seit der Rückkehr aus der Gruft keinen Moment, in dem sie die Puppe nicht gehasst hatte.

Jeden Tag, und das mehrmals, hatte sie in dieser Zeit in einem der Spiegel der Hofburg kontrolliert, was sich an ihr, im Unterschied zur alters- und bewegungslosen Puppe verändert hatte. Es war nie viel, und bestand oft nur in ihrer Einbildung. Doch sie hielt sich daran aufrecht.

Zeit für Einsamkeit hatte sie ohnedies kaum. Die Lehrer gingen ein und aus. Schon als kleines Mädchen lernte sie neben Deutsch Englisch, Französisch, Ungarisch und Italienisch. Jede dieser Sprachen sollte sie noch als alte Frau fließend sprechen. Manchmal träumte sie sogar in einer davon. Dann musste sie gar nicht wissen, wovon der Traum gehandelt hatte, allein die Sprache erzählte ihr dann von seiner Welt, von ihrer Stimmung – vermutlich sogar um einiges mehr, als es das Traumgeschehen alleine konnte.

In der Erinnerung an ihre Kindheit würfelte sich vieles durcheinander. Manches ließ sich auf Jahr und Tag bestimmen, manches wiederum tauchte in ganz unterschiedlichen Zeiträumen auf. Der Eindruck, diese Jahre hätten aus nichts anderem als Unterricht bestanden, verschwand jedoch nie. Jedem Lehrer war sein Fach das Wichtigste, dem einen die Geographie, dem anderen Zoologie, dem nächsten Geschichte oder Astronomie.

Der Großvater besuchte sie immer wieder unangekündigt, setzte sich in einiger Entfernung auf einen Stuhl und ging dann seiner Lieblingsbeschäftigung des Zusehens und Zuhorchens nach. Nach einem dieser Besuche erlebte sie sogar mit, wie er dem Lehrer auftrug, er solle sie auch in Geldangelegenheiten unterrichten, schließlich sei sie für ein Mädchen sehr begabt.

Trotzdem hatte sie am ausführlichsten Dinge zu lernen, die man speziell von Frauen erwartete. Sticken, Nähen und Stopfen und Kochen. Denn es galt die Regel, dass jemand wie sie, die einmal eine Dienerschaft haben sollte, zu deren Führung alle Facetten des Haushalts beherrschen musste.

Natürlich sollte sie zudem mit allen Details von Etikette, gutem Benehmen, Konversation und Tanz vertraut sein. Das schien zum Wichtigsten zu gehören. Politik wurde gänzlich ausgespart, während im Geschichtsunterricht die Zeitläufte als etwas galten, das so unveränderbar ablief wie Jahreszeiten. Auch von den Geschehnissen der Gegenwart, ob in Stadt, Land oder in den Staaten ringsum, gelangte kaum etwas zu ihr. Als junges Mädchen wunderte sie sich darüber nicht. Es war ihr nicht einmal klar, dass gleichaltrige Erzherzöge anders unterrichtet wurden.

Sie genoss, jenseits der Hofburg, die Fahrten durch die Stadt, versuchte sich einzuprägen, welche Häuser, welche Gebäude auf dem Weg von der Hofburg nach Schönbrunn oder Laxenburg hinaus neu waren. Natürlich gefiel ihr auch das Winken der Leute, wenn sie in einer der kaiserlichen Kutschen durch die Stadt gefahren wurde. Es gefiel ihr sogar sehr.

Es gab in diesen frühen Jahren nur zwei Geschehnisse, die tatsächlich unmittelbar auf sie eindrangen:

Beides war im Jahr 1892, allerdings fand sie das erst als alte Frau heraus. Bis dahin hatte sie die beiden Ereignisse stets viel weiter auseinander angesiedelt.

Das eine war im Sommer. Sie konnte sich genau erinnern, wie der Geographielehrer davon erzählte. Es ging um Gletscher, auf einmal fiel es ihm ein. Vielleicht hatte er auch am selben Tag darüber in der Zeitung gelesen. Denn es war wenige Nächte davor geschehen. In der Gegend des Montblanc, des höchsten Berges Europas, wie sie damals gelernt hatte.

Über die Gletscher solch hochgelegener Gebirge wusste sie, dass es große, lange Zungen aus Eis waren, die auch im Sommer nicht schmolzen. So dick und fest gefroren sie das Gestein bedeckten, bewegten sie sich doch als

Ströme Richtung Tal. Mit bloßen Augen war das nicht zu erkennen, man konnte es aber messen, Jahr für Jahr.

Unter einem Gletscher in Frankreich hatte sich demnach eine große Wasserblase gebildet. Sie hatte sich das nicht vorstellen können, doch der Geographielehrer erklärte ihr, was geschehen war, als Sickerwasser und Quellen unterhalb des Gletschers auf einmal keinen Ausgang fanden.

In der Nacht vom 12. auf den 13. Juli, wie sie als alte Frau nachlas, war diese bis zu dem Augenblick unbekannte Wasserblase im Tête-Rousse-Gletscher geplatzt, und die Sturzflut, eine Wassermenge, wie sie etwa der zwanzigfachen Menge des großen Teichbeckens vor der Gloriette entsprach, stürzte ins Tal und tötete 160 Menschen im Schlaf.

Atemlos hörte sie dem Lehrer damals zu und konnte nicht begreifen, dass so etwas Großes erst zwei Tage her war. So als passierte es vor ihren Augen, risse sie womöglich mit. Für sie war das unerhört. Es erschreckte sie, doch was nunmehr in ihr erwachte, war das Bewusstsein davon, wie viel rings um ihre wohlgeordneten Tage in der Hofburg geschah. Wie ein Meer begann ihr die Wirklichkeit aufzugehen. Ganz gleich, ob es ein platzender Gletscher in den Bergen war oder der Rathausmann, auf den sie zwei Wochen später den ganzen Nachmittag gebannt blickte, nachdem ihr der Geschichtslehrer erzählt hatte, der 1,8 Tonnen schwere Rathausmann werde diesen Nachmittag auf die Spitze des mittleren Turms gesetzt.

Über Stunden hinweg blickte sie aus den Zimmerfenstern in der Hofburg hinaus und sagte sich immer wieder, sie sähe dabei etwas mit eigenen Augen, von dem ihre Kinder einmal in den Geschichtsbüchern lesen würden.

Tatsächlich verfolgte sie dabei einen der letzten fehlenden Bausteine zur Vollendung jener Straße, die als offener, weiter Boulevard die Stadtmauern ersetzt hatte. Für sie war das als Kind bereits völlig normal gewesen, während ihr Vater noch in einer ganz anderen Stadt geboren worden war. In dem Alter, in dem für sie die Befestigung des Rathausmannes ein bedeutendes Ereignis gewesen war, hatte er eine ganz andere Öffnung vor Augen gehabt. Denn trotz der Schleifung der Stadtmauern in seinem Geburtsjahr waren in diesen ersten Ringstraßen-Jahren Architekturdebatten nur ein kleiner Bestandteil des Neuen gewesen. Viel aufregender musste es gewesen sein, dass damals die ersten Wahlen nach dem Ende des Neoabsolutismus stattfanden. Wahlen, die 1862 die Liberalen gewonnen hatten.

Zur Zeit ihres gebannten Blicks aus der Hofburg auf den Rathausmann hinüber war die damalige Öffnung längst zu Prachtbauten entlang des Rings erstarrt. Der Liberalismus, in dessen Geist ihr Vater von seinen Lehrern unterrichtet und erzogen worden war, hatte sich nach dem Börsenkrach von 1873 in Luft aufgelöst. Und wenige Jahre später sollte er als junger Mann mit seinen Auffassungen bereits wie ein Relikt erscheinen. Während sie noch über Jahre hinweg blind bleiben sollte für eine weitaus explosionsartigere Öffnung der Stadt. Sogar als sie die Schleifung des Linienwalls ab 1894 und den Bau der Stadtbahn zwischen 1895 und 1901 als offizielle Repräsentantin des Kaiserhauses erlebte. Als Mädchen, das im Alter von sechzehn und siebzehn Jahren den Kaiser wie eine Erwachsene zu den Eröffnungen der ersten Stadtbahnstationen begleitete.

In den Zeitungen fand sich kein Wort über ihren Tod. Es war Dienstag. Im Haus inventarisierten die Beamten den Nachlass der Gnädigen Frau, verpackten ihn in Schutzfolien, in Schachteln und Kisten.

Mesli hatte wie immer sein Frühstück und eine Thermoskanne mit Malzkaffee vor sich am Tisch stehen. Draußen lag alles in hellem Sonnenlicht, die sprießenden Stauden, der Beton der Einfahrt und die schlossgelbe Hausfassade. Er faltete die Zeitung zusammen. Anstatt über den Tod der Gnädigen Frau wurde im Innenpolitik-Teil das Neueste zu den Wiedereinreisebemühungen des nur mehr theoretischen Habsburger-Thronfolgers Otto berichtet.

Otto war ein Großcousin der Gnädigen Frau. Vor einem halben Jahr hatte er offiziell einen Einreiseantrag gestellt. Nun wurde bekannt, auf welche Teile des Habsburger-Erbes er im Zuge seiner Rückkehr Ansprüche stellen wollte. Unter anderem ging es um nahezu die gesamte Schatzkammer inklusive der Kaiserkrone, auch um einen beträchtlichen Teil von Sammlungen aus dem Natur- und Kunsthistorischen Museum, der Nationalbibliothek oder der Albertina.

Otto hatte der Republik Österreich großzügig zugestanden, auf die historischen Kunstschätze verzichten zu wollen. Als Entschädigung würde er sich mit einer jährlichen Rente in Höhe einiger Millionen Schilling zufriedengeben. Darüber hinaus wollte er Güter wie Vösendorf und Mannersdorf behalten sowie den Kobernaußer Wald und Schloss Laxenburg.

Die Gnädige Frau hatte sich darüber fürchterlich aufgeregt. Dieser kleine Herr, wie sie ihn nannte. Seinen Vor- oder Nachnamen brachte sie nie über die Lippen.

Genauso wenig wie jenen seines Vaters, ihres Cousins, Kaiser Karls.

Mesli konnte sich auch nach all den Jahren in ihrem Haus kaum vorstellen, wie man eine solche Familie als eigene erlebte. Eine Familie, die auch ohne Staat immer noch wie ein Herrscherhaus funktionierte. Wie empfand man für eine solche Verwandtschaft, was bedeutete das als Herkunft? Am ehesten gelangen ihm derartige Vorstellungen noch bei ihrem Großvater, dem alten Kaiser, der Mesli, obwohl er Millionen von Kriegstoten zu verantworten hatte, stets wie ein gütiger Großvater erschienen war.

Während es in solchen Familien immer auch um die Frage ging, welcher Zweig gerade an der Macht war, konnte Mesli auf keinerlei Erfahrungen mit Onkeln und Tanten, mit Nichten und Neffen, Cousins und Cousinen zurückgreifen.

Otto fungierte gemäß den alten Hausgesetzen als Familienoberhaupt. Eine Rolle, die er als ältester Sohn Karls und Zitas übernommen hatte. Karl wiederum war Kaiser geworden, da der Vater der Gnädigen Frau sowie dessen Cousin frühzeitig gestorben waren.

In England gäbe es nun ein Staatsbegräbnis, womöglich sogar eines für einc Kaiserin.

Vor seinem Portiershäuschen rollten Männer mit Hubwagen wieder einen Schub sorgsam verpackter Bilder und Möbel vorbei. Das Einfahrtstor war offen, draußen warteten, polizeilich bewacht, LKWs mit offenen Ladeflächen.

Mesli sah ihnen zu und war ganz woanders. Ihm wurde deutlich, welche Veränderungen im Land und vielleicht auf dem ganzen Kontinent möglich geworden wären bei einer weiblichen Thronfolge im Haus Habsburg. Tatsächlich hatte es noch während der Monarchie Kenner der Herrscherfamilie und ihrer Hausgesetze gegeben, die betonten, wie erleichtert der alte Kaiser über ihre erste, nicht-standesgemäße Ehe gewesen sein solle.

Als Großvater lehnte er zwar ihre Entscheidung ab. Als Patriach aber war für ihn mit ihrer Unterzeichnung des Renunziationsaktes jene Ordnung gewahrt, die ihm über alle familiären, persönlichen Bindungen hinweg die wichtigste war. Sie durfte sich zwar weiterhin *kaiserliche und königliche Hoheit* nennen, behielt einen besonderen Hofrang sowie das Recht auf Anordnung einer Hoftrauer im Falle ihres Todes. Gleichzeitig schied sie aus dem Herrscherhaus aus und verzichtete, wie die Gnädige Frau Mesli gegenüber mehrmals die entsprechende Formulierung aus dem damaligen Heiratsvertrag zitiert hatte, *aufgrund der im Erzhause bestehenden Vorschriften vor ihrer Vermählung eidlich und ein für allemal auf jedes Intestat-Erbrecht und auf Nachfolge sowohl in der Haupt- als auch in den Nebenlinien des Allerhöchsten Erzhauses und namentlich auf die Nachfolge in allen Königreichen, Provinzen und Gebieten, welche Seine gegenwärtig regierende ks. und kgl. Apost. Majestät entweder bereits besitzen oder in der Folge unter was immer für einem Rechtstitel besitzen werden …*

Sie hatte gern und erleichtert diese Erklärung unterschrieben. Ihrem Vater hatte der Thron das Leben genommen. Daran hatte sie nie gezweifelt. Zu klar sei gewesen, dass es wohl keine einzige politische Idee gegeben hatte, die im Nationalitätenkonflikt nicht sofort wieder zerrissen worden wäre.

So undeutlich und verrätselt sie über das Sterben ihres Vaters sonst meist gesprochen hatte, für sie war nie in Frage gestanden, dass seine politische Aussichtslosigkeit auch eine persönliche gewesen war. Irgendwann in diesen

Achtzigerjahren, vielleicht auch schon früher, hatte sich ihrer Meinung nach das letzte Fenster für Ziele, Möglichkeiten, Wünsche und Utopien abseits der nationalistischen Schreierei geschlossen. Kein Mann und keine Frau, kein Politiker, Thronfolger oder Kaiser hätte dagegen noch etwas ausrichten können.

Daran musste sie glauben. Und sie tat es mit aller Kraft und Vehemenz. In dieser Frage durfte ihr niemand widersprechen. Sie brauchte das zu ihrer Sicherheit und zu ihrem Schutz. Denn im Rückblick wusste sie genau, dass in den letzten knapp drei Jahrzehnten der Monarchie eine Partei entstanden war, die sich mit aller Macht gegen den Nationalismus gestemmt hatte.

Offiziell begründet wurde sie zu Beginn jenes Monats, an dessen Ende er sich das Leben genommen hatte. Jahrzehnte später sollte sie, seine Tochter, Mitglied in der Partei werden. Womöglich nur zu oft mit der Frage in Kopf und Herz, ob dem Vater die Sozialisten nicht doch Bündnispartner hätten werden können. Eine Frage, die zu spät kam. Im Gegenteil, sein Tod sollte ihr langjähriges Engagement als politische Aktivistin und Genossin nur noch erschweren.

Trotzdem war sie dem Erbe nicht ausgewichen, sondern hatte sich während des Ersten Weltkriegs in einer immer schärferen Opposition zur übrigen Familie als seine Nachfolgerin gesehen. Stolz darauf, die Tochter jenes Mannes zu sein, der die Aussichtslosigkeit seines Thrones erkannt hatte. Und sie, die Tochter eines solchen Vaters, hatte als Sozialistin die einzig angemessene Form einer Erbfolge dieses letzten Kronprinzen der Habsburgermonarchie vollzogen.

Elisabeth, komm nur!

Die um ihre Mutter versammelten Frauen lächelten ihr alle zu. Elisabeth hasste das. Nun hatte sie zurückzulächeln, die Modenachmittage ihrer Mutter zogen sich oft Stunden hin, die Damen tranken Champagner und Sherry, oft wurde es peinlich.

Meistens war die Mutter davor von einer Reise zurückgekommen, sie hatten einander zwar kurz gesehen, da Elisabeth sie stets begrüßen musste, doch Zeit für sie hatte die Mutter nach solchen Rückkehren nie.

Zeit gab es nur, wenn es an einem der nächsten Tage hieß, sie solle von ihren Gouvernanten zurechtgemacht werden und im Salon der Mutter erscheinen. Zuerst konnten sich die versammelten Frauen vor Ausrufen und Worten des Entzückens und Erstaunens kaum zurückhalten, die Mutter nannte sie Elisabeth und nicht Erzsi, manchmal musste sie sich sogar im Kreis drehen oder ein Lied singen, ihre Augen wurden begafft, ihr Körper manchmal sogar berührt. Danach hieß es für sie, still zu sein. Sie durfte nichts erzählen, nicht zu laut lachen. Sie musste mit den anderen applaudieren, wenn die Mutter mit einem neu erworbenen Kostüm oder Kleid hereinstolzierte. Doch sie durfte es den anderen nicht nachmachen, durfte es nicht übertreiben, sonst wurde sie zurechtgewiesen.

In diesen Stunden war sie vor allem mit einem beschäftigt, sie musste ihrer Mutter Stephanie ähnlich sehen. Nie suchte die Mutter ihre Nähe so ausgiebig und auch nachdrücklich wie während dieser Vorführungen. Mit jedem neuen Kleid setzte sie sich neben sie, ließ sich von den anderen zuprosten und drückte die Tochter an sich. Dann musste Elisabeth aufstehen. Denn in ihrer Größe bestand die deutlichste Ähnlichkeit zu ihrer Mutter. Zum Glück nicht in der fliehenden Stirn, die Stephanie immer unter aufwändigen Frisuren verbarg, weshalb der Mutter auch lieber war, wenn die Ähnlichkeit der Haarfarbe möglichst wenig thematisiert wurde.

So stand Elisabeth dann wieder einmal neben ihrer Mutter, durfte zuhören, wie sie den anderen von ihrer eigenen Größe in dem Alter erzählte, was stets auf den Zentimeter mit Elisabeths aktueller übereinstimmte.

Ewig dauerten diese Nachmittage in ihrer Erinnerung. Sie versuchte in diesen Stunden zu trainieren, mit offenen Augen nichts zu sehen. Sie ließ das An- und Ausziehen all der Hüte und Schuhe, der Handschuhe und Mäntel ineinander übergehen, sie blendete die Tortur der eng geschnürten Mieder unter all den Kleidern aus, deren übergroßes Volumen mit extra Polstern unter der Taille erzeugt wurde, die mit Eisenringen unter dem Stoff befestigt waren. Nichts davon konnte sie ernst nehmen, dafür war es einfach zu verrückt.

Ob und wann ihr klar geworden war, dass die Mutter keineswegs ihre Vormundschaft hatte, konnte sie später nicht mehr sagen. Der Großvater wollte jedenfalls, dass Elisabeth ihre Mutter in diesen Jahren zwischen deren Reisen möglichst oft sah. Was sich an solchen Nachmittagen abspielte, wäre ihm aber nicht einmal dann ein Begriff gewesen, hätte sie es ihm erzählt. Nur ein einziges Mal mischte er sich ein. Die Mutter hatte sie aufgrund eines Vorfalles bestraft, in dem es um ein ungebührliches Benehmen Elisabeths während einer dieser Modenschauen gegangen war. Zumindest bildete sich Elisabeth das später so ein. In jedem Fall hatte die Strafe der Mutter Elisabeths eigene Eitelkeit wiederum nur zu genau getroffen. Dabei ging es um den Gruß der Torwachen. Sobald ein Mitglied der kaiserlichen Familie in der Hofburg oder in Schönbrunn vorfuhr, hatten die Wachen ihre Waffen zu präsentieren und die Trommeln zu schlagen. Dieses Privileg sollte der Kaiser Elisabeth auch nach ihrem Ausscheiden aus dem Herrscherhaus gewähren.

Gefallen hatte ihr dieses Ritual bereits als kleines Kind. Und nichts anderes als ein Kind war sie zweifellos gewesen, als es eines Tages während ihrer Ankunft in Schönbrunn einfach still blieb. Die Gouvernante schaute bloß weg, Elisabeth blickte aus dem Wagenfenster. Die Wachen standen bewegungslos, keine Regung und kein Trommeln, als wären sie eingefroren.

Der Schrecken und die Demütigung gingen weit über bloße Enttäuschung hinaus. Nicht einmal die Gouvernante sagte ein Wort, und Elisabeth hatte die Vorstellung, sie befinde sich in einer Welt, in der es nie mehr etwas anderes als derartige stumme Starre geben sollte. Lediglich Masken anstatt aller Menschen.

Die Gouvernante musste ihr diesen Schrecken angesehen haben. Sie durfte zwar nicht reden, nicht mit ihr, so sah es der Auftrag der Mutter vor. Doch sie sorgte dafür, dass Elisabeths Vormund erfuhr, was hier geschehen war, worauf der Kaiser sofort einschritt und Stephanie untersagte, Elisabeth damit noch einmal zu erschrecken.

Ich ordne ausdrücklich an, daß meine Tochter Stephanie und mein Schwiegersohn Axel Björklund, ferner meine beiden Schwiegertöchter Ghislaine und Eva Windisch-Graetz, sowie sämtliche Enkelkinder, nach meinem Ableben so lange das Haus nicht betreten dürfen, bevor nicht die der Republik Österreich geschenkten Sachen, Bilder und Kunstgegenstände aus dem Hause entfernt sind. Als Verwahrerin trage ich für diese der Republik Österreich geschenkten Gegenstände die volle Verantwortung. Die gleiche Verantwortung tragen nach meinem Ableben auch meine beiden Testamentsexekutoren.

Mesli war froh, dass der Sachwalter der Republikschenkung, ein Ministerialoberkommissär des Unterrichtsministeriums, noch am Tag ihres Ablebens die Überwachung der Villa durch zwei Kriminalbeamte angeordnet hatte. Spätestens nach dem Einspruch ihrer Tochter Stephanie, dem sich auch Franz Joseph angeschlossen hatte, wäre ihm wie den anderen Bediensteten sonst keine ruhige Minute geblieben.

Dank der beiden regelmäßig ihre Runden um die Villa drehenden Polizisten mussten sie sich nicht um die Bewachung kümmern, und somit hatte er genug Zeit, um in seinem Portierhaus darüber zu spekulieren, in welchem Staat die Gnädige Frau, hätte es eine weibliche Thronfolge gegeben, Ende dieser Woche mit einem großen Staatsakt zu Grabe getragen würde: In einer Republik? In einer konstitutionellen Monarchie oder in einer Kombination aus Monarchie und Demokratie, wie das in England seit langem funktionierte?

Oder führten solche Fragen einfach nur ins Leere? Schon weil auch eine weibliche Thronfolge nach dem Tod Franz Josephs im Jahr 1916 nichts mehr am Weltkrieg und damit am Zusammenbruch des Reiches geändert hätte. Bis dahin wäre jeglicher Idealismus am alten Kaiser, an seinen Regierungen, an seiner Zögerlichkeit oder schlicht am Konstrukt der Doppelmonarchie ebenso zerschellt, wie es bereits ihrem Vater widerfahren war.

Als Enkelin und Frau hätte sie dem Großvater gegenüber zwar eine Position innegehabt, in der sie durchsetzungsfähiger als ihr Vater gewesen wäre. Vermutlich hätte es jedoch nicht mehr viel genützt. Immerhin sollte der Weltkrieg nur allzu schnell über alle Machtverhältnisse innerhalb der Habsburger-Dynastie hinausgehen. Genauso wie Mesli auch bewusst war, dass die Gnädige Frau damals gegen den Krieg nicht einmal ankämpfen hätte wollen. Denn zu dessen Beginn war sie noch keine Leserin der *Arbeiter-Zeitung* gewesen. Stattdessen hatte sie den Sommer 1914 als eine der Protagonistinnen jener mitteleuropäischen Oberschicht an den Küsten der österreichischen Riviera zwischen Abbazia und Duino einen Alltag erlebt, in dem der Krieg keinerlei Abstriche mit sich brachte. Sie nützte und genoss ihre materielle Unabhängigkeit, ihre Reisemöglichkeiten. Noch im Februar 1914 hatte sie vom Kaiser ein Zusatzdokument zu ihrem Pass bekommen. Unter seinem Siegel wurde bei Reisen ins Ausland ersucht, *Ihre k. u. k. Hoheit Fürstin Elisabeth zu Windisch-Graetz, geborene Erzherzogin zu Österreich, Höchstwelche mit Dienerschaft in den europäischen und außereuropäischen Staaten reist, allerorten frei und ungehindert passsieren, auch Höchstderselben nötigenfalls allen Schutz und Beistand angedeihen zu lassen …*

Ihre Erzählungen von Brioni und Pola hatten bei Mesli Spuren hinterlassen. Sie feierte, lebte ausgelassen, und Mesli wusste zwar nicht, wie viel Wahres an den kolportierten Geschichten dieser Zeit war, dass sie einige Grenzen überschritten hatte, dessen war er sich sicher.

Vorschriften für ihr Leben ließ sie sich zu dem Zeitpunkt auch von ihrem Großvater keine mehr machen. So patriarchal das Herrscherhaus funktionierte, sie war die einzige Nachfahrin des letzten Kronprinzen, und als Tochter eines solchen Vaters unterwarf sie sich keinen männlichen Regeln mehr, weder politisch noch privat.

Insofern brauchte es nicht viel Vorstellungskraft, wie lächerlich ihr der stets verkrampft um seine Männlichkeit kämpfende Kaiser Wilhelm erschienen sein musste. Mesli konnte sich beim besten Willen nicht vorstellen, wie die Gnädige Frau diesem Mann 1916 begegnen und dem Deutschen Reich bald darauf sogar den Oberbefehl über die verbündeten Armeen übergeben hätte sollen. Man hätte sie dafür, so war er überzeugt, umbringen müssen.

Mesli spürte Gänsehaut, während er zu kombinieren versuchte, welche Auswirkungen ein Separatfrieden Österreich-Ungarns mit der Entente nach der russischen Oktoberrevolution und dem Kriegsausstieg des sozialistischen und bolschewistischen Russlands bedeutet hätte.

Seine Familie lebte immer noch in einem böhmischen Dorf, spräche Deutsch, spräche Tschechisch, inmitten unzähliger anderer derartiger Familien in all den böhmischen oder mährischen Dörfern, in denen dies auch noch selbstverständlich gewesen war, als die an der Grenze zum jungen Nazi-Deutschland auf einmal auftauchenden Sudetendeutschen in der Tschechischen und Slowakischen Republik noch keiner wirklich ernst nehmen konnte und auch nicht ernst nehmen wollte.

Vielleicht wäre Hitler bei einem anderen Ende des Ersten Weltkriegs, und einem anderen Frieden, gleich welche Staatszusammengehörigkeiten und Staatsformen danach in Mitteleuropa zu finden gewesen wären, nicht möglich gewesen, ebenso wenig Nationalsozialismus und Holocaust, keine nationalen Umsiedlungen und Vertreibungen, kein Zweiter Weltkrieg. In dem Fall zöge nun kein Eiserner Vorhang über den Kontinent. Und die Landschaft, die für ihn als Kind die ganze Welt gewesen war, läge nicht, von Stacheldraht, Wachtürmen und Scharfschützen bewacht, unerreichbar entfernt.

Mesli blinzelte in die sonnige Einfahrt und hätte sich am liebsten jede weitere derartige Vorstellung verboten. Doch es ging nicht. Denn dieser kriegerischen Frau hätte er tatsächlich einen anderen Frieden zugetraut. 1916 oder 1917. Und damit eine andere Welt.

Vor ihm nun die nächsten Möbelpacker sowie unzählige Dinge, die es in Vorbereitung des Begräbnisses und der Übergabe der Villa zu tun gab. Dazu die Ungewissheit, wie lange er hier überhaupt noch angestellt sein würde und wer nun für das Hauspersonal zuständig war: Die Gemeinde Wien, der sie die Villa vor einem Jahr verkauft hatte, oder der Universalerbe des restlichen Nachlasses und Vermögens der Gnädigen Frau, ihr ältester Sohn Franz Joseph?

Gesprochen hatte mit den Bediensteten im Haus noch keiner darüber. Mit Ausnahme Franz Josephs, der zum Zeitpunkt des Todes gar nicht im Lande gewesen war, durften die übrigen Familienmitglieder die Villa nur kurz und unter Aufsicht betreten, solange der Abtransport der Kunstgegenstände im Gange war.

Unweigerlich hatte Mesli bei diesen Fragen ihren ältesten Sohn, den 1904 nach dem alten Kaiser benannten Franz Joseph, vor Augen. Dieser mit seinen bald 60 Jahren einerseits kindlich verlorene, andererseits völlig seiner Großwildjagd-Leidenschaft verfallene Mann würde nun als Kaiser ihr Nachfolger werden.

Schneller konnte man nicht in der Wirklichkeit ankommen. Mesli schraubte seine Thermoskanne auf, schenkte sich Kaffee nach und biss in sein Butterbrot.

Sie wurde zwölf in jenem Jahr, in dem sie ihren ersten öffentlichen Auftritt hatte. Man sagte ihr, angesichts der Firmung würde sie vor Gott zu einer Erwachsenen. In welchem Zusammenhang das zu ihrer erstmaligen Teilnahme am großen Blumenkorso im Prater stand, blieb ihr verborgen. Ebenso wie ihr zumindest im Rückblick jede Erinnerung daran fehlte, welche Erwartungen sie davor gehabt hatte oder was sie sich damals unter Begriffen wie Öffentlichkeit, Leute oder Volk vorgestellt hatte?

Weder an das Anmessen der neuen Kleider noch an das Frisieren und Ankleiden konnte sie sich erinnern. So als wäre es im Vorhinein nichts Besonderes für sie gewesen, als hätte sie tatsächlich keinerlei Ahnung gehabt, wie viele Leute anlässlich dieses Blumenkorsos allein wegen der Kronprinzentochter in den Prater kämen.

Womöglich aber entsprachen die Erinnerungen an eine solche Naivität, der sogar jegliche Eitelkeit völlig zu fehlen schien, nicht der Wahrheit. Denn so wenig sie in dem Zusammenhang über sich selbst im Gedächtnis behalten hatte, so deutlich waren die Bilder vom Stolz und der Gelöstheit ihrer Mutter: Anlässlich des ersten öffentlichen Auftrittes ihrer Tochter sollte sie an diesem Tag wieder als erste der Frauen in der Kutschenkolonne fahren dürfen. Nur Erzherzog Franz Ferdinand, der erst später benannte Thronfolger, sowie die Erzherzöge Otto und Ludwig Viktor saßen in einem Wagen vor ihnen. Ihrer war dafür umso prächtiger. Ganz genau erinnerte sich Elisabeth an die vier rotbraunen Stuten, das kaiserlichen Wappen und das glatt polierte Wagenholz.

Sie selbst trug, wie es bei den Habsburgern für Kinder und Jugendliche zu solchen Anlässen strenge Regel war, ein einfaches, weißes Kleid. Im Unterschied zu ihrer Mutter, die für diesen Tag ein lila Musselinkleid ausgesucht hatte. Die Sonne blinzelte durch die Praterbäume, die Blätter der Kastanien leuchteten in einem jungen Grün und die Leute riefen von allen Seiten: *Liesl, unsere Liesl!*

Ihr gefiel das. Sie winkte mit ihrem weißen Tuch zurück und sie freute sich, wie stolz und schön die Mutter war. Doch sie musste gewusst haben, dass ihre Mutter nur in Ausnahmefällen strahlte, da sie diese oft genug in ganz anderer Stimmung erlebte, wenn sie bei einem beliebigen Anlass versuchte, ihren Platz und ihren Hofrang zu behaupten.

An dem Tag im Prater war die Mutter ruhig und froh wie selten. Seltsam nur, dass Elisabeth gerade von diesem Tag keinen Moment in Erinnerung hatte, an dem sie an ihren Vater dachte. Immerhin beruhte die Tatsache, dass sie in einem vorderen Wagen saß, darauf, dass sie die Tochter des Kronprinzen war.

War sie damals wirklich so unbedarft gewesen, nicht zu wissen, dass ihr eigentlicher Platz, hätte der Vater noch gelebt, vor den anderen Erzherzögen gewesen wäre? Im Rückblick war das schwer zu entwirren. Da war sicher auch die Angst vor der Traurigkeit wie die Scheu vor den Ränkespielen der Mutter. Vor allem gab es noch etwas Drittes, das schon länger in ihr bohrte. So tief, dass sie nie wirklich unterscheiden konnte, ob es Schmerz oder Wut war. Es gehörte länger zu ihrem Leben, als sie denken konnte. Vermutlich ab dem Moment, da bei ihrer Geburt, wie sie bereits als Jugendliche erfuhr, zuerst Enttäuschung geherrscht hatte, bei Vater wie bei Mutter. Auch wenn sie gerade von ihm danach nie etwas anderes als innige Liebe erlebt hatte.

Doch an einem Tag wie diesem im Prater mussten die

fliedergeschmückten Kutschen, die Rosen und Akazienblüten, alles Winken und Lachen auch überdecken, dass der erste Wagen immer noch ihrer beider wäre, hätte ihre Mutter sie als Buben und nicht als Mädchen auf die Welt gebracht.

Und so war es nicht der ihr noch ungewohnte Trubel, auch keine Scheu oder gar Bescheidenheit, die von diesem so ausgelassenen hellen Tag das Gefühl von Scham sowie den ängstlichen Verdacht eines Ertapptwordenseins bei ihr hinterließen. Es war etwas, wogegen sie weitaus machtloser war.

Ihr Begräbnis war in drei Tagen. In den vergangenen Jahren hatte Mesli sich diesen Tag immer wieder ausgemalt. Manchmal hatte er sich darauf sogar gefreut. Nicht im Ärger – im Ärger hatte er sich nur Ruhe gewünscht, Gefahrlosigkeit und Stille im Zimmer der knurrenden Hunde und der unberechenbaren Frau.

Dachte er an das Begräbnis, tauchte unweigerlich die Pracht der Monarchie vor ihm auf. Menschen, Musik, Trachten, Uniformen, Fahnen, Zeremoniell und Ewigkeit. Dabei wusste er genau, wie ausnahmslos die Gnädige Frau sich jeden Pomp, alles Getue und Aufsehen verbeten hatte. Nicht einmal ihr Name war auf dem weißen Marmor ihres Grabes erlaubt.

Die Möbelpacker schlossen das Tor und fuhren ab. Draußen wehte ein kühler, böiger Wind. Sie hätte ihn gefühlt, dachte er sich, jedes kältere Wetter hatte sie immer noch wahrgenommen, so gleichmäßig ihr Zimmer, das sie seit zwei Jahren nicht mehr verlassen hatte, auch temperiert war.

Da war eine seltsame Furcht, wenn er an das Begräbnis

dachte. Angst vor jedem einzelnen Trauergast und seiner jeweiligen Geschichte mit ihr. Er schämte sich, wie unverhohlen vor allem in Kreisen des Hochadels und ihrer ehemaligen Familie von ihr als *sexsüchtig* gesprochen wurde. Und dabei hatte er ihren toten Körper vor Augen, den er überall angegriffen hatte. Womöglich sah man ihm das an. All die anderen Männer, die ihren Körper ebenfalls nackt kannten, kamen ihm in den Sinn, sowie die Gerüchte darüber, dass es nicht nur Männer, sondern auch Frauen gewesen seien. Und ihm war nicht einmal unheimlich, wie selbstverständlich er sich das vorstellen konnte.

Ausgerechnet er, der sich dem Körper seiner eigenen Frau stets nur im Dunkeln näherte, kannte den Körper der Gnädigen Frau nun weit genauer als den seiner Ehegattin.

5

In Miramare war ihre Mutter Stephanie die Königin. Der Großvater hatte ihnen das Schloss nach ihrem ersten Aufenthalt dauerhaft zur Verfügung gestellt. So als wüsste er um die Wirkung des Meeres.

Später sollte Elisabeth das Gefühl haben, er fürchtete es. Er selbst reiste nie mehr nach Miramare. Und je mehr Elisabeth von der Geschichte des Schlosses erfuhr, desto mehr verstand sie ihn und kannte doch keinen Ort, der ihr je ein stärkerer Trost gewesen war als dieses Schloss über den Klippen und seine Geschichte von Tod und Wahnsinn, Abschied und Verrat.

Erbauen lassen hatte das Schloss der jüngere Bruder ihres Großvaters. Selbst mit dem zerfledderten Bart auf jenem Porträt, das ihn als Kaiser von Mexiko zeigte, hatte Elisabeth ein Mädchen in seinem Gesicht gesehen. In den weichen Zügen von Wange und Nase, die sie auch an ihrem Vater so geliebt hatte.

Sein Tod durch Erschießung hatte sie nie sonderlich beeindruckt. Weit stärker stand ihr vor Augen, dass man ihn über das Meer nach Hause gebracht hatte. Den Sarg mit dem einbalsamierten Toten, der sein Erschießungskommando noch gebeten hatte, genau zu zielen und dabei nicht ins Gesicht, damit ihn seine Mutter wiedererkenne.

Dachte sie an ihn, spürte sie nichts Enges. So fühlte sie sich in Miramare wie angesichts seines Sarkophags in der Kapuzinergruft. Obwohl gerade Maximilians Geschichte, je mehr sie davon begriff, die Enge ihrer eigenen Familie verdeutlichte. Maximilian, so hieß es, hätte sich angesichts seines zögerlichen, zaudernden und sich immer wieder in Kleinigkeiten verlierenden Bruders für den geeigneteren Kaiser Österreich-Ungarns gehalten. Dementsprechend hätte ihn Elisabeths Großvater gefürchtet, so wie der Kaiser seinen eigenen Sohn und damit ihren Vater gefürchtet hätte.

Offenbar war das bei Maximilian so weit gegangen, dass er nach Annahme der mexikanischen Krone auf seine Thronfolge- und Erbansprüche in Österreich erst aufgrund des Drucks seines Bruders verzichtete. Mexiko bedeutete für ihn jedoch keinen endgültigen Abschied aus Europa, und dementsprechend kümmerte er sich auch aus Übersee en détail um die Inneneinrichtung von Schloss Miramare.

Zurück kam nur seine Frau Charlotte. Sie war vor seiner Erschießung nach Europa gesegelt, um in Paris, in Wien und schließlich beim Papst in Rom um Unterstützung zu bitten. Angeblich erschien sie dabei bereits verwirrt.

Sie blieb erfolglos, Maximilian wurde hingerichtet und Charlotte aufgrund ihres immer schlechteren Zustandes ins Gartenhaus von Miramare gesperrt.

Kein Wort hatte Elisabeth von ihrer Mutter je über diese Geschehnisse gehört. Dabei sollte ihre Großtante noch bis ins Jahr 1927 leben, in dem Glauben, Kaiserin von Mexiko zu sein. Womit sie, die mindestens so ehrgeizig wie ihr Mann war, ihr Lebensziel dauerhaft erreicht hatte.

Kaiserin, nichts anderes hatte auch Elisabeths Mutter

Stephanie werden wollen. Zeitlebens konnte sie es deshalb ihrem Mann nie verzeihen, sie um dieses Anrecht gebracht zu haben. 1935 veröffentlichte sie ein Buch mit dem Titel *Ich sollte Kaiserin werden*. Elisabeth ließ den Verkauf gerichtlich untersagen und führte dafür persönlichkeitsrechtliche Gründe an. Doch war es vor allem Schmerz und Enttäuschung darüber, dass der Mutter die verletzte Eitelkeit immer noch das Wichtigste war.

Als Kind und auch als Jugendliche versuchte sie, solche Gefühle zu verdrängen. Erleichtert wurde ihr das durch den ohnedies förmlichen Umgang ihrer Mutter mit ihr nach altem höfischem Vorbild. Gleichzeitig hätte sie mit niemand anderem als mit ihr lieber über den toten Vater gesprochen.

Am ehesten schien es noch in Miramare möglich. Dort waren sie einander aus praktischen Gründen näher, es gab weniger Hofstaat, weniger Regeln, vor allem aber war ihre Mutter freier. Bis auf die wenigen Besuche der Großmutter war Stephanie an der österreichischen Riviera zumeist ranghöchstes Mitglied des Kaiserhauses. Dementsprechend hofiert und umschmeichelt wurde sie. Sie genoss es und bekam in manchen Augenblicken dort tatsächlich etwas schalkhaft Leichtes, näherte sich das eine oder andere Mal sogar einer Art von Selbstironie.

Längst zogen sich ihre Winteraufenthalte in Miramare bis weit in den Frühling, reichten bald bis in den Sommer hinein. Und während ihre Mutter die Möglichkeit genoss, Königin zu spielen, lernte Elisabeth mit ihren dreizehn, vierzehn oder fünfzehn Jahren allmählich eine Welt abseits des höfischen Alltags kennen. Denn im Unterschied zu Schönbrunn und der Hofburg gab es rings um Miramare kilometerweit nichts anderes als Natur und noble Villen. Die Schlossnachbarn waren Grafen, Barone oder Fabrikbesitzer, von denen ihr umso weniger Gefahr drohte, als sie allesamt zum Königreich der Mutter gehörten.

Auf einmal hatte sie nicht nur Freundinnen, sondern parallel zu ihrer Mutter ebenfalls ein eigenes Königreich. Schließlich war sie die Kaiserenkelin und die Kronprinzentochter. Völlig selbstverständlich war ihr diese Autorität. Trotzdem wurde ihr erst jenes Mädchen zur besten Freundin, das ihr Paroli bot.

Ich weiß, wer du bist, sagte ihr Steffi gleich bei der ersten Begegnung im Park. *Ich weiß auch, wer dein Vater war. Mein Großvater hat es mir erzählt. Angeblich war dein Vater sehr klug* … Dann lachte sie und erkundigte sich halb im Ernst, halb im Scherz: *Und du?*

Steffi war dunkelhaarig, Elisabeth war blond. Steffi war hübsch, doch sie war nicht hübscher als sie, auch das war wichtig. Steffi schreckte nicht davor zurück, ihr die Meinung zu sagen oder sie in die Schranken zu weisen. Elisabeth ärgerte sich darüber natürlich jedes Mal, doch etwas sagte ihr selbst im größten Ärgern, wie notwendig sie gerade auch Widerstand brauchte, wie gut ihr solche Unerschrockenheit tat.

Nicht wenige der gesellschaftlichen Unterschiede lernte sie erst anhand der Freundin kennen, die aus einem alten, doch eher verarmten Grafengeschlecht stammte. Steffis Großeltern besaßen eine kleine Villa am Karstabhang unweit des Parks. Dort lebte Steffi mit ihnen, nachdem Steffis Vater im Krieg als Offizier gefallen und Steffis Mutter ins Kloster gegangen war. Wie knapp die materiellen Reserven von Steffis Familie waren, erfuhr Elisabeth erst anlässlich der Notheirat Steffis nach dem Tod der Großeltern. Finanzielle Hilfe verbat sich die Freundin dann jedoch erst recht.

Stattdessen lenkte sie Elisabeths Blick all die Jahre auf Menschen, die nicht einmal mehr wie Menschen lebten. Denn Steffi kannte sich auch in der Welt jenseits der Parks, Schlösser und Villen aus. Sie konnte von Fabriken erzählen, von Arbeitern, von Lebensbedingungen, die Elisabeth erst begriff, als sie etwa die Ziegeleien am Wienerberg und die Barackenunterkünfte der Arbeiter zu Gesicht bekam.

Auch in Bezug auf Elisabeths Vater sollte Steffi eine entscheidende Rolle spielen, obwohl sie nach ihrer ersten Begegnung lange nicht mehr von ihm sprachen. Doch selbst das war kein bloßes Schweigen, wie Elisabeth es nur zu gut kannte. Es war, als wartete sie gemeinsam mit ihr, ob nicht doch Elisabeths Mutter oder ihre kaiserlichen Großeltern es irgendwann schafften, der erstickenden Stummheit ein Ende zu setzen.

Doch die Mutter weigerte sich, ihren toten Mann auch nur mit einem Wort zu erwähnen, der Großvater wiederum schien bereits vor der Nennung seines Namens Angst zu haben. Während die Großmutter in einer Traumwelt lebte, in der sie glaubte, mit ihrem Sohn reden und alle Geheimnisse teilen zu können. Vor diesen Gespenstern scheute Elisabeth damals bis kurz vor dem Tod der Großmutter erst recht zurück.

Auch davon erzählte sie Steffi damals als Einziger. Es war im Sommer vor dem Tod der Kaiserin. Kurz davor aber war zwischen den Freundinnen etwas anderes geschehen, das Elisabeth den Vater auf noch unerwartetere Weise mitten ins Leben rückte.

Damals, in jenem Frühling 1898, geschah mit ihnen

als Mädchen etwas. Auf einmal ertappten sowohl Steffi als auch sie sich immer öfter kichernd dabei, wie sie sich die jungen Offiziere auf der Promenade Richtung Triest anschauten. Natürlich waren sie auch darin sofort Komplizinnen gewesen. Umso weniger hatte Elisabeth mit dem gerechnet, was ihr von Steffi entgegenprallte, als sie der Freundin an einem dieser Nachmittage die Geschichte mit dem angezeigten Offizier erzählte.

Elisabeth war an dem Tag allein auf der Promenade zwischen Miramare und Triest unterwegs. Zurück beim Parkeingang, traf sie Steffi. Sie umarmte die Freundin und wagte sich nicht auszudenken, wie sie es auch nur eine Minute länger ausgehalten hätte, nichts zu erzählen, so vehement schlugen die Stimmungen in ihr umher.

Sie musste das schnell loswerden, am besten alles auf einmal: Von dem jungen Leutnant, der sie angesehen hatte, und dem seltsamen Schauder dabei, vom Zurückschauen und dem Moment, in dem seine Augen an ihren Augen und ihrem Körper haftengeblieben waren. Mehr war es nicht gewesen, doch es hatte sich angefühlt, als schaute ihr ganzer Körper ihn an.

Er hatte sie nicht als Enkelin des Kaisers erkannt. In ihren abgetragenen Kleidern taten das nur die Nachbarn und die Dienerschaft im Schloss. Bislang kümmerten sie weder dieser Aufzug noch ihre Anonymität darin. Je abgetragener Kleider und Schuhe gewesen waren, desto stolzer war sie gewesen. Die Frage, ob sie darin erkannt wurde, hatte sich nicht gestellt. Viel wichtiger war gewesen, dass ihrer Mutter dieser Aufzug missfiel. Während es Elisabeth ein ständiges Vergnügen bereitete, dass selbst ihre eitle Mutter nichts gegen die Hausregeln der Habsburger ausrichten konnte, der zufolge Kinder im Alltag bis zu einem bestimmten Alter einfachste Kleidung zu tragen hatten.

Auf diese Weise war sie auch in diesen Tagen immer noch ein Mädchen gewesen, das unter einer Tarnkappe steckte. Vor allem draußen auf der Promenade, wo sie im Unterschied zu Hof und Hofstaat in Wien niemand kannte.

Doch nun hatte sie ein Mann angesehen, und es hatte kein Versteck gegeben. Sie hatte sich nackt gefühlt unter seinem Blick, und das an Stellen ihres Körpers, die ihr kaum noch aufgefallen waren. Ein Schild hätte sie gebraucht, ein hartes und mächtiges Schild, an dem auch ihre Augen haltmachten. Denn es war nicht sein Blick allein, erst ihr Verharren hatte die Entblößung erzeugt. So hatte sie in ihrer Beschämung sofort zur größtmöglichen Waffe gegriffen, die ihr zur Verfügung stand. Sie hatte den Soldaten angezeigt. Als Begründung hatte sie angegeben, er habe sie, die Enkelin des Kaisers, nicht gegrüßt.

Später sollte sie darüber schmunzeln, doch dabei stets jenen erstickten und wilden Ruck in ihrem Inneren erleben, in dem sie diesen Soldaten, diesen Leutnant oder jungen Offizier, angezeigt hatte, ohne dass er sich einer Ungebührlichkeit schuldig gemacht hätte.

Bewusst war ihr all das damals nicht gewesen. Wie auch alle übrigen Empfindungen mit dem Soldaten, der Anzeige, ihrer Wut, ihrer Scham und Nacktheit, erst später greifbar wurden. Als sie auf Steffi zugelaufen war, hatte sie nur gekichert und mit roten Wangen gelacht.

Stell dir vor …, wollte sie sagen, doch irgendetwas musste sich dabei versperrt haben und sie hatte nichts gesagt. Also hatte Steffi von ihrem Ausflug zum Wochenmarkt nach Duino zu erzählen begonnen.

Ich habe ihn angezeigt!

Elisabeth erinnerte sich später nicht mehr, wie lange sie Steffi noch zugehört hatte. Doch ihr kam vor, sie hätte diesen Satz immer wieder gesagt.

Steffi schien sie zuerst gar nicht verstanden zu haben. Sie starrte sie an und vermutete als Grund der Anzeige offenbar etwas unglaublich Schlimmes.

In dem Augenblick hatte Elisabeth realisiert, dass etwas nicht stimmte. Doch sie hatte nur gelacht und gekichert, als würde dasselbe Lachen und Kichern aus Steffis Gesicht wie aus einem Spiegel zurückkommen. Nur dieses eine Mal, so wünschte sie sich das, sollte Derartiges geschehen, ganz automatisch, danach müsste es nie mehr wieder sein, doch jetzt sollte es als Antwort funktionieren.

Sag … bist … du jetzt verrückt geworden? Liesl … weißt du nicht, wer du bist …

Elisabeth bekam keine Luft mehr. Jeder hätte das zu ihr sagen dürfen, nur nicht Steffi, die Freundin, die Schwester. Denn alles, was jemand wie sie in einem wirklichen Leben erleben konnte, hatte sie mit Steffi erlebt. Wie wenig das einerseits war und gleichzeitig wie ungeheuer viel, wusste allein die Freundin.

Mit ihr hatte sie als Mädchen im Park gespielt, als wären sie Buben. Sie hatten gemeinsam über die eitle Mutter und die ständigen Modenschauen gelacht, hatten sie nachgemacht, genauso wie sie im letzten Winter und Frühling die ebenso eitlen Soldaten nachzuspielen und zu verspotten begonnen hatten, ebenfalls noch als Mädchen.

Bis in dem Frühling ein Schwall unförmiger, neuer Empfindungen über ihnen beiden aufging. Keine davon hatte es bislang gegeben, trotzdem fühlte sich jede von Beginn an wie etwas Verheimlichtes an.

Ob es das Ziehen im Körper und eine Wärme und Hitze war, die nicht nur aufregendes Schaudern, Gänsehaut und ein Glühen verursachte, sondern auch Bewegungen und Berührungen, von denen sie sich erst erzählten, als sie voneinander merkten, dass sie, auch ohne es auszusprechen, keine Sekunde mehr von etwas anderem reden konnten. Oder ob es scheinbar bloß Lächerliches war, wie etwa die Vorstellung, wie sie beide in diesem oder jenem Kleid auf der Promenade aussehen würden.

Zuerst waren das vielleicht noch Parodien gewesen, Reste des alten Verlachens von Elisabeths Mutter oder ähnlicher Frauen, doch war in diesen Parodien auf einmal etwas Anderes, etwas weit Ruhigeres, Erfüllteres. Ein Stolz und ein Strahlen, in dem Lächerlichkeit keinen Platz mehr hatte und es nichts mehr zum Parodieren gab. Denn mittendrin in alldem und in Wirklichkeit auch mittendrinnen in ihrer beider Körper war da nun dieses Ziehen.

In ihrem Kopf hallte es.

Weißt du nicht, wer du bist … und weißt du nicht, wer dein Vater ist?

Mit der Erwähnung ihres Vaters hatte Elisabeth in dieser Situation nicht gerechnet. Dabei hatte sie sich in diesen letzten Wochen immer öfter gewünscht, mit Steffi darüber zu reden, ohne es zu merken und ohne es überhaupt Wunsch nennen zu können.

Jetzt pochte sein Name, und alles war Verrat. Da schlug sie zum ersten Mal zu. Sie wusste nicht, ob es Hand oder Faust war, spürte Befriedigung und Erleichterung.

Schlag nur …!, brüllte Steffi. Und sie schlug, am liebsten hätte sie nie mehr etwas anderes getan. Steffi schrie alles Mögliche, doch Elisabeth verstand sie nicht mehr.

Es war ein Sog wie beim Auftauchen einer Taucherin aus dem Wasser. Eine Bewegung, in der immer mehr Befreiung und gleichzeitige Gefahr war.

Ringsum blieben die Leute stehen, sie nahm sie nicht wahr. Steffi blutete und schien Elisabeth weiter anzufeuern. Die Umstehenden johlten, auch das bekam sie höchstens halb mit, hatte es erst später in der Erinnerung deutlich vor sich.

Bis es irgend jemandem zu viel wurde. Vielleicht auch jemandem, der gerade erst vorbeigekommen war. Denn die kleine Menge rundum stand weiterhin nur starrend da.

Der Mann wollte sich den Weg zu den beiden Mädchen durch die Leute bahnen. Da hörte sie auf einmal die Stimmen ringsum:

Das ist die Enkelin des Kaisers, Vorsicht … nicht einmischen!

Andere stimmten mit ein, es wurde kurz laut und ging dann sehr schnell, dass sich die Leute zerstreuten.

… das ist also die Tochter Rudolfs!

Wie Echos blieb ihr das Gemurmel von dem Augenblick an.

Sie weinte, sie starrte die blutende Steffi an, ihre blutige Hand und sah in den Augenwinkeln auch das Rot an ihrem eigenen Kleid. Wie ein seltsames Leuchten, das alles einrahmte. Es war nur ein kurzer Augenblick. Doch darin lag eine Gewissheit, die sie nie mehr vergessen sollte:

Sie könnte Steffi jetzt töten.

Sie spürte ganz genau die Stelle, wo der Tod sein würde. Wie ein Tier. Ganz weich und offen war es dort. Der Schlag müsste nicht einmal fest sein, er würde treffen, wie von selbst.

Zur selben Bewegung, zum selben Gefühl gehörte aber auch das Schluchzen, mit dem sie nun in Steffis Armen lag.

Spürst du mich?, flüsterte Steffi.

Elisabeth nickte. Steffi drückte sie an sich. Bei jedem Luftholen ging ein Zittern durch Elisabeth.

Ja, sagte sie zu Steffi, *dich spür ich … trotzdem hab ich dich geschlagen …*

Es hat nicht weh getan, eigentlich gar nicht, antwortete Steffi und Elisabeth fühlte die Wärme ihres Körpers. Jetzt war das, was davor nur ein Punkt, eine Stelle gewesen war, überall. Es war nicht mehr der Tod, es war Wärme und Geborgenheit.

Weißt du, sagte Steffi leise zu ihr, *ich wollte das nicht sagen, ich wollte dir nicht deinen Vater vorhalten.*

Elisabeth presste sich an ihr fest. Sie holte tief Luft und fragte sie, warum das denn nie geschehe und dass sie das nicht mehr aushalte. Es käme ihr vor, setzte sie schnell nach, als habe es ihn nie gegeben; und als würde es auch sie in Wirklichkeit nicht geben.

Das Meer rauschte leise gegen die Ufersteine. An der Promenade gingen die Leute vorbei. Steffi sah sie an, dann nahm sie ihren Kopf und drückte die Stirn auf ihre Stirn.

Es ist nur Angst, die niemand reden lässt … Steffi umarmte sie.

Was für eine Angst denn? Vor mir?

Nein, Liesl, nicht vor dir … vielleicht haben sie Angst vor ihm. Schau, sogar ich denk mir oft: Das ist er jetzt in dir, das ist jetzt dein Vater, der einen da anschaut, der dies oder jenes macht … dabei kenn ich ihn gar nicht, kenn ihn nur aus Erzählungen …

Ich kenn ihn nicht einmal aus Erzählungen!, entgegnete Elisabeth.

Das werden wir jetzt ändern … Steffi nahm sie an der Hand. *Aber zuerst brauchen wir kaltes Wasser – für die Kleider, gut?*

So gingen sie los, mit dem eingetrockneten Blut auf ihren Kleidern. Ausgelassen fühlte es sich an, wie nach einer Schlacht. Ausgelassen und ernst.

Es waren 916 Schritte. Mesli war eigens früher aufgebrochen, um von keinem der Begräbnisbesucher beim Zählen gestört zu werden. Er hatte ruhig und genau gezählt und war sich sicher, dass es stimmte.

Die Linzer Straße knapp 500 Meter stadtauswärts, dann rechts noch 50 Meter die Gasse hinauf, weiter war es vom Haus der Gnädigen Frau nicht bis zum Friedhof. Man musste nicht einmal eine Straße überqueren.

Bis zum Eintreffen der ersten Wagen saß er auf der Bank vor dem Eingang. Ein frischer Wind trieb vom Westen die Wolken über die Stadt. Es war hier ein ähnlicher Blick wie vom kleinen Pavillon am hinteren Parkende der alten Villa. Dort befand man sich am Hang des Wolfersbergs, hier beim Friedhof war es der Bierhäuselberg.

Mesli wusste, er würde den Blick über das Wiental vermissen. Wenn er etwa beim Pavillon die Rosen schnitt und zur Autobahnbaustelle hinübersah. Von dort zur Villa hinunter war es, als blickte man in ein Tal. Weit und breit gab es im Stadtgebiet kein derart weitläufiges Privatgrundstück mehr. Ringsum war alles längst in kleine Einfamilienhäuser parzelliert. Die Gnädige Frau hatte das immer verabscheut und sich von der Stadt Wien vertraglich zusichern lassen, dass im Areal der gemeinnützigen

Wohnanlage, die in dem größeren Teil des Parks geplant war, keine Zäune errichtet werden dürften.

Vielleicht hätte er doch seine Frau zum Begräbnis mitnehmen sollen. Jetzt wäre eine Gelegenheit, ihr von der Toten zu erzählen. Seine Frau kannte weder die Villa noch den Park. Er hatte das nie gewollt.

Nicht einmal eine Andeutung hatte sie gemacht, zumindest jetzt seinen nie betretenen Arbeitsplatz besichtigen zu wollen, als er ihr erzählte, dass die Bediensteten bis zur endgültigen Übernahme durch die Stadt im Sommer weiterbeschäftigt würden. Er war ihr dankbar, denn ihm erschiene es wie ein Vertrauensbruch.

In dieser Stunde auf der Bank neben dem Friedhofstor aber hätte er ihr in einem fort erzählt: Von kleinen Augenblicken wie dem Rosenschneiden oben beim Pavillon. Oder Anekdoten wie jene, dass unweit des Parks 1846 vom Urgroßvater der Gnädigen Frau, Erzherzog Franz Karl, der letzte Wolf des Wienerwalds geschossen worden war.

Nur das seltsame Schreiben des Kustos eines Heimatmuseums in Lilienfeld hätte er ihr verschwiegen. Er wusste selbst nicht, was er damit anfangen sollte. Angeblich hatte dieser Mann auch der Gnädigen Frau mehrmals geschrieben, doch habe sie ihm nie geantwortet. Nun hatte er es auf weniger direkte Weise noch einmal versucht. Der Brief war wenige Tage vor ihrem Tod abgestempelt worden. Der Mann hatte ihn im Glauben geschrieben, er würde noch in ihre Hände gelangen. Umso mehr hatte Mesli sich gewundert, dass er nicht persönlich adressiert gewesen war. Kein Name, nichts.

Es stand nur: *An die Villa Petznek* … danach die genaue und auch richtige Adresse: *Linzer Straße 452, 1140 Wien,*

Österreich. Er hatte gezögert, den Brief zu öffnen, denn die persönlich an sie gerichtete Post hob er ebenso auf wie die Kondolenzschreiben für Franz Joseph, ihren Sohn.

Ein Brief an das Haus galt aber auch den Bediensteten, so hatte er sich einzureden versucht. Es hatte einen ganzen Nachmittag gedauert, bis er sich zu dieser Entscheidung durchgerungen hatte. Dann schnitt er das Kuvert sorgsam auf und hielt den Brief des Kustos sowie Fotos eines unbekannten Mannes mit markanten Zügen in der Hand: Matthias Zdarsky, Skipionier, Akademischer Maler und Erfinder, wie aus diversen Bildunterschriften hervorging.

Dieser Zdarsky, so schrieb der Kustos des Heimatmuseums, sei 1940 als 84-Jähriger gestorben. Mehr als die Hälfte seines Lebens habe er auf einem kleinen Anwesen auf den Hängen rings um Lilienfeld verbracht, das er 1889 erworben habe. Seit damals, so schrieb er in aller Vorsicht, munkelten die Leute, Zdarsky sei ein Inkognito. Denn in den Jahren der Industrialisierung, in denen so viele Bauern ringsum abwirtschafteten, in die Fabriken der Täler gingen oder auswanderten, fiel es auf, wenn einer plötzlich ein solches Gehöft kaufte, der weder Kühe, Schweine oder sonst ein Vieh hielt, nichts anbaute und auch sein Heu nur gegen Waren aus dem Ort eintauschte. Er lebte als Privatier, obwohl er laut eigener Angabe der x-te Sohn eines Müllers in Mähren gewesen sei.

Nun, er als Kustos versuche sich derartigen Dingen gegenüber wissenschaftlich zu verhalten. Es frappiere allerdings auch ihn, welche immense Bildung und Reiseerfahrung dieser Müllersohn bereits als 33-Jähriger in das Tal mitgebracht habe. Entscheidend dafür, mit diesem Brief noch einen letzten Versuch zur Ermittlung von

Angehörigen dieses Mannes zu machen, der als Erfinder des alpinen Skifahrens ohnedies in die Geschichte eingehen werde, sei schlicht und einfach dessen Gesicht. Dieses Vorgehen, so schrieb er, sei zwar gänzlich unwissenschaftlich: *Doch sehen Sie selbst … an wen mein Brief nun auch immer geraten möge.*

Mesli hatte im ersten Moment nicht nur der Zeitpunkt dieses Briefes in Spannung versetzt und wie knapp er die Gnädige Frau verfehlt hatte, sondern auch die Tatsache, wie sehr ihn noch wenige Tage davor die Suche nach einem Brief beschäftigt hatte.

Nun diese unverhoffte Flaschenpost. Was sollte er damit tun?

Die Zeitungsbilder und Porträts des Skipioniers zeigten durchwegs einen älteren Mann. Sein Gesicht erinnerte an Franz Joseph, auch die Abbildung der Totenmaske. Was Rudolf betraf, war Mesli sich nicht sicher. Natürlich gab es eine Ähnlichkeit, sonst fiele sie ihm nicht dermaßen stark zum alten Kaiser auf, doch für ihn war sie schwächer oder sein Blick kritischer, distanzierter, ängstlicher.

Vielleicht ließ ihn einfach ihr Tod nichts mehr erkennen, dachte er sich. Angesichts ihres Todes müsste er einen derartigen Brief sicherlich ihrem ältesten Sohn geben. Mesli hatte das kranke, ausgezehrte Gesicht ihres Sohnes Franz Joseph vor Augen. Auch zu diesem bestand eine Ähnlichkeit.

Doch was sollte dieser Brief mit seinen Informationen und Vermutungen jetzt bewirken? Die Einzige, die solche Eröffnungen noch direkt betroffen hätten, wäre die Gnädige Frau gewesen. Jetzt war sie tot. Und selbst vor ihrem Hinscheiden hätte es – sollte sich tatsächlich jemand anderer hinter Mathias Zdarsky versteckt haben – wiederum nur bis zu dessen Tod einen Sinn gehabt, an Gewissheiten zu rütteln.

Alles war leer, die Schritte hallten. Die Sonne strahlte hoch über dem Meer, bald sollte die Mutter samt Hofstaat im Schloss eintreffen.

Über eine Woche hatte Elisabeth in der Villa von Steffis Großeltern verbracht. Sie hatte noch nie in einem derart kleinen Haus gewohnt. Es gab lediglich eine Bedienstete, und die knarrende Holzstiege hörte man in allen Zimmern. Wie in einem Puppenhaus hatte sie sich gefühlt, trotzdem war es ihr nicht eng vorgekommen. Im Gegenteil, Steffi hatte ihr Versprechen wahr gemacht, schneller und intensiver, als beide es sich vorgestellt hatten.

Elisabeth hatte sich schon seit langem gewünscht, während einer der vielen Reisen ihrer Mutter bei Steffi zu wohnen. Anfangs hatte die Mutter darüber nicht einmal nachgedacht, später hatte es immer unüberwindliche Gründe gegeben. Nun war alles auf einmal selbstverständlich geworden. Elisabeths Gouvernante hatte mit Steffis Großeltern sogar bereits alle Details ihres Aufenthalts ausgemacht, als Elisabeth und Steffi davon erfuhren.

Als Erwachsene und Mutter sollte Elisabeth irgendwann durch den Kopf schießen, die Zustimmung ihrer Mutter könnte mit einem gewissen Hintersinn erfolgt sein, der sich mit dem Versprechen Steffis deckte. Nur allzu ähnlich sollte Elisabeth solche Verhaltensweisen als Erwachsene an sich selbst in Augenblicken erleben, die ihr zu nahe gingen.

Damals dachte sie jedoch keine Sekunde über solche Fragen nach. Sie schritt durch die leeren Gänge von Miramare und wartete auf die Mutter. Noch nie hatte sie sich dieser Frau so nahe gefühlt wie in diesen Momenten, in denen ihr gleichzeitig alles an diesem Ort, der ihr immer ihr liebster gewesen war, unwirklich vorkam.

Vielleicht war es der Beginn eines Abschieds und sie wusste es nur nicht. Sie freute sich auf die Mutter. Sie glaubte, ihr nun offener begegnen zu können. Sie sollte sich täuschen. Vielleicht allein deshalb, weil sie selbst nicht mehr hier war, nicht mehr hierhergehörte. Doch Derartiges konnte ihr nach den eineinhalb Wochen in der Villa von Steffis Großeltern noch keineswegs bewusst sein. Sie hatte Mühe, schon den Aufenthalt selbst nicht für einen bloßen Traum zu halten.

Steffis Großvater führte sie nach ihrer Ankunft als Erstes in die Bibliothek seines Arbeitszimmers. Dieser Raum sollte in den nächsten eineinhalb Wochen allein ihr zur Verfügung stehen. Ebenso der Schreibtisch beim Fenster und der große Tisch in der Mitte mit all den Alben und Atlanten.

Rings um den Tisch standen bequeme Fauteuils, so dass es fast keinen Platz gab, von dem man mit einem Buch oder sonst einem Fundstück mehr als drei Schritte hätte machen müssen, um sich darin fallen zu lassen.

Sie solle keine Angst haben, ihn zu fragen, sagte Steffis Großvater. Wenn er eine Antwort wisse, werde er sie ihr geben. Das werde nicht bei allem der Fall sein, und allein um das zu akzeptieren, benötige man manchmal ein ganzes Leben.

Haben Sie aber keine Scheu, denn glauben Sie mir, es hilft schon, wenn man einigermaßen weiß, worüber man nichts weiß. Und am besten ist es, wenn man darüber spricht. Sie werden sehen …

Elisabeth schaute sich um. Die Bücherregale begannen

knapp über dem Boden und reichten allesamt bis zum Plafond.

Der alte Graf wusste, welche Überforderung eine solche Bibliothek mit all ihren Möglichkeiten, ihren Welten, Geheimnissen und Rätseln darstellte. Und er wusste auch, wonach sie suchte, wollte ihr aber mit der Uferlosigkeit einer solchen Bibliothek genau jene Luft zum Atmen geben, die sie für die Handvoll teilweise sogar dünner Bücher brauchen würde, auf die er nun deutete.

Nach diesen Büchern hier will ich Sie gar nicht erst lange suchen lassen … im Gegenteil, die Schriften Ihres Vaters haben hier einen besonderen Platz. Genauso wie viele Erinnerungen an ihn … Aber auch dabei gilt, dass ich nicht alles weiß, bei weitem nicht. Sie werden trotzdem sehen, wie anders es sich anfühlt, wenn Sie erst einmal das Bekannte vom Unbekannten, das Dunkle vom Hellen trennen können. Das kann hier alles nur ein Anfang sein, nicht mehr, nicht weniger. Machen Sie es sich gemütlich, stellen Sie alles um: Dieses Zimmer soll in den nächsten Tagen Ihr Zuhause sein.

Und das war ihr dieser Raum tatsächlich geworden. Ein Ort, den sie auch nach dem Aufenthalt bei Steffis Großeltern nicht verlassen musste.

Bereits bei ihrer Rückkehr ins Schloss bemerkte sie eine Veränderung. Noch nie hatte sie so ruhig auf ihre Mutter gewartet. Trotz ihres distanzierten Verhältnisses blieb der wohl unerfüllbare Wunsch, von ihr einmal richtig in die Arme genommen zu werden. Und gleichzeitig die Angst vor der Leere, vor der Enttäuschung.

Sie hatte genau vor Augen, mit wie vielen Hutschachteln, neuen Kostümen, Kleidern und Roben die Mutter auch diesmal zurückkehren würde. Paris, Mailand – die

Route war verdächtig. Obwohl sie am unersättlichsten stets in London war, aus welchen Gründen auch immer.

Schon als kleines Mädchen hatte sie ihre Mutter in alldem bemitleidet. Sie wusste genau, wie unglücklich diese war, und war stets daran verzweifelt, sie nicht beruhigen oder trösten zu können. Doch schlug es immer öfter in Wut um. Letzten Sommer platzte sogar aus ihr heraus, dass sie wohl überhaupt ein Irrtum sei, als Mädchen, ein Fehler des Schicksals und deshalb an allem schuld: an der Zurücksetzung der Mutter, am Tod des Vaters, an der Stummheit der ganzen Familie. Sie, ganz allein.

Doch es hatte nichts geholfen. Es gab keinen Aufschrei, der ihr gegen diese Last half. Vermutlich auch sonst nichts, kein Flehen und keine Gewalt.

Im Grunde war in einer Familie wie ihrer jedes Kind ein Irrtum. Kindsein hatte in einem Herrscherhaus keinen Platz. Auch deshalb gab es für Kinder einheitliche Kittel, das waren einfach Verstecke. Dahinter wurde man für die von Anfang an exakt zugewiesenen Aufgaben erzogen. Ihr Vater wurde bereits als kleiner Bub wie ein Soldat gedrillt. Als Fünfjähriger wurde er einmal allein in seinem kleinen Holzhaus in Schönbrunn hinter dem Tiroler Garten zurückgelassen. Eine ganze Nacht lang dort im Wald, ohne dass ihn jemand hören konnte.

Seine Erzieher und auch der Kaiser wollten ihn auf diese Weise schützen: Vor seiner Sensibilität, die in ihren Augen, angesichts der ihm bevorstehenden Aufgaben, die größte Bedrohung war. Man wollte sie ihm mit Gewalt abgewöhnen und steckte ihn als Sechsjährigen in die Uniform seines in dem Alter erreichten Armeeranges. Ein Sechsjähriger, der eine Militärparade abnahm. Auch wenn die Soldaten ihm gehorchten, ernst blieben, ihn in seiner Uniform als eine Art Vorgesetzten akzeptierten, in Elisabeths späteren Vorstellungen konnte man in einer solchen Rolle nur größenwahnsinnig werden oder angesichts der Unmöglichkeit, derartigen Vorstellungen zu genügen, schon im Vorhinein versagen.

Vieles davon war ihr erst später in aller Ausführlichkeit erzählt worden. Zumeist weit zugespitzter und drastischer als von Steffis Großvater, der sich gehütet hatte vor schnellen Wertungen, der auch die Situation der Eltern als Kaiser und Kaiserin, als Repräsentanten, Identitätsfiguren, Befehlshaber, Trostspender, Gesetzgeber und dergleichen mehr zu veranschaulichen versuchte: Manches hätten die kaiserlichen Eltern wohl auch erst zu spät erfahren oder nicht in solcher Gewalttätigkeit wahrgenommen wie etwa den kindlichen Drill mitsamt aller Schrecken. Auch sei der Erzieher kurzerhand seiner Aufgabe enthoben worden, so dass ihr Vater daraufhin von sorgsamen und vor allem auch liberalen Lehrern unterrichtet und erzogen wurde.

Von diesem Teil der Erziehung des Vaters erzählte Steffis Großvater mit sichtlicher Wehmut. Er sagte, das sei eine andere Zeit gewesen. Damals seien liberale Ansätze in der Monarchie für kurze Zeit sogar weit vorne gestanden, eine Politik, mit der die Probleme der verschiedenen Nationalitäten am Schopf gepackt hätten werden können.

Sie wollte wissen, was er damit meine. Seine Stimme wurde dann zwar leiser, doch er scheute sich nicht, ihr von den Ideen einer konstitutionellen Monarchie zu erzählen. Von Parlamenten, in denen Sprache und Nationalität nicht von nationalen Parteien vertreten würden, sondern durch eine entsprechende Verteilung der Mandatare quer durch Parteien, deren Anliegen, Programme und

Ideologien das Leben der Menschen auf so grundsätzliche Weise beträfen, dass man sie auch in den verschiedenen Regionen in erster Linie deshalb wählte.

Natürlich sei eine Grundvoraussetzung, dass keine Nationalität über den anderen stehe, es keine Benachteiligungen in Ämtern, vor Gerichten oder beim Militär gäbe. Ein solcher Staat wäre das Friedensbeispiel für den ganzen Kontinent schlechthin.

Das sei der Geist gewesen, in dem ihr Vater nach den ersten großen Kindheitsschrecken aufgewachsen sei. Der Kaiser habe das damals zugelassen. Heute sei das nicht mehr vorstellbar, heute seien solche Perspektiven nicht einmal mehr als Utopien vorhanden.

Auch dieser Wandel zum reaktionären Nationalismus sei noch in der Jugend ihres Vaters und seiner Zeit als junger Erwachsener geschehen. Um davon genau genug zu erzählen, brauche er aber mehr Zeit. In jedem Fall sei der Niedergang dessen, woran man in den Sechzigerjahren geglaubt und sich in den Siebzigerjahren noch geklammert habe, Geschichte geworden, nicht mehr und nicht weniger.

Als wesentlichen Einschnitt erzählte er ihr vom Börsenkrach und natürlich von der Schlacht vor Königgrätz, an der er selbst teilgenommen habe. Die dadurch erfolgte Entscheidung über den Vorrang der kleindeutschen vor einer großdeutschen Lösung, der preußische Sieg über Frankreich sowie die Unterordnung des Habsburgerreiches in ein Bündnis mit diesem jungen Deutschland hätte die Mühlen des Völkischen und Nationalen erst recht angetrieben.

Vieles davon hörte sie zum ersten Mal. Sie las nach, sie fragte nach, sie bekam eine erste Vorstellung von Zusammenhängen – und wäre von alldem erschlagen gewesen, wenn Steffis Großvater sie nicht immer wieder aufs Neue beruhigt hätte, dass man selbst Teile davon in derart kurzer Zeit nicht begreifen konnte. Sie solle als Erstes ein Gefühl dafür bekommen, wie viel in dem dermaßen kurzen Leben ihres Vaters in Staat und Kontinent geschehen sei und wie all das bei jemand, der in einer solchen Familie aufwuchs, mitten ins Persönliche, ins ureigene Leben ziele, es ununterbrochen attackiere.

Elisabeth las in diesen Tagen von Schlachten, von Bündnissen, von der Entstehung und der Umwandlung von Staaten, vom Ausgleich Österreich-Ungarns, von den Tschechen, den Südslawen, den Russen, den Türken und den Deutschen. Sie blätterte durch Landkarten, staunte über deren beinahe flimmernde Veränderungen innerhalb weniger Jahre. Eine Zeit, deren Umbrüche in ihren Auswirkungen nicht zu erkennen waren, für niemanden – selbst die mächtigsten Herrscher trieben darin nur wie kleine Boote in einem Ozean. Ihr Vater habe die wachsende Ohnmacht immer genauer erfasst, während er für viele noch als Schlüsselfigur von Veränderungen gegolten hätte.

Und sie las in den Büchern ihres Vaters. Darin atmete sie dann auf. Um sein Schreiben und Denken abseits dieser Verwerfungen und Unermesslichkeiten kennenzulernen, solle sie nicht mit der Lektüre der politischen Schriften beginnen, vielmehr der Naturbeschreibungen. Etwa mit einem Buch wie *15 Tage an der Donau.*

Sie las es bereits am ersten Abend, und sie las es an jedem Abend. Es geschah darin eigentlich nichts, es waren Beschreibungen, das Buch war auch nicht dick. Und doch barg es für sie eine ganze Welt, in der sie jeden einzelnen Satz wie die Strophen eines längst gesungenen Lieds zu kennen glaubte: Die Längen der Sätze, ihre einzelnen Teile, Haupt- und Nebensätze – wie ein Atmen und ein Schauen, das in ihr wohnte, nicht erst jetzt, sondern immer schon.

Elisabeth stand an den Fenstern zum Meer hinaus. Vor ihr das weite Blau, dunkel und klar gegen den Himmel abgezeichnet, selbst am Horizont in dem Moment kein Verschwimmen, keine Unschärfe. Draußen hörte sie, wie die Kaleschen der Mutter und ihres Hofstaates vom Bahnhof Triest ankamen: Die Geräusche der Hufe im Kies vor dem Schlossportal, die Pferde, wie sie sich schüttelten und schnaubten.

Sie dachte an ihre Mutter und an sich selbst. Sie atmete ein und spürte eine ruhig Weite in ihrem Inneren, die so unantastbar war wie das Meer an seinen entferntesten Horizonten.

Elisabeth hörte die Schritte auf dem Marmor, das Aufgehen der Türen und erwartete bereits den geschäftigen Blick der Zurückkehrenden. Nicht anders kam es, die Mutter wandte sich ihr nur halb zu, streckte ihr gleich die Hand zum Kuss entgegen.

Nur mit Mühe hatte Elisabeth in den letzten Monaten ihren Hass und ihr Mitleid angesichts derart hilfloser Unterwerfungsgesten zurückhalten können. Doch an dem Nachmittag in Miramare trat Elisabeth ihrer Mutter mit dem ruhigsten Atem der Welt entgegen. Mit dem Rhythmus der Sätze ihres Vaters, die ihr eigenes Meer waren.

Der Kies zwischen den Gräbern knirschte unter den bedachtsamen Schritten der Abschiednehmenden. Immer wieder hörte man eine Rose, eine Nelke oder eine andere

Blume auf dem Holzsarg in der offenen Gruft auftreffen. Da und dort Gemurmel, Geflüster.

Sie hatte sich alles verbeten, jeglichen Pomp, alles Offizielle, nicht einmal den eigenen Namen ließ sie an ihrem Grab zu. Kein Buchstabe sollte verraten, wer unter dem hellen Marmordeckel liegen würde.

Die Familie stand da, nahm die Kondolenzen entgegen. Franz Joseph mit Gattin und Kindern, Stephanie ohne ihren Mann, doch mit ihren Kindern.

Ihr jüngster Sohn, Rudolf, war seit Jahrzehnten tot, ebenso Ernst, in dessen Namen sich als einzigem nicht die engsten Vorfahren spiegelten. Ein wenig abseits, doch um einiges selbstverständlicher und ernster: Otto Petznek, ihr Stiefsohn.

Aus der Familie Habsburg war keiner erschienen, es hatte schon lange niemanden mehr gegeben, der ihr willkommen gewesen wäre. Dafür waren viele der Granden der Sozialistischen Partei anwesend. Mesli erkannte Rosa Jochmann genauso wie Bruno Kreisky, den sie als jungen Mann bereits auf einem Parteitag Ende der Zwanzigerjahre kennengelernt hatte und der sie bis zuletzt regelmäßig besuchte. Zwischen all den Sozialisten alte Offiziere der k. u. k. Armee des Ersten Weltkriegs, zum Teil in prunkvollen Uniformen. Wie auch immer diese Veteranen von dem in der Öffentlichkeit verschwiegenen Begräbnis erfahren hatten, nun standen sie hier und erinnerten daran, welche Zeiten und Welten das Leben dieser Frau ausgemacht hatten.

Mesli war im Hintergrund geblieben, ebenso wie die anderen Bediensteten. Er schämte sich für die innere Abwehr, die ihn beim Gedanken ans Kondolieren überkam. Nicht, was Otto Petznek betraf, auch den kleinen Enkelinnen drückte er gern die Hand, vielleicht noch Stephanie, doch bei der Vorstellung, in das zerfahrene Gesicht Franz Josephs zu blicken, sträubte sich alles in ihm.

Er musste, das wusste er. Bald hatte er es hinter sich, die Schlange wurde rasch kürzer. Und nun entschied er, den an ihr Haus geschickten Brief weder dem ältesten Sohn noch sonst irgendjemandem in der Familie zukommen zu lassen. Er musste vernichtet werden, verbrannt oder vielleicht einfach verschluckt.

Für Augenblicke kam ihm das komisch vor, doch je näher er dem offenen Grab kam, desto klarer war es: Sie sollte sich auf ihn verlassen können.

6

Die Großmutter kam zu früh. Elisabeth sah das Schiff auf dem Meer, sie kannte es gut. Es war nicht lange nach dem Aufenthalt bei Steffi. Zwei Wochen, höchstens drei. Angekündigt war die Kaiserin seit längerem, genauer avisiert hatte sie ihre Ankunft erst vor einigen Tagen. Nun war sie einen Tag zu früh.

Elisabeth sollte nun ihre Mutter warnen, die im Schloss Modenschau mit ihren Adorantinnen abhielt. Über Jahre hinweg hatte Elisabeth ihre Mutter immer wieder vor solchen Peinlichkeiten bewahrt, am Hof ebenso wie hier. Darin war sie schon als Kind stets erwachsener als die eigene Mutter gewesen. Ein schwer zu begreifender Mechanismus. Doch sie hatte nicht anders gekonnt.

Nun wollte sie nicht mehr, es war zu viel, das war es immer schon gewesen, jetzt konnte sie sich allerdings leichter dagegenstellen.

Das Schiff der Kaiserin steuerte in einer guten Brise den Ankerplatz an, und Elisabeth verzog sich von der Terrassenbrüstung in Richtung Park, um vorgeben zu können, die Mutter bei bestem Willen nicht mehr rechtzeitig vor der Ankunft der Großmutter warnen zu können.

Im Park pflückte sie einen Strauß Blumen und hoffte, Steffi nicht zufällig zu treffen, die sie sofort ermahnt hätte, solche Spielchen zu unterlassen. Damit hatte sie recht. So eilte sie nun mit größtem Vergnügen am Schloss vorbei, um der Mutter im letzten Augenblick atemlos ausrichten zu lassen, das Schiff der Kaiserin ausgemacht zu haben, und lief zur Anlegestelle hinunter, um die Großmutter zu begrüßen.

Als sie dort ankam, saß die Großmutter mit ihrem kleinen Gefolge bereits im Landungsboot. Das Meer schwappte gegen die Mauern und Elisabeth stellte sich vor, welch Durcheinander und helle Aufregung oben im Schloss nun herrschten. In Windeseile mussten die unzähligen Tücher und Kleider, die Hüte, Schuhe und Cocktails verschwinden, die schon seit Stunden für Gekicher sorgten. Elisabeth hasste dieses Getue. Der Gedanke, wie verzweifelt die Damen nun versuchten, die lächerlichen Verkleidungen loszuwerden, es aber kaum schafften, befriedigte sie.

Die Großmutter trug wie immer Schwarz, wie die Kammerfrau und das restliche Gefolge. Sie wirkte müde, beinahe schwerfällig beim Aussteigen aus dem Boot. Diese Müdigkeit kannte sie nicht an ihr. Im Gegensatz zu dem von ihren unzähligen Schifffahrten gegerbten Gesicht, das sie längst – ihr winziger Hofstaat und die engste Familie ausgenommen – geheim hielt.

Elisabeth reichte der Großmutter den Blumenstrauß, während vor dem Schloss die immer noch aufgetakelte Gesellschaft auftauchte. Da huschte über das Gesicht der Großmutter, die manche immer noch für die schönste Frau der Welt hielten, ein ungewohnt helles, beinahe kindliches Lächeln.

Unsicher, angesichts einer nur mühsam unterdrückten Champagnerstimmung haarscharf an der Kippe zur Hysterie, setzte sich der Trupp Frauen in Richtung Kaiserin in Bewegung. Vorneweg stolzierte Elisabeths Mutter in einem rosa Kostüm, das ihr das Aussehen eines Phantasievogels verlieh. Augenblicklich erstarrte das Lächeln der alten Frau und ihr Gesicht verschwand hinter dem schwarzen Fächer.

Die Großmutter hielt sich nicht lange mit Begrüßungen oder gar Huldigungen auf, reichte der Mutter im Vorbeieilen die Hand zum Kuss und entschuldigte sich in ihre Gemächer.

Kaum eine Stunde später wurde Elisabeth zu ihr gebeten. Die Großmutter erwartete sie allein, in ihren Augen loderte etwas ungewohnt Lebendiges. Trotzdem wirkte sie zu Beginn phasenweise verloren, wartete die Antworten auf ihre Fragen kaum ab und starrte immer wieder auf den Blumenstrauß auf dem kleinen Tisch, als suche sie etwas darin. Elisabeth war sich, wie oft in solchen Momenten, nicht sicher, ob die Großmutter sie nicht mit ihrer jüngsten Tochter, Marie Valerie, verwechselte. Mit ihrer Tante, die nur um etwas mehr als zehn Jahre älter war.

Auf Wunsch der Kaiserin erzählte ihr Elisabeth etwas von den Büchern, die sie in der letzten Zeit gelesen hatte, nannte jedoch nur jene, die Teil der Leseliste ihrer Lehrer am Hof waren. Nicht im Traum dachte sie daran, die *15 Tage an der Donau* zu erwähnen.

Mein Schatz, sagte Großmutter auf einmal mitten in Elisabeths Berichten über irgendwelche ungarischen Reiterheere, *heute hast du also deine Mutter schön in die Falle tappen lassen!*

Sie blinzelte kurz zu den Blumen zwischen ihnen beiden, lächelte und fügte hinzu:

Ich hätte es auch nicht anders gemacht ...

Elisabeth wollte erwidern, doch ihr fiel nichts ein.

Sie wisse, sagte die Großmutter zu Elisabeth, wie sehr

sie um die Nähe ihrer Mutter kämpfe … Und sicher wisse sie auch, dass sie selbst sich mit ihrer Schwiegertochter immer schwergetan habe. Doch solle sie ihr glauben, sie bemerke diese Suche an Stefanie genauso wie an Elisabeth!

Elisabeth hatte sie noch nie so reden gehört. Sie war die Kaiserin. Doch nicht aus Anstand bot sie jetzt alles, was sie am Hof an Umgangsformen gelernt hatte, gegen die immer stärker werdenden Sätze auf, sondern aus purer Angst. Aus Angst vor den offenen Schleusen ihrer Sehnsucht. Doch die waren geöffnet und sie ließen sich nicht mehr schließen.

Aber – was ist es … warum ist sie dann so?, stieß Elisabeth hervor und steuerte in ihrer Aufregung im nächsten Augenblick ganz woanders hin. Wohl in der Hoffnung, indem sie nun von ihrem falschen Spiel mit der Mutter redete, würde sich die Öffnung wieder schließen:

Ja, es stimmt, fügte sie mit etwas forciertem, schelmischem Funkeln hinzu, *ich hab es ihr mit Absicht erst im letzten Moment gesagt, dass Sie bereits anlegen …*

Die Kaiserin lächelte:

… und das gefällt mir natürlich!

Sie müsse, fügte sie hinzu, in ihrem Alter hoffentlich kein Geheimnis mehr daraus machen, dass Stephanie für sie nie die richtige Wahl war. Wirklich verstecken konnte sie das wohl ohnedies nie – und sei Elisabeth darin sicher kein gutes Vorbild gewesen.

Nun war auch die letzte Spur von Verlorenheit an der Großmutter verschwunden. Sie musterte ihre Engelin genau, registrierte wohl deren Unruhe, blieb jedoch beim Thema.

Ja, sie habe sich zu Tode geärgert über deren konservative Auffassungen, ihren Katholizismus: *Und sie hat deinen Vater nicht ernst genommen, weder als Mann noch als zukünftigen Kaiser … Ja, ich habe sie gehasst. Mindestens ebenso aber habe ich mich selbst dafür gehasst. Weißt du, warum?*

Sie machte eine Pause. Elisabeth kam es vor, als hätte sie das alles in einem Atemzug gesagt, in einem Herauspressen. Nun musste sie innehalten, Elisabeth konnte den erstickenden Druck sogar selbst spüren. Doch der Brustkorb der Großmutter bewegte sich keinen Millimeter. Elisabeth blickte sie atemlos an. Nichts. Keine Bewegung.

Alt war sie. Ihr Gesicht zerfurcht und gehetzt. Nun zeigte sich etwas ganz anderes in ihren Zügen. Etwas, das Elisabeth zeit ihres Lebens weder benennen noch je wieder sehen sollte. So redete die Kaiserin atemlos weiter, während es Elisabeth immer nur enger wurde.

Ich war zu ihm nicht anders als sie … zu meinem eigenen Sohn. Nur deshalb sehe ich es bei ihr so deutlich. – Ich habe ihn selbst nicht ernst genommen und abgewertet.

Heute lese sie immer wieder in seinen Schriften, erkenne seinen Ton und Stil selbst unter den verdrehtesten Pseudonymen sofort: *Dass er es war, hatte ich damals schon geahnt. Doch erst heute gestehe ich mir ein, wie viel ich mit ihm geteilt habe – seinen Blick auf die Zukunft, seine Träume, seine Ängste … auch er glaubte nicht mehr an Gottesgnadentum und Absolutismus, auch er wollte eine konstitutionelle Monarchie und im Grunde eine Republik. Von nichts anderem träumte auch ich, wenn es noch um irgendeine Zukunft Österreich-Ungarns gehen sollte. Jeden anderen hätte ich damals unterstützt, jeden seiner Cousins. Wir hätten mindestens so viel erreichen können, wie es mir davor schon einmal in Ungarn gelungen war. Doch ich konnte nicht, ich wehrte alles ab, was mir sagte, wie ähnlich wir beide dächten, wie klug und weitsichtig er wäre. Stattdessen sah ich nur seine Schwäche, seine Unsicherheit vor dem Vater und verurteilte ihn, stempelte ihn als Versager ab! Als ob ich mir jemand ganz anderen wünschte! Dabei wünschte ich mir keinen anderen als ihn und merkte nicht, dass ich ihn bereits hatte …*

Die Kaiserin sah sie aus müden Augen an:

Es ist immer die Ähnlichkeit … das will ich dir sagen. Es ist immer das Eigene, das man am meisten abwehrt. Und dabei hatte ich vielleicht einfach nur Angst davor, dass er tatsächlich einmal umsetzen würde, wovon ich nur träumte … Davor schützte ich mich, indem ich ihn einfach nicht ernst nahm und so tat, als wäre auch er nur ein Wolkenkraxler, wie der Kaiser mich immer nennt.

Elisabeth konnte nichts antworten. Sie wusste noch zu wenig von ihrem Vater und war mit den damaligen Umständen, den politischen Verhältnissen und seinen Ideen kaum vertraut. Doch sie verstand, was die Großmutter meinte. Sie spürte genau, auf welch selbstverständliche Weise es Erlebnisse und Zusammenhänge für sie ordnete, die sie im Einzelnen auch danach noch lange nicht verstehen sollte.

Sieh mich an, sagte sie und sah ihre Enkelin genau an:

Für mich sind von meinen Träumen nur die Albträume übrig geblieben. Sie treiben mich herum und lassen mich nicht los. Daran wird sich nichts mehr ändern …

Sie machte eine kleine Pause, als wollte sie noch etwas sagen. Doch sie sagte nichts mehr.

Man müsste einfach auf und davon, dachte Elisabeth: Es ist nicht auszuhalten, es ist alles viel zu eng. Am liebsten gemeinsam mit der Großmutter: Mit ihr zu flüchten vor Familie, Hof und Kaiserreich. Über die Meere zu fahren, ganz so, wie es von der Großmutter erzählt wurde, die sich bei Stürmen an Deck angeblich mit ihrem Stuhl an einem Mast festbinden ließ.

Eine von ihnen mit Blick voraus, die andere mit Blick zurück. So könnte ihnen nie mehr etwas geschehen. Elisabeth und Elisabeth. Zwei Frauen dort draußen im Blau.

Sie war sich zwar nicht sicher, ob sie alles genau verstanden hatte, doch sie war sich im Klaren, dass eine Flucht nichts änderte.

Am nächsten Vormittag standen sie an der Anlegestelle, neben ihren Füßen schwappte das Meer gegen die Mauern und Elisabeth fühlte sich selbst wie eine Königin, als sie der Kaiserin auf dem Weg zum Schiff zusah. Wie eine Verbündete winkte sie ihr, drehte sich um und war stolz.

Mesli wurde die Zeit zu lang. Nicht die Tage, die noch verblieben, oder die Wochen, wie ihn seine Frau nach einem dieser Stoßseufzer korrigierte. Letztlich auch nicht die immerhin vier Monate bis Juli, bevor die Villa endgültig der Gemeinde Wien übergeben werden sollte. Es war die Zeit, ein besseres Wort wusste er nicht für das Gefühl, in dem sich die Momente, ob draußen im Park, im Portiershäuschen oder in der Villa, ganz woanders hinbohrten.

Es waren Erinnerungen, doch nicht nur. Denn genauso, wie hier überall, ohne Vorwarnung, unzählige Momente aufgingen, die er erlebt hatte, tauchte in ihm nach und nach ein Gefühl auf, als sei er in Geschehnissen, Augenblicken und vielleicht sogar Träumen befangen, die keineswegs seine waren und die er niemals erlebt oder geträumt hatte. Es hatte kaum Gestalt, war in keiner Weise begreif- oder gar beschreibbar, oft völlig fremd, doch letztlich nie etwas anderes als die Geschichte der Gnädigen Frau. Als wüchse sie nun auch mitsamt all jener Teile, die sie selbst nie gekannt oder geahnt hatte, und bildete einen unsichtbaren, innerhalb von Sekundenbruchteilen unendlich werdenden Raum:

Das Weltall eines Lebens, das auch als Weltall im großen Universum so klein wie diese Villa inmitten der Stadt, dem Land oder der Erde war. Ganz so, wie es einem jene erklärten, die in diesen Jahren alles Mögliche über den Mond, über Raketen und die Entfernungen anderer Planeten oder Sonnensysteme redeten.

Tag für Tag fuhr er seine Arbeitsstrecke, stand im hellen Morgenlicht in der Linzer Straße, fuhr die immer gleichen Stationen zur Endschlaufe, ging die immer gleichen Schritte zum großen Eingangstor und sperrte es, wie immer, selbst auf. Auch die Arbeit unterschied sich kaum von der Zeit davor. Jeder der Übriggebliebenen bemühte sich, an Sorgfalt nicht nachzulassen, sich zu ermahnen, zur Rede zu stellen und gegebenenfalls ordentlich abzukanzeln, wie es die Gnädige Frau bis zuletzt getan hatte.

Im Garten blühte alles, der Rasen war mittlerweile ein erstes, ein zweites Mal geschnitten. Von Mesli, mit der Sense, ganz so, wie sie es immer gemocht hatte. Alles war so, wie es immer gewesen war, auch sie fehlte nicht, ganz im Gegenteil, immer öfter öffneten sich Teile ihres Lebens, von denen sich nicht sagen ließ, ob sie ihn unendlich weit weg oder ins Allernächste führten. Er wusste nur eines: Wie wenig sich davon beschreiben ließ.

Niemand konnte das so genau sagen wie er, der jeden

Tag aufs Neue in seinem Portiershäuschen saß und es aufzuschreiben versuchte. Seit ihrem Todestag schrieb er in jeder freien Minute. Unzählige Male hatte er in diesen Wochen versucht, auch nur einen Zipfel dessen zu erwischen, was ihn umgab. Doch nirgendwo ein Begreifen, das sich vom Erlebten abhob. Was er in den aufgezeichneten Episoden dieser Jahre seit dem Umzug von Schloss Schönau hierher aufschrieb, waren für ihn bloße Verdoppelungen. Die politischen Euphorien der ersten Jahre, der Schock des Ständestaats und Austrofaschismus, der erste Gefängnisaufenthalt ihres Mannes, ihr unbedingter Kampf um seine Freilassung, ihre völlige Furchtlosigkeit, mit der sie anderen Genossen beim Untertauchen half, aber auch die missglückte Erziehung ihres jüngsten Sohnes, der sich bereits vor Hitlers Einmarsch als illegaler Nazi entpuppte, bevor er bei einem Motorradrennen ums Leben kam und die Gnädige Frau bei seinem Begräbnis 1939 Hakenkreuzfahnen dulden musste.

Unzählige kleine Geschichten fielen ihm ein, etwa die Erlebnisse mit ihren Astrologen und Wunderheilern. Natürlich die Hunde. Schwerer tat er sich, über das Verhältnis zu ihren Kindern zu schreiben, die sich nur allzu schnell die Bedrohung der Mutter im Austrofaschismus zunutze machten und sich einer Klage ihres Vaters anschlossen, sie unter gerichtliche Kuratel zu stellen, da der Verdacht bestehe, sie unterstütze mit ihrem Vermögen die Sozialistische Partei.

Was musste hier zwischen der Mutter und den Kindern passiert sein, nachdem sie sich zehn Jahre zuvor im Sorgerechtsstreit noch voller Angst und Liebe hinter sie gestellt hatten?

Das waren die Stellen, an denen er stets abbrechen

musste. Sonst gingen auch in den handgreiflichsten Erinnerungen jene unsichtbaren Räume eines doppelten Lebens auf, in dem nichts mehr zu begreifen war.

Elisabeth ging nach der Verabschiedung der Großmutter so beschwingt wie selten neben ihrer Mutter zum Schloss zurück. Nicht einmal die bald bevorstehende Rückkehr nach Wien bedrückte sie inmitten jener heißen Sommertage des Jahres 1898.

Womit sie nicht gerechnet hatte, war die Tatsache, dass auch die Mutter etwas plante. Sie war ihr darin sogar voraus. Sie wollte weg vom Hof und ein eigenes Leben, wie Elisabeth bald erfahren sollte.

Auf den ersten Blick fügten sich diese Pläne und Sehnsüchte bestens ineinander. Die Mutter hatte sich in einen Mann verliebt und wollte heiraten. Elisabeth würde dementsprechend einen eigenen Hofstaat bekommen und mehr oder weniger uneingeschränkt darüber herrschen. Doch das sollte eine Illusion sein, vielleicht die größte in Elisabeths Lebens.

Was sie nicht erwartet hatte, waren ihre Eifersucht und ein tief sitzender Zwang zur Konkurrenz. Dagegen war alles andere machtlos. Natürlich ging es dabei nicht um den Mann der Mutter. Im Frühherbst wurde er ihr in Wien vorgestellt. Er gefiel ihr nicht, sie konnte ihn nicht einmal ernst nehmen. Doch weder war sie auf ihn eifersüchtig noch böse. Er war sogar kleiner als sie, die in diesem Sommer in die Höhe zu schießen begann.

Danach ging alles schnell, zumindest in ihrer Erinnerung, gleichzeitig war ihr nicht einmal im Gedächtnis geblieben, wann sich der Abschied der Mutter vom Hof tatsächlich abgezeichnet hatte, ganz zu schweigen davon, wie und in welcher Reihenfolge sich danach Angst, Zorn und Eifersucht in Elisabeth abgewechselt hatten.

Sicher war sie sich später nur, dass es vor der Nachricht darüber begonnen hatte, dass die Kaiserin ermordet worden sei. Davon erfuhr sie nicht zu Hause in Wien, sondern auf Reisen. Denn nachdem die Mutter sie gleich nach der Rückfahrt von Miramare nach England mitgenommen hatte, war sie mit ihr bereits etliche Wochen unterwegs gewesen, bis sie die Nachricht von der Ermordung erreichte.

Zu dem Zeitpunkt hatte der Konkurrenzkampf längst begonnen. Bei jeder Begrüßung an einem der vielen Höfe, an denen sie in diesen Wochen zu Gast waren. Die Mutter hatte ihr für all die Empfänge und Auftritte Kleider schneidern lassen. Nun spürte Elisabeth, wie die Mutter es bereute. Und sie es genoss.

Sie war die Kronprinzentochter, sie war der direkte Abkömmling des ältesten Herrscherhauses auf dem Kontinent, sie war die Habsburgerin, ihre Mutter war lediglich die Witwe. Selbst Königin Viktoria, eine nahe Verwandte Stephanies, schenkte Elisabeth weitaus mehr Aufmerksamkeit.

Es ging jetzt darum, die Mutter zu besiegen. Sie war gerade rechtzeitig zur jungen Frau geworden. Erst später sollte sie begreifen, wie entscheidend in diesem Kampf ein Mann gewesen war. Nicht Graf Lónyay, Elemér Lónyay, der stets nach der neuesten Mode Londons gekleidet war, sondern ihr Vater, ein Toter.

Von Anfang an ging es um ihn. Lange bevor die Mutter den Namen des Grafen erwähnte. Und wohl auch lange bevor von Hochzeit und einem neuen Leben die Rede war, bevor die beiden Väter, der König Belgiens und Kaiser Franz Joseph, konsultiert und um Erlaubnis gefragt werden mussten und Elisabeths Mutter die Bedingungen erfuhr, unter welchen sie einen solchen nicht-standesgemäßen Mann heiraten durfte.

Es hatte gereicht, dass sie sich nach dem Sommer in Miramare immer mehr als junge Frau fühlte und auf der gemeinsamen Reise mit der Mutter durch Europa auch so behandelt wurde. Selbst in ihren einfachen Kleidern überragte sie die Mutter an Ausstrahlung. So begann sie, an ihr Rache zu nehmen. Ohne dass irgendeine Vernunft sie daran hätte hindern können, am wenigsten die eigene Vernunft.

Wenn, dann nur der helle Blick der Kaiserin. Doch die Kaiserin war wenige Wochen später bereits tot gewesen. Elisabeth nahm an der Seite des Großvaters in der Burgkapelle Abschied, ohne die Mutter. Als junge Frau, die eine Woche vor dem Tod der Großmutter ihren fünfzehnten Geburtstag feierte. Nun trug sie kein weißes Kleid mehr, wie noch als Sechsjährige beim Tod des Vaters, sondern zum ersten Mal ein schwarzes.

Mit dem Großvater sollte sie in den darauf folgenden Monaten mehr Zeit als sonst in ihrem Leben verbringen. Seine Einladungen galten meist dem Vieruhrtee, doch es war unausgesprochen klar, dass er sich freute, wenn sie blieb, wenn er wieder arbeitete.

Sie redeten wenig. Sie waren zwei Übriggebliebene, dazu gab es nicht viel zu sagen. Vielleicht war das auch mehr als jedes Gespräch über ihren Vater, nach dem sie sich so viele Jahre gesehnt hatte. Nun mutete ihr der Großvater seine Trauer zu, weil er ihre kannte.

Sie war an seiner Seite, als im Dezember 98 sein 50-jähriges Thronjubiläum gefeiert werden musste. Erst nach langen Überredungen hatte er sich dazu bereit erklärt, hatte ursprünglich darauf bestanden, die sechsmonatige Trauerzeit einzuhalten, bis ihm allmählich klar wurde, dass es die politische Situation nicht zuließ, der Bevölkerung die großen, seit längerem vorbereiteten Feiern zu streichen.

Es war eine seltsame Zeit, diese beiden Jahre hin zur Jahrhundertwende. Die Endzeitstimmung war zum Gutteil im Rückblick entstanden. Erinnerung, die sich nicht aus Erlebtem zusammensetzte, sondern aus nachträglicher Zuschreibung. Ob es nun die Faschoda-Krise war, an deren Ende mit dem Sudan-Vertrag zwischen Frankreich und England die wichtigste Voraussetzung für die Entente cordiale und damit eine der Bündniskonstanten des Ersten Weltkriegs geschaffen war. Oder das Erscheinen der Traumdeutung Freuds 1899, dessen Bücher zeitlebens jene bleiben sollten, die sie auch ungelesen stets aufregten.

1898 und 1899 waren ihre ersten Jahre als Frau. Zuerst in völliger Unkenntnis und Überraschung, dann gleich in Anmaßung und Überreaktion. Vom behüteten Kind wurde sie in diesen beiden Jahren als Fünfzehn- und als Sechzehnjährige nicht nur zu einem vollwertigen Mitglied des Kaiserhauses, sondern auch zu einer der reichsten Frauen dieser Familie.

So ungenau und unzuverlässig ihre Erinnerungen waren, wann und mit welchem Wissen über den neuen Mann ihrer Mutter der Kampf gegen sie in die entscheidende Phase getreten war, manche Augenblicke sollten ihr ganzes Leben ganz deutlich vor ihr stehen.

Wie etwa die Bilder, als ihre Mutter sie aus Wallsee, wo sie mit ihrem Großvater im Schloss Marie Valeries Anfang Dezember dessen Thronjubiläum feierte, bereits nach wenigen Tagen abholte. Gerade noch war sie dort in stiller, unangetasteter Übereinkunft die Vertraute des inmitten der Familienschar meist nur stummen Großvaters gewesen. Sie und er ohne die ihnen liebsten Menschen. Trotzdem musste sie sich dem Willen der Mutter beugen. Sie war erst fünfzehn, und es war bereits eine Demütigung.

Daran änderte nichts, dass es zu einem Erholungsurlaub nach Miramare ging. Ans Meer, wohin es sie ohnedies immer zog. Es wurde ihr schnell klar, dass der so genannte Erholungsurlaub vor allem damit zu tun hatte, dass ihre Mutter in entsprechender Entfernung von Hof und Herrscherhaus freie Hand für ihre Treffen mit dem neuen Mann haben wollte. Gezwungen zu sein, dies aus nächster Nähe mitzuerleben, verzieh sie ihrer Mutter nie. Gleichzeitig wandelte es ihren Ehrgeiz, die Mutter zu besiegen und zu übertrumpfen, in den Zwang, sie möglichst zu demütigen.

In finanzieller Hinsicht war das wenige Wochen später tatsächlich der Fall. Während der Mutter nach der ersten Unterredung mit dem Kaiser vor Augen gestellt wurde, auf welche Privilegien und Summen sie bei einer Ehe mit dem Grafen fortan verzichten müsse, und sie auch die kleine Apanage des eigenen Vaters nur aufgrund des Einschreitens ihres Schwiegervaters weiter ausbezahlt bekam, wurde Elisabeth zur reichen Frau.

Im Januar 1899 wurde das Erbe der Kaiserin aufgeteilt. Je zwei Fünftel des gesamten Vermögens erbten Gisela und Marie Valerie, die Töchter der Kaiserin, ein Fünftel dieses Vermögens, dessen Höhe von 20 Millionen Kronen selbst der Kaiser nicht erahnt hatte, bekam Elisabeth, also 4 Millionen Kronen.

All die Jahre und Jahrzehnte hatte die Großmutter offenbar ihre Apanage in gewinnbringende Papiere angelegt, während der Kaiser fast alle ihre Ausgaben extra bezahlte. Es war, wie Marie Valerie es ausdrückte, ein erschreckend hohes Vermögen. Selbst ein Fünftel davon war mehr, als man für ein luxuriöses Leben brauchte.

Dazu kamen noch ein Teil der Bibliothek der Großmutter, über 3000 Bände, die Elisabeth bis zu ihrem Tod aufbewahren sollte, sowie eine Unmenge an Schmuck: Broschen, Armbänder, Colliers oder Anhänger – Rubine, Smaragde, Saphire, Perlen und Brillanten. Bis Elisabeth die ersten Stücke davon selbst trug, dauerte es nicht lange. Denn mittlerweile räumte ihr der Kaiser eine andere Rolle ein. Sie wurde zu seiner Repräsentantin, und zwar nicht zu irgendeiner.

Ob sie damals begriff, dass ihre Repräsentationsaufgaben jenen gleichkamen, die man sonst nur einem Thronfolger übergab, konnte sie später nicht mehr sagen. Doch angesichts ihrer Rolle, ihren Funktionen und Aufgaben blieb für die Mutter endgültig keine Kontrolle ihres Alltag mehr.

Sie genoss das nicht nur gegenüber ihrer Mutter geradezu unerbittlich. Es hieß von ihr, ganz gleich, für welche Veranstaltungen sie in diesen Monaten die Patronanz übernahm, ob sie Stiftungen besuchte oder Regimentsparaden, sie sei ebenso streng und genau wie der Kaiser, wenn es um Haltung und Etikette ging. Manche dieser Offiziere erzählten ihr Jahrzehnte später, sie habe sogar noch mehr Schrecken verbreitet als er.

Vermutlich fürchtete selbst ihre Mutter sich manchmal vor ihr. Nicht erst vor ihr als erwachsener Frau, sondern bereits seit Jahren. In allen Augenblicken, in denen die Tochter sie an ihren toten Mann erinnerte.

An einem hellen Winternachmittag, während ihrer letzten gemeinsamen Reise nach Miramare im Dezember 99, wurde das Elisabeth deutlich. Das Meer leuchtete blau und weit zu den großen Fenstern herein. Elisabeth saß am Klavier, ihre Mutter war wieder einmal unterwegs. Elisabeth war wütend und gleichzeitig froh. Sie sang leise und spielte laut, als sie eine der großen Flügeltüren aufgehen hörte. Sie sah die Mutter nicht, doch sie wusste, dass es niemand anderer war. Und sie bemerkte auch die Unsicherheit, mit der die Mutter ihre Nähe suchte, beinahe um sie herumschlich.

Ach, du spielst ..., sagte sie nach einigen Augenblicken, obwohl sie es durchs ganze Schloss gehört haben musste. *Spiel ruhig weiter, ich lasse noch Tee für uns kommen.*

Elisabeth spielte weiter und ahnte, worum es gehen sollte. Sie atmete auf, endlich war es so weit, doch gleichzeitig wollte sie ewig weiterspielen, wusste nicht, was es war, und konnte es mit jedem Ton, jeder Taste weniger abschütteln.

Bald darauf kam die Mutter wieder, und Elisabeth hörte mitten in ihrem Stück so abrupt zu spielen auf, dass die Mutter mitten im Raum stoppte.

Du weißt, so begann sie, kaum saßen sie beim Tee, *dass ich noch einmal heiraten werde ...* ihre Stimme kippte kurz ins Grelle ... *und ich habe gehört, dass du dir Bemerkungen über den Mann, mit dem ich leben möchte, erlaubt hast!*

Elisabeth sagte nichts, nickte mit dem Kopf: So ist das also, sie kann es mir nur in einem Vorwurf sagen, dachte sie. Tatsächlich hatte Elisabeth Gerüchte gehört, die Mutter habe in dieser Angelegenheit bereits im Herbst den Großvater aufgesucht. Doch kein direktes Wort zu ihr. Bis jetzt.

Nun, zum Zeitpunkt ihres Gespräches war alles bereits beschlossene Sache, wie sie später erfuhr. Sie spürte das auch und war eigentlich erleichtert. Trotzdem sprach sie einen Satz, der vielmehr alten Sehnsüchten als neuen Träumen galt. Sie wunderte sich selbst darüber, konnte jedoch nicht wissen, dass solche Sehnsüchte keine Grenze zwischen Alt und Neu kannten.

Immerhin nimmt mir dieser Mann meine Mutter!, sagte sie, ohne die Mutter direkt anzusehen, und murmelte, sie solle sich nicht sorgen, schließlich sei sie das Alleinsein gewöhnt.

Alleinesein, erwiderte die Mutter höhnisch, *weißt du, wer hier all die Jahre einsam war?*

Sie sei es, gab sie sich selbst die Antwort. Seit neun Jahren sei sie nun Witwe. Doch schon in der Ehe wäre sie eine Fremde am Hof gewesen, fühlte sich dort niemandem wirklich verwandt, fühlte sich nicht einmal als Frau: *Als Witwe aber hat man mich endgültig ausgeschlossen.*

Stephanie atmete nach diesen ersten Sätzen durch, blickte Elisabeth an, schien auf Widerrede oder zumindest Beschwichtigung zu warten, doch Elisabeth sagte kein Wort. Womöglich wäre hier noch eine Schwelle eines Innehaltens gewesen. Danach gab es für Stephanie kein Zurück mehr.

Rudolf, dein Vater, fuhr sie fort mit rotem Gesicht und leichtem Stocken, *hat mir die Ehre geraubt …*

Es war das erste Mal, dass sie von Elisabeths Vater redete: *Weißt du, ich war ein halbes Kind, als wir uns verlobten, nicht viel älter als du. Er hat mich von Anfang an betrogen. Trotzdem habe ich um ihn gekämpft. Immer wieder hoffte ich und glaubte, dass auch er es tue. Immerhin waren wir die Ehe beide aus Pflichtbewusstsein eingegangen, hätten zumindest Verbündete sein können. Doch er flüchtete, er flüchtete vor allem, bis ihm nur mehr der Tod blieb …*

Sie schluchzte. In ihrem Gesicht ein Ausdruck, als könnte Stephanie es selbst nicht glauben. Genauso wenig wie Elisabeth nicht mehr mit einer Regung, einer Erzählung oder gar einem derartigen Ausbruch ihrer Mutter in Bezug auf ihren Vater gerechnet hatte.

Nun empfand sie mit aller Stärke, um wie viel unheimlicher die Emotionslosigkeit gewesen war, empfand Erleichterung und war der Mutter nicht böse, was auch immer sie sagte, mit wie viel Schmerz, Wut oder Enttäuschung – wollte sie dafür viel lieber umarmen und schämte sich später, es nicht geschafft zu haben.

Und auch wenn manche glauben, sein Tod hätte mich befreit, so war es doch das ganze Gegenteil. Nicht nur, dass der Hof mir die Schuld an seinem Tod gab. Er selbst hat dafür gesorgt, dass mir nach seinem Ableben auch noch mein Stolz als Mutter genommen wurde. Er hat mich entmündigt – ich hatte nichts mehr zu sagen, der Kaiser sollte dein Vormund werden, nicht ich, deine eigene Mutter … So war das, nicht anders, sagte sie und war mit jedem Satz ruhiger geworden.

… ich weiß natürlich, dass du vor allem in den letzten Jahren geglaubt hast, ich würde es bereuen, keinen Buben anstatt deiner auf die Welt gebracht zu haben, und würde dich deshalb geringschätzen … natürlich, du hast recht, dass meine Position als Mutter eines männlichen Thronfolgers auch nach dem Tod des Mannes eine ganz andere geblieben wäre. Doch die Wahrheit ist, dass ich Angst hatte vor jeder Nähe zu dir, da ich jederzeit damit rechnen musste, dass du

mir ganz weggenommen werden könntest. Ich hatte Angst davor, dich zu vermissen …

Elisabeth hatte Tränen in den Augen und sah sie stumm an: Warum hat sie mir das alles nicht früher gesagt, warum? Das war alles, was Elisabeth in diesen Augenblicken an Vorwürfen noch hatte. Doch auch diese konnte sie nicht aussprechen.

Warum habe ich dir das alles nicht früher gesagt?, sagte ihre Mutter.

Sie sollte sich an diesen Moment lange erinnern. Die Sonne strahlte draußen flach über das Meer, brach sich in Abertausende kleinste Bruchteile, alles glitzerte. Auch rings um die Mutter, die vor den Fenstern saß. Beide rührten sich nicht. Und in Elisabeths Erinnerung sollte es dieses unwirkliche Glitzern bleiben, das keine Bewegung, keine Umarmung zuließ.

Ich hätte dich ganz für mich gebraucht, stieß Stephanie mitten in diese Helle: Alles andere sei Elisabeth nicht möglich gewesen. Da sei ihr immer der Vater in die Quere gekommen, dessen Abbild Elisabeth schon als kleines Kind gewesen sei. Bis heute, sagte sie, sähe er sie in ihr an. Bis heute sähe sie etwas an, wofür Elisabeth nicht die geringste Schuld trage. Jetzt aber wolle sie einfach noch einmal geliebt werden, vielleicht könne sie dann auch selbst wieder lieben. Gelingen könne ihr das aber nur, wenn sie frei sei …

Nun nahm Stephanie ihre Hand. Elisabeth konnte sich nicht erinnern, wann die Mutter so etwas abgesehen von Höflichkeitsgesten je gemacht hatte. Sie konnte kein Wort zu ihrer Mutter sagen, nicht einmal den Händedruck beantwortete sie. Sie wusste nicht, woher diese Lähmung kam. Vielleicht, so dachte sie viel später, waren Lähmung und Scham ein Schutz vor der eigenen Sehnsucht und ihrer zwangsläufigen Ausgeliefertheit.

Für Mitte Juni war im Park eine Suchaktion des Bundesheeres angekündigt. Offiziell galt sie dem Schmuck. Die Familie der Gnädigen Frau war offenbar der unumstößlichen Meinung, im Nachlass habe sich nur ein kleiner Teil des so ungewöhnlich wertvollen Schmucks befunden.

Mesli konnte nicht beurteilen, ob das stimmte. Ihm war lediglich aufgefallen, dass Franz Joseph die Übergabe der Villa hinauszögerte. Der Staat hatte längst alle kunsthistorisch wertvollen Stücke inventarisiert und abtransportiert, das war höchstens in einer Woche und im Grunde schon vor dem Begräbnis erledigt worden. Danach war das große Haus noch immer vollgestellt mit Antiquitäten und Mobiliar. Immer wieder wurden von Seiten der Familie Einsprüche gegen verschiedene Schätzgutachten erhoben, und Mesli sah bereits eine nochmalige Verlängerung seiner Dienstzeit bis in den Herbst auf sich zukommen. Denn die Einsprüche erzeugten nur Verzögerungen, kein einziges Verfahren ging zugunsten der Familie aus, deren Anwälte insgesamt noch fünf Jahre die Gerichte beschäftigen sollten, bevor Ende Januar 1968 der Oberste Gerichtshof den letzten Rekurs zurückwies.

Nun sollte offenbar stattfinden, was davor unter den Bediensteten nur gemunkelt worden war. An die offiziell für den Bundesheereinsatz genannten Gründe glaubte Mesli nicht. Es schien ihm schwer vorstellbar, dass die anwaltlichen Exekutoren des Testaments, Dr. Schlitter und Dr. Haberl, hinreichend Zweifel über die Vollständigkeit des Nachlasses hatten. Schließlich hatten sie auch in allen anderen Punkten millimetergenau die Verfügungen der

Gnädigen Frau vertreten, keinerlei außertourlichen Ansprüchen der eigenen Verwandtschaft nachzugeben. Vom Staat wiederum konnte es nicht ausgehen, da dieser auf persönlichen Schmuck keine Ansprüche hatte.

Die anderen Bediensteten glaubten es dennoch und hatten in ihren aufgeregten Mutmaßungen bald wieder haarscharfe Erinnerungen daran, welche Stücke fehlten, obwohl sie weder eine Ahnung hatten, was sich im Nachlass befunden hatte, noch wann die Gnädige Frau ein Stück hergezeigt oder gar getragen hatte. Sie wussten, im Unterschied zu Mesli, auch nichts vom Verschwinden des alten Briefes, sie hatten keinerlei Kenntnis von dem nach ihrem Tod eingelangten Schreiben, noch fiel ihnen auf, dass anlässlich der Suchaktion niemand aus der sonst überall kontrollierenden Familie in der Linzer Straße auftauchte.

Durch Meslis Kopf geisterte ganz anderes. Es kam ihm unglaubwürdig vor, dass der Verteidigungsminister der Republik aufgrund des privaten Antrags unzufriedener Erben Bundesheerpioniere mit amerikanischen Spezialminensuchgerät anrücken ließ, um nach Teilen eines Schmucknachlasses zu suchen, mit dem der Staat nicht das Geringste zu tun hatte. Es widersprach jeglicher Erfahrung der letzten Wochen sowie seinem Rechtsempfinden, dass die mit der Testamentsvollstreckung beauftragte Kanzlei aus eigenem Antrieb nach fehlendem Schmuck genau für jene Erben suchen ließ, gegen deren Begehrlichkeiten in so vielen anderen Bereichen prozessiert wurde.

Es musste einen anderen Auftrag geben. Und je näher der Termin rückte, desto sicherer war er, die Auftraggeberin zu kennen. Er wusste zu gut, dass sie seit drei Jahren nicht mehr das Bett verlassen konnte. Er hatte miterlebt, dass sie kaum jemandem vertraute. Und ihm war die Genauigkeit und Geheimhaltung, mit der sie ihre Hinterlassenschaft sowie die Pflichten und Aufgaben ihres Nachlassverwalters geregelt hatte, längst wie ein Irrgarten erschienen, in dem eine einzige Person Überblick hatte.

Wenn dem so war, könnte es sich bei dem Gesuchten auch um Dinge handeln, die sie selbst nicht mehr verstecken hatte können. Und die nur von Amts wegen zur Verschwiegenheit Verpflichteten aufgefunden und danach endgültig zum Verschwinden gebracht werden sollten.

Wenn Derartiges allerdings nur durch einen Bundesheereinsatz möglich war, musste es eine Bedeutung weit über das Persönliche und Familiäre hinaus haben. Es könnte sich bei dieser Suche nur um jene geheimnisumwitterte Kassette handeln, von der immer wieder gemunkelt wurde, Rudolf habe sie kurz vor seinem Tod bei einer Gräfin namens Larisch, einer Cousine der Kaiserin, für Erzherzog Johann Salvator hinterlegt. Die Gräfin habe sie damals nur an jemanden herausgeben dürfen, der über einen Buchstabencode verfügte.

Die Gnädige Frau hatte darüber nie ein Wort verloren. Doch als ihr Angestellter wurde man von allen möglichen Spintisierern und Amateurwissenschaftlern darauf angesprochen. Vor allem als Portier, wenn es darum ging, dass wieder einmal einer aufgrund einer sensationellen Entdeckung verlangte, sofort zur Kronprinzentochter vorgelassen zu werden.

So viel gerüchteweise bekannt wurde, war jene Kassette wenige Tage nach Rudolfs Tod tatsächlich abgeholt worden. Von einem Mann, den Gräfin Larisch nicht nur sofort als den Erzherzog erkannte, sondern der auch den Buchstabencode wusste. Nicht viel später schied Johann

Salvator, der sich schon lange in Opposition zu Kaiser Franz Joseph befunden hatte und nicht ohne Grund im Ruf stand, Überlegungen auf eine Umwälzung des Habsburgerreiches zu hegen, freiwillig aus dem Herrscherhaus. Er lebte zuerst einige Jahre als Johann Orth auf Schloss Orth am Traunsee, bevor er mit einem Schiff in der Nähe des Kaps der Guten Hoffnung für immer verschwand.

An diese Kassette Rudolfs dachte Mesli als einzig möglichen Grund für den Bundesheereinsatz. Obwohl er keinerlei Ahnung hatte, ob und wie diese Kassette je in die Hände der Gnädigen Frau gekommen wäre.

Was, wenn die Kassette Dokumente enthielt, die auf ein Komplott Rudolfs und Johanns hindeuteten, beide darauf sofort verschwinden mussten, und Rudolf seinen Tod bloß fingierte? Angesichts dessen, so wurde ihm auf geradezu klirrend kalte Weise klar, wäre auch ein über so viele Jahre ungeöffneter Brief keine größere Besonderheit mehr. Dann war alles vorstellbar in Bezug auf Rudolfs Tod; selbst die Möglichkeit, dass er in Mayerling nicht gestorben war.

Mesli lebte in den Tagen vor dem Einsatz des Bundesheeres in ständiger Panik. Ununterbrochen musste er an den Brief denken, den er ihr immer wieder seit Jahr und Tag aus dem Schreibtisch gereicht hatte. Mesli hatte die ganze Zeit mit der Schrift seiner Adressierung, dem Gefühl des Umschlags an den Fingern oder einfach seinem sichtbaren Vergilben gelebt. Für ihn war es selbstverständlich geworden, dass sie ihn nicht öffnete. Nun aber war ihm, als überzögen sich nachträglich selbst die bloßen Berührungen mit Ahnungen und einem Wissen von all dem, was darin zu stehen drohte.

Er traute ihr zu, sich ihrem Vater einfach verweigert

zu haben. Womöglich hatte er Kontakt aufzunehmen versucht – und die krakelige Schrift war seine gewesen, vielleicht als Versuch, sie nicht schon durch die bekannte Handschrift auf dem Kuvert zu erschrecken. Doch sie hätte es geahnt und auf einen derartigen Brief nur gewartet, um danach stumm zu bleiben, über Jahre hinweg, bis der Vater ein zweites Mal gestorben war.

Am 11. Juni kamen die Soldaten. Mesli ließ sie herein und verharrte in seinem Portiershäuschen. Trotzdem blieb ihm nicht verborgen, dass die Geräte nach kurzer Zeit anschlugen. Als es hieß, die Soldaten würden bereits graben, sah er ihnen mit den übrigen Bediensteten aus der Villa hinter den Vorhängen zu. In nicht einmal einem halben Meter Tiefe stießen sie auf etwas Hartes und gruben fünf Kassetten aus.

Mesli konnte kaum atmen. Doch entweder waren die Kassetten versperrt oder die Soldaten durften sie nicht öffnen. Sie wurden verstaut und abtransportiert. Niemand erfuhr je, was darin gewesen war. Da die Familie der Gnädigen Frau zeitgleich dazu um jedes Schätzgutachten vor Gericht feilschte, doch offenbar in dieser Sache nichts mehr unternahm, konnten es jedenfalls keine teuren Juwelen gewesen sein.

Mesli sollte seine Ahnungen und seinen Verdacht nie mehr loswerden. Ebenso wenig das Gefühl, auch das unsichtbare Leben der Gnädigen Frau an seiner eigenen Haut nachzuverfolgen. Er fuhr nie nach Lilienfeld, beantwortete auch den Brief des Kustos nicht. Er zerschnitt ihn in unentzifferbare Stücke, dann verbrannte er ihn und überlegte ernsthaft, die kleinen Fetzchen einfach zu schlucken.

Am 11. Juli 1963 verließ Paul Mesli Portiershäuschen

und Villa. An dem Tag schrieb er den letzten Satz in sein Notizbuch. Danach kam er nie mehr zurück.

Glaubhafte Indizien, wonach Johann Orth unter dem Namen Alexander Hugo Køhler womöglich noch bis in die Fünfzigerjahre in Schweden lebte, wurden erst Jahrzehnte nach Meslis Tod bekannt. Überraschenderweise hieß es zuerst sogar, die Familie Habsburg kooperiere in Hinblick auf DNA-Tests mit den Enkeln dieses vermeintlichen Schweden, dessen Hof-Kalender nur jemand besessen haben konnte, der im Zentrum des Herrscherhauses gelebt hatte.

Angesichts des laut Historikern echten Hof-Kalenders wurde jedoch eine von der Familie Habsburg bereits gegebene Zusage zu entsprechenden Genproben wieder zurückgezogen.

Über die im Garten der Villa Petznek im Sommer 1963 von einer Sondereinheit des österreichischen Bundesheeres geborgenen Kassetten wurde stets Stillschweigen bewahrt. Der für den Einsatz zuständige Minister für Verteidigung, Karl Schleinzer, starb in den Siebzigerjahren an einem Autounfall. Gerüchte über Manipulationen an seinem Wagen wurden widerlegt.

Zwei

7

Allein wegen seiner Enkelin ließ der Kaiser im Januar 1900 den Hofball wieder ausrichten. Es war die einzige große jährliche Veranstaltung in der Hofburg. Über 3000 Leute wurden dazu eingeladen.

Nach dem Tod der Kaiserin hatte man den Ball ausgesetzt, und angesichts des Desinteresses des Kaisers an derartigen pompösen Vergnügungen wurde allgemein damit gerechnet, dies würde auch so bleiben. Anstatt Zerstreuung zu suchen, stützte er sich gerade in diesen Jahren immer mehr auf Routinen.

Sobald einer dieser großen Anlässe jedoch unausweichlich wurde, duldete er keine Änderungen in deren Ablauf. Der Hofball zu Beginn des Jahres 1900 sollte in jeder Facette dem Hofball der Jahre vor dem Tod der Kaiserin gleichen. Alles war genau vorgeschrieben, Auftritte, Tänze und im Grunde jede Bewegung auf den Meter genau.

Eine feststehende Regel besagte, die Erzherzoginnen des Herrscherhauses sollten erst nach ihrem achtzehnten Geburtstag bei diesem Ball in die Gesellschaft eingeführt werden. Für Elisabeth, die im September dieses Jahres siebzehn wurde, überging er diese Regel. Warum, darüber machte sich Elisabeth damals keine Gedanken, sondern freute sich darauf. Ihr erster Hofball sollte gleichzeitig der letzte ihrer Mutter werden.

Für den Ball war Elisabeth ein weißes, mit Diamantenpunkten besetztes Atlaskleid genäht worden. In weiser

Voraussicht hatte man es erst in den letzten Wochen und Tagen gefertigt, derart schnell wuchs sie in diesen Tagen.

Ein Meter fünfundachtzig war sie nun und konnte kaum verhehlen, dass ihr auch deshalb dieser gemeinsame Auftritt mit der Mutter Freude machte. Sie war größer als jene Frau, die ihre eigene Größe immer als Trumpf gesehen hatte.

Dass der Kaiser ihr diesen Auftritt nicht allein aus großväterlicher Liebe und großväterlichem Stolz ermöglicht hatte, wusste Elisabeth so genau, wie sie sich ausmalen konnte, was dem Austritt ihrer Mutter aus dem Kaiserhaus folgen würde. Noch am Tag ihrer Vermählung würde der Kaiser ihren Hofstaat auflösen, um mit der nächsten Unterschrift die Zusammenstellung desjenigen Elisabeths zu genehmigen. Ab diesem Moment würde sie genau jene Rolle einnehmen, die man ihrer Mutter verwehrt hatte – die der ersten Dame des Hofes.

Diese Position hatten seit dem Tod der Kaiserin – und aufgrund deren ständiger Abwesenheit eigentlich seit dem Tod von Elisabeths Vater – zumeist die anderen Erzherzoginnen wahrgenommen. Diejenige aber, die dafür als Frau des Thronfolgers und Kronprinzessin an den Hof geholt worden war, durfte nach dessen Tod nur mehr in Ausnahmesituationen diesen Rang einnehmen.

Nun war Elisabeth an der Reihe. Alle Aufmerksamkeit des Kaisers galt ihr, sie rückte in den Mittelpunkt. Es bedeutete ihr viel. Später tat sie es manchmal ab, doch damals schien ihr, als könnte es eine Wunde schließen, eine Leere füllen. Und die Demütigung vergessen lassen, obwohl diese der Mutter gegolten hatte.

Sie betrachtete sich selbst genau. Sie verfolgte ihr Auftreten, ihre Möglichkeiten, ihre Macht und spürte, wie sie die Grenzen der Rituale und alten Regeln magnetisch anzogen. Es war wie ein zweiter Blick, der sie in diesen Wochen, in denen sie endgültig an die Öffentlichkeit trat, stets begleitete. Vor allem glich er die Vorgaben mit jenen ab, die sich nicht mehr daran hielten.

Da war nicht nur der bevorstehende Abschied der Mutter aus der Hofburg, von dem außer dem Kaiser und ihr kaum jemand etwas ahnte. Noch tiefer im Familienzentrum geschah etwas, über das nicht einmal Franz Joseph alles wusste. Begonnen hatte der Familienskandal des vorangegangenen Herbstes vor ihren Augen. Ein Vierteljahr später wurde zwar wieder so getan, als sei nichts gewesen. Doch sie ahnte, dass es nicht dabei bleiben würde. Und das gefiel ihr.

Sie war bei Erzherzog Friedrich und seiner Frau Isabella in Ungarn zu Besuch gewesen. Natürlich war es ein Höflichkeitsbesuch, der sie zu einem der mächtigsten und reichsten Erzherzöge geführt hatte. Derartiges gehörte nun zu ihren Pflichten. Der Kaiser hatte sich darüber gefreut und ihr seine Grüße aufgetragen.

Für Außenstehende wurde eine solche Familie schnell zu einem Labyrinth. Onkel Friedrich etwa war als Neffe von Erzherzog Albrecht adoptiert worden. Albrecht von Habsburg-Teschen, wie diese Linie der Familie nach dem Herzogtum Teschen in Schlesien benannt war, war wiederum Sohn des Besiegers Napoleons bei Aspern – Erzherzog Karl, dessen Vater Kaiser Leopold II. gewesen war, ein Sohn Maria Theresias.

All diese Familienverhältnisse, die Zusammenhänge der einzelnen Linien, ihre Entstehung und Herkunft, hatte Elisabeth genau gelernt. Als wären es die Gänge eines Fuchsbaus, so strebten sie auseinander, verzweigten und kreuzten sich, endeten manchmal abrupt oder vereinigten sich wieder. In solchen Zusammenhängen geschieht kaum etwas ohne Auswirkungen auf das gesamte Umfeld. Und auch wenn es von außen das Bild einer blindlings funktionierenden Bewegung ergab, so war das in Wirklichkeit nur der Fall, wenn darin alle, wie in einer Choreographie, ihre Schritte jeweils millimetergenau dorthin setzten, wo es ihnen vorgeschrieben war.

Als Kind hatte ihr diese Vorstellung gefallen. Es erzeugte ein Gefühl von Sicherheit. Wie viel Unsichtbares, wie viel Verborgenes und Unausgesprochenes sich in diesem Familiengeflecht für sie verbarg, sollte ihr Leben jedoch nur zu oft auf erstickende Weise bestimmen.

Selten wurden ihr die stummen Fäden so deutlich wie bei diesem Besuch in Ungarn. Elisabeth wusste zwar, dass der Adoptivvater von Friedrich, Erzherzog Albrecht, neben seinen Verantwortlichkeiten in Politik und Armee einer der ersten Großindustriellen und Großgrundbesitzer der Monarchie gewesen war. Über das intensive und stets gespannte Verhältnis ihres Vaters zu Albrecht, der nicht nur Generalinspektor der k. u. k. Armee, sondern auch ein wichtiger Militärschriftsteller gewesen war und als einer der wenigen – wenn auch als Widersacher – Rudolf intellektuell gegenübertrat, war ihr nichts bekannt. Für Erzherzog Friedrich und seine Frau Isabella hingegen waren derartige Erinnerungen immer noch greifbar.

Oft tappte Elisabeth in diesen Jahren wie eine Blinde in solche Konflikte, in denen auf einmal Spannungen entstanden, unerklärliche Reaktionen, manchmal vorsichtige Zurückhaltung, manchmal überfreundliche Umarmungen. So begleitete das Leben ihres Vaters sie wie ein Schatten. Nicht selten ergab sich aus dem, was sie tat, schlagartig und unerwartet etwas ganz anderes. Sie brauchte lange, um das zu begreifen, akzeptieren konnte sie es nie.

Zum Zeitpunkt ihres Besuches war Erzherzog Friedrich Kommandant des Pressburger Armeekorps und Verwalter seiner Liegenschaften, Fabriken und Sammlungen, zu denen auch die Wiener Albertina gehörte. Er besaß mehr Grund als der Kaiser, war an Einfluss in die Fußstapfen seines Adoptivvaters getreten, obwohl er keinerlei vergleichbare militärische Erfolge vorweisen konnte und auch im Ersten Weltkrieg als eine Art Galionsfigur zum Armee-Oberkommandanten ernannt werden sollte, während alle wichtigen Entscheidungen der Chef des Generalstabs, Franz Conrad von Hötzendorf, fällte.

Oft musste Elisabeth während des Kriegs an den Besuch bei ihm denken. An den kleinen Mann und seine rundliche und strenge Frau. Kaum ein anderer wurde in der *Arbeiter-Zeitung*, deren Leserin sie in den Kriegsjahren werden sollte, dermaßen kritisiert wie Friedrich. Nicht unbedingt aufgrund seiner angeblichen Unfähigkeit als Armeekommandant, sondern vielmehr dafür, dass der Krieg seinen Industrien offenbar unheimliche Gewinne eintrug. Tatsächlich rangierte er nach Kriegsende an prominentester Stelle auf den Kriegsverbrecherlisten, wurde aber weder von Österreich noch von Ungarn je ausgeliefert.

Dieser Onkel Fritz war im Herbst 1899 ein herzlicher Gastgeber. Elisabeth hatte umso mehr Sympathie für ihn empfunden, da, im Gegensatz dazu, seine Frau sich mit spitzen Bemerkungen über ihre modische Kleidung kaum zurückhielt und damit eine wunde Stelle bei der damals erst Sechzehnjährigen traf.

Die deutliche Ablehnung ihres Auftretens durch die

Tante konnte sie jedoch bald einordnen. Was ihre Kleidung betraf, lag der Grund schlicht und einfach in der Angst, Elisabeth könnte ihren Cousinen die Schau stehlen. Denn im Palais Grassalkovich, dem Pressburger Sitz der Familie, mussten von den insgesamt acht Töchtern sechs unter die Haube gebracht werden. Sechs charmante und herzliche Mädchen, die jedoch ebenso klein und dicklich wie ihre Eltern waren.

Selbst in den einfachsten Kleidern wäre Elisabeth hier konkurrenzlos gewesen, überragte sie doch selbst die beiden älteren Cousinen um mehr als einen Kopf und war sich auch einiger anderer Unterschiede bewusst. Anders verhielt es sich, wenn Elisabeth mit Reaktionen auf das Verhalten ihres Vaters zu tun hatte.

Die Cousinen erzählten offen, dass es nicht viele Interessenten für sie gab. Sie waren so froh, mit ihr darüber reden zu können, dass sie sogar vergaßen, ihr das Versprechen abzunötigen, kein Wort darüber gegenüber Erzherzogin Isabella verlauten zu lassen.

Isabella wiederum war in dieser Sache auf das Verhalten eines ganz besonderen Mannes bis aufs Äußerste gespannt: Thronfolger Franz Ferdinand, ein regelmäßiger Besucher ihres Palais.

Etliche Jahre lang kam der Sohn von Kaiser Franz Josephs Bruder Karl Ludwig aufgrund seiner Tuberkulose als Thronfolger nicht infrage. Nun galt er als geheilt. Nach dem Tod seines Vaters wurde er 1896, obwohl von Krankheit gezeichnet, offiziell zum Thronfolger ernannt. Elisabeth mochte ihn. Sie wusste, dass ihr Vater mit Franz Ferdinand, ihrem Großcousin, befreundet gewesen war. Damit stand er ihr nah, obwohl sie ihn kaum kannte. Auch die Tatsache, wie unheimlich er ihr als jener Verwandte war, der während der gesamten Kindheit wieder und wieder totgesagt wurde, änderte daran nichts. Dieser Nähe gegenüber war sie wehrlos.

Sie hatte gerüchteweise mitbekommen, dass Franz Ferdinand in den vergangenen Jahren vom Kaiser immer wieder gedrängt worden war, ihre Mutter Stephanie zu heiraten. Franz Ferdinand wehrte ein solches Ansinnen stets ab. Ihre Mutter hatte dies wohl ebenso erleichtert wie beschämt, und ihrer Tochter erging es ähnlich.

Die Gründe für die Ablehnung hatte sie bis zu dem Besuch in Pressburg nicht gekannt, niemand hatte sie gekannt. Dafür war Elisabeth bereits zu Ohren gekommen, der Kaiser überlege, Franz Ferdinand mit ihr zu vermählen, was sie zwar nicht glauben wollte, angesichts der Mechanismen innerhalb des Erzhauses jedoch nicht ausschloss. Geredet hatte noch niemand mit ihr, doch da der Großvater ihr ständig neue Aufgaben übertrug, für die sie in Wirklichkeit noch deutlich zu jung war, spürte sie es als unsichtbare Gefahr. Er war ihr Großcousin, vor allem jedoch ein Freund ihres Vaters. Das genügte, um Schauer tief in ihrem Körper zu erzeugen. Schauer und Ersticken mitten in diesem labyrinthischen Raum.

Noch nie war sie Ferdinand auf so engem Raum wie im Palais Grassalkovich begegnet. Sie versuchte deshalb zu Beginn, alle Situationen zu vermeiden, in denen sie allein mit ihm war, spürte jedoch, dass sie ihm Unrecht tat.

Denn es wurden unbeschwerte, sogar lustige Tage. Sie spielten Tennis, die Cousinen wollten geschickt sein, waren es nicht, konnten jedoch herzlich über sich lachen, wenn sie wieder einmal einen der Bälle nicht erwischten, die ihnen Franz Ferdinand und die Hofdame von der anderen Seite des Netzes zuspielten. Und Elisabeth lachte mit, freute sich an dieser Ausgelassenheit, die in ihren Augen nicht zuletzt von der eigentümlichen, sehr stolzen Ruhe der Hofdame ausging.

Sie hieß Sophie Chotek von Chotkowa und entstammte einem alten böhmischen Adelsgeschlecht. Onkel Fritz hatte Elisabeth gleich zu Beginn ihres Besuchs erzählt, Sophies Vater habe als Botschafter in Brüssel die Eheverhandlungen ihres Vater mit dem belgischen Hof geführt. Eine seltsame Koinzidenz, dachte sie. Denn gerade angesichts der Natürlichkeit Sophies verschwand während dieser Tage auch Elisabeths Berührungsangst mit Franz Ferdinand. Nicht im Sinne einer Verliebtheit, ganz und gar nicht. Vielmehr entstand zwischen ihnen angesichts der so bemühten Cousinen eine gewisse Verschwörung.

Am Tag vor seiner Abreise spielten sie noch einmal Tennis. Franz Ferdinand und Sophie standen auf der einen Seite des Platzes, während sich die Cousinen auf der anderen Seite abwechselten, trotzdem ins Schwitzen gerieten, ohne auch nur einen der Bälle zu treffen. Franz Ferdinand, den Elisabeth wie die meisten Verwandten Nando nannte, war wie immer charmant, zuvorkommend und offen. Er freute sich richtig an ihrer nimmermüden Fröhlichkeit. Elisabeth sah ihm gern zu.

Wie deutlich sich in seinem Verhalten jedoch stets eine vornehme Distanz zeigte, irritierte offenbar nicht einmal die Mutter. Im Gegenteil, Erzherzogin Isabella rechnete ihm das besonders an und schien sich seiner immer sicherer zu sein, hatte sogar aufgehört, Elisabeth wegen ihrer Kleidung zu behelligen. Als Schwiegermutter eines angehenden Kaisers konnte sie sich das leisten.

Es war ein sonniger, heißer Herbsttag. Sie lachten und

spielten. Alles war wie an den Tagen davor. Nach dem Ende der Tennispartie zog man sich im Schloss für das Diner um. Alle waren zugegen, doch nichts stimmte. Die Cousinen saßen verschreckt in den Fauteuils. Der Onkel war nervös, ging auf und ab, versuchte gleichzeitig so zu tun, als wäre nichts. Im Unterschied zu Erzherzogin Isabella, deren Gesicht rot angelaufen war.

Elisabeth war gleichzeitig mit Franz Ferdinand eingetroffen. Er hatte an der Tür kurz innegehalten, worüber sie sich noch gewundert hatte. Franz Ferdinand selbst hatte in dem Augenblick vermutlich gewusst, was nun bevorstand. Dennoch bewahrte er seine Haltung auf eine Weise, die keineswegs an irgendeine Art mühsam unterdrückter Aufregung denken ließ. Sie gingen vom Salon in den Speisesaal und er wirkte noch sicherer als sonst. Angesichts der Nervosität der anderen fragte sie sich bereits, ob sie selbst Grund für die sich abzeichnende Explosion gegeben haben könnte. Doch sie wusste nicht, woran sie schuld gewesen, was geschehen sein könnte, sah lediglich, wie erbittert und erbost die Erzherzogin eben auch sie anblickte, während sich alle setzten.

Reihum musterte Isabella nun alle, sogar ihren Mann.

Comtesse, so herrschte die Erzherzogin dann in eisiger Kälte Sophie Chotek am anderen Ende des Tisches an: *Sie verlassen innerhalb einer Stunde mein Haus! Sie sind nichts als eine Person, und eine Person hat hier nichts verloren!*

Sophie Chotek sah die Erzherzogin lange und ruhig an. Dann stand sie auf. Sie schien erstaunt, blickte kurz Franz Ferdinand an, doch sie wunderte sich nicht. Erzherzog Friedrich begann zu husten, die Cousinen blickten starr auf den Tisch, verstanden das alles nur halb oder gar nicht, schauten kurz zu Sophie Chotek auf, zu ihrer Mutter, ein paar von ihnen auch zu Elisabeth. Der Erzherzog kam aus dem Husten nicht mehr heraus, Sophie Chotek sagte kein Wort, drehte sich um und verließ den Raum. Gleichzeitig stürzte der Erzherzog hustend wie ein Erstickender in die andere Richtung davon.

An seiner Stelle begann die Erzherzogin das Tischgebet, immer noch mit kühler Stimme, danach entschuldigte sich Franz Ferdinand, versuchte Erzherzog Friedrich zurückzuholen, der sich jedoch das ganze Abendessen hindurch unter dem Vorwand von Nasenbluten nicht mehr blicken ließ.

Die Erzherzogin sprach kein Wort, hatte offenkundig einen Teil ihrer Wut wie einen Teil ihres Selbstbewusstseins verloren, während Franz Ferdinand mit seinen ruhigen Antworten auf den einen oder anderen Gesprächsversuch der völlig erschreckten Cousinen immer mehr zum Zentrum des Tisches wurde. Auch Elisabeth hatte sich bald wieder gefangen, nachdem bei Tisch wieder geredet wurde.

Nach dem Abendessen verabschiedete sich der Thronfolger höflich und ruhig, lehnte Kaffee, Cognac und Zigarre dankend ab. Nicht ohne hinzuzufügen, ein andermal hole er dies mit dem heute unpässlichen Erzherzog gerne nach.

Dazu sollte es nicht kommen. Erzherzog Friedrich legte Anfang 1914 aufgrund unüberbrückbarer Spannungen mit dem Thronfolger, der vom Kaiser im Spätsommer 1913 zum Generalinspektor der gesamten Armee ernannt worden war, seine Funktionen als Generaltruppeninspektor und Chef der k. u. k. Landwehr nieder. Nach dessen Ermordung in Sarajewo wurde er vom Kaiser zumindest nominell wieder als Oberkommandierender eingesetzt.

Elisabeth musste nach dem Tod von Sophie und Franz Ferdinand in Sarajewo immer wieder an die Szene am Esstisch im Palais Grassalkovich denken. An die ersten Augenblicke, nachdem auch Franz Ferdinand den Raum verlassen hatte. Die zwei leeren Plätze und das Schweigen, in dem das gesamte Abendessen eingenommen wurde.

So schnell sie nur konnte, entschuldigte sie sich nach dem Essen. Als sie in ihrem Zimmer bemerkte, dass Franz Ferdinand bereits abreiste, eilte sie ihm nach und holte ihn am Schlossportal ein. Er wirkte nun tatsächlich angespannt.

Sie nahm ihn beim Arm.

Grüß sie von mir, Nando!

Wen?

Deine Braut!

Er sah sie an, jetzt wieder mit der Ruhe und dem Stolz von kurz zuvor. Sie gingen gemeinsam die Treppe hinunter, Arm in Arm, fast wie ein Paar.

Danke, Liesl, sagte er unten und verabschiedete sich.

Erst am nächsten Tag erfuhr sie, was tatsächlich geschehen war, Bruchstücke der atemlosen und enttäuschten Erzählungen ihrer sechs Cousinen.

Ausschlaggebend war, dass Franz Ferdinands Uhr verschwunden war. Kurz nachdem er sie zu suchen begonnen hatte, fand ein Kammerdiener sie und brachte sie zur Erzherzogin. An der Uhrkette war ein Medaillon befestigt, das sie aus Neugier sofort öffnete, womöglich in der Hoffnung, das Bild einer ihrer Töchter darin zu finden. Im nächsten Augenblick hatte sie das Bild von Sophie Chotek vor Augen.

Seit über zehn Jahren kannten die beiden einander, wie Elisabeth als eine der wenigen in ihre Hochzeitspläne Eingeweihten während der nächsten Monate erzählt wurde. Franz Ferdinand hatte damals in Prag seinen Militärdienst abgeleistet. Als bald darauf die Tuberkulose bei ihm ausbrach, pflegte Sophie ihn, während sich die meisten anderen aus Angst um die eigene Gesundheit zurückzogen.

Wie schwierig und beinahe ausgeschlossen eine Heirat aufgrund der Hausgesetze der Habsburger trotz ihres alten Adels war, wussten beide genau. Als Erzherzog war Franz Ferdinand verpflichtet, eine Prinzessin eines regierenden Herrscherhauses zu heiraten. Erst recht als möglicher Thronfolger. Ihnen blieb als einziger Ausweg, auf Zeit zu spielen. Als offizieller Thronfolger hatte er vielleicht die Chance, den Kaiser zu erpressen. Je älter der Kaiser zu dem Zeitpunkt war, desto besser.

Zehn Jahre lang war ihr Versteckspiel nicht aufgefallen. Erzherzogin Isabella hatte Sophies Unauffälligkeit sogar zur Überzeugung gebracht, ihre Hofdame würde ins Kloster gehen, da sie sich keinen einzigen Mann anzusehen getraute. Bis sie, die Erzherzogin, dann auf das Bild von Sophie in Franz Ferdinands Medaillon starrte.

Jetzt musste Franz Ferdinand alles auf eine Karte setzen, und das tat er auch. Über Monate hinweg wurde im Geheimen verhandelt. Elisabeth wusste darüber Bescheid. Sie erlebte in dieser Zeit auch mit, wie sich die drei Geschwister Franz Ferdinands im Zuge dieses Konflikts von ihm abwandten, seine beiden Brüder wie seine Schwester. Elisabeth verabscheute sie dafür. Gleichzeitig erfüllte sie in dieser Zeit immer mehr Repräsentationsaufgaben und erkannte dabei allmählich, wie streng, beinahe pedantisch sie war und wie sehr sie auf Zeremoniell, Haltung, Form und Rituale achtete. Bald würde Elisabeth die erste Frau des Erzhauses sein, und diese Vorstellung war ihr eine völlig selbstverständliche.

Die Mutter wirkte weit nervöser als sie, während in diesen Wochen die Schneiderinnen unentwegt an den neuen Toiletten für die zukünftige Gräfin von Lónyay arbeiteten, oder die Weißnäherinnen in fleißiger Arbeit Stephanies Trousseau herstellten, der ein halbes Vermögen wert war und auch mit einer Aussteuer unter Adeligen nicht verglichen werden konnte.

Elisabeth begleitete Stephanie bei der Kontrolle der Arbeiten, der Auswahl der Stoffe und genoss die Leichtigkeit, die plötzlich zwischen ihr und der Mutter herrschte. Während der Abschiedsbesuche bei den Erzherzogen und Erzherzöginnen der Hofburg wirkten sie regelrecht wie enge, alte Freundinnen, die sich angesichts der oft nur gespielten Herzlichkeit der Verwandten immer wieder Blicke zuwarfen, für die sie untereinander keiner weiteren Erklärungen bedurften.

Die Abreise nach Miramare, wo die Hochzeit stattfinden sollte, wurde auf den 8. März fixiert. Alles war genau geplant. Die letzte Audienz am Vormittag beim Kaiser, der Abschied vom Personal sowie der Aufbruch mit der Hofequipage Richtung Südbahnhof. Elisabeth begleitete sie am längsten. Sie sollte mit der Mutter noch einmal nach Miramare fahren, durfte jedoch lediglich bis zum Vorabend der Hochzeit bleiben. An den Feierlichkeiten einer solchen nicht-standesgemäßen Trauung war niemandem die Teilnahme erlaubt, der das Kaiserhaus repräsentierte.

Im Prinzensalon des Südbahnhofes verabschiedete sich die Mutter vom Kaiser, der kurz nach ihnen dort eingetroffen war. Der Bahnhof war voller Menschen, und wieder einmal war es Elisabeth, die neben dem Kaiser im Mittelpunkt stand.

Eine Stunde später stiegen sie in den Salonwagen, der Kaiser winkte ihnen, der Zug setzte sich in Bewegung und der Großvater wandte sich langsam um. Für Augenblicke meinte Elisabeth Traurigkeit an ihm erkannt zu haben. Doch sie verwarf es schnell, zu aufregend, verwirrend war selbst ohne solche Fragen diese Fahrt für sie. Unzählige Male war sie die Strecke mit ihrer Mutter gefahren. Sie war das Kind gewesen und die Mutter die Mutter. Jetzt stand ihrer beider Abschied bevor, er war der letzte in einer Folge von Abschieden während der letzten Wochen. Doch mit dem Winken des Kaisers und seinem langsamen Umdrehen war Elisabeth bewusst geworden, dass sie ihre Mutter nicht mehr als Tochter begleitete, auch nicht als gleichberechtigte, erwachsene Frau, sondern, und das spürte sie seit dem Weggehen des Kaisers an ihrem eigenen Körper, als Vertreterin der Familie. Sie war es, die ihre eigene Mutter endgültig aus dem Herrscherhaus verabschieden sollte.

Am Morgen war all das vergessen, das helle Licht des Südens, die Zypressen, Pappeln und Olivenbäume, dann das Meer: Alles versetzte sie in Aufbruchstimmung. Kein Augenblick des nachtdunklen Wiens, des Südbahnhofes und der schweren Equipagen war mehr an ihr. Am Bahnhof wurden sie wie immer abgeholt, fuhren in einer leichten Kutsche am Meer entlang Richtung Schloss. Irgendwo hier musste es geschehen sein. Der Zwischenfall mit dem jungen Offizier. Doch kein Schrecken tauchte auf, auch die Scham war verschwunden. Stattdessen erinnerte sie sich zum ersten Mal seit etlichen Wochen an einen anderen Offizier.

Am Hofball hatte sie ihn zum ersten Mal gesehen, länger getanzt hatte sie im Rahmen des weitaus kleineren Balls bei Hof mit ihm. Zu lange für jemand wie sie, das hatte Elisabeth an den Gesichtern deutlich ablesen können – und hatte aufgrund dieser Blicke erst recht nicht mit dem Tanzen aufgehört.

Dieser Offizier, im ersten Augenblick hatte er sie erschreckt. Er war jenem, den sie auf der Allee Richtung Miramare angezeigt hatte, wie aus dem Gesicht geschnitten. Die blonden Haare, das klare Gesicht, die blauen Augen. Sie hatte Prinz Otto von Windisch-Graetz angesehen und ihn später zu einem Tanz holen lassen. Zwei Wochen darauf zu einigen Tänzen mehr. Auf der Fahrt nach Miramare, drei Monate später, dachte sie wieder an ihn, während sie die Stelle, an der sie der andere Soldat an der Promenade angestarrt hatte, nicht mehr wiederfand. So als hätte das eine das andere ausgelöscht.

Zwei Wochen sollte sie in Miramare bleiben, ihr letzter gemeinsamer Aufenthalt mit der Mutter. Am Ende konnte sie ihren Aufbruch kaum erwarten, vor ihr lag das eigene Leben. So stellte sie sich das vor.

Wenige Stunden nach ihrer Abreise sollte der neue Mann ihrer Mutter eintreffen. Ihm zu begegnen, war ebenso wenig vorgesehen wie ihre Teilnahme an der Hochzeit. Das Abreisedatum war der 21. März, am Tag darauf fand die Trauung der Mutter statt. Elisabeth gratulierte per Telegramm und las später in der Zeitung die Beschreibungen der Feierlichkeiten.

Sie verbrachte diesen Tag mit dem Grafen Bellegarde und Gräfin Coudenhove in Gries in Tirol, beide hatten zum Hofstaat ihrer Mutter gehört. Zur gleichen Zeit löste der Kaiser diesen per Dekret auf und genehmigte in einem zweiten Handschreiben einen Hofstaat für Elisabeth, in dem Gräfin Coudenhove aufgrund ihrer Verdienste nicht nur ihre Position behielt, sondern zudem mit dem nach der Großmutter benannten Elisabeth-Orden gewürdigt wurde.

Alles verlief wie geplant. Nach Elisabeths Rückkehr wurden ihr in der Hofburg die Mitglieder ihres Haushalts vorgestellt und schworen ihr die Treue. Ganz selbstverständlich nahm sie nun bei den Familiendiners ihren Platz als erste Dame des Hauses an der Tafel ein. Gleich beim ersten Zusammentreffen würde ein Gast auf Brautschau anwesend sein. Elisabeth kannte dieses Procedere. An den Herrscherhäusern Europas herrschte zu diesem Zweck eine beinahe ununterbrochene Besuchs- und Reisetätigkeit.

Ihr war klar, dass diese Besuche seit einiger Zeit auch ihr galten. Doch auch als erste Dame des Hauses konnte sie sich noch nicht ernst nehmen. Zu Hilfe kam ihr in diesen Wochen, dass eine andere Ehe-Angelegenheit alles überschattete. Dabei ging es um Reich, Thronfolge und Tradition – zumindest wenn wahr war, was allmählich durchsickerte. Denn die meisten konnten oder wollten nicht glauben, was gemunkelt wurde: Der Erzherzog-Thronfolger habe dem Kaiser mitgeteilt, die Frau, die er liebe, heiraten zu wollen. Natürlich sei ihm die Zustimmung kategorisch verweigert worden. Doch Franz Ferdinand sei ruhig geblieben, hieß es. Ruhig, wie Elisabeth es vom letzten Abendessen in Pressburg kannte.

So ruhig saß ihr Franz Ferdinand nun auch bei dem Familiendiner gegenüber, das ihre Premiere als erste Dame war. Angeblich wurde zu dem Zeitpunkt bereits verhandelt. Näheres wusste Elisabeth nicht, doch war es spürbar.

An jedem Wort, das bei Tisch gesprochen wurde, sowie an jedem Wort, das nicht ausgesprochen wurde. Vor allem wurde sichtbar, dass so gut wie alle von ihm abrückten. Es fiel der zufällig anwesenden Marie Valerie und ihr zu, immer wieder neue Gesprächsbrücken zu schlagen, die dann doch nicht beschritten wurden.

Hauptgrund dafür war der beharrlich schweigende Kaiser, den sie an dem Abend am liebsten geschüttelt hätte, wild durchgerüttelt – wissend, dass sich damit nichts änderte. Selbst wenn sie zu ihm als Person durchdrang, den Kaiser erreichte sie nicht. Jedenfalls nicht dort, wo er in jenem unsichtbaren Korsett von Gesetz und Tradition steckte, das sie in dieser Familie alle wie eine zweite Haut an sich trugen.

Über Wochen und Monate wurde gefeilscht. Franz Ferdinand gab nicht nach. Elisabeth war stolz auf ihn, gleichzeitig machte ihr sein Verhalten Angst. Während sie die verschiedenen Brautschauer, die an den Hof kamen, ebenso belächelte wie die jungen Erzherzoginnen, die sich davon ganz verrückt machen ließen. Manche waren nur verängstigt, manche schwebten sofort in irgendwelchen Welten, die sich meist in kürzester Zeit auflösten. Einige der Erzherzoginnen waren lustig, etliche auch klug, doch das waren schon nicht mehr so viele, hübsch war kaum eine.

Elisabeth belustigten diese Dynamiken genauso, wie es sie schon in Pressburg belustigt hatte. An sich selbst dachte sie dabei noch immer nicht allzu ernsthaft. Auch wenn ihr vor solchen Besuchen von allen Seiten zugeflüstert wurde, welch gute Partie Prinz Albert von Belgien etwa wäre, der Herzog von Baden, der Kronprinz von Württemberg oder wer sie sonst waren. Selbst Franz Ferdinand wurde in diesen Tagen erneut ins Spiel gebracht. Darüber lachte sie am meisten, vor allem, da es angeblich hieß, der Kaiser präferiere eine solche Lösung, da damit auch seine direkte Nachkommenslinie gewahrt bliebe. Stolz solle sie darauf sein, meinte man zu ihr hinter vorgehaltener Hand, da der Kaiser sogar in Kauf nähme, dass sie nur eine Frau sei.

All das verlachte sie. So als würden für sie andere Regeln gelten. Dabei schien zu dem Zeitpunkt selbst der Thronfolger bereits bloßer Spielball der ehernen Regeln des Hauses geworden zu sein.

So hellhörig sie für jedes Gerücht dieser Verhandlungen war, so unbeschwert genoss sie in dem Frühling gleichzeitig ihre neue Rolle. Sie nahm als Vertreterin des Kaisers an Diners und Soireen teil, organisierte Tennispartien im Schloss Laxenburg, in dem sie nun selbst Gastgeberin war, oder schaute aus der Kaiserloge Theatervorführungen zu. Sie war in alldem eine sehr junge und sehr reiche Frau, die keineswegs abstreiten konnte, wie sehr ihr die Blicke gefielen, die ihr bei diesen Veranstaltungen, Auftritten oder Einladungen mehr als allen anderen galten. Sie begann damit zu spielen und es fiel ihr leicht. Zumindest augenblicksweise ließ sich damit jede Wirklichkeit unterwandern, jede Regel und jedes Gesetz. Schon im nächsten Moment ließ sich alles Geschehene genauso mühelos wieder abschütteln. Eine minimale Veränderung der Blickrichtung genügte.

Prinz Otto von Windisch-Graetz sah sie in diesen Monaten einige Male wieder. Beim ersten Mal zufällig, danach ganz bewusst. Sie flirtete mit ihm, sie flirtete aber auch mit anderen. Damals war ihr dieses ständige Spiel nicht aufgefallen. Es hatte für sie einfach dazugehört, war ab einem gewissen Alter in ihren Kreisen eine Form des

Umgangs, wovon die Grenzen der jeweiligen Stellung völlig unangetastet blieben. Vielleicht hatte sie sich, als beinahe stets Ranghöchste, als von allen Umschwärmte und Hofierte, von den unausgesprochenen Regeln auch unabhängiger als alle anderen gefühlt. Vielleicht war es aber auch ihr Charakter, wie sie das von ihrer Mutter später immer wieder hören sollte: die Erbanlage ihres Vaters.

Das erste Wiedersehen mit Otto nach dem Ball fand bei einem großen Reitturnier in der Freudenau statt. Im Spätfrühling oder Sommer 1899. In jedem Fall war es ein heißer Tag. Sie erinnerte sich noch gut an ihr langes, sandfarbenes Kleid mit dem breiten, von Goldplättchen übersähten Gürtel. Sie trug einen hellen Strohhut, unter dem sie Otto bald ausmachte.

Es hieß, die besten Reiter Europas seien hier am Start, Otto von Windisch-Graetz einer der wenigen Vertreter der k. u. k. Monarchie. Natürlich drückte sie ihm die Daumen, hatte jedoch einige Worte parat, um aufzumuntern, falls es nur zu einer hinteren Platzierung reichen sollte. Doch Otto gewann, er gewann mit großem Vorsprung, und als sie ihm nach der Gratulation durch den Kaiser die Hand reichte, schien er sich zuerst gar nicht zu erinnern, dass sie vor wenigen Monaten einen halben Abend lang miteinander getanzt hatten beziehungsweise er mit ihr einen halben Abend lang tanzen musste, da sie es gewesen war, die ihn holen ließ.

Doch daran dachte sie nicht. Es wirkte, als habe er sich erst im zweiten Moment daran erinnert, und sie dachte, es sei sein Respekt, der ihn scheuer erscheinen ließ, zurückhaltender als andere. Dabei hatte er auf seinem Pferd, so wie damals als Tänzer, etwas ganz anderes erkennen lassen. Eine Kraft und Wildheit, die an ihr haftengeblieben war. Bald darauf ließ sie ihm eine Einladung zu einer ihrer Tennispartien in Laxenburg zukommen. Dort drehte sie den Spieß um und ließ sich seinen Namen zwei Mal sagen. In dem Augenblick hatte er zum ersten Mal gelächelt. Sie hatte seinen Ehrgeiz geweckt und glaubte schon zu dem Zeitpunkt, es wäre weit mehr.

Ob Spätfrühling oder bereits Sommer, all das war deutlich nach Ostern geschehen. Trotzdem hatte sie noch lange den Eindruck, in der Osterwoche, die sie damals auf besonderen Wunsch des Großvaters in Schönbrunn verbrachte, einiges von dem in den darauf folgenden Monaten Erlebten bereits in genauen Bildern vor Augen gehabt zu haben.

In Wirklichkeit hatte sie Otto von Windisch-Graetz bis zu den Ostertagen mit ihrem Großvater in Schönbrunn kein einziges Mal seit den Bällen wieder gesehen. Doch sie hatte sofort an ihn gedacht, als der Großvater an einem dieser Tage beim Tee offenbar etwas mit ihr besprechen wollte. Er war unsicher. Sie ahnte schnell, worum es ging. In dem Moment war ihr auch klar, wie oft er damit in den letzten Monaten beginnen hatte wollen.

Es geht um etwas Wichtiges, sagte er. *Ich muss etwas mit dir besprechen …*

Er traute sich kaum, es zu sagen. Beide nippten sie am Tee, und Elisabeth wollte ihm am liebsten helfen. Sie wusste, dass ihr nichts von dem gefallen würde, was er zu ihr zu sagen hatte. Trotzdem hätte sie es nun lieber selbst schnell und deutlich ausgesprochen, anstatt ihn so unsicher, beinahe ängstlich zu erleben. Sie nippte weiter am Tee und sah ihn an. Er trug wie immer seine Infanterieleutnantsuniform, doch selten wirkte diese militärische zweite Haut so unpassend wie jetzt. Nichts ließ sich darunter verstecken, im Gegenteil, sein Zaudern und Ausweichen, seine Sehnsucht nach Halt und Harmonie waren so deutlich wie nie.

Weißt du, Elisabeth, man muss immer bescheiden bleiben …

Elisabeth fürchtete bereits, er würde erneut ausweichen und sich jetzt über ihr Faible für modische Kleidung aufhalten. Doch vermutlich traute er sich darüber noch weniger zu reden. Darüber nämlich, wie eng die Kleider an ihren Hüften lagen. Genauso wenig wie er je ein Wort über ihr Verhalten während der Bälle oder ihre unübersehbare Lust am Flirt und Spiel gesagt hätte.

Er stutzte, brummte etwas, doch er gab sich einen Ruck:

Mach es mir nicht schwer: Du weißt, dass in den nächsten Jahren ein Mann gefunden werden muss …

Wie gern hätte sie es ihm in dem Augenblick tatsächlich leichtgemacht. Sein Bart zitterte. Es war kaum auszuhalten.

Sie sagte einfach: *Nein …!*

Natürlich wusste sie es.

Du bist wie dein Vater … Er blickte sie an und war sichtlich über sich selbst erschrocken. Kein einziges Mal hatte er in den letzten Jahren ihren Vater erwähnt. Kaum war das Gespräch in die Nähe davon gekommen, war er schnell abgebogen. Immer wieder hatte sie sich vorgenommen, ihn auf den Vater anzusprechen, und hatte es dem Großvater dann doch stets mit Schweigen gleich getan. Ganz ähnlich seinen missglückten Versuchen der letzten Monate, mit ihr über einen Ehemann zu sprechen.

Der Großvater konnte jetzt nicht mehr zurück. Er war aufgestanden und zu ihr gekommen. In ihrer Erinnerung blieb auch das ein Ausweichen. Er legte ihr den Arm um die Schulter. Jetzt halfen ihm nur mehr ernste Worte. Genauso kam es auch:

Das Leben hat dir einen hohen Platz zugewiesen. Du musst ihm mit Bescheidenheit begegnen. Du hast Pflichten, Verantwortung und eine Aufgabe … Du wirst sie nur erfüllen können, wenn dein zukünftiger Mann danach ausgesucht wird …

Immer wieder fragte sie sich später, ob er damit tatsächlich Franz Ferdinand gemeint habe. Sie wusste es nicht. Es wäre dann womöglich auf der Stelle zu einem Bruch gekommen.

Doch sie war ihm zuvorgekommen. Sie stand auf und sah ihn an:

Lieber werde ich Äbtissin, als in eine Ehe ohne Liebe zu gehen!

Der Großvater schüttelte nur den Kopf.

Irgendwann wirst du sehen, dass das Glück in der Pflicht zu finden ist. Die Liebe ist etwas Flüchtiges, sie ist eine Illusion …

Dann müsse das ganze Leben eine Illusion sein, antwortete sie und stürmte aus dem Raum. Er seufzte und ließ sie gehen. Sie wusste, dass er erleichtert war, das Gespräch hinter sich zu haben. Sie war es auch.

Drei Monate später heirateten Franz Ferdinand und Sophie Chotek in der Kapelle des böhmischen Schlosses Reichsstadt. Davor hatte er einen ausführlichen Renunziationsakt unterschrieben, mit dem er sich zu akzeptieren verpflichtete, dass Sophie niemals die Rechte einer ebenbürtigen Ehefrau zustehen sollten. Sie durfte demgemäß nicht *künftige Kaiserin-Gemahlin* genannt werden, wie wortgenau festgehalten wurde, sondern *Gemahlin des zu-*

künftigen Kaisers. Ebenso wie ihrer beider Nachkommen weder den Namen Habsburg tragen sollten, noch je Ansprüche auf den Thron geltend machen durften.

All das wurde von Franz Ferdinand in Gegenwart des Kaisers und der höchsten Würdenträger des Reiches am 28. Juni 1900 unterzeichnet. Elisabeth hatte an diesem Tag zu einer Tennispartie nach Laxenburg geladen, an der auch Otto von Windisch-Graetz teilnahm. Es war ein sonniger und ausgelassener Tag.

An der Hochzeit zugegen zu sein, war ihr als Repräsentantin der Familie nicht gestattet.

8

Ich war in meinem Leben noch nie so glücklich, sagte die Mutter. Sie saßen am Waldrand, schauten über Wiesenabhänge. Gleich würde ein langgezogenes Pfeifen den Nachmittagszug ankündigen. So viel wussten Mutter und Tochter nach einer Woche am Semmering über die Regelmäßigkeiten dieser stillen Gegend. Die Bank hatten sie am ersten Tag während eines langen Spaziergangs entdeckt. Von hier sah man weit über das Tal und die Kurven der Ghega-Bahn hinunter. Über diese Strecke waren sie angereist, doch der Blick zurück wirkte in manchen Momenten, als reichte er viel weiter.

Jeden Tag kamen sie seitdem hierher. Das Gehen tat ihnen gut. Sie brauchten es, um sich zueinander vorzutasten. So vieles ließ sich kaum erzählen, über so vieles hatten sie noch nie gesprochen. Das konnte jetzt nicht in einem nachgeholt werden.

Im Gehen war das im Unterschied zum Einander-gegenüber-Sitzen leichter, in Bewegung konnte ein solcher Austausch auch ohne Worte und Erklärungen weiterlaufen. So bekamen sie allmählich ein Gespür füreinander, indem Lücken ihren Platz hatten und nicht sofort nervös verdrängt wurden. Wortlose Lücken, in denen sie über unerwartete Aussichten staunten, über Wurzelknollen stiegen oder die federnden Waldböden über die Sohlen in sich aufnahmen.

Wirklich geheuer war ihnen vor diesem Treffen beiden

nicht gewesen. Sie überspielten es nicht, es hätte sich auch nicht überspielen lassen. Da waren zum einen die Veränderungen in beider Leben. Die Hochzeit und der neue Lebensort der Mutter, die ersten Monate eines Ehelebens, aber auch die ersten Monate, die sie nicht an einem regierenden Kaiser- oder Königshof verbrachte.

Für Elisabeth waren diese Monate die ersten einer gewissen Eigenständigkeit. Sie hatte einen Hofstaat, Appartments in der Hofburg und ein Schloss in Laxenburg, in dem sie selbständige Gastgeberin sein konnte.

Allein das hätte gereicht, um ein solches Wiedersehen nicht mit bloßem Drauflosplaudern zu beginnen. Doch zwischen ihnen beiden lagen noch ganz andere, stumme Gebiete. Die über Jahre hinweg so förmlich eingehaltene Distanz der Mutter zu ihrer Tochter, die Leere nach dem Tod ihres Mannes, die Enttäuschung und Verbitterung, die bei Stephanie zuweilen sogar mühsam zurückgehaltener Hass war, während die Tochter niemand sehnsüchtiger vermisste als den Mann, der sie als kleines Kind in den Armen gehalten und in unzählige Märchen- und Abenteuerwelten mitgenommen hatte.

In manchen Augenblicken fühlte sich das Wiedersehen wie ein Kennenlernen an. Darin war ihre Scheu und Unsicherheit noch nicht von jener zu trennen, die sie dort überfiel, wo sich nicht übersehen ließ, wie gut sie einander kannten. Es war schwerer zu fassen als alle Vorwürfe und Wunden und auch schwerer auszuhalten. Zumindest für Elisabeth.

Immer wieder musste Elisabeth während dieser Tage an ihre Großmutter denken. Sie hatte recht gehabt, doch das bloße Wissen darüber half nichts. Vor allem nicht angesichts dessen, worüber die Mutter an diesem Tag unterwegs zur Bank zu erzählen begann. Von der Liebe und von ihrem neuartigen Glück. Kaum hatte sie vorsichtig davon geredet, konnte sie ihr Strahlen nicht mehr zurückhalten.

Elisabeth freute sich darüber. Gleichzeitig hatte sie sofort das Bedürfnis, etwas dagegenzuhalten. Nicht aus Neid, auch nicht aus Konkurrenz oder dunkleren Gründen.

Später erinnerte sie sich manchmal mit dem Gefühl daran, sie hätte einen Schutz gebraucht. Als würde sie sonst etwas erfassen, das sich nicht mehr kontrollieren ließe.

Im Tal pfiff der Zug, bald würde auch sein Schnaufen und Dampfen zu hören sein, der Takt seiner Maschine sowie das leise Sirren des Stahls in den Kurven. Ein Geräusch, wie man es sich vorstellte, könnte man ein Glitzern in sich hören.

Weißt du, schon wenn er mich in den Armen hält, ist es da. Ich habe so etwas nie erlebt. Wenn ich es mir gewünscht habe, dann nur ins Blinde – wirklich vorstellen konnte ich mir so etwas gar nicht.

So viele Jahre lang hatte sie stets nur die Haltung zu wahren versucht, hatte kaum ein Wort über sich selbst verloren.

Elisabeth nickte. Sie ahnte, was die Mutter erlebte. Da waren auf einmal Wünsche, Sehnsüchte und oft eine richtige Gier, die alles in ihr ausfüllten. Gleichzeitig waren diese stets vom Verdacht des Undeutlichen begleitet und von einer riesigen Verlorenheit. Spätestens dann war der Vater anwesend. Doch während sie früher stets das Gefühl gehabt hatte, sie müsste ihn vor der Mutter verteidigen, tauchte auf einmal Otto von Windisch-Graetz in all seiner Gewandtheit und Kraft in dem Gespräch auf. Als Tänzer, als Reiter oder Tennisspieler.

Elisabeth glaubte nun, sie müsste sofort von ihm berichten, nur dann ginge er nicht gleich wieder verloren. Dieser Mann, der in den letzten Wochen immer wieder bei ihr in Laxenburg zu Gast gewesen war. Erwähnt hatte sie der Mutter gegenüber seinen Namen, wenn auch nur nebenbei, gleich am ersten Tag. Dabei hatte sie ein Herzklopfen und eine Aufregung gespürt, die sie beim Einschlafen verschämt wünschen ließen, die Mutter hätte es bemerkt und sie darauf angesprochen.

Jetzt hatte es nicht einmal eine Frage gebraucht. Alles in ihr drängte sie danach. Gleichzeitig war ihr klar, dass sie keine Ahnung hatte, was dieses Alles tatsächlich war. Nur der Auslöser war offensichtlich, das Glück der Mutter.

Alle anderen Fragen sollten sie ihr ganzes Leben lang begleiten: Ob das neue Glück der Mutter den Wunsch öffnete, endlich nicht mehr allein Tochter und Enkelin zu sein – ganz so wie die Mutter auch nicht mehr als Witwe leben hatte wollen? Oder waren es doch Neid und Konkurrenz, die sie auf einmal dermaßen nötigten, einen Mann in allen Farben zu schildern, den sie kaum kannte? Oder sollte dieser Mann, sollte das Erzählen von ihm – in dem Elisabeth auf einmal keinen Unterschied zwischen wirklich Erlebtem und Ausgedachtem machte – nur eine Art Spiegelung gewesen sein? Die einzige ihr mögliche Reaktion auf das, was die Mutter als Glück erlebte, wonach sie sich aber noch viel zu undeutlich sehnte.

Kein Abstand, keine Erfahrung ließ diese Momente klarer werden. Ganz gleich, ob während der Jahre mit Otto, ob in der Zeit ihres Kampfes gegen ihn, nicht während der ersten Seitensprünge oder angesichts der nächsten unerfüllten Liebe. Nicht einmal, als sie in den späteren Jahren ruhiger wurde und tatsächliches Glück fand. Nie. Sicher war nur, dass sie damals auf dieser Bank von Otto von Windisch-Graetz so gesprochen hatte, als wäre er bereits greifbar nah, als hätte er ihr seine Liebe nicht nur versprochen, sondern auch bewiesen. Sie hatte keine Zweifel. Obwohl es lediglich ihre eigenen Vorstellungen waren, denen sie hier vertraute.

Mutter, wissen Sie … begann sie immer wieder eine weitere Eigenschaft dieses Mannes zu beschreiben, der gewandt und stark war, der mindestens ebenso hellblaue Augen wie sie hatte und sie beim bloßen Denken daran neben ihrer Mutter beinahe platzen ließ. Der Zug stampfte die letzten Anhöhen herauf, und Elisabeth merkte nicht, dass ihr das meiste des hier Gesprochenen vor dem Treffen mit der Mutter gar nicht bewusst gewesen war.

Erst als alte Frau sollte eine Ahnung von dem auftauchen, was hier geschehen war. Sie lag in ihrem Bett. Ihr gegenüber der große aufklappbare Schminkspiegel aus dem Jagdzimmer ihres Vaters in Mayerling. So sah sie sich als Kind dastehen, wie sie in der Hofburg schon als Fünfjährige vor derartigen Spiegeln gestanden hatte. An ihr damaliges Alter erinnerte sie sich genau, da sie nach dem Tod des Vaters für alle Zeit aufgehört hatte, in solchen Spiegeln etwas zu suchen, das unmöglich zu finden war. Diesen einen Moment, in dem man sich nicht anschaute, den winzigen Augenblick, in dem man sich jedoch sah, ohne dies zu bemerken. Genau darauf hatte sie damals in ihrem Spiegelbild gehofft.

Von ihrer Mutter hatte sie am Semmering eine Art Einverständnis bekommen. Angesichts der Vormundschaft des Großvaters sowie der dynastischen Hierarchie half ihr der Segen der Mutter nichts. Trotzdem hatte sie ihn abgefordert und bekommen.

Einige Wochen später bat Elisabeth den Großvater um Audienz. Es war im Dezember 1901, kurz vor Beginn der Ballsaison bei Hof, zu der Elisabeth Otto von Windisch-Graetz wieder zu sehen hoffte. Dass er sie dabei bereits als seine Verlobte durch die Tänze tragen würde, wagte sie sich nicht vorzustellen. Dafür kannte sie den Kaiser zu gut. Doch sie hatte einen Plan, und zu dem gehörte, dass sie dafür ohnedies noch zu jung war. Damit konnte sie dem Kaiser nicht nur zuvorkommen, sondern vielleicht auch einem kategorischen Nein ausweichen, von dem er noch viel schwerer abzubringen sein würde als von einem seiner Ausweichmanöver.

Tatsächlich reagierte er genauso wie erhofft. Kein Wort wolle er über ein solches Ansinnen hören, bis sie nicht wenigstens ihren 18ten Geburtstag gefeiert habe. Das war natürlich alles andere als Zustimmung. Trotzdem hatte damit für sie ein Ringkampf begonnen, bei dem sie genau wusste, wie sie handeln müsste, um ihn zu gewinnen. Trotz ihrer Kenntnis der Familiengesetze, trotz ihres Wissens um die barsche Ablehnung, die er gegenüber nichtstandesgemäßen Ehen hegte, war sie sich ganz gewiss.

Er durfte sie vorderhand nicht als Rebellin ansehen, er durfte keine Angst vor ihr bekommen. Jetzt noch nicht. Dieses besondere Mittel durfte sie nur ein einziges Mal einsetzen: Seine Angst davor, wie sehr sie ihn an seinen Sohn erinnerte. Sie bemerkte die Momente, in denen diese an ihm auftauchte, mittlerweile schnell. Und sie scheute vor ihnen mindestens so sehr zurück wie er.

Mit der Antwort, er wolle über derartige Wünsche

nichts mehr hören, bis sie nicht zumindest ihren 18ten Geburtstag gefeiert habe, wusste sie genau, was ihr nun bevorstand. Sie würde in den kommenden Monaten noch deutlicher als bisher in den Mittelpunkt rücken, beinahe wie eine Kaiserin. Dieser Rolle und Pflicht musste sie sich stellen. Erst wenn er sich dabei sicher fühlte, ließe er sich vielleicht erschüttern.

Es sollte ihr nicht allzu schwer fallen. An der Tatsache, wie gern sie die Rolle der ersten Dame des Hofes spielte, hatte auch die Verliebtheit nichts geändert. Nicht einmal die Nachricht, dass Prinz Otto von Windisch-Graetz in ein Regiment weit entfernt von der Hauptstadt versetzt worden war. So etwas hatte sie erwartet. Nun musste sie es aushalten. Dafür würde jeder Tanz, den sie mit einem anderen tanzte, den Großvater in seinem Vertrauen in ihr Pflichtgefühl bestärken.

Noch Jahrzehnte später sollte die Ballsaison des Jahres 1901 als die glanzvollste der letzten Jahre des Habsburgerreiches gelten. Als feiere man darin eine zukünftige Kaiserin. Später fragte sie sich manchmal, ob der Großvater in diesen Monaten nicht mehr Angst vor ihr als einer möglichen Nachfolgerin bekommen habe als vor einer nichtstandesgemäßen Hochzeit.

Es war eine Furcht, die er nur vor sich selbst haben konnte. Die Hausgesetze der Habsburger waren eindeutig. Niemand anderer als er, der pflicht- und traditionsbewusste Kaiser, konnte jene Gesetze umstoßen, die einer Frau trotz direkter Nachkommenschaft nur die nachgereihte Thronfolge einräumten: Zuerst mussten alle männlichen Nachkommen des regierenden Familienzweiges ausgeschieden sein. Seine Brüder genauso wie deren Söhne. Es sei denn, er setzte sich darüber hinweg. Niemand hätte ihn daran hindern können. Wirklich daran gedacht hatte er wohl nie. Obwohl von manchen Seiten darüber gemunkelt wurde. Letztendlich hatte schon die Gedankenmöglichkeit seine Angst davor verstärkt, keineswegs aber eine tief verborgene Sehnsucht nach direkter Nachfolge.

Seltsamer Zufall, dass genau in dem Jahr, in dem das Habsburgerreich mit ihr für wenige Monate eine Art junger Kaiserin hatte, in England mit Königin Viktoria eine Regentin starb, deren Regierung in mancherlei Hinsicht – obwohl sie *lediglich* eine Frau gewesen war – stets als geheimes Vorbild für ihren Großvater fungierte. Bewusst war Elisabeth all das damals nicht. Auch aus späterer Distanz konnte sie kaum sagen, ob ihre Lust an einer solchen Rolle tatsächlich zu seinem Nachgeben beigetragen haben könnte. Andere behaupteten dies zwar, selbst wahrgenommen hatte sie davon nichts.

Genauso wenig hatte sie in diesen Monaten daran gedacht, dass Prinz Otto ihre Verliebtheit womöglich gar nicht erwiderte. Nur ein einziges Mal bekam sie ihn zu Gesicht, beim Kostümball im Palais Clary. Auch dort blieb ihr lediglich ein Tanz, nachdem er aufgrund seiner weit entfernten Offiziers-Stationierung weder beim Hofball noch bei den anderen Soireen und Bällen anwesend sein hatte können oder gar nicht eingeladen war.

Es beruhigte zumindest den Großvater, versuchte sie sich zu trösten. Selbst als ihr Tanz beim Kostümball distanziert verlief, sagte sie sich, Otto hielte sich ebenso eisern wie sie daran, keinerlei Aufsehen oder Gerüchte zu erzeugen, womit die Ablehnung des Kaisers nur noch verstärkt werden konnte.

Den Frühlingsbeginn verbrachte Elisabeth wie im Jahr

davor in Gries. Diesmal sollte eine Straße nach ihr benannt werden. Derartiges freute den Großvater. Ebenso, dass sie für Ende April eine kleine Kreuzfahrt entlang der österreichischen Meeresküste geplant hatte. In seinen Augen band sie das stärker an ihr Land. Wobei er Land und Familie gleichsetzte, wie Bindung, Verpflichtung, Verantwortung und Liebe. Sie wusste, dass ihr Vater daran verzweifelt war. Genauso wie sie wusste, dass er den Kaiser geliebt hatte, wie dies auch die Kaiserin bis zum Schluss tat, obwohl sie es am Hof nicht aushielt.

Nichts würde ihn dazu bringen, seine Haltung zu verändern, und Elisabeth hätte daran auch nie gedacht. Sie liebte ihren Großvater und vertraute darauf, dass er im richtigen Moment erkannte, dass sie eine tiefere Verpflichtung in sich trug, als sie gegenüber Herrscherhaus, Land oder selbst ihm gegenüber, dem Großvater, hatte. Diese Verpflichtung bestand aus Sehnsucht und Trauer, sie war Zärtlichkeit wie Aggression, sie konnte gänzlich stumm sein, wie ausgelassen aus ihr heraussprudeln. Sie konnte alles sein, was sie empfand, sie war eine Lebensnotwendigkeit – und das größte Geheimnis.

In ihr hieß sie Tod, Liebe oder einfach nur Vater. Genauer sollte sie diese innere Schwerkraft bis ans Ende ihres Lebens nicht begreifen. Vielleicht war sie auch nichts anderes als die Leichtigkeit der letzten Augenblicke, als sie die Träne an ihren Wangen spürte.

Damals, als Siebzehnjährige, war es für sie nichts anderes als das pochende Herz, mit dem sie an Otto dachte. Ein verrückt aufspringendes Glühen, das an Stellen ihres Körpers reichte, die ihr völlig neu waren. Sie konnte sich dort berühren, an ihrem Körper, den sie in solchen Momenten so lange nicht losließ, bis es sie in atemlosen Wogen schüttelte. Dass es verboten war, kümmerte sie nicht. Wie sollte es jemand bemerken. Nur sie erkannte den Geruch als jenen, den sie an ihrem Vater gerochen hatte.

Ihm, allein ihrem Vater, war sie verpflichtet. Sie musste dort weitermachen, wo er verzweifelt war und wo sie es jetzt hell lodern spürte. Davon durfte sie sich nicht abbringen lassen. So sagte sie sich das vor.

Selbst die Mutter hatte ihren Willen durchgesetzt und war ihren Gefühlen gefolgt. Es hatte sie glücklich gemacht, das war nicht zu übersehen. Dennoch wollte sie von ihr keine Fragen danach akzeptieren, ob Otto wirklich der Richtige wäre. Erst recht nicht, wenn sie zudem noch wissen wollte, welche Zeichen ihre Tochter von Otto empfangen hätte. Dabei war die Mutter vorsichtig gewesen, hatte extra hinzugefügt, sie wisse natürlich, dass es sich um Geheimgehaltenes handele. Schließlich würde Otto wie jeder andere junge Adelige innerhalb der Monarchie genau wissen, dass die Enkelin des Kaisers bis auf habsburgische Verwandte für alle anderen jungen Adligen des Landes tabu bleiben musste.

So hatte sich Otto von Anfang an auch verhalten. Ob als Tänzer oder als Gast auf Schloss Laxenburg. Er war galant geblieben, doch er hatte ihr nie den Hof gemacht, im Gegenteil, er hatte selbst auf Blicke kaum reagiert. Ganz im Unterschied zu etlichen anderen ihrer Gäste oder Tänzer. Das hatte sie an Otto besonders herausgefordert, es hatte sie zur Jägerin gemacht, eine Eigenschaft, die sie oft an sich erleben sollte. In den Monaten nach dem ersten Tanz mit ihm war ihr das in Bezug auf Männer noch neu gewesen. Nie hätte sie sich damals als Jägerin bezeichnet, schon gar nicht angesichts jener Jagdleidenschaft, die bei ihrem Vater wie auch später bei ihrem Sohn tatsächlich mit zehn- oder hunderttausenden abgeschossenen Tieren zu messen war.

Sie hatte ihren Drang, ihre Unbedingtheit und Erregung als Liebe verstanden. Und Ottos Zurückhaltung als etwas, das ihn besonders ehrenwert und liebenswürdig im wahrsten Sinn des Wortes machte. An etwas anderes traute sie sich nicht zu denken, und sie hätte es sich zu dem Zeitpunkt auch nicht vorstellen können. In Wirklichkeit hatte sich Otto im Frühling mit einem Mädchen verlobt. Just während der Wochen, die Elisabeth mit ihrer Mutter und deren besorgten Fragen im Helenental verbracht hatte.

Damals hatte sie der Mutter Schuld daran gegeben, dass nach ihrem Beisammensein die unbeantworteten Fragen und Ängste in Bezug auf Otto nicht mehr aufhörten und ihre Ungeduld im Hochsommer so erstickend werden ließen, dass sie bereits wenige Wochen vor ihrem 18. Geburtstag den Kaiser um eine Audienz bat.

Jahre später sollte sie sich fragen, ob sie gespürt haben könnte, in welch verkehrte Richtung sie hier lief. Antworten darauf konnte es keine geben. Genauso wenig auf die Frage, ob ihr Großvater über die Verlobung Ottos Bescheid gewusst hatte. Grund genug, es anzunehmen, gab es angesichts des ihm zur Verfügung stehenden Staatsapparates in jedem Fall. An dieser Stelle stoppte sie meist jegliches Weiterdenken. Das Gefühl, ihr eigener Großvater hätte mit ihr nur gespielt und sie mitsamt ihres Sturkopfes bewusst anrennen lassen, wurde sie dadurch jedoch ebenso wenig los wie die unheimlich blinde Macht, die sie erst so vehement in Bewegung gesetzt hatte.

Die Audienz fand an einem heißen Augusttag statt. Schon der schnell gewährte Termin hatte ihr erste Erleichterung verschafft. Gar nicht zu reden von der Befreiung, als sie endlich zu ihm ins Arbeitszimmer trat. Sollte sie tatsächlich Spuren einer Ahnung gehabt haben, dass Otto seine Liebe einer anderen versprochen hatte, und sollte dies Grund für ihre Unruhe gewesen sein, war es nun einem seltsam klaren Gefühl völliger Sicherheit gewichen.

Sie sah den Großvater und Kaiser an seinem Schreibtisch sitzen. Er wusste, warum sie gekommen war. Sie küsste ihm die Hand. Auf dem Schreibtisch wie immer Akten. Er war ihr immer noch ein Vorbild, doch sie hatte eine andere Aufgabe zu erfüllen. Ja, sie war jetzt überzeugt, sie könne etwas gutmachen, wenn sie früher und unbeirrter als ihr Vater auf ihr Herz hörte. Der Kaiser hielt sich nicht mit Plaudereien auf. Sie sah den Ernst in seinem Blick, und seine Liebe. Abwehr suchte sie darin vergeblich, das irritierte sie kurz, doch jetzt musste sie es sagen:

Ich liebe ihn noch immer, Großvater! Ich habe meine Entscheidung getroffen, und ich bitte Sie, mir das nicht zu nehmen.

Gut, antwortete der Kaiser. Elisabeth sah ihn groß an. Er tat eine hektische Bewegung mit der Hand, die ihr noch lange im Gedächtnis bleiben sollte, und fügte hinzu, er werde ein Gespräch mit Otto von Windisch-Graetz führen.

Elisabeth sollte sich später erinnern, dass er Otto sogar kurz lobte, was die Annahme von Erkundungen über ihn bekräftigte. Auf dieses Lob war sie stolz gewesen. Selbst der Schlusssatz, er hoffe, sie wisse, was das für sie bedeute, war keine Frage mehr gewesen.

Danach ging alles schnell. Der Kaiser ließ Otto innerhalb weniger Tage zur Audienz beordern. Otto erzählte ihr davon nie, nicht einmal während der langen Jahre ihres erbitterten Ehekrieges. Erst Jahrzehnte später erfuhr sie Ausführlicheres. Ihr ältester Sohn Franz Joseph war es, der ihr während einer der Streitigkeiten über ihr Testament Brocken dessen an den Kopf warf, was er von seinem Vater über die beiden entscheidenden Audienzen beim Kaiser erfahren hatte.

Ihr hatte damals gereicht, was ihr der Großvater nach dem ersten Gespräch mit Otto zu erzählen versuchte. Er hatte kaum begonnen, schon hatte sie geschrien. Zumindest fühlte es sich in ihrer Erinnerung so an. Stumm hatte sie zuvor vernommen, dass Otto von Windisch-Graetz hier als Ehrenmann gestanden sei. Als solcher habe er sich entschuldigt, berichtete der Großvater ungerührt, es sei ihm keine Spur eines Verdachtes in den Sinn gekommen, die Erzherzogin könnte ihm ihre Gunst schenken. Er, Otto von Windisch-Graetz, schätze sie ungemein, habe jedoch immer die Grenzen respektiert, die ihr unterschiedlicher Stand ihnen setzte.

Da hatte sie gewusst, was kommen würde. Gleichzeitig, so erinnerte sie sich genau, hatte sie in irgendeinem Winkel Otto von Windisch-Graetz bereits für einen Schwächling gehalten. Dann gab ihr der Kaiser die entscheidenden Sätze Ottos wieder. Und sie schrie, sie konnte nicht anders. In dem Augenblick war alles in ihr viel zu groß. Oder alles an der verkehrten Stelle. Auf jene Weise, in der man nur Übergewicht bekommen konnte und stürzen.

Otto von Windisch-Graetz habe ihm mitgeteilt, vor einigen Monaten einer jungen Frau seine Liebe und auch die Ehe versprochen zu haben. Nun müsse er sich untertänigst entschuldigen, doch bei aller Hochschätzung und Verehrung der Enkelin des Kaisers, und in allergrößter

Verneigung vor dem Kaiser, könne er dieses Wort bei seiner Ehre einfach nicht mehr brechen.

Was sie daraufhin schrie, fiel ihr später nie mehr wieder ein. Es blieb ihr bloß als etwas Gewaltsames in Erinnerung.

Der Großvater stand auf, um sie zu beruhigen. Sie stieß ihn weg, ließ sich nicht berühren. Natürlich meinte er es gut. Selbst wenn er sie bewusst in diese Situation gebracht hätte, hätte sie ihm das zumindest im Nachhinein zugutegehalten. Tatsächlich hätte sie das ebenso wenig gekonnt, wie sie jemals ihre Reaktion auf die Sätze des Großvaters bereuen sollte. Es hatte sich zu lange angestaut. Es schwappte über, und sie ging darin nicht einfach unter, sondern verlor sich darin selbst, als wäre sie ein Schiff aus nichts als Wasser.

Sie erhob sich. Der Kaiser stand klein vor ihr. Viel zu klein in seiner Uniform. Doch sie konnte nicht anders:

Wenn ich meinem Herzen nicht folgen kann, muss ich aus dem Leben gehen! Genau wie der Vater. Ich bin vielleicht nur eine junge Frau, doch ich habe keine Angst vor dem Tod … schon gar nicht vor meinem …

Der Großvater sackte in sich zusammen. So eine hilflose Bewegung hatte sie noch nie an ihm gesehen. Er sagte nichts. Er ging an seinen Schreibtisch, und es sah aus, als hätte er dort am liebsten gleich einen Akt geöffnet, einen zweiten, einen dritten, alle seine Akten, alle Akten, die es je gegeben hatte.

Otto von Windisch-Graetz rief er schon am Tag darauf zu sich. Seinem Sohn Franz Joseph sollte Otto Jahrzehnte später erzählen, er werde die ersten Schritte aus der Hofburg hinaus ins Freie nie vergessen. Alles Gewicht der Welt war in quälender Langsamkeit auf ihn eingestürzt. Er dachte an die zierlichen Arme seiner Braut, an das blinde Vertrauen, mit dem sie sich in so vielen Umarmungen um ihn schlangen. Er sah ihr Gesicht vor sich, das nichts davon glauben würde können, und ihre Augen, die voller Wut und Hoffnung sich daran festhielten, dass alles nur ein böser Scherz sei. Er konnte es selbst kaum glauben.

In diesem Augenblick, in dem er den Heldenplatz überquerte, ragte direkt vor ihm das Reiterdenkmal Erzherzog Karls empor, das er schon so oft wegen der Kraft bestaunt hatte, die im Moment des Aufspringens seines Pferdes sichtbar wurde. Nur seine Hinterbeine berührten den Sockel und stemmten für alle Zeit den restlichen Körper des Tieres und seines Reiters in die Lüfte. Für alle Zeit, dachte er sich. Nicht anders erging es ihm. Für alle Zeit war alles aus Stein.

Der Kaiser hatte keinerlei Umschweife gemacht. Geschweige denn seine eigene Position auch nur angedeutet, stattdessen mitgeteilt, er habe seiner Enkelin Elisabeth Marie die Unterredung mit Otto zur Kenntnis gebracht. Doch komme deren Ergebnis für sie nicht in Betracht. Zu eindeutig seien ihre Gefühle, zu klar ihr Wunsch.

Otto hatte ihn ungläubig angeblickt und sich gefragt, worauf er eigentlich hinauswolle, unmöglich schien ihm dabei, was sein Schicksal bereits entschieden hatte. Doch es war der Kaiser, der vor ihm stand, und er ließ kein Anzeichen zur Distanzierung erkennen. In dem Augenblick war die Panik gekommen. Anstatt Rücksicht zu nehmen, dass er nun dem Kaiser selbst widersprach, spürte er, dass in seinen eigenen Sätzen nur mehr Enge und Ausweglosigkeit waren, dass sie lediglich als Wiederholungen aus ihm kamen.

Ich bin ein Offizier Ihrer Armee, Majestät. Wenn ich mein Wort breche, ist meine Ehre verloren!

Der Kaiser sah ihn daraufhin lange und ohne ein Wort an.

Vielleicht, so sollte Otto sich in den darauf folgenden Tagen fragen, hätte er den Offizier nicht ins Spiel bringen dürfen. Denn die Reaktion des Kaisers kam auf der Stelle:

Dann befehle ich Ihnen als Ihr Kaiser und oberster Kriegsherr, Erzherzogin Elisabeth Marie zu heiraten!

Otto von Windisch-Graetz salutierte und antwortete eine Spur zu laut:

Jawohl, Majestät!

Nur wenig später waren die Weißnäherinnen wieder im Einsatz, die Schneider und Schneiderinnen. Sie hatten genug zu tun, konnten weder die offizielle Verlobung der beiden im Oktober noch die Vorstellung des Bräutigams bei der Brautmutter als Start ihrer Arbeit abwarten. Drei Monate lang wurde Tag und Nacht gearbeitet, der Kaiser selbst war Auftraggeber und besichtigte mehrmals den Stand der Aussteuer für seine Enkelin, die seinem Willen entsprechend alles bisher Vergleichbare übertreffen sollte.

Die Weißwäsche bestand aus 144 Stück Bettgarnituren, allesamt mit dem Doppelwappen der Erzherzogin. Dazu 200 Tischtücher aus Damast, 1400 Speiseservietten, 120 große Tafeltücher, Flanelldecken sowie Leib-, Zier- und Putzwäsche aus Batist. Darüber hinaus wurden unzählige Straßenkostüme für die zukünftige Fürstin von Windisch-Graetz entworfen, die weiterhin das Recht behalten sollte, als kaiserliche und königliche Hoheit angesprochen und von den Hof- und Schlosswachen als solche begrüßt zu werden, 60 Blusen, Pelze, Mäntel, Capes sowie

Reitkleider, Schlafröcke, Teagowns, Unterröcke und Corsetts.

Alles in Mengen, die ein einzelner Mensch in mehreren Leben nicht benötigte. Das galt auch für die Hüte, Handschuhe, Schirme und Fächer, für die Schuhe, die Jagd- und Reitstiefel, die Frisiermäntel, Reisehemden und Reisenachtkleider.

Elisabeth suchte selbst aus, entschied über Stoffe, Spitzen, Wollarten, bestimmte Farbtöne und ihre Kombinationen, ließ unzählige Anproben über sich ergehen und lernte in diesen Wochen nicht nur ihr Spiegelbild zu akzeptieren, sondern begann wie eine Verliebte damit zu spielen. Zwar bestand sie darauf, auf Galagewänder und Hoftoiletten zu verzichten. Drei solcher Roben wurden mit ihrem Einverständnis dennoch gefertigt. Sie waren für ihre drei letzten offiziellen Auftritte als Erzherzogin von Österreich gedacht:

Eine für den Renunziationsakt am Tag vor ihrer Trauung, eine für die Abschieds-Soiree bei Marie Valerie und die letzte für ihre Hochzeit.

Darüber hinaus gab es keine Schranken. Der Abschied aus dem Kaiserhaus bedeutete für sie keineswegs den Beginn von Bescheidenheit. Dementsprechend genoss sie diese Tage und Wochen inmitten ihres anwachsenden Trousseaus, für den die Anweisung ihres Kaisers galt, kein Wunsch dürfe offenbleiben.

Als am 19. Januar ihr Trousseau der Öffentlichkeit zur Schau gestellt wurde, prügelten sich die Leute um die insgesamt 4000 Einlasskarten. Drei Tage später fand unter Ausschluss der Öffentlichkeit der Renunziationsakt in der Geheimen Ratsstube statt.

Dort, wo Franz Ferdinand eineinhalb Jahre zuvor mit

unbewegtem Gesicht für alle seine zukünftigen Nachkommen auf eine Thronfolge in der k. u. k. Monarchie verzichtet hatte, während Elisabeth in Laxenburg ein Tennisturnier gegeben hatte. Nun war sie es, die unter den Blicken des Kaisers, der Erzherzöge und Franz Ferdinands ihren Finger zum Schwur auf die Bibel legte und danach die Urkunde unterschrieb, der zufolge sie aus dem Kaiserhaus ausschied.

Bis zu dem Tag war sie die einzige Frau in der engeren Thronfolge gewesen. Nun war sie, bis auf ihre Hofdame, die einzige Frau in diesem Raum.

9

Otto bemühte sich. Er war ein Charmeur, und Elisabeth war schön. Sie gefiel ihm tatsächlich. Der Befehl seines obersten Kriegsherren hätte ihn ganz anders treffen können.

Otto hatte selten eine schöne Frau verschmäht, und Elisabeth – mit ihrer langgliedrigen Gestalt, ihrem klaren Gesicht und den hell strahlenden Augen – war nicht nur eine besonders schöne Frau, sondern auch eine, die sofort auffiel. Darauf sollte Otto selbst in Zeiten stolz sein, da er sich längst im Krieg mit ihr befand.

Natürlich machte er mit Elisabeth eine gute Partie, sie war Alleinerbin ihres Vaters und Teilerbin ihrer Großmutter. Allein von den 4 Millionen Kronen ihrer Großmutter ließen sich mehrere luxuriöse Leben bestreiten. Zudem erhielt sie von ihrem Großvater 420.000 Kronen als Heiratsgut. Es sollte, dem von den Vorständen der Familien Habsburg und Windisch-Graetz ausgehandelten Ehevertrag entsprechend, derart angelegt werden, dass die Kosten des neuen Hausstandes allein von den Zinsen bestritten werden könnten.

Die Verwaltung dieses Vermögens war Otto übertragen worden. Im Gegenzug wurde er verpflichtet, seiner Frau jährlich eine Summe von 36.000 Kronen in monatlichen Raten auszuzahlen, die ihr zur alleinigen Verfügung standen. Alles Vermögen, das die Braut zum Zeitpunkt der Heirat besessen hatte, ebenso alles danach von ihr erworbene, bliebe zwar ihr Eigentum, doch war es damals selbstverständlich, dass es in einer Ehe der Mann verwaltete.

Durch die Ehe mit der Enkelin des Kaisers wurde Otto von Windisch-Graetz ein reicher Mann. Bis dahin hatte er als Nachkomme einer Seitenlinie der Familie Windisch-Graetz keinerlei eigenen Besitz, lebte von seinem Offizierssold. Nun wurde ihm vom Kaiser der Titel des Fürsten verliehen, womit er in seinem Stand mit seinem Familienchef gleichzog.

Otto von Windisch-Graetz machte an der Seite der nunmehr 18-jährigen Erzherzogin Elisabeth Marie auf Anhieb beste Figur. Wenige Wochen nach dem Befehl seines Kaisers stattete er mit Elisabeth deren Mutter Stephanie seinen Antrittsbesuch ab. Er hinterließ einen hervorragenden Eindruck. Daran sollte sich über die Jahre nichts ändern. Otto wahrte immer die Haltung.

Einen Tag später, es war der 14. Oktober, fand im Rahmen eines Diners des Kaisers in Schönbrunn die Verlobung statt. Die Hochzeit kündigte der Kaiser für den Januar an, ebenso die Verleihung des Ordens vom Goldenen Vlies an Otto von Windisch-Graetz.

Hunderte von Glückwunschtelegrammen gingen nach der öffentlichen Verlobungsanzeige am Sitz der Familie Windisch-Graetz ein. Die meisten seiner Familienmitglieder wie unzählige Angehörige der hohen Aristokratie sprachen persönlich bei ihm zur Gratulation vor. In mehreren Diners präsentierte der Kaiser seinen zukünftigen Schwiegerenkel, zusätzlich absolvierte Otto mit Elisabeth eine Reihe von Antrittsbesuchen wie etwa bei Marie Valerie im Schloss Wallsee.

Otto hatte eine Bühne betreten, die jenseits seiner Vorstellungskraft lag. Und ihm gefiel die Wirkung, die er dort erzeugte. Genauso wie ihn beeindruckte, welche Leidenschaft sich angesichts dessen in Elisabeth entzündete. Er und niemand anderer löste das aus – und Otto war keiner, der sich extra bemühen musste, von sich beeindruckt zu sein.

Höhepunkt dieser Wochen vor der Hochzeit sollte das traditionelle Familiendiner Kaiser Franz Josephs mit einem fast vollständig vertretenen Herrscherhaus sein. Bei keinem anderen Anlass wurde man in dieser Familie deutlicher unter die Lupe genommen und konnte vom Getuschel binnen kürzestem erledigt sein. Doch Otto bestand mit ähnlicher Bravour, mit der ihn Elisabeth auch als Gewinner der härtesten Pferdewettkämpfe kannte.

Er war in einer anderen Welt gelandet. In der alten Welt hatte er sich dieser Ehe zuerst verweigert. Das änderte nichts daran, wie sehr ihm gefiel, was nun geschah. Die Zustimmung, das Wohlwollen und der Respekt, die ihm entgegengebracht wurden, ließen aus einem bloßen Charmeur einen Mann mit Haltung, Galantheit und einer Stärke werden, die auch ihm selbst wie eine innere Kraft erschien, die er auf solche Weise noch nie erlebt hatte.

Neben ihm freute sich eine Frau, deren Rang, Aussehen und Auftreten überall für Aufsehen sorgte. Sie strahlte aus Stolz auf ihn, und das füllte wiederum auch ihn mehr und mehr mit einem Gefühl wie Liebe aus. Es ging beinahe von selbst, er schien ihr dafür nicht einmal etwas vorspielen zu müssen. So führte er Elisabeth vor den Augen des Kaisers in der Josephi-Kapelle der Hofburg vor den Traualtar. Unter den Schutzpatronen des alten Kaisers und der verstorbenen Kaiserin, Gardeoffiziere zu beiden Seiten des Eingangs, linker Hand die versammelte kaiserliche Familie, rechter Hand die Familie Windisch-Graetz.

Elisabeth trug ein Brillantendiadem sowie einen leichten Schleier. Um ihren Hals lag ein Collier aus Diamanten. Die Januarsonne strahlte durch die farbigen Fensterscheiben, brachte alles zum Glitzern und Glänzen. Nachdem sie die Ringe gewechselt hatten, reichten sie einander die Hände. Nun hatte er diese Frau zur Fürstin von Windisch-Graetz gemacht. Ihre Hofdame und ihr Adjutant traten zurück und Otto fühlte sich wie ein Eroberer.

Ehealltag begann danach noch lange keiner. Sie unternahmen über dreieinhalb Monate eine Hochzeitsreise, die sie bis Ägypten und Israel führte, wo Otto neben vielen anderen Ehrungen, Gastgeschenken und Auszeichnungen das Großkreuz des päpstlichen Ordens vom Heiligen Grab verliehen bekam.

Nach ihrer Rückkehr bescherte der Kaiser Otto den größten Aufstieg seiner militärischen Karriere. Er wurde dem Regimentsstab der 9. Division der Ulanen zugeteilt. Das bedeutete zwar einen Wechsel von Wohnort und Wohnung, doch aufgrund der böhmischen Abstammung seines Geschlechtes war ihm die Übersiedlung nach Prag keineswegs unrecht.

Auch Elisabeth schien sich zu freuen, da ihr das ihnen zur Hälfte zur Verfügung gestellte Familienpalais in der Renngasse in Wien auf den ersten Blick beengend erschienen war, während sie in Prag eine eigene Villa bewohnen sollten, die großzügige ehemalige Großfabrikantenvilla Gröbe in den Weinbergen der Stadt.

Mitte Mai zogen sie in der Villa ein, Otto brachte seine Antrittsbesuche beim Statthalter in Böhmen sowie beim Bürgermeister in Prag hinter sich, während Elisabeth Gärtner mit der Neugestaltung der ungepflegten Gartenanlagen beauftragte, bevor sie eine Woche später bereits wieder abreisten.

Fürs Erste waren sie zwar nur drei Tage weg, um Stephanie und Elemér Lónyay auf Schloss Austerlitz in Mähren zu besuchen, doch schon Mitte Juni war Elisabeth erneut unterwegs, diesmal nach Karlsbad, wohin einige Tagen später Otto nachkam. Gemeinsam reisten sie anschließend zu einem Pferderennen nach Maierhofen sowie zum Internationalen Militär-Reittunier nach Turin, wo Otto als bester Reiter der Ulanen die Ehre seines Regiments zu verteidigen hatte. Im Juli waren sie erneut in Karlsbad, im August fuhren sie über Salzburg nach Meran, wo Otto seine Frau mit der Postkutsche eigenhändig in waghalsiger Fahrt bis aufs Stilfser Joch hinaufkutschierte, bevor sie auf der Rückreise den Geburtstag des Kaisers in Ischl feierten.

Die einzige unfreiwillige Reise im dichtgedrängten Programm dieses Jahres galt im September dem Begräbnis von Elisabeths belgischer Großmutter. Sie musste jedoch in Frankfurt abgebrochen werden, da König Leopold weder Tochter noch Enkelin zu Gesicht bekommen wollte. Daraufhin folgten im Oktober ein paar Wochen der Sesshaftigkeit. Schon im November aber wartete auf Otto das bedeutendste Ereignis in der Welt seines Pferdesports, nämlich die große Hirsch-Parforcejagd von Pardubice.

Ein Jahr später sollte Otto nicht zuletzt das Reiseprogramm an der Seite seiner unsteten Frau als Begründung verwenden, warum er seinen Militärdienst vernachlässigen musste. Dabei übersah er geflissentlich, wie viele der Anlässe allein seiner Leidenschaft fürs Reiten geschuldet waren.

Elisabeth war bei diesen Wettkämpfen und Turnieren

zwar stets stolz auf ihn als Sieger, begann sich gegen Ende dieses Jahres jedoch allmählich zu ängstigen. Nicht nur, da die bekannt gefährliche Parforcejagd in Pardubice auf dem Programm stand: Elisabeth war schwanger.

Kein Land in Sicht. – Elisabeth blickte von dem Buch auf, sie saß nahe der Brücke des großen Lloyd-Schiffes, ihrem Lieblingsplatz. Sie atmete die weiche salzige Luft des Meeres ein, die Grenzen der k. u. k. Monarchie hatten sie längst hinter sich gelassen, doch die Luft war immer noch ihre. Die Luft von Miramare.

Die Südspitze Italiens lag weit hinter ihnen, ringsum nur Blau, als wäre das allein die Welt. Mit dem Ablegen hatte die Hochzeitsreise für sie erst richtig begonnen. Anfang Februar am Meer, unterwegs zur Küste eines anderen Kontinents.

Ihr Vater war 1881 ungeduldig gewesen, ob denn noch immer kein Land in Sicht sei, wie sie wieder einmal in seinem Buch las. Sie war nicht ungeduldig. Für sie könnte es ewig so weitergehen, ohne jedes Land in Sicht.

Vor knapp zwei Wochen hatte der Kaiser sie beide am Südbahnhof verabschiedet. Mehr als alle anderen Abschiede der letzten Tage, ob es nun jener von der Familie bei Marie Valerie, der Abschied von ihrem Hofstaat, ihrer Hofdame und dem Adjutanten war oder auch der Schwur unter den Renunziationsakt, die Momente, in denen der Kaiser zu dem für Otto und sie reservierten Waggon des Separatzuges trat, waren die bewegendsten.

Die Tränen kamen ihr schnell und heftig, im Bart des Großvaters zuckte es und seine Augen wurden ebenfalls nass. Elisabeth küsste ihm die Hände, mehrmals, unter Missachtung jeglichen Protokolls. An ihm hatte sie sich festgehalten. So viel Unausgesprochenes und Stummes es auch gab, das zwischen ihnen stand, so wenig sie den Schmerz darin je teilen konnten, ihre Liebe zueinander war immer stark gewesen.

Er hatte sie beschützt, nun gab er sie frei. Der Zug dampfte bereits, bald sollten die Rauchwolken an den Fenstern des Salonwagens vorbeiziehen, und ihr gegenüber der Mann, der alle beeindruckte. Sie wollte ihn für sich allein. Deshalb ärgerten sie die Girlanden und Flaggen der Bahnhöfe Richtung Süden. Obwohl die Bahnhofsvorstände extra angewiesen worden waren, den privaten Charakter dieser Reise zu respektieren. Elisabeth explodierte und Otto ließ aus Graz telegrafisch anordnen, dass zumindest ihr Ankunftsbahnhof Lees-Veldes ohne Dekoration und öffentliches Aufgebot sein sollte, doch die Flaggen waren bereits gehisst und die halbe Ortschaft von Veldes war auf den Perrons versammelt, wo Ottos Zweig der Familie Windisch-Graetz auf Schloss Seebach ihren Sitz hatte.

Eine gute Woche verbrachten sie dort. Der Blick auf den See, der Schlosspark und die allein ihr geltende Aufmerksamkeit Ottos entschädigten sie dafür, dass man es sich in dem kleinen Ort nicht hatte nehmen lassen, die beiden mit einem Feuerwerk und festlicher Seebeleuchtung zu ehren.

Nur eine leichte Brise war am Schiff zu spüren. Es herrschte ruhiger Seegang. Elisabeth hatte die große Ausgabe des 1884 erschienenen Buches *Eine Orientreise* ihres Vaters mitgenommen – der wichtigste Grund für die Route ihrer Hochzeitsreise. Zum ersten Mal hatte sie in Miramare darin gelesen, im Sommer nach der ersten Begegnung mit den Büchern ihres Vaters.

Oft hatte sie seitdem darin Passagen wie jene vor sich gehabt, in der ihr Vater am 18. Februar 1880 ungeduldig an der Brücke stand, auf die erste Sichtung der Küsten Afrikas wartete. *Nichts als Wasser*, lautete die Antwort damals. Wenige Stunden später sollte das Minarett Alexandrias vor ihm auftauchen.

Elisabeth hatte keine Eile. So schön es in Veldes auch gewesen war, so umsichtig, zuvorkommend und zärtlich Otto sich ihr gegenüber erwiesen hatte, aufgeatmet hatte sie erst mit der Ankunft in Triest. Nicht einmal das Spalier der Offiziere in Paradeuniform und die gehissten Flaggen am großen Lloyd-Dampfer der Triest-Alexandrien-Linie machten ihr etwas aus. Vor ihr lag die Adria, neben ihr bestieg ihr Mann das Schiff. Nun konnte alles gut werden.

Drei Monate dauerte ihre Hochzeitsreise. Ostern in Jerusalem, Rückreise über Konstantinopel, Athen, Korfu und Brindisi nach Triest. Doch selbst eine weit längere Reise wäre nichts gewesen gegen die ersten uferlosen Tage auf dem Meer. Nie davor und auch danach nie mehr sollte sie sich derart zu Hause fühlen wie oben an der Schiffsbrücke. Nichts als das Blau, kein Land in Sicht, doch mit dem sicheren Gefühl, hier von ihrem Vater begleitet zu werden. Behütet von ihm und der Weite des Meeres.

Welches Glück sie gehabt hatten, in Triest überhaupt an Bord gehen zu können, welcher Aufruhr dort noch am selben Tag begann, erfuhr sie erst Jahre später. Weder bei ihrer Ankunft in Alexandrien noch am Ende in Triest wurde ihnen auch nur ein Wort darüber gesagt, dass am Tag nach ihrem Ablegen ein Streik der Lloyd-Heizer einsetzte, der sich Mitte Februar zum Generalstreik von Triest ausweitete.

Während dieser Tage waren Otto und sie bereits in einer vom Khediven Ägyptens, Abbas Hilmi II., zur Verfügung gestellten Kutsche samt entsprechender Dienerschaft kreuz und quer durch Kairo geführt worden und unter Anleitung eines Ägyptologen tief in die 4000-jährige Geschichte des Landes und seiner Bauwerke eingetaucht. Von den Pyramiden Sakkaras zu jenen in Gizeh, von den Tempeln Abu Simbels bis zu den Palästen von Luxor reichten ihre Exkursionen dieser Wochen.

In Triest hatten sich unterdessen die Kohlenleute des Lloyds mit den Heizern, deren Arbeitsbedingungen auf den Dampfschiffen kaum menschenwürdig waren, solidarisch erklärt und streikten ebenfalls, da die Lloyd-Verwaltung Matrosen der k. u. k. Seemarine zur Aufrechterhaltung ihrer Linienverbindung angefordert hatte. Darüber hinaus erklärte sich die Lloyd-Direktion für die Arbeitsbedingungen im eigenen Betrieb als nicht zuständig und verwies die Streikenden an die Seebehörde. Nachdem auch hier keinerlei Nachgeben oder Einigung in Sicht war, kam es in Triest am 14. Februar zum Generalstreik. Insgesamt befanden sich an dem Tag 10.000 Menschen auf der Straße.

Unter dem Eindruck dieser Ereignisse wurde ein Schiedsgericht unter dem Vorsitz des Triester Bürgermeisters eingesetzt, um die Beschwerden der Heizer zu überprüfen. Wenige Tage später gab man ihnen in allen Punkten recht.

Als Elisabeth viele Jahre später von der zeitlichen Koinzidenz des Generalstreiks mit ihrer Schiffspassage erfuhr, wusste sie, wie verkehrt ihre Ehe gewesen war, wie unbedacht, wie leichtfertig und vor allem wie blind sie es sich in dem goldenen Käfig eingerichtet hatte, dessen materielle Unerschöpflichkeit ihr ein Leben vorgaukelte, in dem alles möglich sein sollte, alles Glück, Unabhängigkeit, Aufgehobenheit und Liebe.

Nicht alles davon, doch manches hätte sie durchschauen müssen. Sogar sie, die von jeglicher Wirklichkeit ferngehaltene Kaiserenkelin und Kronprinzentochter. Gewarnt worden war sie. Von Steffi, in aller Deutlichkeit. Und Elisabeth hätte geschworen, nichts davon leichtfertig beiseitegeschoben zu haben. Gleichzeitig sollte sie stets mit der Zeitenfolge durcheinanderkommen, wenn es galt, jenes Treffen mit Steffi einzuordnen.

Dachte sie später daran, hatte sie immer das Gefühl, es müsse lange vor ihrer ersten Begegnung mit Otto gewesen sein. Doch das konnte nur falsch sein, war der Anlass für das Treffen doch Steffis Hochzeit gewesen. Also musste es nach Elisabeths erstem Hofball und den danach für sie geltenden protokollarischen Zwängen gewesen sein. Steffis Hochzeit hatte sie als offizielles Mitglied des Herrscherhauses schon nicht mehr besuchen dürfen.

Trotzdem schien sie dieses Treffen mit Steffi jedes Mal wieder weit weg von der Begegnung mit Otto und ihrer eigenen Lebensentscheidung rücken zu wollen. Vermutlich aus Scheu davor, anhand ihrer beider Hochzeiten, dieser einzigen Lebensabzweigung, die sie gemeinsam hatten, die Leichtfertigkeit in aller Deutlichkeit und Härte zu erkennen, mit der sie sich in eine Illusion gestürzt hatte.

Steffi hatte keinen Augenblick daran verschwenden dürfen, sich selbst einen Mann auszusuchen. Wobei ihr schon wenige Augenblicke gereicht hätten, sich weitsichtiger als Elisabeth und vom Herzen aus zu entscheiden. Nach dem Tod ihres Großvaters und dem sofortigen Verkauf der kleinen Familienvilla bei Miramare hatte sie den ersten Werber um ihre Hand akzeptieren müssen. Es war ein kleiner Beamter, von dem sie damals sogar befürchten musste, er heiratete sie womöglich allein aufgrund ihrer adligen Herkunft. Ganz verkehrt war diese Annahme nicht gewesen, doch wie Elisabeth Jahre später beim einzigen Wiedersehen vor Steffis frühem Tod erfuhr, hatte er sie nicht nur versorgt, sondern auch geliebt.

Elisabeth hatte sich in den Kopf gesetzt, der Freundin zur Verlobung ein besonderes Geschenk zu machen. Nachdem sie nicht zu ihrer Hochzeit kommen durfte und Steffi ihr nicht zeigen wollte, in welchen Verhältnissen sie nach dem Tod der Großeltern in Wien lebte, hatten sie sich im Burggarten getroffen.

Die Brosche blitzte in der hellen Sonne, als Steffi die Schatulle öffnete. Vor ihr ein funkelnder blauer Saphir, umgeben von gleißend hellen Diamanten. Steffi schaute still, in ihrem Gesicht zuckte es. Elisabeth war klar, dass etwas nicht stimmte, konnte es jedoch in keiner Weise einordnen. Womöglich musste sie sterben, vielleicht war sie todkrank, so schoss es ihr durch den Kopf. Nie wäre sie in diesen Augenblicken auf die Idee gekommen, dass es dieses kostbare Schmuckstück in den Händen der Freundin selbst sein könnte, das doch jeden Menschen glücklich machen müsste.

Dann blickte Steffi sie an und sagte einen Satz, den sie erst Jahrzehnte später begreifen sollte.

Ich werde sie nicht tragen können …

Steffi sah die Brosche noch einmal genau an, schüttelte traurig und fast widerwillig den Kopf. Kurz wollte Elisabeth glauben, sie korrigierte sich noch, doch das geschah nicht:

… ich meine es nicht bös, sagte sie. Doch in ihren Verhältnissen habe so etwas Schönes und Wertvolles keinen Platz. Sie werde in Zukunft unter Leuten leben, die so etwas noch nie gesehen haben, und die einfach nicht verstehen können, wie man so etwas Teures der bloßen Schönheit wegen trage.

Sie blickte auf, schien auf einmal weit weg. Dann fasste sie sich und sah Elisabeth in die Augen.

Ich weiß, dass ich deinem Geschenk und deiner Freude darüber jetzt nicht gerecht werde. Du hättest alles Recht, auf der Stelle aufzustehen und zu gehen, wenn du hörst, worum ich dich bitte …

Elisabeth nickte, obwohl Steffi ihre Bitte noch gar nicht formuliert hatte. Doch sie nickte auf so tief entschlossene Weise, von der sie nur Gewalt abbringen hätte können.

Steffi sagte ihr, wenn sie ihr wirklich etwas schenken wolle, dann solle sie ihr die Brosche aufheben. Sie könne ihr kein größeres Geschenk als das Wissen machen, dass es in Zeiten, in denen sie wirklich nicht weiterwisse, diese Brosche gäbe. Es sei eine unhöfliche Bitte, sie hoffe aber, sie könne es zumindest zu einem kleinen Teil gutmachen, indem sie auch etwas für Elisabeth habe.

Elisabeth legte einfach die Hand auf ihre. Natürlich war sie enttäuscht, sie hatte reine Freude erwartet, während sie nun mit etwas konfrontiert war, das ihr bei allem Wissen über die Wörter *arm* und *reich* trotzdem dunkel, fremd und abstrakt vorkam. Sie wusste nicht, was sie sagen sollte, und schämte sich sofort, als es nichts anderes war als bloße Neugierde, mit der sie auf Steffis Sätze reagierte:

Aber sag, was hast du nun für mich?

Wie konnte sie das nur fragen! Blut schoss ihr ins Gesicht, denn obwohl sie Steffis Sätze bestenfalls zur Hälfte begriffen hatte, tief berührt war sie dennoch. Sie entschuldigte sich sofort.

Natürlich hebe ich dir die Brosche auf! Das ganze Leben, Steffi!

Elisabeth umarmte die Freundin. Sie drückten sich beide, lange und ohne etwas zu sagen. Dann schloss Steffi die Schatulle und reichte sie Elisabeth:

Danke!

Sie atmete durch.

… weißt du, es gibt eine Welt, die keiner wirklich kennt. Es gibt sie in Wien, es gibt sie in anderen Städten, es gibt sie auf dem Land. Schau dir einmal all die Bauten hier entlang der Ringstraße an, und überleg dir, welche Unmengen an Häusern etwa am Weg nach Schönbrunn hinaus in den letzten Jahren gebaut wurden, wie überall jenseits des alten Linienwalls. Ein ganzes Meer voller Häuser! Ein neues Wien … doch wer fragt sich, wo die Ziegel in solcher Menge und Geschwindigkeit dafür herkommen! Ich hab mich auch nicht danach gefragt. Bis mich der Pfarrer meiner Diözese an einen Mann verwiesen hat, der sich seit Jahren dieser Welt verschrieben hat, der Welt dort draußen am Wienerberg, wo all die Ziegelfabriken sind. Dieser Mann ist ein Arzt, mittlerweile kennt man seinen Namen, regelmäßig wird er verwarnt und auch eingesperrt, nur weil er beschreibt, was dort draußen geschieht.

Sie machte eine Pause.

Sieh dir das an! Ich war drei Tage dort und es hat einen anderen Menschen aus mir gemacht. Ich weiß, dass man dich dort nicht hinlassen wird. Aber sobald du über dein Leben einmal selbst bestimmen kannst, tu es! Und vergiss nicht, diese Leute brauchen keine Almosen, sie brauchen Gesetze –

sprich danach mit deinem Großvater, vielleicht wird er auf dich hören!

Elisabeth hatte bereits im Zuhören Bilder vor sich, in denen sie aus der Kutsche am Weg nach Laxenburg manchmal von weitem die Löcher gesehen hatte, von denen ihr Steffi nun erzählte, dass sie voller Lehm seien, aus denen die Ziegel gebrannt würden. Sie hatte sogar ungefähre Erinnerungen an das Aussehen der Baracken, hätte jedoch nie angenommen, dass dort gearbeitet und in manchen sogar gehaust würde.

Sie wusste, es könnte Jahre dauern, bis sie sich dort umsehen konnte. So viel Geduld hatte sie nicht, schon wenige Tage nach dem Gespräch mit Steffi dachte sie darüber nach, wie es ihr gelingen könnte, schnell etwas an der Situation zu ändern. Gleichzeitig spürte sie, wie wenig sie wusste, um mit dem Großvater darüber sprechen zu können.

Nichts zu tun, hielt sie nicht aus. Also versprach sie sich selbst, sich dort am Wienerberg bei der ersten Gelegenheit umzusehen. Im Gegenzug erlaubte sie sich, dem Pfarrer, von dem Steffi gesprochen hatte, eine größere Summe Geld zukommen zu lassen, damit er zumindest in kleinen Bereichen Verbesserungen für die Arbeiter erreichen könnte. Sie tat das jedoch nur unter einer Bedingung. Sie musste dazu stehen, nötigenfalls vor dem Kaiser.

Die Gelegenheit, dies zu beweisen, sollte bald kommen. Im Grunde hatte sie damit gerechnet. Denn obwohl sie zu dem Zeitpunkt über einen eigenen Hofstaat verfügte, wusste sie, dass ein solcher nicht nur ihr diente, sondern immer auch dazu da war, jeden ihrer Schritte zu verfolgen.

Schon wenige Tage nach der Spende tauchte ihr Sekretär bei ihr auf. Er druckste herum, dann sprach er von ihren hohen Ausgaben, tat jedoch so, als wäre es ihm selbst ein Rätsel. Sie fuhr ihn sofort an, denn falsches Herumgerede hielt sie nicht aus. Der Sekretär blieb unterwürfig, erwähnte jedoch, sie solle vorsichtig bei den Ziegeleiarbeitern sein, schließlich sei das ein gefährliches Milieu, das von der Staatspolizei nicht ohne Grund überwacht werde. Sie hatte es gewusst, sie hielt diesen Ton nicht aus. Natürlich wurde sie überwacht.

Eure Hoheit müssen aber verstehen, ich werde den Kaiser unterrichten müssen, es ist meine Pflicht, Sie verstehen, Eure Hoheit?

Sie verstand.

Er wird von mir persönlich informiert werden ..., fügte sie knapp hinzu und bedeutete ihm, er dürfe gehen.

Drei Tage später stand sie vor dem Kaiser. Er sah sie nicht an. Damit wusste sie, dass es nicht gutgehen werde. Sie begann trotzdem zu reden. Sie versuchte alles aufzuzählen, was sie über das Leben, die Armut und die Rechtlosigkeit der Arbeiter wusste. Doch sie konnte ihn nicht ansehen. Wieder einmal hatte sie die größte Angst vor seiner Angst. Sie konnte ihn nicht einmal persönlich ansprechen, sie redete in Phrasen, bis sie nicht mehr weiterwusste.

Erst dann sah er auf. Er starrte sie an.

Das ist gefährlich, das ist nichts als gefährlich – es sind genau diese Reden gewesen, die deinen Vater ins Grab gebracht haben, genau diese Parolen ... geh, aber schnell!!

Sie ging. Sie verabschiedete sich nicht. Was mit seinen letzten Worten alles gesagt war, sollte sie ihr ganzes Leben lang beschäftigen. Doch sie sprach ihn nie darauf an, auch auf die Arbeiter nicht.

Das Versprechen, sich die Ziegelfabriken am Wienerberg anzusehen, löste sie erst ein, als die Freundin, ohne dass sie einander je wiedergesehen hätten, Jahre später im Kindbett starb. Bis dahin hatte sie es nicht einmal verdrängen müssen. Weder die fehlende Einlösung noch die Reaktion des Großvaters und schon gar nicht der Verdacht, wie klein ihre eigene Realität im Vergleich zu der Wirklichkeit der meisten anderen Menschen war, wie geradezu bizarr klein.

Ganz egal, ob sie Elisabeth Marie von Österreich hieß oder Elisabeth Marie Fürstin von Windisch-Graetz. Sie konnte sich alles leisten, nicht allein mit Geld, sondern auch weit darüber hinaus, wie sie in den Jahren nach ihrer Hochzeit erkennen sollte. Je öfter sie jedoch die Grenzen ihrer Wirklichkeit zu überschreiten versuchte, ob in gesellschaftlicher, sozialer, sexueller oder krimineller Hinsicht, sie entkam damit weder ihrem Leben, ihrer Herkunft sowie deren Realität, noch wurde ihr deutlich, in welcher Wirklichkeit die meisten anderen zu Hause waren. Für das, was Steffi ihr erzählt hatte, gab es in ihrem Leben keinen Platz, an dem es zu etwas Begreifbarem hätte werden können. Über Jahre hinweg blieb es ein völlig abgeschotteter, an keiner Stelle zugänglicher Fremdkörper.

An Steffi dachte sie zwar hin und wieder, hatte jedoch viel zu große Scheu vor Kontakt. Ein paar Mal, vor allem zu Beginn ihrer bald anwachsenden Eheprobleme, war sie bereits auf dem Weg zu ihr gewesen oder hatte zumindest jemand bezahlt, der ihr Steffis aktuelle Adresse herausfinden sollte. So ging das bis zu Steffis Tod, auf dessen Spur sie mit einiger Verspätung erst aufgrund einer neuerlichen Suche nach ihrer Adresse kam.

Von der Zeit ihres Abschieds vom Hof, ihrer Hochzeit und der Hochzeitsreise aber sollte ihr kein Moment in Erinnerung bleiben, in dem sie auch nur kurz an die Freundin oder an eine Welt jenseits ihrer eigenen gedacht hätte. Im Gegenteil, sie erwartete tatsächlich, dass in ihrem Leben alles möglich sein würde. Sogar dort, wo sie es mit dem zweifellos einseitigen und beschränkten Erfahrungsschatz eines Aufwachsens am Hof des Kaisers besser wissen hätte müssen. Etwa dass die Zeit der großen Empfänge und Auftritte für sie vorbei war.

So atmete sie auf, als nach der Rückkehr kein offizieller Empfang am Bahnhof wartete, lediglich ein Wagen für Otto und sie bereitstand, doch schon im Palais Windisch-Graetz empfand sie nichts als Beengung. Sie kannte eben nur Schlösser, deren Größe die Größe eines Reiches repräsentierten. Als sie am nächsten Tag von Ottos Beförderung erfuhr, war ihr zunächst gleichgültig, was der damit verbundene Umzug nach Prag für sie bedeutete. Allein die Aussicht auf Übersiedlung, auf Abwechslung, Bewegung erleichterte sie. Ohne in diesen Tagen oder in den nächsten Wochen und Monaten wirklich darüber nachzudenken, was ihr daran so wichtig war. Auch nicht, wie vorher die Enge entstand, das Ersticken, in dem sie wahllos nach jeder Abwechslung, nach jedem Aufbruch und auch nach jeder Befriedigung griff, die sich ihr nur bot.

Hauptsache, es war da, stand zur Verfügung, ihr allein.

Otto bemühte sich tatsächlich. Er gab jeder ihrer Launen nach, gewann vor ihren Augen weiterhin Reitturniere, fuhr mit ihr auf Kuren. Er war zärtlich, charmant und in vielen Augenblicken auch stolz auf sie. Das gefiel ihr und war in Bezug auf Männer ihr einziger Maßstab. Darüber hinaus fehlte ihr alles: Erfahrung, Vergleich und letztlich jegliche Art eines Bewusstseins von sich selbst.

Als Ersatz wünschte und wollte sie einfach alles – und selbst das war nicht Unersättlichkeit, sondern lediglich ein möglichst ausufernder Schutzwall vor der Fremde der Welt und des Lebens.

Otto als Mann hatte sie jedoch von Anfang an mit seinen Pferden verwechselt. Als Reiter hatte er sie gebannt. Diese unbedingte Kraft hatte sie sich von ihm gewünscht. Eine Kraft, die ihr gerade dort entgegentreten sollte, wo sie in ihrem eigenen Körper nichts mehr steuern konnte. Sie hatte damals noch keine Wörter dafür gehabt. Weder Lust, Befriedigung oder Masturbation. Sie hatte nur die Wogen in ihrem Leib gekannt und nicht einmal genau gewusst, woher die Hitze kam, das Pulsieren und das immer schnellere Atmen, wie es begann oder wie es sich gar steuern ließ.

Für Augenblicke konnte sie damit unendlich werden, sie wurde süchtig danach. Nach einer Getriebenheit, in der man sich selbst antreiben, gleichzeitig jedoch auch verlieren konnte. Ohne dabei noch wahrzunehmen, wo die Grenze zwischen ihren Fingern und ihrer Öffnung war. Ohne Unterschied zwischen innen und außen.

Mit Otto auf ihr war es das Gegenteil. Manchmal tauchte zwar der Anschein einer Woge in ihr auf, wenn er sie auszog, doch es ließ sich nie festhalten, ganz egal, was sie auch probierte. Er bemühte sich, er wurde rot im Gesicht und stöhnte, doch meist spürte sie nicht einmal ein Scheuern und ein Reiben, wie es ihr andere Frauen in den seltenen Gesprächen über ihre Männer manchmal erzählten. Selbst beim ersten Mal tat es nicht weh. Stattdessen hatte sie meistens das Gefühl, er würde sich nach der ersten Erregung einfach in ihr verlaufen.

Es war ein Irrtum gewesen – dass er ohne seine Pferde

nicht der Mann war, für den sie ihn gehalten hatte, hätte sie auch ohne Erfahrung mit anderen Männern bald sagen können. Bis sie es jedoch aussprach, bis sie Forderungen an ihn stellte und sich eingestand, dass sie allein es gewesen war, die einen Fehler gemacht hatte, sollte es noch Jahre dauern.

10

Ziemlich genau ein Jahr nach ihrer Hochzeitsreise kam Elisabeth mit dem Zug in Bad Levico an. Der Zug hielt, Elisabeth stieg die Stufen herab, Otto reichte ihr den Arm.

Beim Einfahren hatte sie nicht bemerkt, dass der Bahnhof mit Girlanden, Blumen und Fahnen geschmückt war, erst recht nicht die Blaskapelle und den Begrüßungsspalier. Im Gegensatz zu Otto, jedenfalls schmunzelte er. Das fiel ihr als Erstes auf und sie konnte ihn nicht ansehen, hielt es einfach nicht aus, während sie vorsichtig und bedächtig die hohen Stufen aus dem Zug herunter nahm.

In dem Augenblick begann die Musikkapelle zu spielen. Als das Ehrenkomitee mit Graf Toggenburg und einigen Regierungsbeamten auf sie zutrat, schossen so unterschiedliche Erinnerungen und Gefühle durch ihren Kopf, dass sie die herzliche Begrüßung völlig mechanisch und abwesend entgegennahm.

Sie war tatsächlich ganz woanders. Gerade weil sie dieser offizielle Empfang in dem italienischen Kurort oberhalb Trients derart rührte. Es kam ihr ewig vor, dass sie so etwas zum letzten Mal erlebt hatte. Sie schüttelte Hände, sie freute sich. Abends wurde zu ihren Ehren ein Lichterfest an dem kleinen See veranstaltet. Sie strahlte, doch gleichzeitig war ihr, als ginge sie darin unter. Im Hohn ihrer eigenen Freude über all die ehrliche Herzlichkeit. Sie hatte es nicht verdient, keinen einzigen derartigen Empfang, kein einziges Fest zu ihren Ehren. Sie war sich sicher, es machte noch mehr kaputt.

Begonnen hatte es mit der Rückkehr von der Hochzeitsreise, im Mai 1902, indem sich die Zugtüren geöffnet hatten. Niemand war da am Südbahnhof, der Kaiser fehlte, auch die Bühne, hastige Menschen ringsum, die keinerlei Notiz von ihr nahmen.

Monatelang verfolgte sie danach das Gefühl einer ständigen Getriebenheit, nirgendwo ließ sie sich nieder, nirgendwo kam sie an. Erst im Herbst, als sie erfuhr, dass sie schwanger war, wurde sie ruhiger.

Die Wintermonate vor der Geburt sollte sie in Nizza verbringen. In Wien war die Ballsaison gerade in vollem Schwung gewesen, als sie auf ihrem Weg ans Mittelmeer in der Residenzstadt kurz Zwischenstation machte.

Der Kaiser besuchte sie in ihren neu gestalteten Wiener Appartements im Palais Windisch-Graetz, er war beinahe zärtlich, so sehr freute er sich auf sein erstes Urenkelkind. Während sie angesichts ihres Desinteresses an all den Ballgeschichten und -gerüchten bereits glaubte, auch ihre eigenen Eitelkeiten und Wünsche wären endlich nur mehr sich verflüchtigendes Geflatter.

So reiste sie aus Wien ab, um den gesamten Februar und März in der weichen Meeresluft Nizzas zu verbringen. Ende April, Anfang Mai sollte die Geburt sein.

Nun war der 12. Mai und sie kam zur Kur ins Trentino. Freudig und mit allen Ehren am Bahnhof begrüßt, während sie wie eine alte Frau aus dem Zug stieg. Stufe für Stufe eine hämmernde Vorsicht in ihrem Kopf und an ihrem Körper. Nie mehr durfte geschehen, was ihr im Winter in Nizza zum Verhängnis geworden war.

Im Vorhinein hatte sie gewusst, dass sie dort erwartet wurde. Freunde aus Adelskreisen und einige Honoratioren der Stadt wollten es sich nicht nehmen lassen, die schwangere Enkelin des Kaisers und Fürstin von Windisch-Graetz gebührend zu begrüßen.

Elisabeth sagte sich, dass sie das große Brimborium und Zeremoniell des Hofburglebens in keiner Weise vermisste, gleichzeitig hatte ihr dessen Fehlen seit der Rückkehr von der Hochzeitsreise ständig Stiche versetzt. Sie musste erst lernen, dass keiner von ihr Notiz nahm und dass sie weder einen Staat repräsentierte noch Teil einer Herrscherfamilie war. Sie hätte kaum geglaubt, wie tief all das in ihr saß. Es war weit mehr als Eitelkeit oder Stolz, es war Teil ihrer Identität. Wie sehr, konnte sie nicht einmal ungefähr abschätzen.

In ihrer Vorfreude auf Nizza, auf die angekündigte Begrüßung und all die Aufmerksamkeit für sie als werdende Mutter schienen derartige Fragen weit entfernt zu sein. Ihre Unruhe, die Unsicherheit und Ausflüchte sollten dort bleiben, wo es kalt und grau war, während sie das Meer nach jedem Tunnelausgang der Riviera-Strecke immer mehr umarmte.

Kaum hatten sich in Nizza die Türen geöffnet, eilte das Empfangskomitee auf sie zu. Sie sah es, strahlte und trat im selben Moment ins Leere. Dann lag sie auf dem Bahnsteig, umringt von erschreckt starrenden Gesichtern. Doch ihr tat nichts weh, kein Stechen oder Ziehen. Sie war sich ganz sicher, sie ließ sich auch nicht tragen, sondern ging selbst zum Wagen. Auch als sich im Hotel die ersten blauen Flecken bemerkbar machten, spürte sie noch nichts.

Der stechende Schmerz im Unterleib traf sie am nächsten Tag völlig unerwartet. Beim Aufwachen war alles noch gut gewesen. Sie ließen sofort einen Arzt kommen. Doch es half nicht mehr. Die Totgeburt kam binnen weniger Stunden. Es wäre ein Bub geworden. Und irgendwann ein Mann, wie ihr Vater einer gewesen war. Alleine für sich hatte sie in den Wochen davor bereits mit dem Kleinen geredet. Jetzt war er der zweite tote Mann in ihrem Leben.

In diesen Tagen hätte sie Otto in Nizza gebraucht. Er bemühte sich auch und kümmerte sich um alles, während sie noch eine kleine Unterleibs-Operation vor sich hatte, doch er war nicht nah.

Natürlich gab sie sich selbst die Schuld. Sie war unachtsam gewesen, hatte sich von ihrer Eitelkeit ablenken lassen. Er versuchte ihr das auszureden, er munterte sie auf und erinnerte sie daran, wie jung sie noch sei. Doch er blieb auf Distanz. Bis er kurz vor der Operation zu ihr kam und verlangte, sie solle ein Testament machen. Ein Testament zu seinen Gunsten. Sie starrte ihn an und konnte nicht glauben, dass ihm jetzt solche Fragen durch den Kopf gingen.

An ihrem Entsetzen änderte auch nichts, dass die Operation, wie er ihr gleichzeitig versicherte, für die dafür versammelten Spezialisten ein Routineeingriff sei. Sie müsste sich garantiert keine Sorgen machen. Er sorgte sich trotzdem ums Geld.

Das eine habe mit dem anderen nichts zu tun, wie er ihr nach ihrem Wutanfall erklärte: Es hätte ohnedies längst geschrieben werden müssen, schließlich stehe er mit leeren Händen da, wenn sie ums Leben käme. Sie wollte das alles nicht glauben. Sie lag in ihrem Bett, sie starrte hinaus in den Himmel über dem Meer und es war alles unwirklich. Sie sollte ihm ihr Vermögen überschreiben, und sie tat es nicht.

Sie hätte es getan, hätte sich damit alles aus der Welt schaffen und vergessen lassen. Das Geld selbst war ihr egal, dazu hatte sie keinen Bezug. Was sie verletzte, waren die Prioritäten, die er schuf. Ihr war, als würde sie mit dieser Unterschrift etwas ganz anderes besiegeln.

Im Herbst, kaum war sie wieder schwanger, begann er erneut, sie daran zu erinnern. Nun ging die Ernüchterung nicht mehr weg. Gleichzeitig spürte sie, dass diese erstickende Klarheit auch dazwischen nie gänzlich verschwunden gewesen war. Nicht einmal während so leichter, froher Momente wie beim Lichterfest in Levico.

In diesem Herbst des Jahres 1903 begann Otto davon zu sprechen, seinen Posten im Regimentsstab aufgrund der vielen, ihr zuliebe auftretenden Abwesenheiten vom Dienst nur ungenügend ausfüllen zu können. Diese Klagen waren zwar nie explizit mit seinem Wunsch nach einem Testament verknüpft. Doch angesichts der Nachricht einer neuerlichen Schwangerschaft insistierte er erneut auf der Notwendigkeit einer materiellen Absicherung. So als könnte er nicht allein für sich sorgen.

Sie versuchte, derartige Gedanken aus ihrem Kopf zu verbannen. Es gelang ihr nicht. Sie hatte Zeit und ihr war langweilig, da sie angesichts der Schwangerschaft auf jegliche Fahrten und Reisen verzichtete. Sie blieb in Prag, und Ottos Abwesenheiten vom Regiment hatten, wie sie ihm vorrechnete, mindestens so viel mit seinen Pferden wie mit ihr zu tun. Dass sie eine ähnliche Aufmerksamkeit wie die für die Tiere auch für sich verlangte, war in ihren Augen das Mindeste. Wenn ihm das zu viel wäre, müsste er sich etwas überlegen. So sahen die Fronten aus.

Im März 1904 brachte sie Franz Joseph auf die Welt. Seinen Namen erhielt er auf Wunsch des Kaisers. Er sollte der einzige seiner Enkel oder Urenkel mit diesem Namen sein. Marie Valerie kam zur Beglückwünschung und Franz Salvator, ihr Mann, nahm in Vertretung des Kaisers an der Taufe teil.

Elisabeth war glücklich und spürte in diesen Tagen auch Ottos Nähe wieder. Er war voller Stolz und auch Wärme. Kein einziges Mal wollte sie mehr an das Testament denken, das sie drei Tage vor der Geburt tatsächlich zu seinen Gunsten verfasst hatte. Als Otto sich vor dem Sommer für ein Jahr beurlauben ließ, freute sie sich über die freie Zeit. Sie wollte ihn möglichst oft an ihrer Seite haben, mit ihm wieder auf Reisen gehen. Von der Geburt hatte sie sich im weiteren Verlauf des Frühlings gut erholt, und Otto reichte am 15. Mai seine Beurlaubung ein.

Für ihn, so beteuerte er später seinem ältesten Sohn Franz Joseph gegenüber, sei dies eine schwere Entscheidung gewesen, er habe Karriere machen wollen und seine Arbeit geliebt. In Elisabeths Augen hingegen widmete er nach seiner Beurlaubung lediglich den teuren Orlows mehr Zeit, den russischen Edeltrabern, die er als einziger Pferdebesitzer weit und breit sogar in einem Sechsergespann lenkte.

Welchen Anteil die Kosten für Ankauf, Pflege, Versorgung und Transport dieser Pferde an dem ausufernden Budget ihrer Lebensführung hatten, konnte sie damals nicht richtig beurteilen. Für Geld hatte sie keine Maßstäbe. Lediglich für die Zeit, die Otto mit diesen Tieren verbrachte. Am Höhepunkt waren es 46 Pferde. Rennpferde, Jagdpferde, Kutschpferde, Traber. Jedes seiner Pferde wurde von ausgesuchten Malern porträtiert, von einer ganzen Kompanie an Stallburschen betreut und von englischen Bulldoggen bewacht.

Sie hatten ihm derart viel bedeutet, dass er im Lauf der Jahre jeglichen Bezug zur ökonomischen Realität verlor. Der Kaiser würde sicherlich alle Schulden abdecken, doch den Vertrauensverlust riskierte er in dem Wissen, die Schuld nicht auf Elisabeth abwälzen zu können, deren Reisen und Kuraufenthalte viel weniger Geld verschlangen. Es schien, als sollten die Pferde ersetzen, was ihm aufgrund des kaiserlichen Befehls zur Ehe verwehrt geblieben war. Elisabeth hingegen fühlte sich von ihm getäuscht. Wenn es um ein Pferd ging, zeigte er sich als ein Mann auf dem Höhepunkt seiner Möglichkeiten. Während sie bis zur ersten Schwangerschaft nicht einmal sicher war, ob das, was sie von ihm in ihrem Körper zu spüren bekam, für eine Zeugung überhaupt ausreichte.

Für Kinder genügte es. Darüber hinaus musste es immer öfter Ablenkungen oder Verstecke geben, die verhinderten, dass ihr bewusst wurde, wie sehr sie sich getäuscht hatte und wie naiv sie gewesen war. Dazu zählten Reisen, Besuche, Kuraufenthalte ebenso wie der Kauf eines Daimler-Coupés wenige Monate nach der Geburt von Franz Joseph. Bis zu 40 km/h beschleunigte der chromblitzende Wagen. Sie holten ihn gemeinsam ab, und während Elisabeth die Angebereien seiner Kutschenfahrten schon lange vermied, ließ sie sich im Auto von ihm chauffieren. Denn der dröhnende Motor machte deutlich, dass nicht der Mann es war, der für Kraft, Geschwindigkeit und Fahrtwind sorgte, sondern eine Maschine. Und diese musste nicht mit starken Armen gezügelt werden.

Im Herbst des Jahres 1904 wurde Elisabeth erneut schwanger, pendelte in der darauf folgenden Zeit immer öfter zwischen Prag und Wien und feierte Weihnachten zum ersten Mal wieder mit ihrem Großvater. Immer noch wollte sie ihren Mann möglichst oft an ihrer Seite, doch kam das trotz der Dienstfreistellung nicht in dem von ihr gewünschten Ausmaß zustande. Er nahm an Turnieren teil, musste seine Pferde trainieren und in Prag Repräsentationspflichten nachkommen.

Elisabeth hingegen vermisste Wien, den Großvater, ihre Familie, die Hutmacherin, den Arzt und ihre Schneiderinnen. Immer öfter reiste sie in die Reichshauptstadt, auch ohne Otto. Kaum war sie jedoch allein dort angekommen, packte sie die Eifersucht. Nicht nur auf andere Frauen, sondern auf so gut wie alles, was er tat.

Im April 1905 kam ihr zweiter Sohn, Ernst Weriand, auf die Welt, diesmal nach dem Großvater väterlicherseits benannt. Bald darauf gab Otto den aktiven Militärdienst endgültig auf. Zwar beteuerte er beständig, welches Opfer er damit bringe. Sie spürte davon kaum etwas. Weder ein Opfer noch sonst etwas von ihm, vor allem nicht als Mann.

Wie es über einen solchen Mann so viele Frauengeschichten geben konnte, war ihr ein Rätsel. Im Unterschied zu ihm war sie völlig unerfahren in die Ehe gegangen. Elisabeth hatte nur die Wärme ihres eigenen Körpers gekannt, von allem anderen hatte sie nur vage Vorstellungen gehabt. Gekichertes Gerede unter jungen Frauen. Lange Zeit hatte sie es sogar für ein Märchen gehalten, dass ein Penis tatsächlich schräg in die Höhe stehen konnte.

Mit Otto erfuhr sie nichts von dem, was sie sich als ein großes, zitterndes Zur-Ruhe-Kommen ersehnt hatte. Otto konnte es nicht, er hielt nie durch. Manchmal hatte er zwar Kraft für die ersten Momente, in denen er zu ihr kam. Doch entweder ejakulierte er dann, während sie ihn schon nicht mehr spürte, oder er verlor auch ohne Samenerguss einfach an Größe.

In dem Frühling, in dem Ernst Weriand geboren wurde, waren sie drei Jahre verheiratet. Drei Jahre lang hatte sie erlebt, wie er sich an ihr abmühte. Anfangs hatte sie verschämt angenommen, es sei ganz normal so. Doch irgendwann musste sie erkennen, dass etwas nicht stimmte. Spätestens ab dem Zeitpunkt war sie eifersüchtig. Selbst in den Wochen, da sie sich nach Ernst Weriands Geburt schonen musste, die Villa Gröbe nicht verließ und mit aller Energie dafür sorgte, dass Otto möglichst durchgehend bei ihr war. Es änderte nichts.

Sie nahm die Eifersucht als Erklärung für die Unfähigkeit von Otto, das war weniger unheimlich als seine weiche Schlappheit. Ob es sein Besuch am Derbyball oder Einladungen zu Diners waren, sie organisierte Informanten, die ihr berichteten, mit welchen Frauen er gesprochen und welche er in seiner Kutsche mitgenommen hatte. Nichts davon war eindeutig genug, doch das feuerte ihre Jagd nur an.

Als sie Wochen später von einem Bediensteten, den sie während eines Aufenthalts in Wien auf ihren Mann angesetzt hatte, über Aktivitäten Ottos informiert wurde, für die es keinerlei größere Interpretationen mehr brauchte, spürte sie mitten in der Verletzung sogar Befriedigung. Es war die Befriedigung einer Jägerin, die mit gezückter Waffe die Verfolgung ihrer Fährte selbst dann nicht mehr aufgegeben hätte, wenn sie zu ihr selbst zurückführte.

Wie der Diener berichtete, habe Otto die Opernsängerin Marie Ziegler in Elisabeths Abwesenheit zur Ausfahrt in einer seiner Kutschen eingeladen. Über zwei Stunden seien sie am Vortag unterwegs gewesen. Damit jedoch nicht genug, denn Otto habe Marie Ziegler für den kommenden Tag in die Villa Gröbe eingeladen.

Es war früher Abend. Bei Elisabeth setzte sich eine Maschine in Gang. Sie musste ihn erwischen. Sie wollte ihn stellen. Das Rendevouz Ottos sollte am kommenden Nachmittag stattfinden. Mit dem Expresszug würde sie gerade noch rechtzeitig eintreffen. Bis dahin waren es unerträgliche Stunden in Prag, ein Warten, als ginge es um eine Erlösung, während es nichts als eine Demütigung sein konnte. Doch falls sie das voraussah, musste es etwas gewesen sein, das sie nicht mehr länger erwarten konnte.

Sie schlief nicht. Wie aus Stein fühlte sich ihr Gesicht an. Endlich kam am Morgen die Kammerfrau mit dem Reisekostüm. Elisabeth hatte einen kleinen Teil ihrer Bediensteten eingeweiht und zu Stillschweigen verpflichtet. Vor dem Palais wartete die Kutsche, die Kammerfrau eilte mit der Reisetasche voraus, Elisabeth nahm den Revolver aus der Schublade, kontrollierte ruhig die Ladung und steckte ihn in die Innenseite ihrer Kostümjacke.

Sie war schussbereit und fühlte sich damit vor allem gefeit. Kurz nach vier Uhr traf sie in der Villa Gröbe ein, der Portier sah sie nervös an, in der Halle vor dem Salon stand ein Diener und teilte ihr in unterdrückter Aufregung mit, der Fürst hielte eine Besprechung ab, in der er nicht gestört werde dürfe. Elisabeth ließ sich auf keine Diskussion ein. Sie wollte ihn stellen, sie schob den Diener zur Seite, sie öffnete die Tür und sah ihren Mann mit einer Frau in einer Umarmung. Eine Woge von Zufriedenheit ergriff sie, die beiden rührten sich nicht, sie nahm den Revolver und streckte den Arm aus.

Weder die Schreie davor noch den Schuss behielt sie in Erinnerung. Nur die Haltung ihres Arms, wie er sich starr in die beiden bohrte, tief in ihre Körper hinein. Die Frau lag am Boden. Damit waren die Fronten geklärt. Otto sah sie entsetzt an. Das Duell zwischen Elisabeth und Otto sollte von nun an 16 Jahre dauern.

Otto rührte sich nicht.

Willst du dich nicht um die Frau kümmern, herrschte Elisabeth ihn an und drehte sich weg. Otto stand noch immer reglos, zum Glück gab es Bedienstete. Zum Glück für Marie Zieglerova, denn Elisabeth hätte sich selbst im schlimmsten Fall keine größeren Sorgen über etwaige Konsequenzen gemacht. So überlebte Zieglerova und hatte als einzige Beteiligte sogar Vorteile aus dieser Affäre.

Ihr wurde nach der Genesung mittels einer hohen Geldsumme die stillschweigende Ausreise nahegelegt. Derart von allen finanziellen Sorgen befreit, reüssierte sie ein Jahr später an der Metropolitan Opera in New York. Einen Teil des Erfolgs mochte auch auf ihre abenteuerliche Geschichte zurückgehen, die sie in Interviews immer wieder zum Besten gab. Elisabeth kümmerte es nicht. Selbst als eines dieser Interviews in Übersetzung die Zensur der Donaumonarchie überwand, fand die Geschichte der Sängerin in Österreich-Ungarn weder Nachhall, noch trug die Erinnerung an den beinahe tödlichen Vorfall zu einer Mäßigung Elisabeths bei. Gerüchteweise schoss sie in den nächsten Jahren einmal im Palais Windisch-Graetz durch Ottos Schlafzimmertüre einzig aufgrund seiner Weigerung, weiter mit ihr zu streiten. In anderen Versionen hieß es, sie habe einen Diener erschossen, der vor der Türe Ottos Schmiere gestanden war, während er sich dahinter mit einer Frau vergnügte.

Zwei Mal wurde sie trotzdem von Otto noch schwanger, 1907 und 1909. Später sollte sie behaupten, die zu Grunde liegenden Geschlechtsakte mit Tag, Uhrzeit und Ausführung genau benennen zu können, da er sich einzig bei diesen beiden Gelegenheiten lange und tief genug in ihr halten hätte können, um angesichts seiner kleinen Samenmengen zumindest den Funken einer Chance gehabt zu haben.

In ihrer Antwort auf seine 1919 eingereichte Eheklage stellte sie fest, er habe *zweifellos seine Gesundheit durch jugendliche Exzesse derart geschwächt, daß er nicht als vollwertiger Mann in die Ehe getreten ist. Ich war unerfahren und habe selbstverständlich alles geduldet und über mich ergehen lassen, so lange, bis ich infolge der perversen Veranlagung meines Mannes erkrankte, mich Ärzten anvertraute und infolgedessen die vollkommene Einstellung jedes derartigen Verkehres auf ärztlichen Rat verlangen mußte, um nicht durch die Manipulation meines Gatten in einen Zustand der Nervenzerrüttung zu gelangen.*

Bevor es jedoch so weit war, bezog sie mit ihrem Mann noch Schlösser, 1905 Schloss Ploschkowitz in Nordböhmen sowie 1909 das zwischen Wien und Wiener Neustadt gelegene Schloss Schönau. Wobei sie in Schloss Ploschkowitz nie wirklich eingezogen war und auch in Schloss Schönau erst mit jahrelanger Verspätung. In das nordböhmische Landschloss Ploschkowitz, in dem Kaiser Ferdinand I. nach seiner Abdankung 1848 zugunsten Franz Josephs seine letzten Lebensjahre im Ausgedinge verbracht hatte, war sie aus der Prager Villa Gröbe nur gezogen, um Otto aus dem Weg gehen zu können. Dafür hatte sie in Kauf genommen, dass die Mauern dick und kalt waren, die Räume düster, die Einrichtung der Bäder und sanitären Anlagen veraltet. Das nahe Leitmeritz war eine an der Elbe gelegene Kleinstadt, ein Bischofssitz mit zwei Klöstern und einer theologischen Fakultät. Mehr existierte dort nicht, doch das Schloss war groß und von Leitmeritz fuhren nicht nur jeden Tag direkte Züge nach Prag, sondern auch nach Wien.

Womöglich hatte der Kaiser, als er dem Paar gerade Ploschkowitz anbot, nach dem Zwischenfall in Prag gehofft, in der ländlichen Ruhe würden sich zwischen Otto und ihr die Wogen glätten. Vielleicht wollte er sie beide nach diesem zumindest unter der Hand überall bekannten Skandal eine Zeitlang möglichst weitab von Klatsch und Tratsch wissen. Oder zumindest unter besserer Kontrolle, weshalb er Elisabeth gleichzeitig ein Appartement in Schönbrunn zur Verfügung stellte, das sie mit ihren Kindern jederzeit bewohnen konnte, wovon sie ab dem Herbst 1905 auch gleich den ganzen Winter Gebrauch machte, während Otto sich um die aufwändigen Umbauten in Schloss Ploschkowitz kümmern sollte.

Im Grunde hatte damit nach kaum vier Jahren Ehe die Trennung begonnen. Elisabeth blieb bis Juli 1906 in Schönbrunn. Wenn sich Otto in Wien aufhielt, war er auf das Palais Windisch-Graetz angewiesen, dort besuchte sie ihn, Wohnrecht in Schönbrunn hatte er keines. In Ploschkowitz lebten sie bis 1912 gemeinsam insgesamt kaum länger als ein halbes Jahr. Dazwischen war Elisabeth meist in Schönbrunn, in Miramare sowie auf diversen Kuraufenthalten. Im Frühsommer 1910 finanzierte ihr der Kaiser den Kauf und Ausbau des Schlosses Schönau, das sie jedoch erst 1915 bezog. In den Jahren davor lebte sie die meiste Zeit in einer angemieteten Villa auf der Insel Brioni.

In seiner Scheidungsklage von 1919 beschwerte sich Otto: *Schon nach dem zweiten Kinde mußte ich wahrnehmen, daß meine Gemahlin sich mit einer Schar von jüngeren Männern zu umgeben pflegte und daß die Unterhaltung mit ihnen bedenklicher Art war. Dies steigerte sich von Jahr zu Jahr, so daß ich wiederholt Anlaß nehmen mußte, meiner Frau ernsthafte Vorstellungen zu machen und von ihr die Wahrung des äußerlichen Anstandes zu verlangen.*

Darüber konnte sie nur lachen. Nicht einmal der kurzzeitige Ärger, dass seine Scheidungsklage auszugsweise im *Wiener Illustrierten Extrablatt* erschienen war, verhinderte ihren Spott, wie ungelenk und zurechtgebogen es klang, wenn dieser Mann von seinem verletzten männlichen Stolz sprach. In Wirklichkeit hatte er in diesen Jahren jeden harmlosen Flirt mit anderen Männern als Freibrief für eigene Unternehmungen betrachtet. Zwar hatte er sich mit dem einen oder anderen ihrer Verehrer duelliert, allerdings nur, wenn er sich dadurch öffentlich oder gesellschaftlich herabgewürdigt sah. Ihr begegnete er in solchen Situationen vorsichtiger und ausweichender denn je. Ihr stellte er sich nicht, denn dazu fehlte ihm jegliche Waffe, während er jene Duelle, in denen sich Männlichkeit mit Ersatzgegenständen wie Pistole oder Degen beweisen ließ, allesamt gewann.

Warum es sie beim bloßen Gedanken an diese Jahre später mit Abscheu überzog, hatte mit ihm nichts zu tun. Vielmehr war es die eigene Schwäche. Spätestens seit 1905 lebte sie wie auf der Flucht. Tatsächlich sogar weit länger. Sich einzugestehen, wann es begonnen hatte, tat sie sich noch mit Jahrzehnten Abstand schwer. Sie wusste nur, es hatte weder mit dem Auszug aus der Villa Gröbe noch mit dem Schuss oder den ersten Momenten der Entfremdung und Enttäuschung mit Otto zu tun, allein mit ihr selbst.

So sehr hatte sie sich gesehnt nach privater Beschütztheit, Heiraten, Kinder-Bekommen und einer Familie, in der sie ohne alle Zwänge Ruhe und Sicherheit finden konnte. Sie hatte sich ein Zuhause gewünscht, doch sie ließ sich auf keines ein. Ob es die Villa Gröbe war, Schloss Ploschkowitz, Schloss Schönau oder ihre Appartements in Schönbrunn, stets hatte sie alle Sorgfalt und all ihr Talent auf die Auswahl von Stoffen, Farben, Mobiliar verwendet, hatte die Gebäude renovieren und umgestalten lassen, die Gärten und Parkanlagen in Schuss gebracht. Doch zu Hause war sie nirgendwo je gewesen. Die Perfektion in der Ausgestaltung diente stets als Fassade vor einem Dahinter, das sie fürchtete und vor dem sie fluchtbereit war.

Auch Otto hatte sie nur als Fliehende geheiratet. Sie hatte ihn an ihre Seite gezwungen und danach nur mehr in Bewegung freie, leichte Momente mit ihm erlebt. Im Zug, der sie aus der Hauptstadt weggebracht hatte, auf dem Schiff im Mittelmeer, ein paar Mal noch in einer schnellen Kutsche, doch bereits die schnellen Autofahrten waren von Unzufriedenheit und Ernüchterung geprägt.

Einen Ort, an den sie zurückkehren hätte können, einen Ort der gemeinsamen Erinnerungen hatte es nie gegeben. Sie hatte Angst davor gehabt, doch immer verdrängt, was ihr solche Angst machte. Es war die Sehnsucht, die ihr viel zu groß war. Sie trat meist unvermutet auf. Scheinbar so zusammenhangslos, dass sie sich schnell wieder unterdrücken ließ.

Beinahe jede Jahreszeit verbrachte sie woanders, immer

öfter mit dem Gefühl, sie werde beobachtet, von wem oder was auch immer. Manchmal war es so nah, als wären es ihre eigenen Augen, die ihr mit einem zweiten, ihr nicht greifbaren, doch blind vertrauten Blick bei allem zuschauten. Selbst dorthin, wo ihre eigenen Blicke nicht hinreichten, auch wenn sie es wollte. Dorthin vielleicht, wo sie sich als Kind in den Schminkspiegeln ihrer Mutter vergeblich gesucht hatte.

Nun, als Erwachsene, schien sich dieser Blick verselbständigt zu haben. Er war ihr auf den Fersen, er trieb sie vor sich her. Sie tat Dinge, die eigentlich undenkbar waren. Oft wusste sie nicht einmal, warum. Manchmal taten sie ihr leid. Manchmal aber spürte sie dabei nur eine böse, alles und jeden entwürdigende Lust.

Wie an dem Abend mit den Marineoffizieren in der Villa Punta Naso auf der Insel Brioni, die ihr ab dem Winter 1912 zu einem Aufenthaltsort geworden war, an dem sie sich noch am ehesten aufgehoben fühlte. Umgeben von Meer, von Weite und gleichzeitig in unmittelbarer Nachbarschaft des gegenüber von Brioni am istrischen Küstenland gelegenen Marine-Hafens in Pola.

Dort residierte sie wie auf einer Bühne. Mit der k. u. k. Marine als Publikum. Welches Schauspiel ihr Leben, ihr Reichtum, ihre Herkunft sowie ihre immer deutlicher ausgelebte Extravaganz und Unabhängigkeit den Leutnants, Offizieren und Admirälen der Armee ihres Großvaters dargeboten hatte, war ihr damals nicht einmal in Ansätzen bewusst gewesen.

Genauso wenig hatte sie eine Ahnung, wie sehr sie seit Jahren unter anderer Beobachtung stand. Undeutlich wahrgenommen hatte sie es. So undeutlich, wie sie ihr Leben und ihre Rolle immer öfter als eine zweite, eine unsichtbare wie undurchdringliche Haut an sich selbst empfand. Lenkte sie sich davon nicht sofort ab, kam sie sich tot und taub vor. Und allein Gewalt, größtmögliche Verachtung und Gewalt waren dann als letztes Gefühl. Nicht selten bekamen es Unbeteiligte zu spüren. Selbst bei abstoßenden Zwischenfällen spürte sie im Grunde nie Reue. Vielleicht wohnte tatsächlich etwas Böses in ihr, zumindest etwas, das keine Grenzen kannte.

Wie etwa an einem Abend im Mai, der selbst bei den Verständnisvollsten Kopfschütteln hervorrief. Bei ihr hingegen, wenn sie an das Diner dachte, zu dem sie die Marineoffiziere Polas geladen hatte, tauchte selbst Jahrzehnte später höchstens kurz kindliche Scham auf. Weit größer als jede Form eines Unrechtsbewusstseins sollte jedoch auch im Rückblick die Befriedigung darüber bleiben, wie ihr die Männer in die Falle gegangen waren.

An jedes Detail der herausgeputzten Uniformen erinnerte sie sich, in die sich die Offiziere für dieses Diner bei der Enkelin des obersten Befehlshabers gezwängt hatten. Sie sah ihre Bewunderung über die kostbaren Gedecke und eine Menüfolge, wie sie sonst nur bei Hof zu erwarten war.

Von einer solchen Tafel durfte man sich nicht erheben, ehe es die hohe Gastgeberin tat. Unter keinen Umständen, wie das spätestens dann keine bloße Floskel mehr war, als sich auf geradezu berstende Weise bemerkbar machte, was Elisabeth im ersten Gang allen Tellern der Männer beimengen hatte lassen: ein Abführmittel – und es zeigte Wirkung. In den Gesichtern und bald überall.

Elisabeth konversierte einfach weiter, und die Offiziere versuchten es auch. Sie zogen Grimassen, sie konnten nicht dagegen ankämpfen. Ebenso wenig gegen die

Windungen, mit denen ihre Körper reagierten, um zusammenzupressen, was nun Minute um Minute stärker in ihnen drängte. Sie mussten Haltung bewahren, sie versuchten weiterzusprechen, sie bissen sich in die Lippen, sie krampften sich zusammen und wollten immer noch so tun, als wäre nichts geschehen. Sie mussten es, sie waren Offiziere, und Elisabeth sah ihnen dabei zu, tat ebenfalls, als wäre nichts geschehen. Elisabeth kannte sich mit Offizieren aus. Mit ihrem Stolz und ihrer Fähigkeit, Haltung zu wahren. Ganz gleich, was geschah.

Am Ende saßen sie alle in ihrem Kot, was an ihren weißen Uniformen nicht zu übersehen war, als Elisabeth die Tafel nach dem letzten Gang aufhob. So mussten sie noch bei Zigarren und Kaffee aushalten, sich danach verabschieden und auf ihre Schiffe zurück.

Die Nachricht von dem Abend blieb kein Geheimnis. Dass Otto sie bald darauf ansprach, wunderte sie nicht. Ging es um die Armee, tat er sofort, als wäre er ein Mann. Wie in einem schlechten Stück passte dazu, dass sie an dem Nachmittag im Wiener Familienpalais ausnahmsweise die perfekte Ehefrau zu verkörpern schien. Sie musterte im Salon Stoffe für Schönau. Monatelang hatte sie es hinausgeschoben. In Ploschkowitz, so ungern sie dorthin gezogen war, hatte sie sich noch mit Feuereifer auf die Auswahl von Lampen, Armaturen, Türbeschlägen, Teppichen, Möbeln und Stoffen gestürzt. Diesmal hatte der bloße Gedanke daran Abwehr erzeugt. Doch auf unerklärliche Weise war nun die Freude an den Geweben sofort wieder da, die Vorstellung, was zusammenpasste, das Bild eines Raumes. So als könnte es gar nicht wahr sein, wie viele Monate sie den Termin mit dem Tapezierer verschoben hatte.

Sie ließ ein Stück roter Seide durch ihre Finger gleiten, griff nach dem daneben drapierten hellgrünen Samt. Sie war in diesen Augenblicken in Schönau und ganz woanders. Das andere war stärker, es hatte keinen Namen, und selbst die Vorstellung, erneut einen Ort für diese Ehe auszustatten, erreichte sie darin nicht. So wie sie auch Otto nicht bemerkte. Kein Türöffnen, keine Schritte, kein Atmen. Nun sah er ihr zu. Und wäre der Zynismus nicht mit ihm durchgegangen, hätte sie ihn noch länger nicht bemerkt.

Wie gut … die Frau kümmert sich endlich …!

Elisabeth erschrak. Ohne dagegen etwas tun zu können, fuhr sie wie eine Ertappte herum, wollte im ersten Schreck automatisch auf ihn zugehen, hielt sich im letzten Moment zurück.

Schön …, fügte er mit unbewegter Miene hinzu.

Ja, hörte sie sich sagen. Sie hielt den Samt und die Seide immer noch zwischen den Fingern, spürte sie am ganzen Körper und schämte sich, immer noch Teile der Freude und Aufgehobenheit der letzten Minuten auszustrahlen.

Ihr *Ja* hatte auch ihn verunsichert, er ging in Richtung der Fenster und öffnete die großen Flügel, als müsste aus dem Raum zuerst noch etwas verschwinden. Vielleicht aber war es auch das Einzige, was ihm eingefallen war. Hufgeklapper drang herauf, stechende Gerüche, doch es tat gut.

Oft genug hatte sie ihn in solchen Momenten stehengelassen. Selten kam er ihr dann hinterher. Wenn, fertigte sie ihn mit einer Kurzfassung der erwarteten Vorwürfe ab und traf dabei meist so genau, dass ihm nicht einmal mehr Halbsätze übrigblieben. Diesmal ging es um die Marineoffiziere, keine Frage. Elisabeth wusste, dass die entsprechenden Kreise ganz Wiens davon sprachen. Einen Mann wie ihn hätte sie tatsächlich nicht stärker treffen können.

Er drehte sich zu ihr um.

Du bist …

Seine Worte kamen im Kutschenlärm als Zischen. Sie sah seinen Mund und konnte nur annehmen, dass er sie in diesem Augenblick wirklich als feig bezeichnete. Trotzdem bestand kein Zweifel

Was – was bin ich … ?, übertönte sie mit der Automatik des sofortigen Gegenangriffes den Lärm der Gasse hinter ihm.

Feig.

Er wiederholte es tatsächlich. Das war neu. Elisabeth stutzte. Otto auch. Sie sah in sein erstarrtes Gesicht: Er hatte recht. Und er spürte es. Auch wenn der Schrecken, über das Gesagte alles überdeckte und vom Schrecken über die Richtigkeit nicht zu unterscheiden war. Er hatte recht, und im Gegensatz zu ihm spürte sie das nicht, sie wusste es.

Erzähl du mir etwas über Mut, gerade du … !!

Anstelle einer Antwort schüttelte er den Kopf und wandte sich ab.

Elisabeth stand wie angewurzelt da. – Spürte er, wie weit er sie hatte? Sie wusste nicht warum, doch da war auf einmal Achtung vor ihm. Auch wenn es vielleicht nur jene Scham war, die sie sonst nie zuließ. Sie hielt immer noch die Stoffe in der Hand und wünschte sich Schutz. Sie würde sich fügen, vielleicht nicht immer, doch sie würde sich fügen.

Ich muss mit dir über die Kinder reden!

Otto drehte sich halb zu ihr. Er begann über Vorbildwirkung, Unbegreiflichkeit und einen endgültigen Endpunkt zu sprechen. Keiner der Sätze war ihr neu.

Ruhe!!, schrie sie, dass ihre Stimme kippte: *Ruhe, Ruhe, Ruhe …!!!*

Langsam wandte er sich ganz zu ihr, bemerkte offenbar die Stoffe, merkte sonst jedoch nichts. Warum redete er nicht von ihrer Feigheit weiter? Seine *endgültigen Endpunkte* kannte sie, manchmal hieß es *Schlussstrich,* manchmal *letzte Linie.* Gleich in welchem Zusammenhang, ob ihr das Gemeinte Hoffnung oder Sorge bedeutete, es blieb davon nie etwas übrig.

Die Kinder müssen von dir weg! Du hast doch keinerlei Kontrolle mehr, keine Autorität, nichts! Ist dir das eigentlich bewusst? Ist dir klar, wie peinlich es ist?!

Du Memme!, warf sie ihm zurück.

Er redete weiter von der Schande, von seiner Ehre und ihrer Unverantwortlichkeit.

Du feiger Kretin! Die Kinder vorschützen ist alles, was du kannst.

Er ging einen Schritt auf sie zu. Er hatte sie noch nie geschlagen. Sie wünschte sich das nicht zum ersten Mal. Warum packte und schüttelte er sie nicht. Sie starrte ihn an. Man konnte das nicht sagen. Trotzdem hatte sie es früher bereits getan.

Greif mich an, hatte sie ihm entgegengeworfen.

Selbst in Momenten größter Verachtung blieb das noch ein Wunsch. Er sollte sie einfach nehmen. Auch wenn sie schrie, wenn sie ihn schlug, er sollte ihren Körper angreifen und sie besiegen.

Otto blieb vor ihr stehen.

Es ist sinnlos. Jedes Wort ist sinnlos! Du bist einfach nicht mehr bei Trost. Damit muss ich mich abfinden. – Er wandte sich in Richtung Tür ab: *Doch die Kinder dürfen dir keinen Tag länger anvertraut werden! Kein Tag länger! Dafür werde ich sorgen, glaub mir, jetzt bist du zu weit gegangen …*

Er glaubte es wirklich. Nach ihrer Aktion mit den Offizieren war er sicher, auch bei Hof genügend Rückhalt zu haben, um sie möglichst zur Gänze von der Erziehung zu entbinden. Doch darüber hatte er sich bei seinem Abgang aus dem Salon des Familienpalais getäuscht. Nicht Elisabeth sollte gleich danach im Blickpunkt familiären Aufruhrs stehen, sondern Otto. Seit der Hochzeit hatte Otto die Verwaltung des gesamten Vermögens inne. Angelegt in unterschiedlichen Papieren im In- und Ausland, sollte dieses Vermögen am Ende groß genug sein, um nicht nur die Ehe mit Otto, sondern auch alle Kriege, Wirtschaftskrisen und Börsenstürze zu überdauern. Die Lebensführung hätte allein aus den Zinsen der Mitgift bestritten werden sollen. Damit war jedoch von Anfang an kein Auslangen.

Otto hatte den Prager Juristen Dr. Smetana mit der Führung ihres finanziellen Haushaltes beauftragt. Elisabeth interessierte sich nicht dafür, hatte mit Fragen ökonomischer Möglichkeiten nie zu tun gehabt. Dem Wunsch Ottos nach einer Generalvollmacht, die es Dr. Smetana erlaubte, lediglich Otto die jährlichen Abrechnungen vorzulegen, kam sie ohne Umstände nach.

In den darauf folgenden Jahren erwirkten Otto und Smetana beim Kaiser immer wieder große Extrazuwendungen aus dessen Privatkassa. Dazu zählte etwa eine jährliche Unterstützung auf Lebenszeit von 24.000 Kronen, 20.000 Kronen zur Auflösung des Prager Haushalts sowie 10.000 Kronen zur Deckung einer kostspieligen ärztlichen Behandlung Elisabeths. Den Löwenanteil sollten 96.000 Kronen zur Adaptierung des Windisch-Graetz-Palais in Wien beziehungsweise 193.000 Kronen als Betriebsvorschuss für Ottos Pferdegut in Bicsicza ausmachen, bevor der Kaiser, wie es in einem entsprechenden Handschreiben 1909 hieß, *allergnädigst geruhte*, dem Ehepaar Windisch-Graetz eineinhalb Millionen Kronen *zur leichteren geordneten Führung des Hausstandes und Ermöglichung des beabsichtigten Ankaufes eines gleichzeitig als Wohnsitz geeigneten Gutbesitzes* zuzuwenden. Wobei in den Jahren 1910/11 noch einmal über 1,1 Millionen zur Adaptierung von Schloss Schönau hinzukamen.

Noch im Winter 1911 ließ sich Otto Windisch-Graetz entgegen der kaiserlichen Widmung den Schlossbesitz zur Hälfte im Grundbuch anschreiben. Finanziell stand die Ehe der beiden zu dem Zeitpunkt längst auf der Kippe. In diesen Monaten und Jahren, in denen Elisabeth sich immer mehr Freiheiten nahm, reichten die Pferde allein nicht mehr, er begann auch zu spielen.

Im Sommer 1912, den Elisabeth zum ersten Mal auf Brioni verbrachte, musste der Prager Vermögensverwalter die Notbremse ziehen und sie über den Stand der Dinge informieren. Die Bilanz war selbst für sie erschreckend. Während die beiden von den Zinsen aus Elisabeths Mitgift von 420.000 Kronen sowie den 1902 vom Kaiser zusätzlich bewilligten 24.000 Kronen leben hätten sollen, hatte sich nach zehn Jahren Ehe das gesamte Stammvermögen um 539.395 Kronen verringert, dazu kamen Kursverluste, Wertabschreibungen und um 100.000 Kronen erhöhte Baukosten in Schönau. Elisabeth entzog Smetana sofort alle Vollmachten, ließ von ihrem Anwalt einen Buchsachverständigen mit einer vollständigen Revision betrauen und setzte Otto entsprechend unter Druck.

Der Zwischenfall mit den Offizieren in ihrer Villa, der im Mai die Wogen in den Gerüchteküchen zwischen Pola und Wien hochgehen ließ, mochte ein erstes Indiz dafür gewesen sein, wie vehement sie mittlerweile alle Konventionen negierte. Just in dem Sommer, in dem Elisabeth in ökonomischer Hinsicht die Kräfteverhältnisse innerhalb ihrer Ehe umkehrte, brachte sie noch etwas ganz anderes zur Sprache. Auch darin ging es um Ökonomie, um eine der geschlechtlichen Beziehungen. Über Jahre hatte es sich angestaut, wortlos, zu der neben der Stummheit einer Frau innerhalb ihrer gesellschaftlichen Rolle die Naivität einer Kaiserenkelin am erzkatholischen Wiener Hof noch hinzukam.

Ottos Kurs in Richtung Bankrott und der Offenbarungseid des Vermögensverwalters waren nur die letzten Ventile, um ihr Schweigen über ihn als Mann zu brechen. Später sollte sie immer wieder über diese Koinzidenz staunen. Normalerweise waren in ihrem Leben die Zusammenhänge undeutlich und indirekt. Kaum hatte sie jedoch die Kontrolle über die eigenen Vermögensverhältnisse übernommen, ging alles leichter. Zurück auf Brioni, am 16. Juli 1912 schrieb sie ihrem Mann:

Lieber Otto! Seit gestern bin ich hier, wo ich durch Professor Wertheim untersucht wurde. (...) Um jedwedem Mißverständnis aus dem Wege zu gehen und auch die für uns beide immer so peinliche Auseinandersetzung zu vermeiden, will ich Dir schriftlich mitteilen, daß ich mit Professor Wertheim eingehend unsere ehelichen Beziehungen besprochen habe. Ich habe ihm den schweren Vorwurf mitgeteilt, den Du mir in Brioni am 14. Juni machtest; ich beeinträchtigte durch meine Kälte Deine Männlichkeit und ich sei diejenige, die keinen Verkehr braucht und verlangt, habe ihm auch gleich-

zeitig gesagt, daß ich schon mehr als zwei Jahre keine Befriedigung hatte, und dieses Gefühl untergraben durch meine Nerven wird. Wertheim ist gerne bereit mit Dir zu reden, damit für die Zukunft ein mögliches Verhältnis geschaffen werde …

Parallel dazu wurde eine Neuregelung ihrer Vermögensverwaltung verhandelt. Otto hatte nach dem Desaster der vergangenen zehn Jahre keinen leichten Stand, doch er war der Mann, konnte nur schwer Regelungen zustimmen, die ihn demütigten, er wehrte sich mit allen Mitteln, drohte ihr mit seiner Vormundschaft über die Kinder und untermauerte diese Ansprüche mit Informationen über ihr Leben auf Brioni, die erstaunlich detailliert waren.

Offensichtlich ließ er sie beobachten. Wie weit das ging, darüber konnte sie zu dem Zeitpunkt nur Vermutungen anstellen. Wehren konnte sie sich kaum, denn wie hieb- und stichfest seine Andeutungen waren, wusste niemand genauer als sie. Ihre Gegenmittel mussten andere sein. Nach außen hin war es sein desaströser Umgang mit ihrem Vermögen, auf persönlicher Ebene waren es seine Potenzprobleme. Zumindest in diesem Sommer gab es aber noch ein Bemühen um ein Miteinander.

Du weißt ja, schrieb sie ihm in einem harten, fordernden, jedoch auch auf ihn zugehenden zweiten Brief aus der Villa Punta Naso, *daß unser eheliches Verhältnis sich im Laufe der Jahre in einer Weise gestaltet hat, daß es uns beiden zur Last fällt. In letzter Zeit aber hat sich so manches begeben, das mich überzeugt hat, daß ein Weiterleben unter den gleichen Bedingungen mir unmöglich ist. (…) Du hast mir unlängst vorgeworfen, daß ich durch meine Kälte Deine Männlichkeit beeinträchtige, Du hast aber nicht be-*

dacht, wie unwürdig und eine Frau demütigend die Art und Weise ist, in der Du mich behandelst. Du weißt genau, wie schwer Du in dieser Beziehung gegen mich gesündigt hast, und daß ich genug Zeugen hätte, wenn ich wollte, um meine Unschuld und Deine Schuld zu beweisen. Allein das will ich nicht, denn ich habe ja im Gegenteil den Wunsch, gut mit Dir auszukommen, aber ich kann es von Dir fordern, daß Du erst dann *die eheliche Pflicht von mir verlangst, bis Deine Kraft wiederhergestellt ist und der eigentliche Zweck der Ehe und mein Beruf als Frau und Mutter wieder erfüllt werden kann.*

Otto weigerte sich nicht. Er bemühte sich und besorgte sich vor dem nächsten Zusammenkommen sogar Aphrodisiaka in einer Wiener Apotheke. Womöglich wirkten sie bei seinen zahlreichen Affären, ihrer beider Sexualität half es nichts, was sich auf seine Verhandlungsposition im Ringen um Aufteilung und Verwaltung des Vermögens nicht unbedingt günstig auswirkte.

Am 22. Januar 1913 wurde die Übereinkunft unterschrieben. Otto hatte damit seine Vollmacht zurückzulegen, erhielt fortan für seinen persönlichen Bedarf jährlich 70.000 Kronen ausbezahlt. Dazu kamen noch Einkünfte aus der Obstbaumschule in Schönau, die ihm den Unterhalt der Stallungen, der Pferde, Wagen und des dafür nötigen Personals erlauben sollten. Elisabeth hingegen hatte uneingeschränkte Vollmacht über ihr restliches Vermögen, musste daraus den Unterhalt der Kinder, die Kosten für das Palais in Wien sowie alle übrigen Ausgaben für Schloss Schönau übernehmen.

Doch als sie im darauf folgenden Jahr ihre Kinder zur Kur nach Levico mitnehmen wollte, presste er ihr für seine Einwilligung dazu einen notariellen Vertrag ab, laut dem sie nicht nur per 1. Oktober mit der Einrichtung des Schlosses Schönau beginnen, sondern auch die Kosten für die Ausstattung seiner dortigen Appartements übernehmen musste.

Zu diesem Zeitpunkt war das letzte Fenster zu ihm geschlossen. Und Otto wusste nur zu genau, was der Grund dafür war, dass Elisabeth nun nicht mehr wartete, ob seine Kraft je wieder so weit hergestellt sei, um dem *eigentlichen Zweck der Ehe* nachzukommen.

11

Zwei Männer begleiteten eine schlanke Frau in einem Pelzmantel zu den Bahnsteigen des Südbahnhofs. Es war ein düsterer Dezemberabend im Jahr 1913. Mit zusammengehaltenen Mantelkrägen und klammen Gesichtern eilten die Leute über den Vorplatz und durch die große Halle. Immer wieder, trotz aller Hast, wurde den dreien nachgesehen. Genauer gesagt: der großen Frau zwischen den beiden Männern, nur ihr galten diese Blicke.

Etwas an ihr ließ die Passanten stutzen, irgendetwas an ihr kam ihnen auf vage Weise bekannt vor. Es war nicht ihre Größe oder ihr vom kalten Wind scheinbar unbeeindruckter Gang. Obwohl manche ihr schon einmal zugewinkt haben mochten oder sie hinter einem Sarg gehen sahen. Als Kind im weißen Kleid dem Sarg des Vaters hinterher oder als Mädchen, das sich schon als Frau fühlen wollte, neben dem Kaiser hinter dem Sarg der Großmutter. Es mag bei einigen eine Art Erinnerung gewesen sein, ein schnelles und kaum zuordenbares Aufblitzen von Ähnlichkeit. Wirklich erklärbar wird ihnen die plötzliche Aufmerksamkeit wohl nur aufgrund ihrer Größe und ihres Stolzes gewesen sein.

Einer der Männer war ihr Arzt, einer ihr Ehemann. Die letzten Wochen hatte sie in einem Sanatorium verbracht. Davor hatte sie die Sterbesakramente erhalten.

Begonnen hatte alles im Herbst mit einer Verkühlung in Bad Levico. Sie hatte es anfangs nicht ernst genommen, doch sie hatte sich nicht davon erholt. Bis sie keine Luft mehr bekam, bis sich jedes Atemholen schwer und brüchig anfühlte. Sie hätte nie gedacht, dass sich Ersticken so gleichgültig anfühlen könnte. Ihrem Mann untersagte sie, an ihr Krankenbett zu kommen. Auch die Kinder ließ sie ihn nicht abholen. Mit ihnen hatte er sie in den Wochen davor erpresst. Vielleicht war sie nur nicht gestorben, um ihm im Nachhinein keinen Sieg zu bescheren.

Nun ging er an ihrer Seite, und sie ließ es zu. Er tat auch, als wäre nichts geschehen. Der Arzt gab ihr gute Ratschläge und versicherte, wie gut ihr die Luft auf Brioni tun würde. Sie versprach, die Ratschläge zu beherzigen, doch es waren ganz andere Gründe, warum sie den Aufbruch kaum erwarten konnte. Sie lächelte ihrem Mann zu, in der ersten Klasse waren zwei Abteile für sie reserviert. In einem davon begleitete sie eine befreundete Dame. Elisabeth konnte deren Konturen hinter den Fensterscheiben bereits erkennen. Otto ebenfalls, da wollte er sicher sein.

Sie verabschiedeten sich, und als Elisabeth im nächsten Augenblick in die Scheiben blickte, tauchten darin die unbeweglichen Gesichtszüge einer Toten auf. Elisabeth blickte ins Gesicht ihrer Mutter.

Angeblich, so hatte sie einmal gehört, passierten solche Erscheinungen oder Einbildungen immer dann, wenn der entsprechenden Person etwas Schlimmes zustößt. An der Waggontüre wartete bereits einer der mitreisenden Diener auf sie. Sie starrte das Gesicht in den Scheiben an. Seit Jahren schrieben sie einander nur mehr Briefe. Und selbst diese scheute sie. Die Briefe der Mutter wie ihre eigenen. Ständig erzählte ihr die Mutter darin von ihrem Glück. Und Elisabeth tat es ihr seit Jahren gleich.

Seit sie ihr zum ersten Mal von Otto erzählt hatte, versuchte Elisabeth, dem Glück der Mutter ihr eigenes entgegenzuhalten. Selbst als alles nur mehr hohl war, hörte sie damit nicht auf. Nie hatte sie ihr erzählt, wie oft Otto Blicke für andere Frauen hatte, wie oft sie ihn mit anderen erwischte; nicht einmal davon, wie viel mehr Zeit er den Pferden widmete als ihr. Bis es zu spät war und nicht nur ihrer traditionsbewussten und tief katholischen Mutter kaum noch zu erklären war, welche Freiheiten und Eskapaden sie sich erlaubte.

Ein einziges Mal hatte sie sich ihr in all den vergangenen Jahren nahe gefühlt. Es war kein Zufall, dass dies eine Begegnung gewesen war, die gar nicht stattgefunden hatte. Beide waren unterwegs gewesen, als ihnen von Stephanies Vater mitgeteilt wurde, sie wären beim Begräbnis von Stephanies Mutter nicht erwünscht. Stephanie hatte es in Frankfurt erfahren und Elisabeth informiert, die gerade aus Prag abreisen wollte. Mehr hatten sie weder damals noch danach darüber gesprochen. Trotzdem hatte sich Elisabeth ihrer Mutter nie näher gefühlt als nach dieser Nachricht.

Angesichts dieser Mischung aus Ärger und Scham konnten sie damals etwas teilen, das sonst stumm zwischen ihnen lag. Womit sie es dabei zu tun hatte und warum es gerade angesichts dieser brüsken Absage des Brüsseler Großvaters deutlich geworden war, darüber sollte Elisabeth erst viel später in ihrem Leben nachgrübeln. Immer mit dem Gefühl, die großen Begriffe, die dabei unweigerlich auftauchten und auch keinesfalls falsch waren, verstellten gleichzeitig etwas Fragileres, Intimeres, vielleicht sogar Kindliches. Unzweifelhaft ging es dabei um Familie und Fremdheit. Die Härte dieses Großvaters in ihrer selbst an Herrscherhäusern seltenen Unerbittlichkeit und Distanz hatten ihnen beiden, Mutter und Tochter, ihre familiären Defizite deutlich vor Augen geführt. Denn der Brüsseler Vater und Großvater war weit genug entfernt, um ihm gegenüber nicht solidarisch sein zu müssen und vor Scham blind.

Dass es in Brüssel für sie beide kein Zuhause gab, rief eine ganz andere Scham hervor. Denn der Selbstmord des Gatten und des Vaters hatte ihnen nicht nur ein Zuhause genommen, sondern sie mit Schamgefühlen versehen, ihn nicht von seiner Tat abgehalten zu haben. Immer war dieses Gefühl mit dem einer Schuld verbunden. Und im Fall Elisabeths mit Schuldzuweisungen an die Mutter, die nie einen Platz gefunden hatten, an dem sie sich auflösen hätten lassen. Anstatt davon etwas zu teilen und als etwas Gemeinsames zu erkennen, in dem sie beide vor allem Opfer waren, hatte sie das Schweigen zu Täterinnen gemacht. Zu solchen sich selbst wie auch den anderen gegenüber.

Auch voreinander waren sie mit ihren Ehen geflüchtet. Die Mutter schien dabei Glück gehabt zu haben. Ihre Briefe handelten von nichts anderem. Womöglich war es nur ein schöner Schein. Daran, dass ihre Mutter nach Elisabeths Schussattentaten nie fragte, ob an dem von Elisabeth behaupteten Glück etwas nicht stimme, ließe sich ein solcher Verdacht knüpfen. Doch Elisabeth hatte ihr derartige Fragen nicht gestellt.

Elisabeth vermied während des Einsteigens einen weiteren Blick in die Fensterscheiben des Zugs. Otto drehte sich am Ende des Bahnsteigs um, winkte. Der Arzt tat es ihm gleich. Elisabeth winkte zurück und sah sich in den Fensterscheiben zur Eingangstür des Waggons gehen.

Wenig später fuhr der Zug los. Die Damenbegleitung aus dem zweiten Coupé erkundigte sich kurz nach Elisabeths Befinden und gab ihr zu verstehen, sie werde sich rechtzeitig vor Graz zurückziehen. Elisabeth nickte. Sie musste an die letzte Fahrt mit ihrer Mutter denken. Wie lange es bereits her war, dass sie hier zu deren Hochzeit unterwegs gewesen waren. Noch vor der Ankunft ihres zukünftigen Stiefvaters hatte Elisabeth Miramare verlassen müssen. Von der Hochzeit las sie lediglich in der Zeitung und in einem Brief der Mutter, der bereits einen Tag später bei ihr eintraf.

Der Zug erreichte Graz, Elisabeth hatte trotz der dicken Rußschwaden, vor denen der Arzt sie zigmal gewarnt hatte, das Fenster geöffnet und schaute sich nach allen Seiten um. Sie hörte noch das Bremsen, den Ruck, und im nächsten Augenblick sah sie ihn zum Glück schon. Sie brauchte ihn nun dringender denn je. So lange hatte sie gewartet, so viele Wochen schon, auf ihn, den großen, kräftigen Mann, der jetzt über den Bahnsteig auf ihren Waggon zukam. Elisabeth musste sich zwingen, nicht gleich zu winken, und auch der Mann beschleunigte nur seine Schritte und war schon überall an ihr spürbar. Er betrat den Liegewagen, ging zum Nebenabteil und stand wenige Augenblicke später in der Verbindungstüre. Endlich hatten sie einander wieder und waren allein.

Otto wusste Bescheid. Wie genau, das verriet er über Jahre nicht. Wie viel Otto mitbekam, sollte Elisabeth 1921 erstaunen. Ihr war klar gewesen, dass Egon Lerch kein Geheimnis mehr gewesen war, Ottos detailgenaue Kenntnis konnte sie sich jedoch nur schwer erklären. Die Auskundschafter und Beobachter mussten regelrecht organisiert gewesen sein, untereinander verwoben und verknüpft, um auf all die unterschiedlichen Umstände reagieren zu können, unter denen sie Egon traf. Es war beinahe so, als wäre es stets ein und dieselbe Person, als wäre es einer von ihnen beiden gewesen.

Jemand wie sie war natürlich kaum je allein. Ständig musste ein Diener, Kutscher, Chauffeur, eine Kammerfrau oder irgendein anderer Angestellter in der Nähe sein. Seit frühester Kindheit war ihr das derart vertraut, dass ihr nicht auffallen konnte, wie sich all die Jahre ein Netz über sie gespannt hatte, das für Otto auch aufgrund ihres oft ungeduldigen, herrischen Umgangs mit dem Personal leichter Hand zu bedienen war.

So wurde Otto 1921 im *Wiener Illustrierten Extrablatt* aus seiner Scheidungsklage etwa damit zitiert, seine Frau habe es sich während ihrer Aufenthalte im Süden zur Gewohnheit gemacht, *in Brioni, Miramare und andernorts mit jungen Offizieren, insbesondere Marineoffizieren, in einer solchen, öffentlichen Anstoß erregenden Art zu verkehren, daß allgemein an das Vorhandensein intimer Beziehungen zu denselben geglaubt wurde. Selbst einen meiner Verwandten, meinen Vetter, den Linienschiffsleutnant Fürsten Alfred zu Windisch-Graetz, der sie im Frühjahr 1912 in Miramare besuchte und bei ihr wohnte, lud sie beim Souper ein, um 2 Uhr nachts zu ihr ins Schlafzimmer zu kommen.*

Ein offenkundig, andauerndes ehebrecherisches Verhältnis hatte die Beklagte seit Mitte 1913 mit dem Linienschiffsleutnant Egon Lerch bis zu seinem Tode im August 1915.

Vor allem über Egon Lerch wusste Otto derart genau Bescheid, als wäre er auf Schritt und Tritt dabei gewesen. Vom Südbahnhof weg, über den Semmering bis zum Halt in Graz.

Im Dezember 1913 fuhr meine Frau in Begleitung einer

hochgestellten Dame nach einem Aufenthalte im Sanatorium Löw mit der Südbahn nach Brioni; ich brachte sie selbst mit dem Arzte zum Südbahnhofe und verabschiedete mich von ihr in ihrem Schlafwagenhalbcoupe. Das anstoßende Halbcoupe, welches dem meiner Frau durch eine Türe verbunden war, wurde von der erwähnten Dame benutzt. Gegen Mitternacht stieg Lerch in Graz in den Zug ein und ging zu meiner Frau in ihr Halbcoupe …

Wie ähnlich Egon Lerch ihm sah, erwähnte Otto in der Scheidungsklage an keiner Stelle. Nicht ein einziger beschreibender Halbsatz sollte sich darin über jenen angstlosen, stolzen Mann finden, dem Elisabeth am Beginn des Jahres 1913 zum ersten Mal begegnet war.

Egon Lerch war in Pola stationiert. Er hatte ein klares Gesicht, eine athletische Statur und war ein Draufgänger. Laut dem Armee-Beschreibungsbogen 1910 über den damals 24-Jährigen sei er trotz *etwas jugendlichen Leichtsinnes ein tüchtiger und strebsamer Offizier.* Ds galt nicht allein seinen militärischen Fähigkeiten. Auch seine Frauenabenteuer waren früh aktenkundig, da er 1905 als 19-Jähriger aufgrund einer Tripperinfektion ins Marinespital ausgeschifft werden musste und deshalb eine Zeitlang als nicht zur Beförderung geeignet galt.

Nach ausgeheilter Krankheit war er wieder *gesund und seekriegstauglich,* wurde 1908 zum Fregatten- und zu Beginn des Jahres 1913 zum Linienschiffsleutnant befördert. Wenig später wurde er Elisabeth bei einem Fest in Pola vorgestellt. Sofort hatte sie das Gefühl, ihm bereits begegnet zu sein. Es ärgerte sie, dass sie nicht gleich dahinterkam, wo es gewesen sein könnte. Er wusste es. Es war während einer ihrer Kreuzfahrten gewesen, die ihr der Großvater in diesen Jahren auf den in Pola stationierten

Kriegsschiffen manchmal erlaubte, obwohl Derartiges seit dem Tod der Kaiserin eigentlich tabu war.

Erst Jahre später, eigentlich waren es Jahrzehnte, wurde Elisabeth klar, dass es noch einen anderen Grund für diese Erinnerungslücke gab: Egon Lerch musste ihr aufgrund seiner Ähnlichkeit mit Otto bekannt vorgekommen sein.

Im Unterschied zu Otto gab er ohne jede Zurückhaltung den Fraueneroberer und löschte damit alles aus, woran er sie erinnerte. Ebenso wie dieser Blick jegliche Zurückhaltung bei ihr sofort vertrieb. Und das nicht nur im Privaten und Versteckten, nicht nur in Brioni, im Süden und am Meer, sondern innerhalb eines Jahres sogar in Wien, wie Otto noch Jahre später bis ins Detail berichten konnte:

Es ging so weit, daß Lerch zwei- bis dreimal allwöchentlich bei meiner Frau in ihrem Schlafzimmer übernachtete; dies insbesondere während des Aufenthaltes meiner Frau und meiner Kinder in der Villa Punta Naso in Brioni im Sommer 1914, wo das Übernachten des Lerch bei meiner Frau der Dienerschaft bereits eine gewohnte und selbstverständliche Sache war.

Lerch kam einige Tage hintereinander oder jeden zweiten Tag. Sie nachtmahlten zusammen; um 9 Uhr abends verabschiedete meine Frau ihn scheinbar; er kam dann gegen 12 Uhr nachts in ihr Schlafzimmer und ging entweder gegen 5 Uhr morgens oder gegen 9 Uhr morgens weg.

Die in das Vertrauen meiner Frau gezogenen Bediensteten mußten dafür sorgen, daß Lerch beim Weggehen niemand begegnete. Häufig ging Lerch zeitig morgens aus dem Schlafzimmer meiner Frau durch das daneben liegende Zimmer meiner beiden älteren Söhne Franz und Ernst und durch den Vorraum in mein im selben Stockwerk gelegenes Zimmer, wo er mit den Utensilien meiner Frau Toilette machte, um dann gegen 9 Uhr aus dem Haus zu gehen.

Der regelmäßige Verkehr meiner Frau mit Lerch war selbstverständlich ein offenes Geheimnis für das Hauspersonal, zumal das Verhalten meiner Frau gegenüber der Dienerschaft für diese nur dann erträglich war, wenn Lerch sich bei ihr befand, während sie sonst die Dienerschaft quälte und beschimpfte. Auch hatten die Bediensteten und die Chauffeure wiederholt Gelegenheit zu beobachten, wie meine Frau und Lerch sich auf dem Balkone, im Stiegenhause, im Auto küßten …

Niemand hielt sie auf. In Brioni lebten sie wie Mann und Frau. Seit 1913 waren die beiden Söhne in der Elementarschule der Marine in Pola eingeschrieben. Mit Egon Lerch spielten sie wie mit einem älteren Freund, er zeigte ihnen die Schiffe im Hafen, erzählte ihnen Geschichten vom Meer, lehrte sie Geschicklichkeitsübungen und brachte sie selbst dann noch zum Lachen, wenn sie dort, wo sie zwangsläufig Gedanken an ihren Vater verdrängen mussten, auf diesen Mann eifersüchtig waren, der ihrer Mutter wichtiger als alles andere auf der Welt zu sein schien.

In Wien wurde Anfang 1914 offen über Elisabeths Verhältnis zu Egon Lerch geredet. Doch weder Otto noch der Großvater stellten sie zur Rede. Beide wussten Bescheid, und beide wichen ihr aus. Mehrmals sagte der Kaiser in diesen Monaten kurzfristig Termine zu, zu denen während Elisabeths kurzer Aufenthalte in Wien Besuche bei ihm vereinbart gewesen waren. Gleichzeitig ließ er ihr für die damals notwendigen Kontrollbesuche beim Ausbau von Schloss Schönau einen Passierschein ausstellen, in dem die Zivil- und Militärbehörden der Donaumonarchie angewiesen sowie alle europäischen und außereuropäischen Staaten *geziemend* ersucht wurden, *Ihre k. u. k. Hoheit Fürstin Elisabeth zu Windisch-Graetz, geborene Erzherzogin von Österreich allerorten frei und ungehindert passieren zu lassen …*

Frei und ungehindert, so richtete sie es sich nun ein. Das Schweigen des Großvaters nahm sie hin, denn sie wusste genau, wie sehr es sie schützte. Das Schweigen Ottos interpretierte sie hingegen als Angst. Nicht einmal die Kinder reklamierte er für sich. Anstatt darüber froh zu sein, verachtete sie ihn für diese Feigheit. In ihren Augen klammerte er sich allein an die 70.000 Kronen, nahm dafür alles hin.

Wie blind sie damals für vieles gewesen war, das über ihr augenblickliches Erleben hinausreichte, wurde ihr erst viel später bewusst. Sie lebte mit einem Mann am Meer, sie verkehrte mit ihm ohne alle Zurückhaltung. Gleichzeitig sorgte sie ganz selbstverständlich dafür, dass die Renovierungsarbeiten in Schönau nach ihren Wünschen verliefen. Sie kümmerte sich um jedes Detail, um Böden, Türen, Stoffe, Stukkaturen. Sie wählte neue Möbel aus, organisierte den Transport alter Stücke aus Ploschkowitz oder ihren ehemaligen Appartements am Kaiserhof. Unermüdlich reiste sie zwischen der Adria und Wien hin und her und vergaß auch nicht, für Otto ein Appartement herrichten zu lassen.

Am 11. April 1914 erhielt ihr ältester Sohn in Pola an der Marine-Elementarschule ein Zeugnis und sollte damit in die nächsthöhere Klasse aufsteigen. Zu dem Zeitpunkt war es bereits Sommer. Denn anstatt eines Frühlings folgte in diesem Jahr dem kalten und finsteren Winter voller Niederschlag ein so abrupter wie unterbrechungslos heißer Sommer, der schon allein deshalb in die Geschichte eingegangen wäre.

Seit März war Erzherzog Franz Ferdinand in Miramare. Im Unterschied zu sonst war sie jedoch zu keinem Diner eingeladen.

Ob auch er sie meide, fragte sie sich. Dann erfuhr sie, dass zum ersten Mal seine Kinder, die offiziell nicht zum Herrscherhaus gehörten, vom Kaiser die Erlaubnis zum Aufenthalt in Miramare bekommen hatten. Deshalb also gab es keine Einladungen, dachte sie und tastete von Brioni immer wieder mit freien Augen die entfernte triestinische Küste ab. Voller Erinnerungen an ihren ersten Aufenthalt im Schloss über den Klippen.

Wenige Wochen später war Franz Ferdinand tot, ebenso seine Frau Sophie. Keine Wolke stand am Himmel, als die Särge der beiden in der *Viribus Unitis*, einem der neuesten Schlachtschiffe der Marine, an Brioni vorbei nach Triest gebracht wurden. Lange schaute sie ihm nach, einen Tag später wurde bereits das Begräbnis angekündigt. Zu kurzfristig für sie und für viele andere, die daran nicht teilnehmen konnten.

Später erfuhr sie, dass vom Oberhofmeister des Kaisers nicht nur ein bloßes Alibi-Programm für das Begräbnis vorgesehen worden war, sondern der versammelte Adel auch von einem Trauerzug abgehalten worden sei. Die aufgrund der nicht-ebenbürtigen Herkunft seiner Frau notwendige Überführung der beiden in die Gruft im Schloss Artstetten erfolgte nicht durch den Hof, sondern durch die Städtische Bestattung der Stadt Wien.

Unterdessen wurde immer öfter vom Krieg gesprochen. Ein Krieg, von dem man in seiner Monstrosität bereits alles zu wissen schien. So genau und ausführlich, als läge er zurück, während die Fürchterlichkeit im selben Atemzug nur seine Unmöglichkeit betonen sollte.

Gut, so hieß es dann, vielleicht kommt es tatsächlich zu einer Strafaktion gegen Serbien. Es sei auch höchst an der Zeit: Lange genug sind die giftigen, kleinen Aufrührer der großen Donaumonarchie auf der Nase herumgetanzt und haben Österreich-Ungarn aufgrund seines zögerlichen Vorgehens ohnedies bereits viel von seinem Renommee als Großmacht genommen. Ein richtiger Krieg aber sei etwas gänzlich anderes. Kein Stein bliebe auf dem anderen. Und sobald von einem solchen Krieg gesprochen wurde, war auch von Russland die Rede, vom Deutschen Reich, von Frankreich und letztlich von Großbritannien. Ein richtiger Krieg, hieß es, wäre ein Weltkrieg. Er würde überall gleichzeitig geführt werden. In China und Japan, rings um das Osmanische Reich, in Afrika.

Jeden Tag liefen vom Hafen von Triest Eillinien aus, die in drei Tagen durch den Suezkanal Alexandrien erreichten, in vier Tagen Port Said. Regelmäßige Linienverbindungen gab es bis Bombay, Kalcutta, Singapur, Hongkong, Schanghai oder Yokohama. Wenn Egon Lerch an seinen freien Tagen mit ernster Stimme von den Truppenbewegungen in Bosnien und Serbien sprach, belächelte ihn Elisabeth sogar für das Wort Krieg. Natürlich wusste sie, dass auf seine Nachrichten Verlass war, lag sein Schiff doch vor den Küsten dieser Regionen im Meer. Doch Krieg, so hatte er selbst gesagt, wäre das nicht.

Selbst als er von der Mobilmachung Russlands erzählte, konnte sie ihm das Wort Krieg noch nicht glauben, spürte allmählich aber eine Erregung, von der sie später annehmen musste, dass sie nichts anderes als ein Wunsch war: Krieg. Auf einmal hieß das, alles würde anders werden.

Alles in ihrem Leben. Und auf einmal hatte sie keine Angst. Ganz im Gegenteil. Egon wurde zum Kommandanten eines U-Bootes ernannt, Deutschland erklärte Russland am 1. August und zwei Tage später Frankreich den Krieg, Großbritannien erklärte den Bündnisfall und trat am 4. August an der Seite der Tripelentente in den Krieg ein.

Egon in seiner U 12 würde, so hoffte sie, am Ende als Held auftauchen. Bis dahin sollte auch das Schloss Schönau bezugsbereit sein. Für sie beide, dessen war sie sich sicher. Wenn in dieser Welt kein Stein auf dem anderen bliebe, sie würden übrig bleiben. So stellte sie sich das vor, während Otto als Major am Balkan genau dort zugeteilt war, wo Egon ihr im Juli bereits von den ersten Truppenmassierungen berichtet hatte. Otto sollte dort am 12. August aus dem Westen Belgrads zum Angriff übergehen und ausführen, was als schnell zu erledigende Strafaktion gedacht war. Doch seine Armee wurde zurückgeschlagen, Otto wurde an die russische Front abkommandiert, während Egon ihr stolz von seinen gelungenen Übungsfahrten rund um Pola und Brioni erzählte.

Elisabeth kam es vor, als hätte Egon Otto in die Flucht geschlagen. In Wirklichkeit war Egon Lerch noch gar nicht im Krieg. Den gesamten Herbst hindurch war er in der Adria lediglich zu Übungsfahrten unterwegs, während Otto als Mitglied des Regimentsstabes der 4. Armee an der Front in Galizien nördlich von Przemyśl einer russischen Übermacht gegenüberstand.

Elisabeth hatte keine Angst vor dem Krieg. Ihr einziges Zugeständnis an ihn war die Rückkehr der Kinder nach Wien. Der Einzug in Schönau stand bevor, weshalb sie ihren ältesten Sohn in Mödling statt in Wien ins Gymnasium einschrieb, das der Elfjährige ab diesem Jahr besuchen sollte.

Egons U-Boot war immer noch mit Übungsmanövern beschäftigt. Die französische Flotte lag im Mittelmeer, der Otranto-Kanal war gesperrt, doch die Adria war friedlich, Italien war als nomineller Partner der Mittelmächte trotz aller Gerüchte um eine baldige Kriegserklärung an Österreich-Ungarn noch neutral. Erst im November wurde an Egons U-Boot eine Kanone befestigt und probegeschossen. Zu dem Zeitpunkt waren die ersten großen und vernichtenden Schlachten für die k.u.k. Armee in Galizien geschlagen. Zwar hatten die Armeen im Osten ihre Stellungen behauptet, doch unter desaströsen Verlusten an Menschenleben. Otto wurde als Reaktion darauf zum Chef der Abteilung für militärische Strategie ernannt, blieb auch als solcher nicht hinter den Linien, sondern kämpfte als Kavallerist an vorderster Front. Doch Elisabeth war in Gedanken ausschließlich bei Egon, der nach ausführlichen Vorbereitungen, Manövern und Übungsfahrten in der ruhigen Adria unterdessen nichtsahnende Schiffe der französischen Flotte im Kanal von Otranto ins Visier genommen hatte.

Dann kam der 21. Dezember, Winterbeginn. Über der Adria lag schönes Wetter. Egon war am Vortag aus Pola ins offene Meer gestochen, am 21. herrschte eine leichte Brise und gute Sicht, so dass er die sechzehn französischen Schiffe im Kanal von weitem gut ausmachen konnte. Er ließ Befehl zum Tauchen geben, näherte sich bis auf etwa 600 Meter, ließ einen ersten Torpedo auf eines der französischen Panzerschiffe abfeuern und gleich darauf einen zweiten. Der erste traf den Vorderteil, der zweite die Mitte, das Panzerschiff war manövrierunfähig geworden. Zu Egons Glück kamen jetzt auch Wind und schlechte Sicht auf, so dass er bald an die Oberfläche steigen konnte. Wenige Stunden später landete er bei hohem Seegang und Starkregen in Pola, während die Franzosen das Panzerschiff nach Malta abschleppen mussten.

Es waren seine ersten Treffer. Egon hatte nach dem Unternehmen frei und Elisabeth kam zu Besuch. So stolz sie auch war und sosehr ihm das gefiel, im Vergleich zu den wirklichen Schauplätzen dieses Krieges war das immer noch Krabbelstube. Er sprach es zwar nicht aus, wollte Elisabeth keine Angst machen, doch er wünschte sich den Kriegseintritt Italiens. Nur ein Seekrieg in der Adria könnte ihn zu jenem Helden machen, der eines Tages beim Kaiser um die Hand der Enkelin anhalten durfte. So ausgeschlossen das unter normalen Umständen war, der Krieg könnte es ermöglichen.

Dazu musste er jedoch nicht nur weit übertrumpfen, was Otto zu dem Zeitpunkt an der Ostfront geleistet hatte, er musste auch darauf hoffen, dass Otto irgendwann in diesem Krieg fallen würde. Zumindest dafür standen die Chancen gut, denn die Ostfront galt schon jetzt als Todesfront. Dass Otto den Krieg ohne Verletzung, ohne die kleinste Schramme überstehen würde, war in keiner Weise zu erwarten.

Mit Ausnahme ihrer Kurzbesuche in Brioni beaufsichtigte Elisabeth in dem Winter von Wien aus die Abschlussarbeiten in Schloss Schönau. Otto ließ sie weiterhin überwachen und wusste genau, wer nunmehr auch in Wien auftauchte, sobald die jeweils kurzen Zeiten seiner Fronturlaube wieder beendet waren:

Vom Jänner bis Juli 1915 hatte meine Frau während ich im Felde war, häufige Zusammenkünfte mit Lerch in Wien.

Sie holte ihn mit ihrem Auto entweder vom Hotel Beatrix oder von einer vor Wien gelegenen Bahnstation (Meidling oder Wiener Neustadt oder Payerbach) ab und brachte ihn bei der Abreise nach einer solchen Station, damit sie nicht mit ihm auf einem Wiener Bahnhofe gesehen werde.

Während dieser Zeit machte meine Frau mit Lerch von Wien aus eine Reise nach R. in Böhmen zu einer ihr befreundeten Dame. Sie fuhr mit ihm, der morgens vom Meidlinger Bahnhof abgeholt worden war, nachmittags mit dem Auto nach Oberhollabrunn, wo sie in einem einfachen Einkehrgasthofe abstiegen und ihr Nachtmahl auf dem Zimmer nahmen.

Am nächsten Morgen fuhren sie mit dem Auto zum Bahnhofe in Oberhollabrunn, von wo aus die Bahnfahrt nach R. angetreten wurde. In R. wurde Lerch von der Dame des Hauses, offenbar in Einverständnis mit meiner Frau, gegenüber der Dienerschaft für mich ausgegeben.

Auch in meinem Hause in der Strohgasse 21 übernachtete Lerch wiederholt bei meiner Frau. Sie ließ sich vom Portier den Torschlüssel geben; Lerch ging abends weg, kam aber heimlich wieder und war am Morgen im Hause.

Elisabeth hatte im Februar genug von den Zugfahrten und Kurzbesuchen gehabt. Ab März schlug sie deshalb in Abbazia, dem mondänsten Seebad der österreichischen Riviera, ihre Zelte auf. Egon gehörte mit seinem U-Boot zur österreichischen Küstenüberwachung, doch bis auf harmlose Kontrollen albanischer, montenegrinischer oder italienischer Segelboote oder Handelskutter tat sich nichts. Dafür genossen Elisabeth und er Egons freie Tage und gehörten in diesen Wochen zum fixen Inventar der Restaurants und Bars zwischen Pola und Triest.

Im Mai musste Elisabeth wieder zurück, es galt, die

Übersiedlung nach Schönau im Juni vorzubereiten. Kurz nach ihrer Abreise erklärte Italien der Donaumonarchie den Krieg. Nun konnte Egon tatsächlich zum Helden werden. Fünf Tage später kreuzte Lerch im Golf von Triest und nahm schließlich Kurs Richtung Venedig. Bald darauf wurde er auf ein Schiff oder Boot ohne Positionslichter aufmerksam. Er gab ihm über Wasser Lichtzeichen und wartete bis Mitternacht. Keine Reaktion. Nun gab er keine Vorwarnung mehr, sondern ließ auf das Schiff zielen.

Das Torpedo von Lerchs U 12 beschädigte das Schiff schwer, es sank schnell, 22 Mann starben, 2 konnten gerettet werden. Zum Helden wurde Lerch mit diesem Angriff nicht. Er hatte ein griechisches Schiff mit dem Namen *Virginia* angegriffen. Bereits zwei Tage davor war es kontrolliert worden, ohne weitere Konsequenzen, da Griechenland neutral war. Es hätte Lerch vorsichtiger werden lassen müssen. Anstatt vor dem Kaiserhaus als Held an Statur zu gewinnen, hatte er es vielmehr seinem inoffiziellen Verhältnis zu Elisabeth zu verdanken, dass der Flottenkommandant entschied, die Angelegenheit nicht weiterzuverfolgen und als Grund für das Sinken des Schiffes einen Minen-Unfall anzugeben.

Während Elisabeth im Juni nach Schönau übersiedelte, konnte aufgrund des in Gang gekommenen Krieges mit Italien Lerch seinen Einsatzort nicht verlassen. Die U 12 wurde in Gefechtsbereitschaft versetzt und mit zwei Torpedoschleuderrohren bestückt. In der zweiten Junihälfte fanden zufriedenstellende Probeschießen statt. Elisabeth stand, wann immer es möglich war, in telefonischem Kontakt mit Egon und arbeitete mit Hochdruck daran, spätestens im August den Alltag im Schloss organisiert zu haben, um wieder an die Adria zu reisen. Noch bevor sie wegkonnte, nahm die U 12 am 7. August erneut Kurs auf das offene Meer. Lerch sollte eine Mission zwischen Chioggia und Venedig ausführen. Er hatte dafür genaue Order, deren wichtigster Bestandteil Vorsicht war.

Als Lerch am Abend dieses Samstags noch nicht zurück war, wurde dies mit Achselzucken zur Kenntnis genommen. Man wusste in der Kommandantur, dass Egon Lerch sich kaum an Befehle hielt. Auch am nächsten Tag kam er nicht, in der Zwischenzeit wurde bloß der Anker der U 12 entdeckt, den er beim Ablegen zurück gelassen hatte, da ihm offenbar dessen Befestigung schadhaft erschienen war.

Man wartete Montag und Dienstag ab. Ab dem Mittwochmittag galt die U 12 offiziell als vermisst. Donnerstag wurde Elisabeth verständigt. Sie nahm den nächsten Zug nach Triest, wo sie von Beppo, Egons Diener, erwartet wurde. Es war Freitag, der 13. August.

Samstag und Sonntag verbrachte sie mit Warten, hielt es jedoch bald nicht aus, spürte ein solches Schreien und Ersticken, dass sie aus Angst, sich nicht mehr kontrollieren zu können, eine Freundin zu sich bat, mit der sie dann am Meer entlangrannte, immer nur rannte, ohne stehen zu bleiben, während sie sich doch nichts stärker wünschte, als auf der Stelle ins Wasser zu springen, unterzugehen und für immer bei Egon zu bleiben.

Abends wurden aus Angst und Ahnung Gewissheit. Im Hotel erwartete sie ein Brief Baron Franz Thierrys, Egons Kommandanten, der ihr von Hinweisen berichtete, die keinen anderen Schluss als Lerchs Tod zuließen. Von italienischer Seite seien zwei Meldungen gekommen. In der ersten hieß es, die U 12 sei versenkt worden, in der zweiten war von einem Torpedoabschuss durch ein italienisches U-Boot die Rede. Dies glaube er, Thierry, zwar nicht unbedingt, da die erste Meldung für einen derartigen Erfolg viel zu bescheiden ausgefallen sei, weshalb er annehme, die U 12 habe zuerst noch einen Feind versenkt, bevor sie auf eine Mine geraten sei. Eine Deutung, die auch mit den drei abgehörten Detonationen im fraglichen Gebiet übereinstimme, von denen die erste sehr heftig gewesen sei, zehn Minuten später gefolgt von zwei weiteren, rasch aufeinanderfolgenden.

Elisabeth konnte die Nachricht nicht akzeptieren. Sie reiste auf der Stelle ab, kehrte jedoch wenige Tage später wieder zurück. In der Zwischenzeit war Egon Lerch für tot erklärt worden.

Auch über diese Tage wusste Otto genauestens Bescheid: *Als Lerch mit seinem Unterseeboote vermißt wurde, war meine Frau sehr niedergeschlagen. Sie fuhr in der Zeit bis zum Eintreffen der sicheren Todesnachricht zweimal nach dem Süden, angeblich nach Laibach, in Wahrheit nach Triest, wo sie auf dem Molo mit dem Diener Beppo des Schiffsleutnants zusammenkam. Als die Todesnachricht einlief, verschloss sie sich tagelang in ihrem Zimmer in Schönau und ließ ihrem kaiserlichen Großvater sagen, daß sie nunmehr mit mir nicht leben könne. Sie legte unseren Ehering ab, hatte aber auf ihrem Toilettentische und in ihrem Schreibzimmer Lerchs Bilder stehen. Auf einem derselben hat Lerch meine Tochter auf dem Schoße; dem Kinde blieb diese Szene in dauernder Erinnerung.*

Elisabeth bestritt im Scheidungsprozess keine dieser Anschuldigungen. Dies, so schrieb sie in ihrer Klagsbeantwortung, sei unter ihrer Würde. Stattdessen betonte sie, in Lerch einem Mann begegnet zu sein, dessen Persönlichkeit *in allem und jedem turmhoch über den beschränkten Gesichtskreis meines leider so wenig intelligenten Mannes mein Interesse geweckt hat. Ich bin stolz darauf, daß ich diesem Helden in der schwersten Zeit ruhmvollster Pflichterfüllung bei der unsagbar harten Wirklichkeit seiner gefahrvollen opferfreudigen, Kaiser und Vaterland geweihten Dienstleistung eine treue Freundin sein, ihm Stütze, Trost und Erhebung gewähren durfte. Es ist vollkommen richtig, daß die Nachricht von dem Tode Lerchs mich seelisch auf das tiefste erschütterte, daß ich seinen Verlust schmerzlich empfand und daß es längere Zeit brauchte, bis ich ihn überwunden habe. Ebenso stelle ich absolut nicht in Abrede, daß sein Bild auf meinem Schreibtisch (nicht Toilettetisch) steht; ich habe nie das geringste Hehl daraus gemacht und werde dies nie tun, da Lerch mir eine liebwerte Persönlichkeit gewesen ist.*

Von ihrer Mutter hörte Elisabeth in diesen Tagen kein Wort, während Elisabeths Beziehung zu Lerch selbst in der Familie ihres Mannes auf Sympathie gestoßen war. Christiane von Windisch-Graetz, eine Cousine Ottos, kondolierte ihr in einem Brief, den sie nach der Todesmeldung zwar hinausschob, letztlich konnte sie aber nicht anders, als ihr zu schreiben, *daß mein Herz innigst mit Dir blutet – und daß ich es fühle, wie tief Dein Weh ist. Laß auch den Trostgedanken in Dir erstehen, Erzsi mein, daß trotz der herzzerreißenden Trennung seine Liebe Dir sicher nie näher war als jetzt, daß seine Seele Dich wird halten – stärken wollen wie im Leben, daß er – zu dem ganz Österreich in Dank und Bewunderung aufblickt, im Geiste eins und mit Dir ist und bleibt …*

In diesen Worten war Egon Lerch auf einmal ein Kriegsheld. Dabei standen, mit Ausnahme des verhängnisvollen Angriffs auf das griechische Schiff, kaum nennenswerte Einsätze zu Buche. Doch er befehligte eine neue Waffe und war mitsamt den Männern seiner Besatzung der erste U-Boot-Tote der Monarchie. Allein das reichte aus, um auch für andere zu einem Helden zu werden, wie er sich das stets erträumt hatte. Selbst der Kaiser ließ Lerchs Mutter wenige Tage nach der Versenkung der U 12 ein Telegramm zustellen, in dem Lerchs Ruhm zum Trost werden sollte:

Seine Majestät geruhen, gnädige Frau aufrichtigst zu versichern, daß Allerhöchst dieselbe den Schmerz ob dieses hierdurch erlittenen schweren Verlusts innigst teilen. Zugleich geben Seine Majestät der Hoffnung Raum, daß angesichts solch bitteren Leides Eure Hochwohlgeboren das erhebende Bewußtsein einige Linderung gewähren vermöge, daß der Verblichene schon in jungen Jahren unsere allseits geliebte Flagge mit neuem Lorbeer zu zieren wußte und sein Name mit unvergänglichen Lettern auf einem der vornehmsten Ruhmesblätter unserer Kriegsmarine verzeichnet bleiben wird.

Den großen Worten fehlten jegliche Tatsachen. Egon Lerch als Helden zu titulieren machte es den Leuten, vom Kaiser angefangen, nur leichter, ihn nicht als die Liebe Elisabeths zu nennen. So wie es darüber hinwegsehen ließ, dass es die Unmöglichkeit dieser Liebe zur verheirateten Kaiserenkelin war, die ihn bei der Aktion vor Venedig ebenso angetrieben hatte wie bei seinen Manövern gegen die französische Marine oder das griechische Handelsschiff.

Wie die endgültigen Berichte nach Kriegsende zeigten, war Egon Lerch tatsächlich Opfer seines blinden Ehrgeizes geworden. Er hatte sich den Anordnungen seines

Vorgesetzten widersetzt und ein Kanonenboot verfolgt, das in den Hafen Venedigs einlief. Die U 12 war entdeckt worden und der Kommandant des Kanonenbootes stellte Lerch eine Falle. Er lenkte sein extra für das flache Gewässer rings um die Lagune gebaute Schiff in Richtung eines Minenfeldes. Dem Kanonenboot konnten die tief genug liegenden Minen nichts anhaben. Die U 12 hingegen lief auf eine dieser Minen auf und wurde zerstört.

Lerchs Handeln war aufgrund der Hierarchie an Würdigungen und Auszeichnungen innerhalb der k. u. k Armee leicht zu deuten. Sein Ziel war es gewesen, die seltenste und deshalb begehrteste Kriegsauszeichnung Österreich-Ungarns zu erhalten. Das war der Maria-Theresien-Orden, den die Kaiserin 1757 ohne Rücksicht auf Stand und Religion für denjenigen stiftete, dessen Eigeninitiative in Krieg und Gefecht einen Sieg errang. Jede dementsprechende Handlung war jedoch gleichzeitig risikobehaftet und wurde bei Misserfolg schwer bestraft; nicht selten mit dem Tod.

Egon Lerch wollte Elisabeth heiraten. Es hieß, er lächelte stets, wenn er von seinem Vorhaben sprach. Es war das Lächeln dessen, der aufs Ganze ging. Elisabeth bekam nach seinem Tod seine Uniformknöpfe sowie ein Paar Manschettenknöpfe mit eingravierter Inschrift *U 12*, dazu noch Bänder seiner Mütze. Sie bewahrte all das bis zu ihrem Tod in ihrem Nachttisch auf.

Mit Otto weiterzuleben schien Elisabeth nach Egons Tod unmöglicher denn je. Sie hatte ihm zwar die Appartements in Schönau einrichten lassen, doch bereits sein erster Kurzaufenthalt nach Egons Tod, um die Kinder zu besuchen, kam ihr wie ein beständiger Griff in eine Wunde vor. Demonstrativ trug sie Schwarz und hatte stets zwei jener Schäferhunde an der Seite, die sie in Schönau von nun an züchten sollte.

Sie teilte Otto mit, sich scheiden lassen zu wollen, und er hatte nichts dagegen. Erst während einer Audienz bei ihrem Großvater wurde ihr klar, dass sie Ottos Anspruch auf die Kinder vor dem Gesetz nicht verhindern könnte. Erst recht nicht angesichts der Tatsache, wie offen sie ihre Beziehung mit Egon Lerch gelebt hatte. Der Kaiser versuchte, sie zu unterstützen, indem er Alfred Windisch-Graetz beauftragte, eine gütliche Vereinbarung zwischen den beiden Seiten zustande zu bringen. Otto von Windisch-Graetz wurde dafür von der Front zurückgerufen. In Sachen Kinder blieb er jedoch hart. Monatelang wurde verhandelt. Am Ende auch von Franz Josephs Oberhofmeister. Im Frühling 1916 kam schließlich ein *Arrangement à l'amiable* zustande, in dem alle Fragen zum Verbleib der Kinder und der Vormundschaft ausgeklammert blieben.

Die Angst vor einem Scheidungsprozess, den sie wohl verlieren würde, während dabei Intimstes vor den Augen der Öffentlichkeit ausgebreitet würden, veranlasste Elisabeth im Mai 1916 schließlich, an Otto zu appellieren, sich auch in dieser Frage auf Basis gegenseitigen Respekts auf ihre jeweiligen Rechte als Vater und Mutter zu einigen. Otto kannte die Gründe dieses Appells nur zu genau. Er wusste um seine gesetzlichen Vorrechte und ließ sich nicht unter Druck setzen. Selbst als Fürst Alfred Montenuovo, Franz Josephs Oberhofmeister, die Verhandlungen übernommen hatte, war er keinen Zentimeter von jener Gewissheit in Bezug auf seine Rechte abgegangen, die bereits seine Antwort an Elisabeth vom 8. Juni 1916 kennzeichnete:

Vor allem werde ich ein Zeichen Deiner inneren Umkehr darin erblicken, schrieb er ihr unmissverständlich zu seiner Rolle als Vater, *daß Du nicht bloß mit Worten, sondern ohne jeden Vorbehalt auch in der Wirklichkeit die maßgebende Bestimmung über die Erziehung der Kinder meiner väterlichen Einsicht und Gewissenhaftigkeit überläßt. Sie gebührt mir nach christlicher Sitte und Gesetz, und Du weißt, daß mir das Glück und die Zukunft der Kinder nicht minder als Dir am Herzen liegt.*

Deinen unberechtigten Argwohn, daß es mir nur darum zu tun wäre, Dir meine Kinder wegzunehmen, mußt Du endlich fallen lassen und mußt darauf vertrauen, daß es mir ohne Schaden für das Gedeihen und die Zukunft der Kinder möglich erscheint, dieselben bei Dir als Mutter belassen werden und daß ich mir nur vorbehalten muß, aus dem Gesichtspunkt des wohlerwogenen Interesses der Kinder den richtigen Zeitpunkt zu wählen, an welchem meine Buben ihren Erziehungsgang etwa anderwärts fortsetzen.

Auf solche Weise konnte nur einer schreiben, dem bewusst war, dass er über die weitaus schlagkräftigeren Reserven verfügte. Ottos Antwort war keine Annahme ihrer ausgestreckten Hand, es war nichts anderes als das Verdeutlichen der geänderten Machtverhältnisse. Das sollte in seinen Augen nicht nur die Kinder betreffen:

Ich irre mich hoffentlich nicht, wenn ich aus Deinem Schritt auch den Entschluss herauslese, daß Du Dir auch in Deinem persönlichen Verhalten Schranken auferlegen willst, um mir das Nebeneinanderleben auch tatsächlich zu ermöglichen.

Drei

12

Wien, Sonntag, 22. Oktober 1916:

Es ist eine furchtbar-schreckliche Tatsache, die wir da erfahren, und sie rührt und wühlt alle unsere Empfindungen auf. Der Weltkrieg mit dem schweren Leid, das er aussät, hat unser Mitgefühl gegen den gewaltsamen Tod von Menschen nicht abgestumpft, sondern nur gesteigert, und eine Tat, die wir immer rückhaltlos verurteilt hätten, über die wir nie anderes als Entsetzen fühlen hätten können, die erschüttert uns in diesen Zeiten des vielen Sterbens nur noch tiefer.

Uns ist jedes Menschenleben heilig, und angesichts dieses grausamen Überfalls auf einen ahnungslosen Mann, der dem aufreibenden Tagesdienst gerade einen ruhigen Augenblick abgewinnt, eine Stunde der Muße innerhalb harter Arbeit findet, wird das Gefühl übermächtig, das gewaltsam vergossenes Blut allimmer erweckt – sei es in den Tiefen oder auf den Höhen der Menschheit vergossen. Und wie wir Sozialdemokraten aus prinzipiellen und aus menschlichen Gründen Gegner jeder schnöden Gewalttat sind und den Mord, der sich das grause Handwerk der Vernichtung anmaßt, allimmer verdammt haben, so können wir auch die unbegreifliche Bluttat, die dem österreichischen Ministerpräsidenten das Leben nahm, nur mit unbeugsamer Verurteilung verzeichnen. Hier hat alle Betrachtung, die von der Politik ihr Maß nimmt, ein Ende, und dem Toten, der es mit seiner Aufgabe immer ernst nahm und allezeit ein schlichter, emsiger Arbeiter gewesen ist, folgt wahres Mitgefühl ins Grab.

Und wir beklagen auch den Unseligen, der die Bluttat verübt hat und mit dem Opfer sich selbst opferte. Es ist ein Sozialdemokrat, der die Tat auf sich genommen hat, die der ganzen sozialistischen Ideenwelt fremd und unbegreiflich ist; es ist ein Mann, der in unserer Mitte geweilt und gewirkt hat, es ist ein Sohn unseres geliebten Führers Victor Adler.

Elisabeth stieg im Burghof aus dem Wagen. Es war der 15. November 1916. Sie trug Schwarz wie an jedem Tag seit Egon Lerchs Tod. Die Wachen salutierten, präsentierten ihre Waffen, im Trommelwirbel ging sie an ihnen vorbei. Diese Rechte waren ihr trotz ihrer Hochzeit geblieben, ebenso sich weiterhin *kaiserliche und königliche Hoheit* zu nennen, wovon sie auch stets Gebrauch machte.

Nebel lag im Burghof, er drang in diesen Novembertagen überall hin. Auf dem Weg von Schönau nach Wien war der Chauffeur zum Teil im Schritttempo gefahren, so wenig hatte man gesehen. Nur das Weiß überall, ein leichtes, fast leuchtendes Weiß, in dem Bäume, Häuser sich auflösten, selbst in der Stadt war es ähnlich.

Elisabeth betrat die Burg. Sie spürte den Nebel wie einen Atem an ihren Wangen, am Hals und an den Handgelenken. Sie hörte ihre Schritte und hatte das Gefühl, sie gingen vor ihr her, wie sie schon unzählige Male hier gegangen waren, als Kind, als Mädchen, als junge Frau. Immer auf dieselbe Weise, so als wären es immer die Beine einer einzigen Frau.

Sie konnte mit geschlossenen Augen zu ihrem Großvater gehen, ihr war nicht erinnerlich, wann das je anders gewesen wäre. Jeden Tritt auf den Stiegenabsätzen, jede Wendung, jede Unebenheit kannte sie, den unterschiedlichen Schliff der Steine, das Gefühl der verschiedenen

Räume auf ihrer Haut schon beim ersten Tritt über die Schwellen der hohen Türen.

Irgendwann würde sie das letzte Mal zu ihrem Großvater gehen, das hatte sie immer gewusst. Manchmal hatte sie sich ein solches Ende herbeigewünscht wie einen verbotenen Traum. Sie hatte darin aufgeatmet und war bei der Vorstellung des Abschieds auf der Stelle panisch geworden. Auch deshalb hatte sie sich umso fester an die Hoffnung geklammert, ein eigenes Leben, ein bloßer Auszug würde ihr jene Distanz ermöglichen, in der sie diese Gänge und Stiegen, diese Gemächer und Säle einmal auf eine Weise durchschreiten könnte, in der sie jede Bewegung nicht auswendig kannte. Das war eine Illusion gewesen.

Elisabeth musste an den Mann im Gefängnis denken. Als sie vor drei Wochen von dem Attentat erfuhr, war ihr sein Familienname sofort geläufig: Adler.

Ihn selbst, Friedrich Adler, hatte sie nicht gekannt. Der Name Victor Adlers war ihr hingegen vertraut. Allerdings wusste sie nicht viel über ihn. Vor allem nicht über ihn als Politiker. Und ebenso wenig wusste sie über die Sozialdemokratie. Victor Adler, das war für sie der Name des Arztes, den Steffi ihr genannt hatte und der helfen könne, um nach ihrem Ausscheiden aus dem Herrscherhaus in Stadtteile zu gelangen, wo sie das Arbeiterleben kennenlernen würde. Jahrelang wäre es ein Leichtes gewesen, ihn aufzusuchen. Doch sie hatte es, wie auch einen Besuch bei Steffi, verschoben und weggedrängt. Dabei hätte sie während der beiden Jahre mit Egon Lerch niemand lieber als Steffi von ihrem Glück erzählt. Und gleichzeitig hatte sie niemand anderem gegenüber eine derartige Scheu verspürt.

Erst nach Egons Tod und dem Einzug in Schönau unternahm sie vergangenen Winter erneut einen Versuch, ihre Wohnadresse herauszufinden. Anstatt der Adresse erfuhr sie von Steffis Tod. Sie war zu spät, sie hatte sich immer eingeredet, es würden andere Zeiten kommen, bessere Zeiten für eine Freundschaft wie ihre. Gleichzeitig war da stets eine Stimme, die ihr sagte, es läge nur an ihr, nicht an den Zeiten und den Umständen.

Ihr ganzes Leben lang sollte sich die Trauer über Steffis frühen Tod mit dieser Scham verbinden. Auch wenn sich Steffi vor ihrer Hochzeit gegen einen Besuch von Elisabeth gewehrt hatte. Es blieb allerdings die Tatsache, dass sie all die Jahre ihr Versprechen nicht eingelöst hatte, sich mit den Lebensbedingungen der Arbeiter zu beschäftigen, die offenbar wie die Tiere lebten und arbeiteten.

Als sie nun, fast ein ganzes Jahr nach Steffis Tod, im Zusammenhang mit dem Attentat auf Ministerpräsident Stürgkh den Namen Adler hörte, tauchte all das wieder auf. Und auch im Nachhinein, da ihr Stürgkhs Tod inmitten der Aussichtslosigkeit des Krieges als Beginn des Sterbens ihres Großvaters in Erinnerung bleiben sollte, galt der erste tiefe Stich stets Steffi.

Der Tag der Attentatsnachricht war einer der letzten sonnigen Herbsttage dieses Jahres. Gleich nach dem Frühstück hatte sie an diesem Sonntagvormittag von der Ermordung des Ministerpräsidenten Stürgkh am Vortag erfahren. Ebenso wie den Namen des Attentäters – Adler.

Victor Adler, Friedrich Adler – alles wollte sie nun über die beiden erfahren. Genauso wie über die Arbeiter, über die *Arbeiter-Zeitung* – alles auf einmal, so als ließe sich damit etwas gutmachen. Aufzuholen hatte sie genug. Sie wusste nichts über die Welt dieser Menschen. Der Bitte

Steffis hatte sie sich damals durch Almosen entledigt. Elisabeth hatte das durch ihre Rollenzwänge als Repräsentantin des Kaiserhauses vor sich gerechtfertigt. Nun war sie ganz wirr von der Frage, auf welchem Weg sie Zugang zu dieser Welt bekäme.

Sie musste es alleine schaffen. Das war nun ihre Pflicht. Sie war sicher, Steffi würde ihr von irgendwo zusehen. Wie ihr Vater, der als Kronprinz unter einem Pseudonym für die Presse der politischen Gegner der Regierungen des Kaiserhauses geschrieben hatte, gegen den eigenen Vater. Daran musste sie an diesem Sonntag denken, die ganze Zeit, und wusste nicht, wie sie es beginnen sollte. Die Erinnerung an ihn lähmte sie. Dass sie angesichts ihres Vaters die Lösung bereits vor Augen hatte, fiel ihr erst nach einiger Zeit auf.

Sie saß beim 5-Uhr-Tee, draußen hatte der Wind aufgefrischt, helles Herbstlaub flog in den späten Sonnenstrahlen durch den Park, als ihr klar wurde, dass sie wie damals im Haus von Steffis Großvater vorgehen musste: Indem sie las. Noch am selben Tag ließ sie sich eine Ausgabe der *Arbeiter-Zeitung* bringen. Es war die Sonntagsausgabe. Auf der Titelseite prangte das Ereignis des vorigen Tages.

Attentat auf den Grafen Stürgkh. Der Ministerpräsident ist tot. Der Täter ist Friedrich Adler.

Gebannt las sie die halbamtliche Schilderung der Tat: *Ministerpräsident Graf Stürgkh pflegte fast alltäglich im Hotel* Meißl und Schadn *in einer oft wechselnden Gesellschaft Bekannter sein Mittagmahl einzunehmen. Die Stunde war wechselnd. Graf Stürgkh hatte seinen Stammtisch im großen Speisesaal im ersten Stockwerk des Hotels. (…) Er saß gewöhnlich mit dem Rücken gegen die Nische, das Gesicht gegen den Saal gerichtet. Auch heute war Graf Stürgkh zwischen 1/2 2 und 2 Uhr in den Saal gekommen. In seiner Gesellschaft befanden sich diesmal der Statthalter in Tirol Graf Friedrich Toggenburg, der heute früh hier angekommen ist und heute wieder abreisen wollte, und Freiherr Franz v. Aehrenthal, der Uhlanenrittmeister außer Dienst ist, ein Bruder des verblichenen Ministers des Aeußern Grafen Aehrenthal. Die Tische an der Wandseite des Saales waren auf dieser Seite unbesetzt; in der Nische, die wieder Tische enthält saßen an einem Tische der Präsident der Seebehörde Viktor Graf Attems und an einem zweiten Tische ein deutscher General und zwei deutsche Offiziere. In der Fensterreihe waren die nächsten beiden Tische zur Saalmitte frei; am vierten, dem mittleren Tisch, hatte ein Mann Platz genommen, den man wohl noch nie im Hotel, in das meist Stammgäste kommen, bemerkt hatte, der aber durch nichts von den gewohnten Besuchern abstach. Es war ein Mann von beiläufig dreißig bis vierzig Jahren, groß und breit, mit blondem, gestutztem Schnurrbart, Brille und langem wohlgehaltenem Haare. Er trug ein dunkles Jaquet und hatte derart an der Querseite des Tisches Platz genommen, daß er den Tisch des Grafen Stürgkh vor sich hatte und gegenüber dem Ministerpräsidenten saß.*

Elisabeth kannte das *Meißl & Schadn*. Mit seinen Speisesälen im ersten Stock, seinen Extrazimmern und der diskreten Kellnerschaft war es einer der Orte des vornehmen Rückzugs in der Stadt. Einmal war sie mit Egon dort gewesen. Gerade wegen Stürgkh ließ sie damals besondere Vorsicht walten, da sie von ihm wusste, dass er dort regelmäßig zu Mittag aß.

Im Saale wurde halblaut gesprochen. Ministerpräsident Graf Stürgkh hatte sein Mittagmahl in angeregtem Gespräch eingenommen und rauchte eben zum schwarzen Kaffee eine Zigarre. Auch der Fremde, den zu beobachten kein Anlaß vorlag, war mit seinem Mittagmahl, das aus Suppe, Fleisch und Gemüse, einem Pflaumenkuchen und schwarzem Kaffee bestand, fertig und hatte bereits gezahlt. Die Gesellschaft des Grafen Stürgkh war bald zum Aufbruch bereit, als sich plötzlich der fremde Gast von seinem Tische erhob und mitten durch das Zimmer an den beiden Tischen vorbei gegen den Tisch des Ministerpräsidenten schritt. Graf Stürgkh und Graf Toggenburg sahen ihn herankommen; sie glaubten wohl, er wolle eine Gesellschaft an einem Nachbartisch besuchen.

Sogar seinen täglichen Platz in der Nische kannte sie, ebenso den Tisch des Täters. Elisabeth konnte im Lesen buchstäblich zu Stürgkh hinüberblinzeln, sah sich selbst aufstehen und nun mit der Pistole im Jackett auf ihn zueilen.

Als der junge Mann aber in die Nähe des Tisches des Ministerpräsidenten gekommen war, legte er die letzten Schritte laufend zurück. Er hatte die Hand in den Sack gesteckt, und ehe jemand sein Beginnen auch nur ahnen konnte, war er knapp an die Seite des Grafen Stürgkh getreten und hatte eine Browningpistole an seinen Kopf angelegt. Graf Stürgkh hatte im letzten Augenblick wahrscheinlich doch geahnt, daß der Besuch ihm gelte, und sich erwartungsvoll etwas zur Seite und vorgeneigt, ohne Verdacht zu schöpfen und mit einem verbindlichen Ausdruck im Gesicht. Da krachten auch schon die Schüsse: drei hintereinander.

Sie wusste genau, welche Gefühle solche Schüsse im Arm hinterließen. So hatte sie auf die Geliebte ihres Mannes wie auf ihn selbst geschossen. Es war ein Brennen und ein verrücktes Gefühl von Leichtigkeit. Immer wenn sie daran dachte, fragte sie sich, ob ihr Vater, wenn er sich tatsächlich von eigener Hand erschossen hatte, zumindest den ersten Augenblick einer solchen Leichtigkeit gespürt hatte.

Der Fremde hatte, das sahen alle Anwesenden, auf den Grafen Stürgkh geschossen. Die Schüsse waren gegen den Kopf gezielt und hatten nur zu gut getroffen. Graf Stürgkh sank zur Seite und dann zu Boden. Ein Blutstrom ergoß sich über sein Gesicht, Blut bedeckte seine Kleider. Blut spritzte auf das Tischtuch und auf die Speisekarte, die noch auf dem Tische lag. Man kann sich kaum einen Begriff von dem lähmenden Entsetzen machen, das im Augenblick im Saale herrschte. Man hörte laute Rufe des Entsetzens. Besonders die beiden Tischgenossen des Ministerpräsidenten waren wie gelähmt. Aber nur einen Augenblick. Graf Toggenburg hatte sich gleich erhoben und seinen Sessel als Waffe gegen den Mörder erhoben. Der Täter eilte durch den Saal, über dem ein leichter Pulverdampf lag, gegen die Tür, die sich genau in einer Linie mit dem Tische befindet, an dem er selbst gesessen. Hinter ihm her liefen Graf Toggenburg und Baron Aehrenthal. Als der Täter die Tür erreicht hatte, kam ihm der Zahlkellner dieses Teiles des Speisesaales entgegen, ein kleiner und untersetzter Mann, der aber über besondere Kraft verfügt und in Amerika Mitglied eines Athletenklubs war. Der Oberkellner Herr Grumbach stürzte sich dem Mörder entgegen, während ein Offizier, der eben entgegenkam, seinen Säbel zog. Der kräftige Arm des Kellners drückte die noch immer mit dem Revolver bewehrte rechte Hand des Mannes zur Erde nieder und bei diesem Ringen entlud sich ein vierter Schuß. Die Kugel drang dem Baron Aehrenthal in den rechten Unterschenkel und verletzte ihn leicht. Der Mörder aber war gebändigt, entwaffnet und festgenommen.

Er wurde unter lauten Entrüstungskundgebungen der Gäste in ein Zimmer des Hotels geführt.

Auf der Stelle hätte sie ihm die Flucht gewünscht, wie sie das in den Kriminalromanen, die sie in den letzten Jahren täglich las, an jeder entsprechenden Stelle tat. Sie hielt immer zu den Flüchtenden. Ganz gleich, welche Tat sie verübt hatten. Ihre Empathie galt ihnen unbeirrbar von jeglicher Moral.

Erstaunt hatte Elisabeth vor allem, was in dieser Zeitung, die immerhin der Vater des Attentäters gegründet hatte, über den Täter wie über das Opfer zu lesen war. Erstaunt und auch beschämt, denn sie dachte unwillkürlich an ihre Familie, sie dachte an ihren Vater, an ihren Großvater, an das gesamte Kaiserhaus und konnte zuerst kaum glauben, wie viel Ruhe, Gerechtigkeit und Einfühlung in den Sätzen eines Blattes zu lesen war, das sich im Unterschied zu anderen nicht als unabhängig oder unparteiisch gerierte. Schließlich war sie das Zentralorgan der österreichischen Sozialdemokratie, die auch in diesen Jahren noch vom Vater Friedrich Adlers angeführt wurde.

Immer wieder musste sie an diesem Tag die eng bedruckten Seiten über das Attentat lesen. Dabei rückten einzelne Sätze in den Vordergrund. Wie etwa der gleich zu Beginn des Berichts, der ihr allein deshalb bei jedem Mal immer mehr erzählte, da darin ein Wort steckte, dessen Bedeutung für die Einzelnen, für die Menschen, ihr bis dahin nicht bewusst gewesen war.

Es war das Wort *Politik*, das sie ihr ganzes Leben lang als etwas begleitet hatte, in dem man als einzelne Person verschwand. Politik, das war für sie wie eine Haut, die sie als etwas Erstickendes und viel zu Nahes erlebte, Politik war für sie nichts anderes als der fühl- und gesichtslose Teil dessen, was sie seit ihrer Geburt als Familie erlebte. An der Mutter, am Großvater, am Cousin Franz Ferdinand, an all den anderen Erzherzögen und Erzherzoginnen und auch an ihrem Vater. Politik in Zusammenhang mit ihrer Familie bedeutete für sie immer das Fremde, das Starre und Tote. Und das lange bevor sie von der Angst des Vaters erfuhr, vom Kaiser, seinem eigenen Vater, in den Tod geschickt zu werden, sollte man ihn wegen seiner versuchsweise ausgeheckten Umsturzpläne für einen Hochverräter halten.

Womöglich aber war Politik etwas ganz anderes, fragte sie sich angesichts der Einleitung des Attentatsberichts, in der es hieß, in Anbetracht einer solchen Tötung habe jegliches Urteil, das von der Politik her ihr Maß nehme, ein Ende. Für Elisabeth war völlig neu, mit welcher Gerechtigkeit der Tote wie sein Mörder auf diesen Seiten ihren Platz bekamen. Stürgkh war Ministerpräsident einer Regierung, die nach den Wahlen des Jahres 1911, bei denen die Sozialdemokratie die absolute Mehrheit im Reichstag errungen hatte, vom Kaiser eingesetzt worden war, ohne Rücksicht auf das parlamentarische Votum. Dennoch stand nun im sozialdemokratischen Parteiblatt, ihm, der es mit seiner Aufgabe immer ernst nahm und allezeit ein schlichter, emsiger Arbeiter gewesen ist, müsse wahres Mitgefühl ins Grab folgen.

Für sie waren das keine hohlen Sätze. Vielleicht war sie damals immer noch naiv. Trotzdem hätte sie erkannt, wenn das Gelesene bloß aus salbungsvollen, unehrlichen Sätzen bestanden hätte. Stattdessen versuchte man das Geschehene auf eine Weise einzuordnen, die sie nicht nur auf der Stelle berührte, sondern ihr anhand der Porträts dieses Toten einerseits und des seinem Todesurteil entgegengehenden Attentäters andererseits einen ersten Blick auf die politischen Verhältnisse des Staates ermöglichte.

So wurde hier Stürgkh als jemand präsentiert, dessen Grundsatz immer gewesen sei, Österreich bedürfe bei seinen verwickelten Verhältnissen vor allem unauffälliger Mittel und zurückhaltender Methoden. Wenn sie so etwas las, brauchte sie keine Argumente, Theorien oder Zahlen, um darin die Grundzüge der Monarchie zu erfassen, wie sich das selbst Jahrzehnte später kaum subtiler und prägnanter hätte definieren lassen. So verständnisvoll Stürgkhs politisches Vorgehen in Beziehung zu den Umständen seiner Zeit gesetzt wurde, so wenig wurde verschwiegen, dass ein solches Lavieren ihn zum Gegner einer politischen Partei gemacht hatte, die entschieden für die politische, wirtschaftliche und geistige Neugestaltung kämpfte.

Auch dass er zu den vehementesten Gegnern des allgemeinen Wahlrechts gezählt hatte, das von Victor Adler 1906 im Ausgleich zwischen Kaiserhaus, Parlament und Stürgkhs Vorgänger-Regierung durchgesetzt worden war, erfuhr Elisabeth erst in dieser Lektüre. Umso mehr erstaunte sie, er sei der Sozialdemokratie niemals ein gehässiger Feind gewesen: *niemals ein persönlicher Hasser und niemals von ihr persönlich gehaßt, wie leidenschaftlich sie auch sein politisches System verurteilt hat.*

Was Elisabeth zu dem Zeitpunkt noch nicht wissen konnte, war die Tatsache, dass durch die milde Beurteilung des Ministerpräsidenten die Rolle der Sozialdemokratie in ein bestimmtes Licht gerückt werden sollte. In eines, in dem die Schatten jener so genannten Burgfriedenspolitik möglichst verschwammen, in der die Partei, angeführt vom pragmatischen Flügel, seit Kriegsbeginn die Ausschaltung des Parlaments stillschweigend hinnahm.

Wäre Elisabeth zu dem Zeitpunkt politisch nicht derart unerfahren gewesen, hätte sich in diesem Porträt eines erklärten Gegners der Sozialdemokratie auch das politische Spiegelbild dieser Partei in einer Zeit lesen lassen, in der Victor Adler selbst im Sommer 1916 noch an einen Sieg der Mittelmächte glaubte und deshalb ein Nachgeben der militärischen Gegner nicht durch innenpolitische Opposition gefährden wollte.

Einer der im Nachhinein für sie bezeichnendsten Passagen in dieser Hinsicht lautete: *Die Verstrickung der Umstände hat die Ansätze seines eigenen Wesens zur Entfaltung nicht kommen lassen und den Ministerpräsidenten auf ein Feld gedrängt, das für seine Eigenart nicht fruchtbar werden konnte.*

Friedrich Adler selbst hätte solche Sätze womöglich ebenso auf seinen Vater und die im Frühherbst 1916 maßgeblichen Fraktionen innerhalb der Sozialdemokratie gemünzt. Elisabeth war damals nicht bewusst, dass sein Anschlag nicht Stürgkh als Person allein galt und nicht einmal ihm als Vertreter eines bestimmten politischen Lagers, sondern in gewisser Weise auch Adlers Vater und großen Teilen seiner Partei. Instinktiv spürte sie trotzdem etwas davon. Dieser Mensch und seine Tat waren ihr nicht allein deshalb nah, weil sie das Hotelrestaurant kannte und ebenfalls bereits eine Waffe gegen einen anderen Menschen gerichtet und abgedrückt hatte. Der Mord rührte an etwas Tieferem. Da war ein Ersticken und eine Aussichtslosigkeit, die sie zu kennen glaubte, auch wenn sie keinerlei Ahnung von den parteiinternen Konflikten der Sozialdemokratie hatte oder über die politischen Zusammenhänge in der Monarchie Bescheid wusste.

Wenn nun in der *Arbeiter-Zeitung* die Tage und Stunden Friedrich Adlers vor den entscheidenden Schüssen beschrieben wurden, steckte sie nicht nur sofort in seiner Haut, sondern noch in einer ganz anderen. Sie sah sich dann als ihr Vater auf den Großvater zugehen, auf den zu ihr so gütigen, lieben Großvater, der unsicher wie immer in seiner Uniform steckte und mit seinem Bart zuckte. So unsicher, wie einer nur sein konnte, der tatsächlich erleichtert gewesen war, als ein Arzt ihm das Ende seines empfindsamen und angeblich überreizten Sohnes anhand krankhafter Veränderungen in seinem völlig zerschossenem Gehirn zu erklären versuchte.

All das ging ihr bei der Lektüre jener Zeilen durch den Kopf, die Friedrich Adlers Tage vor dem Attentat zu schildern versuchten, obwohl sie kaum etwas von den darin beschriebenen Parteiquerelen und Flügelkämpfen verstand: die Einsamkeit und Enge, bevor er die Waffe hebt und nichts als Leichtigkeit im Abdrücken spürt.

Gerade die letzten Tage haben über die Anschauung und Haltung Friedrich Adlers, über seinen Gegensatz zu der Partei und über seine Vereinsamung mannigfache Aufschlüsse gebracht. Am letzten Sonntag fand eine Konferenz der Wiener Vertrauensmänner statt, in der über den Stand der Organisation und der Presse Bericht erstattet wurde. Friedrich Adler ergriff die Gelegenheit, um ungemein heftige Angriffe auf die Partei und auf die Arbeiter-Zeitung zu erheben. In der Debatte wurde ihm von den Rednern scharf erwidert. Die Konferenz wurde gestern Freitag fortgesetzt und da kam es, da Friedrich Adler seine Angriffe immer noch fortsetzte und steigerte, zu heftigen Gegenreden gegen ihn, die deutlich zeigten, daß seine Stellung in der Organisation fast unhaltbar geworden war. Die Konflikte bewegten sich ausschließlich um Fragen des inneren Parteilebens, über die Friedrich Adler unaufhörlich, innerlich und mit anderen, diskutierte und stritt; für die Probleme der österreichischen Politik, des innerstaatlichen Lebens zeigte er niemals ein größeres Interesse. Der schreckliche Entschluß scheint in seinem überreizten Gehirn ganz plötzlich aufgetaucht zu sein. Er hatte einem Bezirk noch für den kommenden Montag einen Vortrag zugesagt, hatte sich um Artikel für die nächste Nummer des »Kampf« gekümmert, ließ sich sogar eine Karte für die Sonntagsvorstellung der Hofoper besorgen. Am Samstag war er bis gegen 1 Uhr mittags noch im Amte tätig; dann telefonierte er seiner Mutter, er werde nicht zum Mittagmahl kommen. Dann entfernte er sich, und die nächste Meldung, die uns von ihm bekannt wurde, war die Kunde von dem schrecklichen Anschlag.

Der Großvater hustete schon seit zwei Wochen. Seit dem Stürgkh-Attentat war er mager geworden, er wehrte sich, doch der Husten war trocken und hart. Sie stand vor ihm, er konnte nur mehr flüstern. Man ließ sie allein, es waren nur wenige Minuten, länger hatte er nicht mehr Kraft.

Es geht mir nicht gut, versuchte er ihr zu sagen, es war kaum ein Ton, es war auch kaum mehr Luft, lediglich beim Husten war da noch Atem und Geräusch, trocken wie Papier.

Bereits einige Tage zuvor hatte man ihm vorgeschlagen, Pflegerinnen kommen zu lassen, doch der Großvater weigerte sich. Er hatte seine drei Diener, daran durfte sich nichts ändern, ebenso wenig an seinem täglichen Aufstehen um 3 Uhr 30, an den Akten auf seinem Schreibtisch sowie den unzähligen Nachrichten, Meldungen, die es mit einer Sorgfalt zu kontrollieren galt, als stürzte sonst alles zusammen.

Daran hielt er sich fest. Etwas anderes gab es nicht. Von außen betrachtet konnte man es für eine Flut nebensächlicher Informationen halten, in deren Überfülle alles verschwamm, was von Bedeutung wäre, doch darin lag eine Gesetzmäßigkeit, die, von ihm verkörpert, nicht und nicht aufhörte, die Welt selbst im Explodieren noch als eine unabänderliche erscheinen zu lassen.

Sie kannte jede Regung in seinem Gesicht. Das Zucken im Bart, die manchmal verschmitzten Falten rund um seine Augen, das bemühte und manchmal auch angestrengte Gleichmaß seiner Stimme.

In der ersten Novemberwoche hatte er gefiebert, doch er hatte seine Abläufe beibehalten. Das Fieber hatte noch einmal nachgelassen, der Husten nicht, bis vor wenigen Tagen auch das Fieber wieder gestiegen war. Er hatte bereits den Erzherzog-Thronfolger und seine Frau zu sich kommen lassen, heute war sie an der Reihe. Sie wusste, was es bedeutete.

Sie hielt seine Hand. So lange hatte sie seine Hand noch nie gehalten. Und sie hörte ihre Schritte wieder, sie hörte sie in all den Gängen und Räumen ihres Herzens, ihrer Erziehung, ihrer Ängste, Privilegien, Verletzungen und Freiheiten. So ging sie diesen Schritten durch einen Körper nach, den sie so auswendig wie die Hofburg kannte, doch erst allmählich als den ihren zu begreifen begann. Sie sah den Großvater an und wusste, dass sie ihm nicht erzählen durfte, welche Zeitung sie seit drei Wochen abonniert hatte. Seit Friedrich Adlers Attentat auf Stürgkh.

Der Mordanschlag auf Stürgkh war für ihre regelmäßige Lektüre nicht das allein Ausschlaggebende gewesen. Sie war vielmehr in diesem ersten Lesen einer Ausgabe der *Arbeiter-Zeitung* trotz ihrer Neugier auf das Attentat bis zu jenem langen Text über die Engpässe an den Lebensmittelmärkten vorgedrungen, durch den sie an jenem 22. Oktober 1916 zur Abonnentin der *Arbeiter-Zeitung* geworden war.

Der Artikel über die Lebensmittelversorgung hatte nicht nur hinter den Seiten über das Attentat gestanden, sondern auch hinter dem *amtlichen Schlachtbericht*, dem *deutschen Schlachtbericht*, den Berichten zum *Krieg auf dem Balkan*, zur *Lage in Griechenland*, dem *Krieg im Westen*, dem *Krieg in Rußland*, dem *Krieg auf den Meeren* sowie hinter einem *Armee- und Flottenbefehl* des Kaisers. Er trug den Titel *Volkswirtschaft und Sozialpolitik*. Und nachdem sie sich auf den Seiten davor bereits über einen unsäglich gespreizten Agenturbericht zu den Volksernährungs-Beratungen in Berlin geärgert hatte, hätte sie ihn fast überblättert, wäre da nicht der Untertitel gewesen, der schlicht *Die Lebensmittelmärkte* gelautet hatte.

Damit kannte sie sich aus, und das mit einigem Stolz, seit im Herbst 1915 der Wirtschafterin auf einmal das Fleisch für den Speiseplan im Schloss gefehlt hatte. Zunächst hatte sich das noch durch Wild ausgleichen lassen, doch bald hatte es sich auch bei Erdäpfeln und Getreide wiederholt, bei Eiern wie bei Gemüse. Elisabeth hatte sofort reagiert, orderte russische Kriegsgefangene zur Feldarbeit, ließ Erdäpfel legen und im letzten Moment Getreidefelder vorbereiten, die seit Jahren nicht mehr bewirtschaftet worden waren. Gleichzeitig wurde an den Ställen gearbeitet, um den Viehbestand rasch aufzustocken, sie ließ nach den besten Stieren Ausschau halten und wusste bald um die Vorteile einer eigenen Ziegen- und Schafsherde Bescheid.

Früher hätte sie sich so etwas nicht vorstellen können. In Ploschkowitz wie während der Renovierungsarbeiten in Schönau hatte ihr Augenmerk gänzlich anderen Dingen rund um ihre Schlösser gegolten: Den Ensembles der Bäume, der Sträucher oder englischen Rasen, den Stukkaturen, sanitären Anlagen oder Fenstergrößen. Alles sollte perfekt sein, die trockengelegten Grundmauern ebenso wie die Interieurs. Sie hatte Zwischenmauern versetzen lassen, Stiegen und Türen erneuert, Gläser neu eingefügt, die Schlossküche umgebaut oder das Dach repariert.

Nun hätte sie zu gern dem Großvater von den Tieren erzählt. Von den Milchkühen, den Mutterkühen, den Schweinen und Hühnern, sogar Schafe und Ziegen hatte sie, nur keinen Esel, doch angesichts der Tatsache, dass die Felder bereits im ersten Sommer guten Ertrag brachten, dachte sie an einen Esel keinen Augenblick mehr.

Vor allem dem Großvater und dem kleinen Bauernhof in Schönbrunn hatte sie es zu verdanken, dass sie in Schönau keine Berührungsängste hatte, rings um ihr Schloss so rasch wie möglich einen Landwirtschaftsbetrieb aus dem Boden zu stampfen. Erzählt hatte sie ihm davon bislang mit keinem einzigen Wort. Und erst kurz vor dem Besuch war ihr aufgefallen, was die stolze Geschichte ihres Bauernhofes auf Schloss Schönau noch alles bedeutete, was die Tuberkulosegefahr bei ihren so schnell wachsenden Buben oder die leeren Geschäfte und Märkte, die Geschichten von Diebstählen auf Bauernhöfen und die Gerüchte über Zwangsrequirierungen durch die Armee zeigten.

So beschäftigt war sie mit ihrer emsigen Bauernhof-Organisationsarbeit gewesen, dass sie über Monate hindurch keinen Zentimeter weit über ihr Schloss, ihre Familie oder ihr eigenes Leben hinausgeschaut hatte. Jetzt, wo sie es tat, wurde ihr Blick umso schneller wieder zurückgeworfen. Zurück auf ihr Leben, ihr Schloss und ihre Familie. Indem sie sich etwa auf dem Weg zum Großvater erinnerte, wie stolz sie gewesen war, als sie Ende Oktober in der *Arbeiter-Zeitung* seinen *Armee- und Flottenbefehl* gelesen hatte:

Mit vorbildlicher Pflichttreue, zähester Tapferkeit und bewunderungswürdigem Heldenmut haben meine braven, die Isonzofront haltenden Truppen wütende, mit großem Opfermut durch Tage fortgeführte feindliche Stürme abgeschlagen. Gleich vergeblich waren feindliche Angriffe in den Alpen und am russischen Kriegsschauplatz wie in Siebenbürgen. Des Vaterlandes tapfere Söhne haben, im Verein mit unseren treuen Verbündeten, erneut ihren Wert, ihre todesmutige Ausdauer erwiesen. Allen bewährten Führern, allen meinen braven Soldaten der Land- und Seemacht danke ich bewegten Herzens für all ihre Leistungen.

Zwei Seiten weiter las sie von Kraut und Kartoffeln, von Karotten und Vorräten – und am Ende schämte sie sich, als hätte erst diese Lektüre eine Ebene geschaffen, auf der Kanonen und Brot ihren Zusammenhang bekamen:

Auch gestern sah man auf dem Naschmarkt keine Kartoffeln, manche Familie muß sich diese wichtigste Nahrung mühsam erringen. Nur an einzelnen Tagen gab es davon ein ausreichendes Angebot. Wer sich dafür Ersatz suchen will, hat es auch nicht leicht. Mit Kraut sind wir seit etwa zwei Wochen gut versorgt, leider aber zu unsinnig hohen Preisen. Für das Kilogramm weißes verlangt man heute 30 bis 40 Hel-

ler, obwohl es sonst nicht halb so viel kostete, rotes muß man mit 40 bis 50 Heller bezahlen. Wenn jetzt schon solche Preistreibereien möglich sind, wie soll es erst im strengen Winter werden? Was sollen die Leute dann zu den Erdäpfeln essen, wenn sie Kraut kaum erschwingen und für ein Kilogramm gelber Rüben 40 bis 50 Heller, für ein kleines Stück Kohl 16 bis 30 Heller bezahlen müssen?

An dieser Stelle war sie noch selbstbewusst und stolz gewesen. Immerhin wusste sie gerade in Sachen Lebensmittel mittlerweile über Teile der Wirklichkeit Bescheid. Umso erstaunter war sie über die Wucherei und den immensen Profit, den die Händler offenbar in der Kriegszeit erwirtschafteten. Sowie über die Tatsache, dass der Staat nicht dagegen einschritt. Davon hatte sie bislang nichts mitbekommen:

Auch auf dem Obstmarkt haben sich die Käufer zu beklagen, freilich ohne Erfolg. Von Woche zu Woche steigen die Obstpreise weiter, dank der Zügellosigkeit der Spekulanten, die völlig freie Hand haben, ob sie die Äpfel durch Verarbeiten zu Wein oder durch Preissteigerungen der Volksernährung entziehen wollen. Wie nötig brauchen jetzt die Kinder einen Aufstrich aufs Brot, wenn sie dieses überhaupt bekommen, da es wie das Mehl nur unter Schwierigkeiten zu erringen ist. Und selbst dieser kleine Genuß bleibt ihnen versagt, weil man nicht daran gedacht hat, rechtzeitig Höchstpreise für Äpfel, für anderes Obst und für Marmeladen festzusetzen. In Deutschland war es längst möglich, bei uns zögerte man, bis es zu spät war. Mit den Zwetschken hat man doch einen kleinen Versuch gemacht, sie der Allgemeinheit ein wenig zu erschließen, doch viel zu spät und mit unzureichenden Mitteln. Heute sind sie auch schon vom Markt verschwunden.

Nichts hätte sie entschlossener und schneller zu einer

Kämpferin gegen derartiges Gewinnlertum machen können als die Tatsache, dass es der Krieg ihres Großvaters war, den solche Händler so ausnutzten.

Zu dem Zeitpunkt hatte Elisabeth noch kaum eine Ahnung von der tatsächlichen Armut, von Opferzahlen, Kriegsschrecken oder gar der Tatsache, dass auch in ihrer Familie einige zu den größten Kriegsgewinnlern zählten. Sie wusste nicht einmal, dass in diesem Herbst selbst die Optimisten an einem guten Kriegsausgang für die Mittelmächte zu zweifeln begannen. Für sie war es ungeheuerlich genug, dass ihr auf einmal bewusst wurde, keinerlei Veranlassung zu irgendeinem Stolz auf ihren Bauernhof zu haben. Sowenig Vorstellung sie in dieser wie letztlich in jeder anderen Zeit ihres Lebens von ihrem eigenen Reichtum hatte, zumindest ein Gefühl von Missverhältnis tauchte nun in ihr auf. Ähnlich jenem Moment, in dem Steffi damals die Brosche nicht annehmen hatte können. Nur ging es diesmal nicht um eine Freundin.

Drei Wochen später dann der Nebel des 15. November. Das dicke Weiß blieb auch an den kommenden Tagen. Doch nichts löste sich darin auf, ganz im Gegenteil. Die Nachrichten von Nahrungsmittel-Engpässen, rapid steigenden Preisen nahmen weiter zu.

Wie wir schon vor Monaten schrieben, war zu erwarten daß im Herbst die Beschaffung von Fett und Eiern große Schwierigkeiten bieten wird, sobald die Vermittelten und Eßtüchtigsten vom Lande nach Wien zurückkommen. Unsere schlimmen Befürchtungen sind durch die Wirklichkeit leider arg übertroffen worden. Im freien Handel sieht man seit Schulanfang kein Ei mehr und nur den guten Beziehungen bemittelter Leute haben wir es zu danken, daß für das Volk selbst zu Wucherpreisen Eier verborgen bleiben wie

Goldstücke. Sie verschwinden einfach, ehe sie in den Kleinhandel kommen. Nun bleiben sie für die oberen Zehntausend oder für die Wucherer vorbehalten, die davon Mengen zurückhalten, um die Preise zu treiben und im Winter daraus noch mehr Gold zu schlagen.

Fünf Tage nach Elisabeths Besuch beim Großvater kam am 20. November von Marie Valerie die Nachricht, er sei so schwach, wie sie ihn noch nie erlebt hätte. Trotzdem habe er den Auftrag gegeben, ihn auch am nächsten Tag, dem 21., um 3 Uhr 30 zu wecken.

Der Hofarzt war zugegen, das Fieber war geblieben, doch der Wille des Kaisers, sich wie immer an seinen Schreibtisch zu setzen, setzte sich trotz der Skepsis des Mediziners durch. Tatsächlich schien der Großvater beflügelt, als Elisabeth ihn an diesem Tag mit Marie Valerie besuchte. Immer wieder lächelte er so verschmitzt, als habe er dem Alter, der Krankheit und Erschöpfung noch einmal ein Schnippchen geschlagen. Vor den Mauern sammelten sich unterdessen immer mehr wartende, betende Menschen.

Doch die nachfolgende Audienz, die er ebenfalls ohne Rücksicht auf das Fieber absolvierte, erschöpfte ihn so sehr, dass gleich danach Prälat Seydl zum Ablegen der Beichte und dem womöglich letztmaligen Empfang der hl. Kommunion geholt wurde.

Elisabeth verbrachte diese Stunden mit Marie Valerie in seinem Vorzimmer. Sie wussten, sie durften nicht mehr weg. Das Fieber stieg auf 39° Celsius. Er ließ sich überreden, zumindest nach dem Mittagessen ein paar Augenblicke im Fauteuil seines Arbeitszimmers auszurasten, bevor er sich wieder an den Schreibtisch setzte.

Er schaffte es tatsächlich. Er amtierte den ganzen Nachmittag. Der letzte von ihm unterschriebene Akt sollte das Gnadengesuch einer Mutter sein, die aus purer Not ihr Kind getötet hatte. Danach schlief er gleich wieder erschöpft ein.

Als der Kaiser am Abend des 21. November an seinem Schreibtisch schlafend vorgefunden wurde, ließ er sich überzeugen, gleich zu Bett zu gehen. Zum ersten Mal schaffte er dies nicht mehr alleine. Trotzdem befahl er seinem Kammerdiener auf dem Weg ins Bett, ihn am nächsten Tag unbedingt um 3 Uhr 30 zu wecken. Der Arzt untersuchte ihn um halb neun und stellte fest, die Lungenentzündung sei trotz des immer noch so starken Herzens in ein bedrohliches Stadium getreten.

Marie Valerie war bei ihm, als er die Letzte Ölung erhielt. Elisabeth wartete mit Frau Schratt, dem Erzherzog-Thronfolger Karl, seiner Frau Zita und den anderen Erzherzögen und Erzherzoginnen im Vorzimmer.

Amtlich wird mitgeteilt: Wien, 21. November. Eine Extraausgabe der kaiserlichen »Wiener Zeitung« meldet, daß Seine k. u. k. Apostolische Majestät Franz Josef I. heute den 21. 11. um 9 Uhr abends im Schlosse zu Schönbrunn sanft in dem Herrn entschlafen sind.

Fünf Minuten nach neun Uhr war der Großvater gestorben. Die Familie betrat das Sterbezimmer. Noch wussten die Menschen, die draußen den ganzen Tag gewartet hatten, nichts von seinem Tod. Viele beteten.

Mitten in der furchtbarsten, schmerzensreichsten Zeit des Menschengeschlechts, so sollte am nächsten Tag der Nachruf in der *Arbeiter-Zeitung* beginnen, *ist Kaiser Franz Josef gestorben. Wohl hat man sich, indem man erwog, daß jedem menschlichen Leben die Grenze gesetzt ist, dieses Sterben an-*

ders vorgestellt. Wenn Kaiser Franz Josef, dem das Schicksal gegönnt hatte, länger zu leben als die meisten Sterblichen, der länger geherrscht hat, als uns jemals von einem Monarchen die Kunde überliefert ist, wenn dieser älteste Mann auf dem Throne die Augen schließt, so werde, das war die Vorstellung von dem Scheiden dieses Kaisers, die Teilnahme der ganzen Welt auf ihm ruhen, und die Achtung und Anerkennung, die das Leben fand, werde an seinem Ende überall nur noch wärmer aufflammen. Das werde, so war die Empfindung bei dem Gedanken, der jedes hohe Alter dem Tode naherückt, der würdige Abschluß eines Lebens sein, das vor allem durch den Vorsatz hervorleuchtet, der Welt den Frieden zu bewahren; das werde auch ganz im Geiste dieses Herrschers sein, der sich beglückter fühlte, wenn ihn die Menschen ehrten, als wenn sie ihn fürchteten.

Auch Elisabeth betete. Sein Gesicht sah friedlich aus, doch sie wusste, wie schwer ihm das Sterben gefallen war. Der Krieg war nicht vorbei. Es war auch sein Krieg gewesen, seine Toten und seine Hungernden. Wie unglaublich die Zahl war, hätte sie sich zu dem Zeitpunkt noch in keiner Weise vorstellen können. Selbst als sie während der nächsten Monate und Jahre allmählich vom massenhaften Sterben erfuhr, begriff sie dessen Ausmaß erst nach und nach.

Es hätte nur dem Lebensbild des greisen Kaisers, wie es sich immer tiefer ins Bewußtsein einprägte, seinem Wesen auch entsprochen, wenn sich, über alle staatlichen und politischen Schranken hinweg, die Menschen, da der von ihnen scheidet, den sie mit Genugtuung den Friedensfürsten nannten, in der Wehmut über dieses Sterben insgesamt vereinigt hätten und das Gefühl des Verlustes sie alle gleichermaßen hätte beseelen können. Es ist anders gekommen, und Franz

Josefs Tod trifft auf eine in Haß und Wut verstrickte Welt. Das Unheil, das die Menschheit seit bangen achtundzwanzig Monaten bedrängt, rast weiter über die Erde, zerstampft das blühendste Leben von Europa, zermürbt die Seelen und überwuchert alles menschliche Fühlen. In diesem Meere von Blut und Tränen ist all das, was menschliche Solidarität ist und was aus ihr erfließt, untergegangen und versunken; niemand, und rage er noch so hoch empor, ist heute ein allgemeines Wahrzeichen mehr. Der Abglanz einer friedlichen Welt, einer hoffenden Menschheit sollte auf diesem Sterben leuchten und ruhig und beruhigt sollte das Licht verlöschen, das so lange gebrannt hatte. So hätte es sein sollen, so sein müssen, wenn die Vorstellung von diesem Fürstenwirken aufrecht geblieben wäre. Indessen scheidet Franz Josef aus dieser Zeitlichkeit, da die Welt in den Grundfesten bebt und die Menschheit vor dem Grauen, das sie entfesselt hat, bis in die Tiefen erschauert.

Sie sah ihn an, sie kniete wie die anderen an seinem Totenbett, sie hörte das Vorbeten des Geistlichen, sie hörte sich selbst murmeln und sah sich dabei zu.

Ein nüchternes und leidenschaftsloses Urteil, so las sie es stumm am nächsten Tag über ihn, *wird von Franz Josef wohl sagen können, daß er, obgleich ihr immer nur in gemessenem Abstand folgend, sicherlich ihr nie vorauseilend, der geschichtlichen Notwendigkeit doch hartnäckigen Widerstand nie entgegengesetzt hat. (...)*

»Was sterblich war, ich hab' es ausgezogen und bin der Kaiser nur, der niemals stirbt.« So läßt der schwarz-gelbe Dichter den Ahnherrn sprechen, und in der Art ist Franz Josef, je älter er wurde, in die Vorstellung des unpersönlichen Monarchen aufgestiegen: die Person verschwand und übrig blieb eigentlich nur die Funktion. (...)

Der Kaiser war wohl, wie man es zu sagen pflegt, Soldat mit Leib und Seele und ganz selbstverständlich hat er erkannt, daß der Militarismus die reale Macht der Monarchie ist. Aber seinem Wesen, seinem Temperament nach war er ein Beamter, der erste Beamte in seinem beamtenreichen Staate, der Pünktlichkeit und Ordnung liebt und an dessen Gewissenhaftigkeit sich manche Behördenbüros, in denen es von Restanten wimmelt, ein Muster nehmen könnten. Dieses gemessene leidenschaftslose Beharren, dieses Aufgehen in dem Kaiseramt dürfte es wohl gewesen sein, das diejenigen, die ihm näher gekommen sind, als den eigentümlichen Reiz dieser Persönlichkeit erkennen wollten. (…)

Der Tod des alten Kaisers wird in der Politik des Habsburgerreiches, in der er die stärkste Klammer war, viele Fragen lebendig machen; aber fast naturnotwendig wird der Blick vor allem der Frage zu lenken, ob das Verscheiden Franz Josefs auf den Krieg, auf dessen Fortdauer einen Einfluß ausüben wird und wie die Folgen geartet sein mögen. Wenn es zulässig wäre, in diesem Weltenkrieg auf die Wirkung des Persönlichen zu hoffen, so könnte man vielleicht meinen, daß sich jene Allzuwenigen, denen das Geschick der europäischen Menschheit in diesem Augenblick überantwortet ist, dem Eindruck des Todes dieses ragenden Repräsentanten der monarchischen Idee nicht entziehen werden können: dem Eindruck von der Hinfälligkeit und Vergänglichkeit aller Größe, die darauf aufgebaut ist, warum gerade dieser Krieg geht: auf Macht und Verfügungsgewalt über Menschen und Dinge. Aber wer wird so kühn sein, zu glauben, daß in diesem übermenschlichen und unmenschlichen Ringen persönliche Empfindungen Raum gewinnen könnten? Kaiser Franz Josef, den es zum Kriege gewiß nicht gezogen hat, war unvermögend, seinen Ausbruch zu hindern;

es wäre ihm auch nicht gegeben gewesen, ihn zu beendigen.

Noch am Tag des Begräbnisses waren es neben all ihren eigenen Bildern und Erinnerungen die Sätze dieses Nachrufs in der *Arbeiter-Zeitung*, die sie mit sich herumtrug. Und darin zum ersten Mal etwas wie der Blick einer Öffentlichkeit. Ein Blick, der auf Augenhöhe zurückschaute.

So stand sie an dem Tag, an dem er zu Grabe getragen wurde, neben ihrer Mutter vor dem Stephansdom. Sie warteten auf den langen Zug mit dem prunkvollen Leichenwagen, dem Elisabeth bereits als kleines Mädchen hinterhergegangen war. Offiziell war sie kein Mitglied des Kaiserhauses mehr. Hinter dem schwarzen Prunkwagen war es nun ihr Cousin Karl, der zukünftige Kaiser mit seiner Frau, der dem toten Kaiser, ihrem Großvater, als Erster folgte. Dahinter die übrigen Familienmitglieder.

Elisabeth hatte ihre Mutter vor der Kirche getroffen. Außer der Begrüßung hatten sie kein Wort gewechselt. In der ganzen Stadt schlugen die Glocken. Der Leichenzug mit den hohen Reichswürdenträgern, dem hohen Klerus ging auf dem traditionellen Weg durch die ganze Stadt. Überall hatten sich die Leute versammelt, sie trugen Trauer. Elisabeth sollte die Bilder dieses gedrückten, diesigen Tags ihr ganzes Leben lang behalten. Hier ging eine Welt zu Ende, und alle wussten es. Es haftete an den Kleidern, den Gesichtern, den Bewegungen und sollte noch tage- und wochenlang nicht verschwinden. Alles, was danach geschah, die Krönung Karls, die letzten Friedensversuche und der Krieg, der als Hunger, als Verzweiflung und wachsende Empörung immer näher kam, fand in dieser einen Landschaft statt, die sich nicht mehr veränderte.

Elisabeth fuhr mit ihren Kindern noch im Dezember

in die Berge. Sie hatte in Kitzbühel ein Chalet gemietet, um die Lungen ihrer beiden Söhne vor der Winterfeuchte in der Ebene Schönaus zu bewahren. Diesmal musste sie sich nicht dazu überwinden, sie konnte es kaum erwarten und freute sich sogar, dass ihr Chalet frei und weit oben an einem Wiesenhang lag.

Einige Male musste sie zur Nachlassöffnung des Großvaters nach Wien. Sie tat es widerwillig. Erneut war sie neben Marie Valerie und Gisela Haupterbin geworden. Sie erhielt 14 Millionen Kronen, ein Drittel seines gesamten Kapitals. Für sie war das erneut nur eine Zahl. Trotzdem hätte sie dieses Erbe lieber nicht angetreten, tat es aus Pflichtbewusstsein und war nach Kriegsende froh, dass dieses in Staats-, Kriegs- und Industrieanleihen angelegte Kapital nach 1918 einen Großteil seines Werts verlor.

Über die Bildersammlung des Großvaters freute sie sich. Mit Ausnahme der Avantgardisten besaß er Bilder aller bedeutenden Maler Österreichs. Diese Sammlung wollte sie erhalten, tauschte mit den beiden Tanten andere Kunstgegenstände, Möbel und vor allem Schmuck gegen die Bilder, kaufte ihnen darüber hinaus auch viele ab, so dass sie Jahrzehnte später der Republik seine beinahe vollständige Bildersammlung hinterlassen konnte.

Als die Erbangelegenheiten erledigt waren und sie in den Bergen durchatmen wollte, dauerte es nicht lange, und sie musste erneut zurück. Diesmal wurde sie von ihrem Schloss gerufen, vom Verwaltungsdirektor, da Offiziere der Armee den zu beachtlicher Größe angewachsenen Bauernhof besichtigten und dem Personal ein Dokument zur Requirierung von Vieh vorgelegt hatten. Sie eilte zurück, und sie war empört. Später wusste sie nicht, was ihr dabei wirklich durch den Kopf gegangen war. Vielleicht war die Empörung ohnedies nur ein Mittel gewesen, mit dem sie etwas ganz anderes überdecken musste.

Denn welchen Grund zu Empörung sollte sie angesichts der Notwendigkeiten eines Krieges haben, den ihr Großvater begonnen hatte. Ihr Großvater, der ihr nun, da die Offiziere des Hauptquartiers sie auf ihrem Schloss erwarteten, nicht einfach als schützende Hand fehlte. Vielmehr war es die Nähe zu ihm, die Elisabeth in diesen Tagen keine andere Wahl ließ, als alles Vieh, alles Getreide selbstverständlich freizugeben. Darüber musste sie keinen Augenblick nachdenken, kaum war sie in Schönau eingetroffen. Noch am selben Tag wurden Kühe, Schweine, Ziegen und Schafe weggebracht, auch ein Teil der Hühner. Als es still war, war sie erleichtert. Jetzt musste sie kämpfen.

Der Februar war bitterkalt, die Soldaten hatten auch vom Getreide kaum etwas zurückgelassen. Elisabeth stand am Fenster, blickte auf den unversehrten Schlosspark hinaus und fühlte sich stark wie nie.

13

Es donnerte und krachte, als wäre sie mitten in der Explosion. Dann stieg die Rauchsäule über den Feldern auf, breiter und höher als bei allen bisherigen Explosionen. Elisabeth trat ans Fenster. Die Rauchsäule bauschte sich, als würde sie sich sammeln und Luft holen, bevor sie mit langem Hals und klaren Konturen weiter in den blauen Himmel dieses Apriltags 1918 aufstieg.

Es sah beinahe schön aus. Bis auf das schwebend helle Rauchgebilde bewegte sich nichts. Über Elisabeths Park und den Feldern lag eine kurze, harte Stille.

Gleich würde die Sirene der vor zwei Jahren eigens für die Schießpulverfabriken gegründeten Feuerwehr losheulen. Tag und Nacht standen die Feuerwehrmänner bereit und konnten bestenfalls weitere Explosionen verhindern. Den Verletzten waren sie keine Hilfe, oft schrien diese über Stunden. Die Männer stets lauter als die Frauen. Doch bald arbeiteten dort ohnedies keine Männer mehr, sondern sie kämpften an den äußeren Kriegsfronten für ein Reich, das seinen inneren Krieg schon verloren hatte.

Die Explosionen häuften sich. Jeder wusste ringsum Bescheid. Es war die Erschöpfung. Im Januar waren die Brot- und Nahrungsrationen erneut gekürzt worden. Ein Stück Brot, Kraut und schwarzer Ersatzkaffee. Die Pulver- und Sprengstofffabriken Blumau-Neurißhofs arbeiteten zwar mit den modernsten Technologien, Sicherheitseinrichtungen existierten jedoch nicht.

500 Leute hatten in Blumau gelebt, als Elisabeth Schloss Schönau 1909 zum ersten Mal besuchte. Über die Fabriken im Nachbarort hatte sie damals nur erfahren, dass deren Gelände früher ebenfalls zum Schlossbesitz gehört hatten. Dass bereits zu dem Zeitpunkt mehr Arbeiter und Arbeiterinnen in den Baracken rings um die sechs Werke gehaust hatten, als im Dorf Leute lebten, war ihr nicht aufgefallen.

Nun war dies selbst bei größter Ignoranz nicht mehr zu übersehen. Elisabeths Schloss lag im Zentrum der österreichischen Munitions- und Sprengstoffindustrie. 18.000 Leute arbeiteten allein in den sechs Fabrikationskomplexen für Schießpulver, Nitroglyzerin, Salpetersäure und anderen, nur gerüchteweise bekannten Kampfstoffen. Im Umkreis von wenigen Kilometern wurden deren Erzeugnisse in den Munitionsfabriken von Wöllersdorf, Enzesfeld, Hirtenberg, Felixdorf, Lichtenwörth, Sollenau und Leobersdorf weiterverarbeitet.

Sie lebte hier im Herzen des Krieges, in dem alles immer öfter einfach nur explodierte. Die Zahl der Toten und Verletzten unterhalb der hell leuchtenden Rauchwolke wurde nur hinter vorgehaltener Hand mitgeteilt. Sobald die Schreie der Verletzten aufhörten und die Toten abtransportiert waren, blieb das rußige Dampfen der gelöschten Bereiche. Oft standen Tage später schon neue Anlagen bereit. Ebenso neue Arbeiterinnen, die als Ersatz für die abgezogenen Männer aus allen Teilen der Monarchie hierher gekarrt wurden und meist nicht wussten, was sie erwartete.

Es hatte Wochen und Monate gebraucht, bis sie das Vertrauen der Arbeiterinnen und vor allem der Arbeiterräte gewonnen hatte, die während der großen Januarstreiks gewählt worden waren. Für die Leute gehörte sie zum Kaiserhaus. Sie hatte sich nicht beirren lassen und spätestens aufgrund ihrer offenen Solidarität während der Januarstreiks zumindest innerhalb der organisierten Arbeiterschaft auch die letzten Zweifel ihr gegenüber beseitigt.

In Wirklichkeit aber konnte sie Vertrauen nicht garantieren. Sie war darin völlig blauäugig gewesen und umso mehr schockiert, als ihr klar wurde, dass man sie überwachte. Eigentlich verdankte sie es nur dem anfänglichen Misstrauen und der völligen Verschlossenheit der Arbeiterinnen und der sozialdemokratischen Funktionäre, dass sie nicht gleich während der ersten Monate, in denen sie immer öfter in die Fabriken gegangen war, zum trojanischen Pferd von Staat und Militär geworden war.

Zu dem Zeitpunkt war ihr Großvater kaum ein halbes Jahr tot. Im Winter hatte sie zum ersten Mal eine der Fabriken besucht, hatte Lebensmittel mitgebracht, Hilfe angeboten. Die Leute hatten scheu auf sie reagiert. So dringend sie auch ihre Kartoffeln gebraucht hatten, ihre Desinfektionsmittel, sie legten ihre Zurückhaltung über Monate nicht ab. Selbst als Elisabeth nach der nächsten Explosion eine der Ersten am Schauplatz war und stundenlang Wunden versorgte.

Welche Gründe es für die Distanz ihr gegenüber gab, hatte sie nicht verstanden. Bis zu jenem Tag im April 1917, als sie an ihrem Schreibtisch in Schönau saß und einen Brief ohne Absender in der Hand hielt, hatte sie keinerlei Vorstellung davon gehabt, warum ihre Besuche bei den Arbeitern, ihre Gespräche und Erkundigungen für diese eine Gefahr sein sollten. Sie las den Brief, doch sie brauchte eine Zeitlang, bis sie realisierte, was er für ihren Alltag bedeutete. Sie wurde überwacht, und anhand der Drohungen war es keine Frage, wer sie überwachen ließ: Otto.

Erst wenige Wochen zuvor hatte er größeren Einfluss auf die Erziehung der Kinder verlangt. Nun ging er in die Offensive. Der Tod ihres Großvaters hatte auch die letzten Hemmungen abfallen lassen. Ganz unverhüllt wurde ihr in dem Brief gedroht, wie schnell ihr die Kinder weggenommen werden könnten. Mit Begründungen, die man nur parat haben konnte, wenn man ihr auf Schritt und Tritt nachspionierte. Bis in ihr Schlafzimmer hinein.

Ihr halbes Personal dürfte kooperieren. Der bloße Gedanke daran ließ sie verrückt werden. Sie fühlte sich eingesperrt und gleichzeitig ungehörig berührt. An jeder Stelle ihres Körpers, an ihrer Haut, doch sie konnte daraus nicht entfliehen. Im Gegenteil, es fühlte sich an, als bohrte es längst Höhlen und Gänge bis in ihr Inneres. Tagelang war Elisabeth panisch. Sie hetzte durch die Stunden wie durch einen schlechten Traum, aus dem sie nicht aufwachte. Am liebsten wäre sie mit ihrem Kopf gegen die Wände und Türen des Schlosses gelaufen, bis die Knochen knirschten und alles hervorquoll und zerstört war, was sie derart quälte.

Hätte ihr Großvater noch gelebt, ihm hätte sie sich anvertraut. So verzweifelt war sie. Er war ihre Familie gewesen. Jetzt war davon nichts mehr übrig. Sie musste in ganz andere Richtungen denken. Etwas anderes blieb ihr nicht. Es war auch das Beste, was sie in dieser Situation tun konnte, wie sie später erkannte. Gleichzeitig hatte sie Glück geht, denn viele Ideen, an wen sie sich wenden könnte, hatte sie nicht gehabt.

Wenige Tage später ließ sich Elisabeth bei Polizeirat

Schober melden. Sie kannte ihn nicht. Das Einzige, was sie von ihm wusste, beruhte auf Halbsätzen in der *Arbeiter-Zeitung*. Zu dem Zeitpunkt wusste sie noch nicht einmal, zu welcher Partei er gehörte. Sie wusste gar nichts, sie tat es einfach und vertraute sich ihm an – es sollte der Richtige sein.

Schober, der später nicht nur Polizeipräsident Wiens, sondern auch Bundeskanzler wurde, erkannte die Gefahr schnell. Vertrauensmänner in den Sprengstoffwerken erzählten ihm, wie unverblümt und energisch die Enkelin des alten Kaisers den Arbeiterinnen zur Seite stand. Er schickte ihr einen vertrauenswürdigen Mitarbeiter aus seinem engsten Kreis, Inspektor Osternig. Elisabeth setzte ihn als neuen Schlossdirektor ein. In Wirklichkeit bestand seine Tätigkeit vor allem in der Durchleuchtung ihrer Bediensteten.

Osternig leistete ganze Arbeit. Zumindest aus dem Schloss drangen bald keine Nachrichten mehr, was ihrer Bespitzelung zwar kein Ende setzte, doch lernte sie von Osternig Kniffe und Verhaltensregeln, wie sie sich auch darüber hinaus weniger angreifbar machen konnte.

Gleichzeitig musste sie das Gesetz des Handelns an sich ziehen und ließ ihrem Mann im Spätherbst 1917 durch ihren Anwalt mitteilen, sie werde sich scheiden lassen. Aus Rücksicht auf den Krieg werde sie es jedoch vorerst bei einer notariellen Bekanntmachung der Scheidungsabsicht belassen. Durch diesen Schachzug hatte sie gehofft, vom neuen Kaiser, ihrem um vier Jahre jüngeren Cousin Karl, trotz dessen tiefkatholischer Überzeugungen, zumindest ein Mindestmaß an Unterstützung zu erhalten.

Ihm hatte sie zeitgleich zur anwaltlichen Benachrichtigung Ottos geschrieben und auch darin die Hoffnung geäußert, die Scheidung nach dem Kriegsende einvernehmlich zu erreichen. Es sollte anders kommen. Ein knappes Jahr nach diesem vom 30. November 1917 datierenden Brief hatte Kaiser Karl bereits abgedankt, während ihre Scheidung wenige Wochen später zu einem Ehekrieg geworden war. Ob sie dabei vom ehemaligen Träger der Krone unterstützt oder verdammt wurde, war längst belanglos geworden.

Mindestens ebenso die Antwort von Kurzzeitkaiser Karl auf ihren Brief zur Scheidungsabsicht:

Liebe Cousine, Dein Schreiben vom 30. hat mich, wie ich Dir nicht verhehlen kann, seinem Inhalte entsprechend ernst gestimmt. Ich nehme Deine Anzeige aber dankend zur Kenntnis, zumal Du durch Deine Vermählung, wie Du in Deinem Briefe selbst erwähnst, aus unserem Haus ausgeschieden bist und mir demnach die durch Familienstatut geregelte Einflußnahme auf Deine Geschicke entzogen ist, ich deren Gestaltung vielmehr Deinem Ermessen überlassen muß. Doch wollen die Kaiserin und ich Dich gerne unserer aufrichtigen Teilnahme versichern. Dein aufrichtiger – Vetter.

Elisabeth war wütend. Die gedoppelte Betonung seiner Aufrichtigkeit und die gleichzeitig unverhohlene Erleichterung, mit ihr nichts mehr zu tun zu haben, ließen sie richtiggehend beben. Doch eine Verpflichtung, mit der Scheidung bis zum Kriegsende zu warten, empfand sie gegenüber Kaiser oder Herrscherhaus nicht mehr, sondern lediglich gegenüber der Tatsache, dass ringsum die Leute mit weit existenzielleren Problemen zu kämpfen hatten als sie.

Nicht einmal das Stück Brot, das die Arbeitenden in den Sprengstofffabriken im Nachbarort bekamen, verdiente diesen Namen. Es war nach dem Anschneiden eines dieser Laibe meist nur ein Häufchen Krümel, der nicht nur durch Mehl aus Mais, Kastanien oder Kartoffeln gestreckt, sondern mit Hafer, Bohnen, Wurzeln, Sägespänen, Eicheln und Gräsern vermischt wurde. Sie wagte sich kaum vorzustellen, wie die Lage in weitaus weniger kriegswichtigen Betrieben sein musste. Oder für jene, die keine Arbeit mehr fanden. Sie wusste, dass selbst die *Arbeiter-Zeitung* nur einen Teil dieser Wirklichkeit beschrieb. Manches mussten die Redakteure sogar ganz verschweigen, wie etwa die Explosionen in den Fabriken Blumaus.

Für Elisabeth waren sie nicht zu überhören. Der Krieg war ringsum, als ein Krieg gegen die eigene Bevölkerung. Auf welcher Seite ihr Platz dabei war, darüber bestand bei ihr kein Zweifel. Ebenso wenig, wer ihn am Ende gewinnen würde.

Im Herbst 1917 musste die kaiserliche Regierung die ersten Zugeständnisse machen. Der Reichsrat wurde wieder einberufen, der Sozialdemokratie die Abhaltung eines Parteitags erlaubt. Für die Regierung war dieses Entgegenkommen angesichts des nahenden zweiten Hungerwinters unumgänglich. Vor allem nach der Oktoberrevolution in Russland, über die in der *Arbeiter-Zeitung* ausführlich berichtet worden war. Denn im Unterschied zu den russischen Revolutionären war die Sozialdemokratie der einzig verbliebene Schutzschild gegen das Aufflammen einer ähnlichen Revolution.

Aufgrund der Ergebnisse der Reichsratswahlen vor dem Krieg waren die Sozialdemokraten die stärkste Partei. Mit ihrer Burgfriedenspolitik ab 1914 aber mussten sie fürchten, von einer kommunistischen Revolution ebenso hinweggefegt zu werden wie das Kaiserhaus. Die Einbindung der Sozialdemokratie war auch eine Gratwanderung für die Partei selbst. Denn ihr gewichtiger Einfluss auf die Arbeiterschaft und ihre Funktion als einzig verbliebene Ordnungsmacht stellte sie angesichts der Hungerverzweiflung dieser Monate vor eine Reihe veritabler Zerreißproben.

Elisabeths Blick auf derartige Konstellationen, Strategien und Fronten war damals einer, der politisch zwar fast auf analphabetische Weise naiv und blind war, gleichzeitig aber voller Empörung und Tatkraft angesichts der Ausbeutung und der täglichen Gefahr, denen die Arbeiterinnen in den Sprengstofffabriken Blumaus ausgesetzt waren, die sich in dieser Zeit von einer Explosion zur anderen hungerten.

Gleichzeitig wurde seit Anfang Dezember in Brest-Litowsk mit Russland und der Ukraine über einen Frieden an der Ostfront verhandelt, der seit dem Zusammenbruch des Zarenregimes sowie dem Sieg der beiden russischen Revolutionen im Frühling und im Herbst in greifbare Nähe gerückt zu sein schien. Die russische Armee hatte sich aufgelöst, und die bolschewikische Führung hatte nach ihrer Oktoberrevolution andere Sorgen als einen Krieg. Bessere Voraussetzungen für einen schnellen Frieden konnte es nicht geben, obwohl die adeligen Verhandlungsführer der Donaumonarchie und Deutschlands versuchten, Russland einen Sieg-Frieden aufzuzwingen, in dem Gebietsansprüche die staatliche Integrität des neuen, kommunistischen Staates angriffen, dass die Revolutionäre bei Annahme solcher Bedingungen unweigerlich um ihre Revolution fürchten mussten.

Elisabeth erlebte direkt mit, wie sehr solche Ängste und dementsprechendes Rumoren in der Arbeiterschaft anwuchs, je länger in Brest-Litowsk verhandelt wurde. Für die Menschen in den Fabriken war ein schneller Frieden existenziell geworden. Sie wussten, welche Getreidevorräte es trotz des Krieges allein in der Ukraine gab, und sie klammerten sich an nichts anderes als an diese Hoffnung.

Im Januar wurden die Mehlquoten wie die Brotrationen vom Ernährungsministerium erneut herabgesetzt. Damit fiel die zugeteilte Menge für Schwerarbeiter auf knapp über ein Kilo Brot für eine Woche. Angesichts der Tatsache, dass es darüber hinaus im Grunde kaum etwas zu essen gab, erschien das nicht anders als purer Hohn. Im Grunde war es eine offene Aufforderung zur Revolution, während die Sozialdemokratie weiterhin lediglich zu Friedenskundgebungen aufrief. Elisabeth wurde beim Lesen solcher Nachrichten immer öfter einfach ungeduldig. So unheimlich ihr die Vorstellung einer totalen Revolution auch war – dass sie zu diesem Zeitpunkt überhaupt für sie infrage kam, besagte viel.

Am 14. Januar um halb 8 Uhr früh begannen in Wiener Neustadt die Arbeiter der Daimler-Motorenwerke zu streiken. Daraufhin versprach der Direktor des Werkes, das für den Krieg Flugzeugmotoren herstellte, zum Ernährungsminister nach Wien zu fahren. Seine Bedingung dafür war, dass die Arbeiter ihren Streik beendeten und die Antwort abwarteten. Die Arbeiter lehnten einstimmig ab und zogen auf den Rathausplatz. Diesem Zug schlossen sich die Arbeiter der Wiener Neustädter Lokomotivfabrik, des Radiatorenwerks, der Flugzeugfabrik sowie der Munitionswerke G. Rath und die Arbeiter der Lichtenwörther Munitionsbetriebe an. Der Demonstrationszug traf geordnet am Hauptplatz ein, und die sozialdemokratischen Vertrauensmänner sämtlicher Betriebe sprachen beim Stadtrat vor. Von alldem erfuhr Elisabeth an dem

Tag nur durch Gerüchte, in Schönau wurde noch gearbeitet, ebenso in Hirtenberg und den anderen Betrieben des Triestingtales. Kaum hatte sie von der Situation am Wiener Neustädter Rathausplatz erfahren, musste sie daran denken, wie man ihr nach der Hochzeitsreise vom niederkartätschten Generalstreik in Triest erzählt hatte.

Diesmal fielen keine Schüsse. Es gab jedoch auch kein Nachgeben. Der Wiener Neustädter Stadtrat holte sich von der Statthalterei wie auch vom Ernährungsministerium Absagen, obwohl die Arbeiter vorerst lediglich für eine Woche die Ausfolgung der gesamten Mehlquote verlangt hatten. Die Arbeiter zogen ab, angeblich gab es vereinzelte Handgemenge, doch Vertrauensmänner und Streikposten sorgten dafür, dass die Polizei keine Gründe für ein Eingreifen fand. Damit waren die heikelsten Momente vorbei, denn nun zogen sich die Arbeiter in die Fabriken zurück, wo sie aufgrund deren Bedeutung für den Krieg am besten geschützt waren.

Am Tag darauf wurde auch im Triestingtal gestreikt. In Blumau, Sollenau, Hirtenberg, Berndorf, aber auch in den Bezirken Neunkirchen und St. Pölten, ebenso im Traisental. Angefangen von den Flugzeugmotorenwerken in Wiener Neustadt stand damit die Arbeit im gesamten Bereich der Sprengstoff- und Munitionserzeugung still, zudem die in der metallverarbeitenden Industrie.

Elisabeth erfuhr, dass in Wien eine Vorsprache des sozialdemokratischen Abgeordneten des Wiener Neustädter Bezirkes, Karl Renner, mit von den Streikenden gewählten Räten beim Ernährungsminister stattfand. Die Nachrichten waren nicht ermutigend, die Versorgungslage Österreichs schien verheerend zu sein – und sie schämte sich dafür persönlich, so weit sie sich von der Regierungspolitik ihres Cousins auch entfernt hatte. Sie konnte nicht begreifen, dass es keine Abhilfe gab.

Tatsächlich musste Österreich-Ungarn zu dem Zeitpunkt im Januar 1918 das Deutsche Reich bereits um ein Mehldarlehen ersuchen. Es wurde mit einer Menge von 4500 Tonnen am 18. Januar zugesichert. Im Vergleich zum tatsächlichen Bedarf war das eine lächerliche Menge. Nicht einmal das Zehnfache, wie es in den nächsten Wochen und Monaten im Übereinkommen mit dem geschlagenen Rumänien ausverhandelt wurde, reichte aus. Kein Wunder, dass den Verhandlern an diesem 15. Januar vom Ernährungsminister beschieden wurde, die Nahrungsmittelsituation sei aussichtslos. Ab dem Moment gab es in diesem Streik, von dem am selben Tag nicht nur seine Ausweitung auf halb Niederösterreich bekannt wurde, sondern auch sein Überschwappen auf Wien, nichts mehr zu gewinnen. Vor allem nicht für die Sozialdemokratie und deren Politik einer Aufrechterhaltung der öffentlichen Ordnung. Die Situation war wie gemacht für eine Revolution. Wie der Umsturz abgewendet wurde, bildete für Elisabeth ein Lehrstück in Sachen Politik. Aus ihrem Schönauer Schloss erlebte sie die Entwicklungen als Leserin wie als Augenzeugin mit.

Da war der Staat, der noch am 15. Januar drei Waggons mit Speck und Kondensmilch nach Wiener Neustadt schickte, um den Streik dort zu brechen, wo er seinen Anfang genommen hatte. Da war die unsichtbare Drohung der Revolution, die zwar von niemandem richtig verkörpert wurde, trotzdem allgegenwärtig war und darauf wartete, mit der Gewalt der Hungernden und der Verzweifelten Regierung und Kaiserhaus zu verjagen. Und da war die Sozialdemokratie. Sie war die dritte Protagonistin dieser Tage, der an diesem 15. Januar ein entscheidender Schachzug in einem Geschehen gelang, in dem sie angesichts der unerfüllten wie offenbar unerfüllbaren Forderungen an die Regierung auch selbst nur mehr verlieren konnte.

Elisabeth war diese Wendung zuerst nicht aufgefallen. Sie hatte sich vielmehr geärgert, dass sich keinerlei Bericht, keine Nachricht oder Meldung über das Streikgeschehen fand. In politischer Strategie und Analyse war sie zwar unbedarft, doch die Passivität der Sozialdemokratie entging ihr nicht. Und so nahm sie angesichts der fehlenden Berichterstattung über die Streiks die Welle wahr, die als Revolution über das Geschehen dieser Tage hereingebrochen wäre, hätte der Konflikt nicht auf einmal ein neues Ziel bekommen. Die entscheidende Weiche dafür hatte sie zuerst völlig übersehen. Sie hatte an diesem 15. Januar 1918, einem Dienstag, zwar wie an jedem Tag seit dem Tod des Ministerpräsidenten Stürgkh die *Arbeiter-Zeitung* gelesen, doch angesichts der verfahrenen Situation weder die ausführliche Berichterstattung von den seit Wochen sich hinziehenden Verhandlungen in Brest-Litowsk genauer wahrgenommen noch die beinahe realitätsverweigernden Artikel über die Friedensbeschlüsse der Wiener Arbeiter vom Sonntag.

Den Zensoren schien es an dem Tag ganz ähnlich ergangen zu sein. Auch sie mochten Berichte über die verzweifelten Streiks und die Demonstrationen gesucht und dafür Zeilen zu den Friedensverhandlungen in Brest-Litowsk überlesen haben, die den Streik nun in eine andere Richtung drehten. Entscheidend sollte die ungeschminkte Art und Weise sein, mit der an dem Tag von den stockenden Verhandlungen mit Russland erzählt wurde. Die dafür notwendigen Informationen waren auf zwei auf der Titelseite platzierten Artikel verteilt worden. Der erste richtete sich gegen den *preußischen Militarismus*, der zweite firmierte unter der Fragestellung *Aristokratischer oder demokratischer Friede?*. Gemeinsam berichteten sie, die Friedensverhandlungen in Brest-Litowsk würden aufgrund territorialer Forderungen der Mittelmächte vor dem Scheitern stehen. Und die Nachricht kam an. Noch im Lauf dieses Dienstags verwandelte sich ein Streik, dessen Forderungen angesichts der katastrophalen Lage im ganzen Land unerfüllbar waren, in eine politische Demonstration der Sozialdemokratie.

Anfangs konnte Elisabeth es kaum glauben, dass aufgrund dieser Zeilen die Sozialdemokraten die Streikenden und ihre Räte noch am selben Tag hinter sich versammelten. Die Art und Weise, wie das Augenmerk auf die Verhandlungen in Brest-Litowsk gelegt wurde, ohne zu falschen Behauptungen Zuflucht zu nehmen, war ein Kunststück. Die entscheidende Wendung bestand darin, dass die Perspektive zu einer historischen wurde und damit die fiktive Frage, was aus einem Scheitern der Verhandlungen von Brest-Litosk zu lernen sei, zur bestimmenden Beurteilung der aktuellen Ereignisse wurde.

Den heutigen Bericht über die Verhandlungen in Brest-Litowsk muß jeder lesen, der die Zeit, in der wir leben, verstehen will! Es ist freilich keine erfreuliche Lektüre; beweist doch der Bericht, daß dem Friedensschluß mit Rußland – von dem allgemeinen Frieden gar nicht zu reden – ungeheuer große, beinahe unüberwindliche Schwierigkeiten entgegenstehen, die, wie auch Herr v. Kühlmann in Brest sagte, »die Aussichten der Verhandlungen nicht in rosigem Lichte erscheinen lassen«. Aber es wäre gar nichts damit getan, wenn wir nun kleinmütig an der Friedenssache verzweifeln wollten. Wir müssen viel mehr aus der Erfahrung von Brest lernen; müssen zu erkennen suchen, was denn eigentlich das Hindernis des Friedens, was denn die Quelle all der Schwierigkeiten ist, und aus dieser Erkenntnis unsere Schlüsse ziehen.

Wir bezweifeln nicht, daß sowohl die Bevollmächtigten der Mittelmächte als auch die Delegierten Rußlands mit dem besten Willen nach Brest gekommen sind. Beide Teile wollen den Frieden, denn beide Teile brauchen ihn. Trotzdem können sie sich nicht verständigen. Warum? Vielleicht können wir die Frage beantworten, wenn wir uns die Unterhändler etwas näher ansehen …

Als sie im Nachhinein einsah, was diesem Artikel gelungen war, sollte sie ihn noch unzählige Male lesen. Er forderte sie heraus. Sie glich ihn mit der Wirklichkeit ab, als ließe sich darin eine Grammatik der Wirkweisen des Politischen lernen. Deutlich würde ihr zuerst nur, dass dieser Text eine Folge von Ausweichmanövern und falschen Fährten beinhaltete. Er unterstellte ein Scheitern der Verhandlungen und konnte diese Behauptung durch ein Zitat des deutschen Verhandlers v. Kühlmann untermauern. Gleichzeitig sprach er einerseits den Verhandlern allesamt guten Willen zu, erklärte die Gründe für das aktuelle und womöglich unüberwindliche Patt andererseits jedoch anhand der Verhandler. Und als wäre das der Wendungen und Ablenkungen noch nicht genug, landete er mittendrin in einem anderen Land, in Kurland:

Trotzky und seine Kollegen sind revolutionäre Sozialdemokraten. Sie vertreten die breite, durch die Ereignisse der Revolution aufgewühlte Masse der Arbeiter und Bauern Rußlands. Sie sind erfüllt von den Prinzipien der Demokra-

tie und des Sozialismus. Auf der anderen Seite sitzen Männer ganz anderen Schlages. Herr v. Kühlmann und Graf Czernin sind hervorgegangen aus dem deutschen und dem österreichischen Adel. Dank ihrer Erziehung, der Umgebung, in der sie leben, den Ansichten, die sie hegen, können sie als typische Vertreter der alten herrschgewohnten Herrenklasse angesehen werden, die Deutschland und Oesterreich regiert. Sie sind unzweifelhaft Anhänger der konservativen, autoritären Staatsauffassung, die in der Demokratie nur eine Gefahr und im Sozialismus nur eine verführerische Utopie sieht. So ist am Beratungstisch in Brest eine sonderbare Gesellschaft zusammengekommen: russische Demokraten und deutsche Aristokraten sollen sich dort einigen! Und sie können nicht etwa deshalb nicht zur Einigung kommen, weil die einen Russen, die anderen Deutsche sind; sondern deshalb, weil die einen demokratische Sozialisten und die anderen aristokratische Diplomaten sind. Das läßt sich an den Streitgegenständen der letzten Tage sehr leicht erweisen.

Nehmen wir zum Beispiel den Streit um Kurland. Dort gibt es einen Landtag, der noch ausschließlich aus den Vertretern der »Barone und Ritter« zusammengesetzt ist, ganz so, wie bei uns in Oesterreich die Landtage bis zum 13. März 1848 zusammengesetzt waren. Dieser Landtag nun hat beschlossen, daß sich Kurland von Rußland trennen und sich Deutschland angliedern solle. Die Herren Kühlmann und Czernin sagen nun den Russen: »Da seht ihr, daß Kurland selbst von euch nichts mehr wissen und zu uns kommen will. Da ihr das Selbstbestimmungsrecht der Völker anerkennt, könnt ihr dagegen nichts einwenden. Der Beschluß des kurländischen Landtages drückt den Willen des kurländischen Volkes aus.«

Auf der anderen Seite steht nun Trotzky. Er sagt den Be-

vollmächtigten der Mittelmächte: »Wir wollen Kurland durchaus nicht zwingen, bei uns zu bleiben, wenn es sich von uns trennen will. Aber wir wissen noch nicht, ob es bei uns bleiben will oder nicht. Der Landtag, auf dessen Beschluß ihr euch beruft, hat kein Recht, im Namen des kurländischen Volkes zu sprechen; denn dieser Landtag ist nur vom Adel gewählt, nicht von den Volksmassen, nicht von Bürgern, Bauern und Arbeitern. Wir wünschen, daß das kurländische Volk selbst entscheide, was mit seinem Boden geschehen soll; daß es also entscheide durch eine Volksabstimmung bei allgemeinem und gleichem Stimmrecht. Und wir wünschen, daß es in voller Freiheit, nicht unter der Gewalt fremder Waffen entscheide; daß also, wenn das Volk zur Abstimmung berufen wird, weder deutsche noch russische Truppen im Lande stehen.«

Herrschte in Rußland noch der Zar, dann würde man sich in Brest vielleicht nicht so schwer verständigen. Dann wäre vom Selbstbestimmungsrecht der Völker gar keine Rede, russische Diplomaten würden mit den Diplomaten der Mittelmächte um die Länder schachern, wie man auf dem Roßmarkt um ein Pferd zu schachern pflegt, und es wäre wohl möglich, daß man sich auf irgendeiner mittleren Linie einigte. Stünden umgekehrt auch die Bevollmächtigten Deutschlands und Österreichs ebenso wie die Bevollmächtigten Rußlands unter dem Einfluß und der Kontrolle der Demokratie, auch dann würde man sich unschwer verständigen: dann wären die Bevollmächtigten beider Teile darin einig, daß in Polen, Litauen und Kurland das Volk selbst, das ganze Volk in voller Freiheit über sein Geschick entscheiden solle. In Wirklichkeit aber herrscht in Rußland nicht mehr der Zar, in Deutschland und Oesterreich noch nicht die Demokratie. Rußland schickt Demokraten, die Mittelmächte schicken Aristokraten an den Verhandlungstisch. Rußland legt das Selbstbestimmungsrecht der Völker demokratisch, die Mittelmächte legen es aristokratisch aus. Rußland will das Volk, die Mittelmächte wollen die Herrenklassen über die Staatlichkeit ihres Landes entscheiden lassen. Unter solchen Umständen ist eine Einigung freilich schwer, sind die Aussichten der Verhandlungen, wie Herr v. Kühlmann sagt, freilich »nicht rosig«. Wir müssen also mit der Möglichkeit rechnen, daß die Verhandlungen scheitern und der Krieg weiter geht, so lang, bis entweder auch in Rußland wieder die Aristokratie oder auch in Deutschland und Oesterreich die Demokratie die Friedensbedingungen bestimmt. Und die Verhandlungen in Brest bringen uns dann nur den einen Gewinn, daß wir jetzt wenigstens wissen werden, wofür der Krieg fortgesetzt werden muß.

Dem Zensor muss anhand dieser Zeilen schwindlig geworden sein. Diese Vorstellung gefiel ihr bei jedem neuerlichen Lesen. Denn die *k. u. k. Preßstelle* hatte nicht einmal die am Ende formulierte Forderung nach Demokratie in Österreich geschwärzt. Vor allem aber staunte sie, wie schnell sich die Ziele der Streikfront völlig neu ausrichteten. Kaum war Dienstag der Artikel mit der Kunde vom möglichen Scheitern der Friedensverhandlungen publiziert, öffneten sich selbst die radikalen Wiener Neustädter Streikräte wieder den allgemeinen politischen Zielen der Partei. Noch an diesem Tag beschlossen die Streikenden Niederösterreichs, positive Verhandlungsergebnisse von Brest-Litowsk als oberstes Streikziel zu postulieren. Am nächsten Tag sanktionierte auch die sozialdemokratische Führung den Arbeitsaufstand und formulierte in einem Manifest vier Forderungen an die Regierung:

Erstens dürften die Friedensverhandlungen von Brest-

Litowsk nicht an territorialen Fragen scheitern. Zweitens müsse der Verpflegungsdienst neu organisiert werden. Drittens sollte unverzüglich auf Gemeindeebene das allgemeine, gleiche und direkte Wahlrecht eingeführt werden. Viertens müsse man der *Entrechtung der Arbeiter durch die Militarisierung der Betriebe* ein Ende setzen.

Die unabhängigen und in ihrer Radikalität weiterhin unberechenbaren Streikräte in Wiener Neustadt wurden von der Partei akzeptiert, gleichzeitig schuf man in allen Betrieben sicherheitshalber weitere Streikkomitees und besetzte sie mit eigenen Funktionären. Auf diese Weise trat die Sozialdemokratie der Regierung in den darauffolgenden Tagen mit über einer halben Million streikenden Arbeitern gegenüber. Das war eine Machtdemonstration, so viel war Elisabeth klar. Und spätestens als Victor Adler am 20. Januar Außenminister Ottokar Czernin in der *Arbeiter-Zeitung* unzweideutig zu verstehen gab, dass man die Arbeitenden nur kontrollieren könne, wenn aus Brest-Litowsk demnächst Erfolgsmeldungen kämen, wurde Elisabeth klar, dass sich die Sozialdemokratie ab nun nicht mehr an Fragen der Nahrungsmittelversorgung messen lassen musste.

Czernin reagierte darauf noch am selben Tag und erklärte öffentlich, er hafte und bürge dafür, *dass der Friede unsererseits nicht an Eroberungsabsichten scheitern wird.* Nachdem auch die Minister für Inneres, Ernährung und Landesverteidigung die vier Forderungen der Sozialdemokratie akzeptierten und umzusetzen versprachen, wurde nach dem 21. Januar in den Betrieben für die Wiederaufnahme der Arbeit gestimmt. Auseinandersetzungen darüber gab es lediglich in Wiener Neustadt, dort wurde zu ihrer insgeheimen Befriedigung kurzzeitig sogar der

Reichsratsabgeordnete Karl Renner von seinen eigenen Genossen verhaftet.

Die Versorgungslage blieb katastrophal, doch am 9. Februar wurde der so genannte Brotfrieden mit der Ukraine geschlossen, an den sich so große Hoffnungen in Hinblick auf die Weizenvorräte eines der größten Getreideproduzenten Europas knüpften. Knapp drei Wochen später sollte auch der Friedensschluss mit Russland selbst folgen, und es sah auf einmal so aus, als wendete sich nun sogar die Frage der Lebensmittel zum Guten.

Doch das sollte eine Illusion bleiben. So verzweifelt man sich offenbar bemühte, möglichst schnell die dabei beschlossenen Weizenabfuhr-Abkommen umzusetzen, es gelang nur rudimentär. Die Gründe dafür wurden erst im Nachhinein klar. Zum einen basierten die Lieferungszusagen im Friedensvertrag auf Tauschgeschäften. Im Gegenzug zu Weizen und anderen Lebensmitteln sollten Österreich-Ungarn und Deutschland vor allem Textilien in die Ukraine liefern, waren dazu jedoch nur bedingt in der Lage. Zudem war die Ukraine nicht nur von über dreieinhalb Jahren Krieg betroffen, sondern auch von den Bürgerkriegswirren in Russland. Damit war die Infrastruktur im Land vielerorts zerstört, Banden zogen umher, die Schmuggelei blühte, und die ukrainischen Behörden traten dem Feind mit einer Verzögerungstaktik entgegen, so dass die k.u.k. Armee mit insgesamt 750.000 Mann im Land verbleiben musste, um zumindest eine gewisse Transportstruktur herzustellen, verbrauchte dabei jedoch an die 300 Waggonladungen Verpflegung pro Tag, so dass für den Abtransport nie jene Mengen übrig blieben, die die sich zuspitzende Hungerkrise in Österreich und Deutschland entschärft hätten. Bis zum Kriegsende sollte es kaum mehr als ein Zehntel der im Friedensvertrag festgelegten Mengen sein. Allein damit war der Zusammenbruch, unabhängig vom weiteren Kriegsverlauf, besiegelt.

Am 5. April, dem Tag der großen Explosion im Pikrin-Werk von Blumau-Neurißhof, hatte Elisabeth wie viele andere noch auf Lieferungen gehofft. Vielleicht hatte sie unter dieser Voraussetzung sogar noch einen Weiterbestand der Monarchie oder zumindest des Reiches für möglich gehalten. Es handelte sich um eine Art von Gewohnheit und vermutlich ganz einfach immer noch private Sentimentalität, die sie sich als stolze Leserin der *Arbeiter-Zeitung* jedoch nur ungern eingestand. An diesem 5. April war es mit einem Schlag auch damit vorbei. Sie hatte gefrühstückt, die Zeitung gelesen und zuerst nur mit halber Aufmerksamkeit den Bericht über die Antwort des französischen Ministerpräsidenten Clemenceau auf eine Rede des österreichischen Außenministers Czernin registriert.

Czernin hatte ein paar Tage davor im Wiener Gemeinderat eine Rede gehalten, in der es um die Frage der Fortführung des Kriegs gegangen war. Darin behauptete er, es hätte vor der Westoffensive der Mittelmächte 1917 eine Anfrage Clemenceaus über mögliche Verhandlungen gegeben, die man im Einvernehmen mit Berlin dahingehend beantwortet habe, gegenüber Frankreich kein Friedenshindernis mit Ausnahme von dessen Forderung nach Elsass-Lothringen zu erkennen. Aus Paris sei darauf erwidert worden, auf dieser Basis könne nicht verhandelt werden, worauf den Mittelmächten nur die Wahl einer neuerlichen Offensive geblieben sei. Nun, über ein Jahr später, prangte Clemenceaus postwendende Antwort auf die unvorsichtige Rede Czernins am Titelblatt der *Arbeiter-Zeitung:*

Graf Czernin hat hierin gelogen. – Darunter eine Mitteilung der Regierung, in der Czernin auf seiner Darstellung beharrte. Nichts deutete darauf hin, was in den kommenden Wochen zum Vorschein kommen sollte. Für sie schien es an dem Tag jedoch gar nicht mehr notwendig gewesen zu sein.

Vielleicht, so sollte sich Elisabeth später einreden, war es einfach ihr Wissen darüber gewesen, wie gut sich ihr Vater vor Jahrzehnten mit dem damaligen Oppositionspolitiker Clemenceau verstanden hatte und wie konkret die beiden ein Bündnis beider Staaten unter den Vorzeichen eines republikanischen Österreich vor Augen gehabt hatten, das in ihr das Gefühl eines Endes auf einmal so verdeutlichte und geradezu zu bestätigen schien. Zumindest wollte sie das glauben, da ihr unheimlich war, dass die Begründung für ihr Gefühl an diesem frühlingsblauen Tag darin läge, dass sie schon seit ihrer Kindheit ihre Träume in den unterschiedlichsten Sprachen der Monarchie träumte, manche immer nur auf Ungarisch, andere stets auf Tschechisch. Und dass jemand, dessen Leben dort war, wo es sich mit dem Verstand allein nie begreifen ließe, nicht ausschließen dürfte, welches Wissen darin zu Hause ist.

Eine Woche später veröffentliche Clemenceau den ersten von zwei Briefen, die Elisabeths Cousin Karl vor einem Jahr an Clemenceau und den britischen König George V. geschrieben hatte. Sie sollten als Sixtus-Briefe in die Geschichte eingehen, da sie von den Brüdern seiner Frau, den belgischen Offizieren und Prinzen Sixtus und Franz Xaver von Bourbon-Parma, überbracht worden waren. Die virulenteste Stelle dieser Briefe beruhte auf Andeutungen in Geheimgesprächen des deutschen Reichskanzlers Bethmann Hollweg, für einen Frieden unter Umständen auf Elsass-Lothringen zu verzichten, woraufhin Karl im ersten seiner beiden Briefe an Clemenceau und König George schrieb, er werde *unter Anwendung meines ganz persönlichen Einflusses bei meinen Verbündeten die gerechten Rückforderungsansprüche Frankreichs mit Bezug auf Elsaß-Lothringen unterstützen.*

Karls Außenminister Czernin hatte zwar um die Friedensbemühungen seines Kaisers gewusst, jedoch angeblich den Inhalt der Briefe nicht gekannt. Während der folgenden Verhandlungen schien es den Allierten, Österreich könnte tatsächlich aus dem Bündnis mit Deutschland ausscheren. Dementsprechend verschob man auch die öffentliche Anerkennung der Nationalitätenbewegungen.

Vor einem derartigen Sonderfrieden scheute Karl im Sommer 1917 zurück. Einerseits aufgrund der Gebietsforderungen Italiens in Bezug auf Tirol, andererseits aber auch von Czernin gebremst, der angesichts des Zusammenbrechens der Ostfront und einer damit womöglich schlagartig verbesserten Versorgungslage für Militär und Zivilbevölkerung wieder an einen militärischen Sieg und einen Zusammenhalt der Monarchie glaubte.

Nach Czernins Rede vor dem Wiener Gemeinderat und dessen Beteuerungen des Wahrheitsgehalts seiner Aussagen, wonach Clemenceau es gewesen sei, der um Friedensverhandlungen gebeten habe, veröffentlichte der französische Ministerpräsident den ersten der beiden Briefe Kaiser Karls als Beweis dafür, keinesfalls ein Bittsteller gewesen zu sein. Statt dass Czernin die Briefe auf seine Kappe genommen hätte, blieb Karl nur die Lüge einer ehrenwörtlichen Erklärung, dass es keine weiteren Briefe gegeben habe. Czernin leugnete hingegen weiterhin, etwas von solchen Briefen gewusst zu haben, und wurde am 16. April vom Kaiser entlassen.

Österreich-Ungarns Gewicht im Bündnis mit Deutschland war damit auf ein Mindestmaß geschrumpft. Der Kaiser galt von nun an als schwacher Lügner, und die Alliierten legten mit ihrem Prinzip des Selbstbestimmungsrechtes der Völker eine brennende Zündschnur unter die von Hunger und Not immer mehr gebeutelte k. u. k. Monarchie.

Nichts davon hatte Elisabeth an dem 5. April der großen Explosion wissen können. Doch beinahe jeder Tag danach schien zu beweisen, wie deutlich ihre Ahnungen gewesen waren. In den Dörfern ringsum hungerten und verhungerten die Leute. In Blumau-Neurißhof folgte noch eine Reihe weiterer Explosionen, und sie schämte sich immer mehr dafür, in einer Haut zu stecken, in der sie nicht aufhören konnte, in unterschiedlichen Sprachen zu träumen, und in der sie Dinge spürte, die sie nicht wissen, nicht ahnen wollte, stattdessen sich davor flüchtete, sich davor versteckte.

Denn nichts anderes sollte sie in ihrem Schloss in den darauf folgenden Wochen und Monaten des Sommers und Herbstes 1918 in einer Weise tun, für die sie sich angesichts des aufschwappenden Elends nur noch mehr verachtete.

14

Diese Verachtung war eine völlige Überreaktion. Ihr Rückzug von allem, was zwischen Oktober und November 1918 geschah, hatte einen gewichtigen Grund. Ende September waren bei Franz Joseph, ihrem ältesten Sohn, die ersten Anzeichen der Spanischen Grippe aufgetaucht, und um ein Haar wäre er gestorben. Erst ein Therapieversuch mit einer Haube aus elektrischen Röhren, unter die sein Kopf gesteckt und erhitzt wurde, rettete ihn.

In diesen Wochen las Elisabeth keine Zeitung mehr, ging nicht aus dem Haus, sie wachte Tag und Nacht bei ihrem Sohn. Unterdessen beschleunigte ihr Cousin, der Kaiser, mit seinem Manifest an *Meine getreuen österreichischen Völker* die Auflösung der Donaumonarchie. Denn diese nutzten die von ihm zur Bildung eines Bundesstaates ausgesprochene Aufforderung, Nationalräte zu bilden, dazu aus, sich als selbständig zu erklären. Elisabeths Sohn Franz Joseph war zu dem Zeitpunkt gerade erst wenige Tage fieberfrei. Elisabeth traute sich noch kaum an einen glücklichen Ausgang zu glauben. Kurze Fieberpausen hatte es auch zu Beginn der Erkrankung gegeben, danach war es nur umso höher angestiegen. Die seltsame Therapie mit den Elektroröhren hatte sie nur aus Verzweiflung, in keiner Weise mehr aus irgendeiner Hoffnung oder gar Vertrauen versucht.

Am 21. Oktober konstituierte sich in Wien die Provisorische Nationalversammlung für *Deutsch-Oesterreich*,

Kaiser Karl kündigte am 26. Oktober noch eilig das Bündnis mit Deutschland auf und bat angesichts der sich seit Wochen auflösenden Armee am Tag darauf die Alliierten um einen Sonderfrieden. Zwei Tage später wurde in Prag die Tschechoslowakische Republik ausgerufen, zwei Tage danach wurde in Wien die von Karl Renner ausgearbeitete Verfassung Deutsch-Österreichs angenommen. Am nächsten Tag übergab der letzte kaiserliche Ministerpräsident Heinrich Lammasch einer in der Nacht gebildeten provisorischen Regierung die Staatsgewalt. In dieser Regierung trat Victor Adler sein letztes politisches Amt als Außenminister an, am 3. November kam es zum Waffenstillstand mit den Alliierten, und einen Tag später legte Karl I. seine Befehlsgewalt über eine Armee nieder, die trotz massenhafter Desertionen und dem Überlaufen ganzer tschechischer Verbände zu den Italienern in der Woche davor noch die ersten Angriffe einer alliierten Großoffensive an der Südwestfront abgewehrt hatte.

Franz Joseph war in diesen Tagen bereits über eine Woche fieberfrei. Elisabeth saß an seinem Bett, las ihm vor, erzählte ihm Geschichten aus ihrer Kindheit, Geschichten vom Großvater, von der Großmutter. Sogar Erlebnisse mit ihrem Vater schilderte sie ihm. Sie erzählte Geschichten einer ganz normalen Familie. Gleichzeitig hatte es vielleicht mit einer Art von Phantomschmerz zu tun, mit welcher Vehemenz sie sich in diesen Wochen alle Nachrichten vom Krieg und aus der Welt verbat. Nur um nicht wahrzuhaben, dass ihr der Zusammenbruch von Reich und Herrschaft weit näher ging, als sie es sich eingestehen wollte.

So erfuhr sie erst Jahre später, dass zu dem Zeitpunkt die Truppen des Erzhauses Habsburg noch fast das ganze heutige Polen, einen Teil von Weißrussland und der Ukraine, das Königreich Rumänien, Serbien, Montenegro und Albanien sowie Friaul und Teile Venetiens besetzt gehalten hatten. Doch hätte sie solchen Nachrichten gegenüber ohnedies höchstens Bitternis empfunden. Der Krieg war auf andere Weise verloren worden, er war vom Hunger, von Verzweiflung entschieden worden, von Nationalismus, abgehobenen Politikern und der Hybris, Ignoranz und Menschenverachtung ihrer eigenen Familie. So verzweifelt die Soldaten an den Rändern des Reiches und teilweise jenseits von dessen Grenzen ihre Stellungen auch in diesen Tagen noch verteidigten, über den Winter hätten sie sich keinesfalls mehr halten können. Besonders bitter das Los jener, die sich bereits im Frieden wähnten und aufgrund der katastrophalen Kommunikation zwischen Kaiser Karl und dem neuen deutschösterreichischen Staatsrat Opfer einer Unklarheit über den Beginn des Waffenstillstands mit Italien wurden. So nahm die italienische Armee ohne Gegenwehr rund 350.000 überraschte österreichisch-ungarische Soldaten gefangen, war jedoch auf eine solche Masse an Gefangenen nicht vorbereitet, was Tausende Soldaten das Leben kostete.

Die Republik *Deutsch-Oesterreich* wurde am 12. November ausgerufen, in der Nacht davor starb Victor Adler, dessen Tod in der *Arbeiter-Zeitung*, wie Elisabeth Wochen später nachlesen sollte, die Abdankung ihres Cousins auf Seite 5 verdrängte. Auch in dieser zweiten Novemberwoche kümmerte sie sich noch um nichts anderes als um ihren Sohn. Der Arzt war immer zufriedener mit ihm und stolz auf seinen Therapievorschlag, Elisabeth blieb insgeheim weiterhin skeptisch, so optimistisch sie sich Franz Joseph gegenüber auch gab. Es kostete sie alle Kraft.

Erst im Winter begann sie die Welt wieder wahrzunehmen. Alles kam ihr still vor, so als läge draußen meterhoher Schnee. Doch keine Spur davon. Und erst nach und nach wurde ihr klar, dass es das Ausbleiben der Explosionen war, das Ende der fieberhaften Kampfstofferzeugung.

An einem dieser Wintertage wurde ihr von Ottos Anwalt die Scheidungsklage zugestellt. Es hatte zu schneien begonnen, und sie hatte sich gerade mit jener Ausgabe der *Arbeiter-Zeitung* in einem Fauteuil vor der Terrassentür niedergelassen, in der am 12. November die Abdankungsanzeige Karls veröffentlicht worden war.

… *Karl Habsburg ist nun ein Bürger des Staates wie wir alle und die Gesetze des Staates stehen ihm ebenso zur Seite und schützen ihn wie alle Staatsbürger. Die Monarchie hat aufgehört, es gibt keinen Monarchen mehr, und so gehen wir, von diesem Zwischenfall nicht aufgehalten, ruhig und zielbewußt an den Neuaufbau unseres Staatswesens.*

Die Kinder rannten durchs Schloss, sie schaute in die Schneeflocken. Vor fast genau dreißig Jahren war ihr Vater gestorben. Sie fühlte sich immer noch als Mädchen und war mit ihren 35 Jahren womöglich bereits in der Mitte ihres Lebens angekommen. Sie blickte in den Schnee und in die Stille. Für Augenblicke empfand sie nichts als Müdigkeit, dann holte sie Luft und begann in der Scheidungsklage zu lesen, die Ottos Anwälte beim Bezirksgericht Landstraße eingebracht hatten. Gleich in der Einleitung wurde sie des würdelosen Benehmens beschuldigt, des Hochmuts, der Herrschsucht, und nicht nur ihre Zurechnungsfähigkeit wurde in Zweifel gezogen, sondern dies auch sogleich mit dem Sorgerecht für ihre Kinder in Zusammenhang gebracht:

Insbesondere ist es ausgeschlossen, daß meine Kinder noch fernerhin in den Händen meiner völlig abgeirrten Frau bleiben. Es erscheint mir vielmehr unter diesen Umständen als meine unabweisliche Vaterpflicht, die Pflege und Erziehung meiner Kinder selbst zu übernehmen. Als Scheidungsgründe mache ich geltend:

1. Verletzung der ehelichen Treue und Ehebruch

2. Unordentlicher Lebenswandel, durch welchen die guten Sitten der Familie in Gefahr gesetzt wurden.

3. Sehr empfindliche, wiederholte Kränkungen.

4. Grobe Verletzungen der guten Sitten.

5. Verletzung der ehelichen Pflichten in Ansehung der Kinder.

Zu jedem dieser Punkte fanden sich im Anschluss ausführliche Erklärungen und Beschreibungen. Elisabeth musste vor Ärger immer wieder ihr Lesen unterbrechen, konnte jedoch auch nicht aufhören. Denn es handelte sich nicht um Lügen, sosehr sie die Bewertungen und Forderungen auch empörten, die meisten der ausführlich beschriebenen Momente ihres Lebens während der letzten gut 15 Jahre waren so akkurat erzählt, dass sie darin sogar Augenblicke für bare Münze nahm, an die sie sich gar nicht mehr erinnerte.

Sie sah sich selbst zu. Wie aus einem Versteck, in dem sie sich als Beobachterin unsichtbar war. So las sie ihr eigenes Leben, und es war genauer beschrieben, als sie es je wiedergeben hätte können. Je detailgetreuer die Beschreibungen waren, desto gebannter folgte sie ihnen. So, als müsste sie etwas festhalten. Immer wieder war durch Auslassungen auf Passagen verwiesen, die aus Platzgründen nicht zitiert werden konnten. Immer wieder wechselten die Perspektiven. Trotzdem war für sie nicht zweifelsfrei festzustellen, wer hier mit Otto seit so vielen Jahren kollaboriert hatte.

Am Tag danach stürzte sie in ein tiefes Loch. Sie konnte es sich zuerst nicht erklären, versuchte sich abzulenken, überlegte mit ihrem Schlossdirektor die Neuorganisation der Betriebe im Schloss: Bauernhof, Forstwirtschaft und auch die in Ottos Verantwortungsbereich liegenden Stallungen. Sogar ihren Finanzberater ließ sie kommen, besprach mit ihm die Verluste des in Staats- und Kriegsanleihen liegenden Erbes ihres Großvaters, empfand jedoch nur Gleichgültigkeit, eine tiefe Gleichgültigkeit. Tagelang sollte sich daran nichts ändern, nicht einmal am Todestag ihres Vaters. Es fühlte sich so erstickend an, dass sie sogar mit dem Gedanken spielte, sich zum ersten Mal seit dem Tod des Großvaters zur Kapuzinerkirche bringen zu lassen und in die Gruft hinunterzusteigen. Sie tat es nicht, auch dazu fehlte ihr jeglicher Antrieb.

Über drei Wochen ging es so, drei Wochen, die ihr wie eine Ewigkeit vorkamen. Bis sie im Februar vom Pflegschaftsgericht Landstraße über den Antrag Ottos informiert wurde, ihr die Kinder für die Dauer des Ehescheidungsprozesses abzunehmen und in seine Obhut zu übergeben. In dem Augenblick erwachte die Kämpferin in ihr. Sie stellte ihrem Hausanwalt Dr. Bell mit Dr. Caumont einen Scheidungsexperten zur Seite und begann eigenhändig und in aller Ausführlichkeit an einer Gegenklage zu schreiben, über deren Inhalte und Formulierungen sie in den nächsten Wochen und Monaten mit ihren Anwälten Wort für Wort oft so erbittert stritt, als würden sie die Gegenseite vertreten.

Insgesamt wurden es 120 Seiten, und nur die in ihren Augen harmlosesten Passagen fanden am Ende Eingang in ihre Gegenklage …

… Die Grundzüge des Wesens meines Gatten sind geistige Beschränktheit, Energielosigkeit, Oberflächlichkeit, Eitelkeit, Falschheit, Hang zum Intriguentum und zur Unwahrheit sowie große Geldgier. Er ist ein ungemein selbstsüchtiger, *nur auf das eigene ›Ich‹ bedachter Mann. Er ist* herzlos *mir und auch den Kindern gegenüber. Wenn Zorn den Firnis seiner Manieren beseitigt, schreckt er auch vor* Roheit *nicht zurück. (…)*

Ohne tieferes geistiges Interesse und jeder ernsten Tätigkeit abhold, mit fremden Sprachen gar nicht oder nur oberflächlich vertraut, erschöpft sich mein Gatte in Äußerlichkeiten. Schon als junger Oberleutnant gab er seinen militärischen Beruf auf und lebte nur mehr dem Vergnügen und von meinem Gelde, sein bescheidenes Privateinkommen stand zu seinen Bedürfnissen in keinerlei Verhältnis. Jagd, Reitsport und Polospiel bildeten seine Lebensbeschäftigung, derentwegen er wochenlang von daheim abwesend war und mich und die Kinder vernachlässigte. Die Abwesenheit nahm im Laufe der Jahre immer mehr zu, so daß er sich in den letzten Jahren vor dem Kriege in unserem Haus nur mehr vorübergehend und ganz kurz aufhielt.

Außer den vorerwähnten Vergnügungen bildeten sein höchstes Lebensinteresse seine Toiletten. Kleidungsstücke und Wäsche schafft er sich in lächerlichen Mengen und zu unsinnig hohen Preisen an und auch andere Menschen beurteilte er nur nach den Äußerlichkeiten ihres Auftretens und ihrer Toilette, speziell die Güte der Hosenbügelfalte *schien ihm bei Männern besonders beachtenswert. Diesen Äußerlichkeiten entspricht eine maßlose Eitelkeit, die bei zahlreichen*

Gelegenheiten zutage tritt, wie in der Veröffentlichung von nicht selbstverfaßten Zeitungsartikeln, in der Haltung von Reden, welche ihm andere zusammenstellten, und in der Jagd nach Orden und Auszeichnungen.

Innerhalb weniger Tage hatte sie alles, was es für sie zu sagen gab, formuliert. Selbst das dauerte ihr bereits zu lange. Sie hatte geflucht und geschrieben. An die Notwendigkeit von Beweismaterial hatte sie ebenso wenig gedacht, wie ihr die Mehrzahl der von ihm ins Treffen geführten Scheidungsgründe viel zu lächerlich erschienen, um sich damit überhaupt auseinanderzusetzen. Bestreiten konnte sie kaum etwas davon. Doch ihre Attacken gegen ihn waren für sie nur Reaktion, reine Notwehr, sogar die Revolverschüsse.

Damit war für sie alles getan und gesagt. Mehr Zeit durfte es nicht brauchen, doch dann wurden es Monate. Es hieß, sie brauche Beweismaterial, es müssten Gegenargumente gesucht werden, sie verwünschte ihre Anwälte und hätte Dr. Bell und Coumont bereits nach Tagen gefeuert und danach in regelmäßigen Abständen wieder und wieder, hätte es nur irgendeinen anderen Juristen gegeben, der sie ebenso gut gekannt hätte wie die beiden und deshalb auch ebenso viel Arbeit in diesem Prozess selbständig erledigen hätte können.

Es dauerte den halben Winter und den ganzen Frühling. Am Ende musste die für die Gegenklage gewährte Frist ausgenützt werden, die am Sonntag, dem 1. Juni, ablief. Bis zuletzt erschien ihr jedes Gegenargument, jedes Detail an so genanntem Beweismaterial als entwürdigend. Doch sie musste einsehen, dass sich nur auf diese Weise die ebenso genau untermauerten Scheidungsgründe Ottos zurückweisen ließen. Was daran der Wahrheit entsprach, war ihren Anwälten, so kam ihr vor, in vielen Augenblicken gleichgültiger als die Frage, welche Argumente und vor allem welche Gegenbeweise es gab. Ihr ganzes Leben wurde auseinandergenommen, kleine Bedienstete durften über sie sprechen. Alles nach den Maßgaben kleinlicher Taktik und ängstlicher Strategien. Sie hielt es kaum aus. Sogar in Bezug auf Egon bastelten die Anwälte an Versionen, die ihre Beziehung verharmlosten. Doch das ließ sie nicht zu, keinen Zentimeter gab sie hier nach.

Ja, mit ihm hatte sie die eheliche Treue verletzt, so war das, und am liebsten hätte sie hinzugefügt, dass es unzählige Male gewesen war und in Gedanken und Vorstellungen noch unzählige weitere Male bis zum heutigen Tag. Ja, so müsste es eigentlich heißen, selbst bevor sie Egon überhaupt erst kennenlernte, hatte sie niemand anderen als einen wie ihn gesucht. Und mit dieser Vorstellung in ihrem Herzen hatte sie die eheliche Treue zu ihrem Mann, der diesen Wünschen leider nie entsprochen hatte, von Anfang an verletzt. Das war die Wahrheit, und ihr Fehler lag einzig und allein darin, dies in Wirklichkeit viel zu spät bemerkt zu haben. Doch das durfte sie nicht schreiben, und erst als die Gegenklage vor dem Wochenende des 1. Juni ans Gericht ging, merkte sie, wie gleichgültig ihr die Wahrheit geworden war, solange sie sich nur nicht mehr mit ihrem Mann und dieser Ehe auseinandersetzen musste.

Nachdem an jenem Sonntag die Abgabefrist verstrichen war und sie ihrer Gegenklage auch theoretisch nichts mehr hinzufügen konnte, atmete sie auf, merkte jedoch, dass es ein Aufatmen ohne Erleichterung war. Dabei hatte sie zu dem Zeitpunkt nicht die geringste Vorstellung davon, was sie an Entblößung und Bezichtigung in den folgenden über Monate sich hinziehenden Verhandlungen um die Kinder noch erwarten sollte. Die einzige substanzielle Ablenkung in dieser Zeit waren die Fragen, was auf das Land, in dem sie lebte, was auf den Staat, der als Republik nunmehr Deutsch-Österreich hieß, zukommen würde. Im Februar hatten die ersten freien Wahlen stattgefunden, die ersten, bei denen auch Frauen wahlberechtigt waren. Elisabeth hätte gern die Deutsche Sozial-Demokratische Arbeiter-Partei gewählt. Sie hätte das stolz und mit ihrem Namen getan, der für sie immer noch jener einer geborenen Habsburg-Lothringen war. Doch sie konnte nicht, da sie als verheiratete Windisch-Graetz aufgrund des Stammsitzes ihres Mannes jugoslawische Staatsbürgerin geworden war.

Gut fünf Wochen nach dem knappen Sieg der Sozialdemokraten war ihr Cousin, der Ex-Kaiser, wie man ihn in der *Arbeiter-Zeitung* stets nannte, ausgereist. Schon davor hatte man nach Wegen gesucht, ihn loszuwerden, da seine Abdankung in Österreich wie in Ungarn keine als Kaiser oder König gewesen war, sondern lediglich ein Verzicht auf die Regierungsgeschäfte, der durchaus auch als temporäre Angelegenheit zu interpretieren war. Sämtlichen Versuchen der provisorischen Regierung, mit ihm über eine Ausreise zu verhandeln, war er den Winter hinweg ausgewichen. Zunächst unter dem Vorwand von Krankheiten in Schloss Eckartsau, wohin er am 12. November aus Schönbrunn abgereist war, später aufgrund des Argumentes, der Regierungschef Renner habe sich nicht an das Zeremoniell der Anmeldung gehalten. Nichts davon wunderte sie, Elisabeth hatte ihn immer schon für lächerlich gehalten. Anfangs tat er ihr sogar leid, je länger seine eitle Starrsinnigkeit jedoch andauerte, desto entbehrlicher empfand sie sein Verhalten.

Als es am 23. März mithilfe der Vermittlung Englands und einer offenbar besänftigenden Solidaritätsadresse von König George V., nicht zuletzt aber, wie Elisabeth hörte, aufgrund dringend benötigter Medikamente gelang, ihn zur Ausreise zu bewegen, was ihm immerhin die formelle Abdankung ersparte, bestand Karl auf einem kaiserlichen Hofzug sowie den entsprechenden militärischen Ehren, bevor er sich in der Uniform eines Feldmarschalls in den Zug setzte und mit Frau und Kindern, seiner Mutter und dem engsten Personal auf den Schienen der Niederösterreichischen Landesbahnen, wie das die *Arbeiter-Zeitung* am nächsten Tag ausführlich beschrieb, über Stadlau, Simmering, Hetzendorf, St. Veit und Hütteldorf die Westbahnstrecke erreichte, auf der es über Amstetten, Selzthal, Bischofshofen und Feldkirch in die Schweiz ging. All das, nicht ohne vor dem Grenzübertritt in Feldkirch in einem, kaum der Öffentlichkeit bekannt gewordenen Manifest noch einmal gegen seine Absetzung zu protestieren.

Anfang April wurde daraufhin von der Konstituierenden Nationalversammlung ein Gesetz betreffend der Landesverweisung und der Übernahme des Vermögens des Hauses Habsburg-Lothringen beschlossen, wonach der ehemalige Träger der Krone auf Dauer des Landes verwiesen wurde, alle anderen Mitglieder des ehemaligen Herrscherhauses hingegen nur, sofern sie nicht auf die Zugehörigkeit *zu diesem Hause und auf alle aus ihr gefolgerten Herrschaftsansprüche ausdrücklich verzichtet und sich als getreue Staatsbürger der Republik bekannt haben.* In Bezug auf Familienzugehörigkeit und Herrschaftsansprüche war das bei Elisabeth längst der Fall, in Sachen Staatsbürgerschaft musste sie sich gedulden. Das hinderte sie jedoch in keiner Weise daran, während dieser Tage so gespannt wie viele andere auf die Übergabe der Friedensverträge in St. Germain zu warten, die von den Siegermächten des Kriegs in den vergangenen Monaten ausgearbeitet worden waren, ohne dass Verhandlungen darüber zugelassen gewesen wären.

Es war ein Warten und ein Rätselraten. Die Übergabe war bereits mehrfach verschoben worden, die österreichische Delegation hatte lediglich schriftliche Vorschläge einreichen dürfen, musste sich jedoch dafür Papier aus Wien kommen lassen. Noch am Donnerstag, dem 29. Mai, herrschte die Annahme, die Friedensbedingungen würden am Freitag übergeben.

Es wird zwar nur ein Torso sein, weil er die finanziellen Fragen noch nicht enthalten wird; aber er wird, das kann man schon heute sagen, des Schmerzlichen genug enthalten: bezüglich aller Gebiete, die man uns rauben will – Deutsch-Südtirol, das ganze deutsche Sudetenland, die deutschen Randgebiete in Kärnten und Steiermark – müssen die ernstesten Befürchtungen gehegt werden.

In derselben Ausgabe der *Arbeiter-Zeitung* wurde auch von Kämpfen in Kärnten berichtet, bei denen jugoslawische Verbände mit starker Infanterie und Artillerie so gut wie das gesamte Gebiet südlich der Drau einnahmen. Doch nicht nur um Österreichs Grenzen wurde gekämpft. Aus der Tschechoslowakischen Republik wurde gemeldet, dass die Truppen des neuen Staates entlang der slowakischen Demarkationslinie einer Übermacht der Roten Armee der Ungarischen Räterepublik unter Béla Kun gegenüberstünden. Kaschau und Miskolcz hätten geräumt werden müssen.

Sie konnte derartige Berichte kaum lesen und hatte gleichzeitig das Gefühl, es änderte nichts, wenn sie sich davor verschloss. So nahe an ihr schien all dies stattzufinden, als würde sie es auch ohne alle Nachrichten wahrnehmen. Und gleichzeitig verachtete sie sich für solche Einbildungen, verachtete sich dafür, immer noch die Familie mit dem Reich zu verwechseln. Immer wieder tauchten diese Empfindungen in ihr auf. Sie blieben auch nicht still, wenn sie von Gräueltaten las. Wie etwa an diesem Donnerstag, an dem alles auf die Übergabe der Friedensbedingungen wartete, die Meldung über jene acht tschechischen Legionäre, die in einem kleineren, von den Ungarn zurückeroberten Ort mit an die Tischplatten genagelten Händen und mit Paprika bestreuten Wunden aufgefunden worden waren. Oder die wiederholten Nachrichten darüber, wie wenig Handhabe die Siegermächte in diesen Tagen gegen die fortlaufenden Judenpogrome in Polen hatten.

Am nächsten Tag wurde bekannt, die Überreichung der Friedensbedingungen verschiebe sich auf Montag. Erneut Berichte von Pogromen in Polen, von Kämpfen an der ungarisch-tschechoslowakischen Grenze, in Kärnten, von Streiks in Italien sowie der Ablehnung der Versailler Verträge bezüglich Deutschlands durch die französischen Arbeiter. Zudem sei in St. Germain unterdessen von den Siegermächten die Errichtung von Fiume als selbständigem Staat beschlossen worden, mit dem an der Adria eine Übereinkunft zwischen Jugoslawien und Italien erreicht worden sei.

Zwei Tage später wurde der Friedensvertrag der österreichischen Delegation überreicht. Noch in der Montagsausgabe war in der *Arbeiter-Zeitung* über geringfügig bessere Bedingungen für Deutsch-Österreich als für Deutschland spekuliert worden. Dienstag war jedoch schwarz auf weiß zu lesen, wovon Elisabeth schon während des Montagnachmittags ohne größere Gemütsbewegung erfahren hatte. Wobei es nicht nur Gleichgültigkeit war, sondern vor allem Erleichterung über die Gleichgültigkeit. So als hätte sie damit alles, was mit dem alten Reich zu tun gehabt hatte, endlich abgeschüttelt: *Alles, alles haben sie uns genommen* .... schrieb sogar die internationalistisch ausgerichtete *Arbeiter-Zeitung* in einer Weise, deren deutschnationaler Klang gerade in Elisabeths Ohren nichts als eine unheimliche Ahnung dessen sein sollte, wohin dieser Frieden Europa und die ganze Welt innerhalb der nächsten zwei Jahrzehnte führen sollte.

Mit Ausnahme einer einzigen wesentlichen Änderung, die in der Frage Kärntens eine Volksbefragung vorsah, sollte Renner diesen Vertrag am 10. September unter Protest unterzeichnen. Spätestens an dem Tag war auch bei ihr Empörung über diesen Vertrag da. Vielleicht schon länger, und es war ihr nur nicht aufgefallen, da sie sich nicht nur ein solches Gefühl, sondern vielmehr jegliches Gefühl in dieser Hinsicht verboten hatte. Mit dem Tag der Friedensvertragsunterzeichnung begann sie jedoch zu spüren, wie die Empörung sie erstickte. Denn im Unterschied zu allen anderen hatte sie keinerlei Recht, ihren Ärger gegen die so genannten Siegmächte zu richten. Jemand wie sie durfte sich das nicht erlauben. Dabei zählte nicht, wie lange sie schon kein Teil jenes Herrscherhauses mehr gewesen war, das diesen Krieg begonnen hatte. Für sie musste es immer der Krieg ihres Großvaters bleiben.

Sosehr sie das alles beschäftigte, soviel es in ihr rumorte – voll stummer Wut, wie im Fall des Friedensvertrags, voll peinlich berührter Genugtuung im Fall der Abdankung ihres Cousins – in alldem jedoch mit blinden Flecken aus

Strenge, Vorsicht und Scheu. Wie ernst ihre eigene, private Situation unterdessen geworden war, hatte sie weder angesichts Ottos Scheidungsklage noch beim Verfassen der Gegenklage realisiert. Mit einer derartigen Lage hatte sie keinerlei Erfahrung, trotz aller Eskapaden hatte sie sich stets des Schutzes ihres Großvaters sicher sein können. Und selbst unter ihrem Cousin hätte sich Otto keinen derartigen Krieg erlauben können. Nun war sie dem Gericht und dem Jugendamt ausgesetzt. Im Spätsommer wurden die Einvernahmen begonnen. Die Pädagogen, das Dienstpersonal, die Ärzte der Kinder wurden einvernommen, sogar die Kinder hatten Vorladungen bekommen. Am Ende wurde zwar ein positives Bild von ihr als Mutter gezeichnet, und es ging eindeutig hervor, dass die Kinder bei ihr bleiben und nicht zum Vater gehen wollten, den sie seit 1909 kaum mehr gesehen hatten. Trotzdem hatte sie mit jeder weiteren Einvernahme mehr Panik bekommen und mehr Hilflosigkeit verspürt.

Dazu kam in diesen Monaten die Frage ihrer Staatsbürgerschaft sowie die Situation auf Schloss Schönau, auf dem seit der Zwangsrequirierung durch die Armee immer mehr russische Kriegsgefangene gearbeitet hatten. Nun standen die Ställe halb leer, im Frühling war viel zu wenig ausgesät worden, und Geld war nichts wert. Weder bekam man dafür genügend Nahrungsmittel, noch konnte man Arbeiter allein für monetäre Abgeltung anstellen. Als schließlich ihre Kinder völlig verstört von den Einvernahmen zurückkehrten und ihr klar wurde, dass die aggressive Gegenklage womöglich nicht das beste Bild von ihr gezeichnet hatte, wusste sie nicht mehr weiter. Sie fühlte sich umzingelt. Sie hatte sich überschätzt oder ihren Mann unterschätzt. Vielleicht war es doch kein bloßer Zufall, dass er im Krieg für *Tapferkeit vor dem Feind* mit dem Militärverdienstkreuz und dem Eisernen Kreuz I. Klasse ausgezeichnet worden war? Selbst in seiner Scheidungsklage war es erwähnt.

Doch auch wenn sie ihn unterschätzt hatte und er im Krieg zu einem ernst zu nehmenden Gegner herangewachsen war, am Ende würde er sich vor ihr wieder fürchten. Für so etwas hatte sie einen untrüglichen Sinn. Sie durfte jetzt nur nicht klein beigeben. Sie hatte einen Krieg zu führen und ihr fiel tatsächlich nichts Besseres ein, als sich auf den Weg ins Kriegsministerium zu begeben. Wie eine Kaiserin, die nur mehr den Auftrag zur Truppenmobilmachung geben musste.

Später sollte sie darüber lächeln und immer auch erinnert sein, wie sie ihre Herkunft selbst in diesen Monaten des Umbruchs, der Demokratisierung, der versuchten Revolutionen und Umsturzversuche, noch in ihrem Inneren trug. In dem Sinn war es auch keine Kurzschlusshandlung, sondern schlicht und einfach derselbe Impuls, mit dem sie früher zu ihrem Großvater gefahren wäre. Ihr Großvater und seine Uniform, das allein war es gewesen. Das Vorbild des obersten Kriegsherrn. Mochte Otto aus dem Krieg voller Auszeichnungen zurückgekommen sein, er hatte ihn verloren und seine Armee wurde liquidiert. Dorthin musste sie, ins Zentrum dieser Liquidation. Genauso wie früher nach Schönbrunn oder in die Hofburg.

Über dem Ministerium am Stubenring prangte der Doppeladler, als wäre nichts geschehen. Doch bereits neben dem Radetzky-Denkmal lungerten Soldaten wie Offiziere. Unweit davon begann eine lange Schlange, allesamt Bittsteller. Genauso wie sie. Doch auf solche Gedanken kam sie nicht. Und es protestierte auch niemand, als sie an den zum Teil arg zerlumpten Männern vorbei das Portal ansteuerte. Erst viel später überkam sie bei der Erinnerung daran kaltes Schaudern, was in dem Moment geschehen hätte können, wäre deutlich geworden, dass hier eine geborene Habsburgerin an diesen Gebeutelten und Kaputten vorbeistolzierte.

Dem Portier verweigerte sie jede Auskunft. Selbst als ihr gesagt wurde, dass es keinen Kriegsminister mehr gebe, ließ sie sich nicht abbringen. Es sei ihr gleichgültig, wie der oberste Beamte nun heiße, man solle sie dorthin bringen. So landete sie tatsächlich im Vorzimmer des Staatssekretärs für Heerwesen, Julius Deutsch, einem früheren Mitarbeiter Karl Renners. Etliche Jahre danach lachten Deutsch und sie über diese Episode. Sie hatte sich zwar als Frau Windisch-Graetz anmelden lassen, ohne die Beifügung *von*, oder *Fürstin*. Doch als die Sekretärin sie bei der Anmeldung abwimmeln hatte wollen, war sie explodiert und hatte die junge Person angeherrscht, ob sie nicht wisse, wen sie vor sich habe.

Dass eine geborene Erzherzogin von Österreich im ehemaligen Kriegsministerium um Vorlass bitte, wollte die Sekretärin ihrem Chef nicht vorenthalten, wenigstens nicht die Information darüber. Elisabeth verschwand wieder und Julius Deutsch nahm es kaum wahr. Es musste mitten in der Zeit der erzwungenen Abrüstung der Deutschösterreichischen Volkswehr gewesen sein. Damit hatte er damals auch alle Hände voll zu tun. Erst im November 1918 waren diese Truppen kurzfristig aufgestellt worden, um die Ordnung im Land und zumindest den Anschein einer Verteidigung nach außen zu wahren. Aufgrund der im Friedensvertrag festgelegten Demilitarisierung musste die Volkswehr aber aufgelöst werden. Womit ihr Besuch in die Tage der letzten und womöglich auch größten Putschgefahr im Land fiel.

Eine Woche nach dem ersten Anlauf versuchte sie es erneut. Ohne Termin und ohne Sekretärin. Plötzlich stand sie vor Deutschs Schreibtisch. Wie sie das geschafft hatte, sollte sich keiner erklären. Für sie war es so selbstverständlich gewesen, dass ihr später dafür gar kein Trick, keine Finte oder irgendeine eigens angestellte Überlegung im Gedächtnis geblieben war. Ebenso selbstverständlich schien für sie gewesen zu sein, dass ihre Angelegenheit in seine Kompetenzen fiel. Sie wollte sich nicht einmal die Mühe machen, ihm dies ausführlicher zu erklären. Es genüge doch, dass ihr Mann, ein ehemaliger Offizier der k. u. k. Armee, versuche, ihr die Kinder wegzunehmen: Dafür könne doch nur der Kriegsminister zuständig sein. Sie meinte das ernst. Deutsch sollte sie später noch öfter damit necken, wie sie dann keine Antwort parat gehabt hatte, als er sich erkundigte, was sie sich denn eigentlich vorstelle: Solle er etwa mit einer Kompanie vor ihrem Schloss aufmarschieren? Ansatzlos konterte Elisabeth, sie sei immerhin Sozialdemokratin geworden. Das wäre doch nicht wenig, angesichts ihrer Herkunft …

Das interessierte Deutsch tatsächlich. Selbst als er aus ihr hervorlockte, dass sie natürlich noch kein eingeschriebenes Mitglied sei. Doch sie beharrte auf ihrer Überzeugung und ertappte ihn daraufhin bei einem plötzlichen Gedanken: *Jetzt fragen Sie sich wohl, wie das wirken würde, wenn aus der Enkelin des Kaisers offiziell eine Sozialdemokratin würde? Ich kann es sagen, es würde nicht schlecht sein, denn Kraft habe ich genug, das können Sie mir glauben!*

Er glaubte es ihr auf der Stelle. Noch im selben Jahr schrieb sie sich in der Partei ein, und Julius Deutsch stellte ihr einen Genossen zur Seite, von dem er sich allein aufgrund seiner Herkunft erwarten konnte, dass er dieser geborenen Erzherzogin von Österreich Stück für Stück auch jene Seiten des Landes fassbar machen könnte, in denen die Sozialdemokratische Arbeiter-Partei zu Hause war. Er hieß Leopold Petznek und hatte es aus dem Waisenhaus zum Bürgerschullehrer und sozialdemokratischen Vertreter von Elisabeths Wahlbezirk gebracht.

Als sie ihn zum ersten Mal traf, trug sie Steffis Brosche.

15

Leopold war auf einmal da. Sie wusste nicht, wann sie ihn zum ersten Mal Leopold genannt hatte oder er sie Elisabeth. Sie erinnerte sich nur, dass sie das dazugehörige Gefühl zu dem Zeitpunkt längst begleitet hatte. Es war eine Nähe, in der das Siezen, in der ihre Nachnamen sowie alle Höflichkeit und Respekt von keiner Entfernung mehr erzählten. Sogar als er für sie längst Leopold und *Goldi* hieß, blieb er immer auch der still bewunderte Leopold Petznek der ersten Tage und war gerade darin von Anfang an ihr Leopold gewesen. So wie sie auch von seinem Dreireiher beim ersten Mal gedacht hatte, er hätte für die erste Begegnung eigens seinen Sonntagsstaat hervorgeholt. Um danach umso länger zu brauchen, bis ihr auffiel, wie selbstverständlich seine stille Eleganz ihr beim zweiten, beim dritten Treffen bereits geworden war. Bescheiden und stolz gleichzeitig.

Ihr Schloss, der Bauernhof, der Park, die Wälder, das Wild und die Stallungen, alles war 1919 in einem erbärmlichen Zustand. Hier machte sich nicht nur der Verlust der Arbeitskräfte durch den Wegfall der Kriegsgefangenen bemerkbar, sie hatte sich einfach nicht darum gekümmert. Nun war alles ins Kraut geschossen, unbewirtschaftet und heruntergekommen. Leopold hatte sich schon beim ersten Treffen einen Überblick verschafft und vorgeschlagen, ihren Schlossbesitz als Musterbeispiel für die anderen Güter und Schlösser zu nehmen, die in den letzten Monaten zu Staatsbesitz geworden waren. Denn es müsse möglich sein, dass bei gerechten Löhnen und zivilisierten Arbeitszeiten die nötigen Erträge und Gewinne erwirtschaftet werden könnten, mit denen alle ihr Auskommen fänden. Solche Vorstellungen fanden sofort ihre Zustimmung. Dazu kam, dass es sich bei den zu Staatseigentum gewordenen Besitztümern, für die ihr Betrieb Modell werden sollte, um jene ihrer Familie handelte: Schlösser wie Laxenburg oder Schönbrunn, in denen sie aufgewachsen war. Gerade deshalb stimmte sie umso lieber zu. Sie hatte das Gefühl, als wäre sie auf diese Weise an deren Übergabe beteiligt.

Leopold ließ Spezialisten aus den Bundesländern kommen, führte sie ein, brachte alle an einen Tisch – und Elisabeth war immer mit dabei. Genauso wie es selbstverständlich wurde, dass sie ihn zu Parteiveranstaltungen begleitete und bald ein eigenes Projekt betreute: die Gründung des Schönauer Kindergartens. Sie beaufsichtigte die Planungen und die Baustelle, sorgte für die Einrichtung einer Suppentafel und setzte bei den zuständigen Stellen insgesamt zwei Kindergärtnerinnen durch. Am Ende hatte sie zum ersten Mal in ihrem Leben etwas ohne ihren Reichtum geschafft und gleichzeitig ein Stück politischer Arbeit auf eine Weise gelernt, die ihr lieber war als jegliche theoretische Eröterung, bei der immer die Gefahr bestand, dass ihr langweilig wurde.

So ungenau sie sich auch erinnern konnte, wann Leopold sie zum ersten Mal Elisabeth nannte, so funkelnd warm und klar sollte jener Moment ihr Leben lang bleiben, in dem er sie in einer der Sektionssitzungen zum ersten Mal mit Genossin Windisch-Graetz angesprochen hatte. Zu dem Zeitpunkt sollte es noch Monate dauern, bis er zum ersten Mal ihre Hand in die seine nahm, ohne dass es bloß dem Begrüßen oder dem Verabschieden gegolten hätte. Für sie war es wie eine Liebeserklärung gewesen und gleichzeitig ein Adelsprädikat, das sich ganz anders anfühlte als alle Titel, die sie von Geburt an getragen hatte.

Selbstverständlich war auch niemand anderer als er bei ihr, als sie im Dezember, nach all den Anhörungen, Einvernahmen und auf Basis verschiedener Expertenmeinungen, den Lösungsvorschlag des Landstraßer Bezirksgerichts zugestellt bekommen hatte. Sie wollte ihren Augen kaum trauen, als sie am 20. Dezember den amtlichen Umschlag öffnete. Man attestierte ihr zwar, eine liebevoll sorgende und gute Mutter zu sein, weshalb auch alle befragten Spezialisten empfahlen, weder am Ort noch an der Art der Erziehung etwas zu ändern, da insbesondere das Verhältnis der Kinder zu ihrem Vater als kühl zu bezeichnen sei, trotzdem hielt das Gericht aufgrund der zu berücksichtigenden besonderen Rechte eines Vaters eine Aufteilung der Kinder für angemessen und akzeptabel. Dementsprechend sollten die beiden älteren Kinder, Franz Joseph und Ernst Weriand, aufgrund ihrer im rasanten Wachstum immer noch geschwächten Gesundheit, bei der Mutter bleiben, während man es den zwei jüngeren, Rudolf und Stephanie, zumuten wollte, zu ihrem Vater zu übersiedeln, den sie aufgrund ihrer späteren Geburt noch weniger kannten als die beiden älteren Brüder.

Offenkundig war das ein Vorschlag, der nicht verleugnen konnte, wie entscheidend in der Rechtssituation der jungen Republik patriarchale Gesetze weiterhin waren. Otto Windisch-Graetz sollte das jedoch nicht genug sein. Sein darüber noch deutlich hinausgehendes Ansinnen, das er einen Vergleichsvorschlag nannte, sah vor, die beiden älteren Kinder an ihn zu übergeben, den seiner Meinung geistig etwas zurückgebliebenen Rudolf in ein Internat zu schicken, die Tochter Stephanie jedoch vorerst bei der Mutter zu belassen.

Elisabeth war nur mit Mühe zu beruhigen. In ihr kochten Wut und Verzweiflung, sie war nicht nur knapp davor, aufzugeben, sondern vor allem sich selbst aufzugeben. Ohne Leopold, ohne seine Stimme und seine Ruhe hätte sie alles in die Luft gejagt. Mit ihm an ihrer Seite unterwarf sie sich jedoch den Instanzen, zwang sich sogar zu ersten Anzeichen von Diplomatie in Bezug auf Ottos Vergleichsangebot, das in Wirklichkeit nur größten Hohn bedeutete.

Ohne Zustimmung der Elternteile war damit das Gericht mit einer Beschlussfassung in erster Instanz am Zug. Demnach sollten die Kinder tatsächlich aufgeteilt werden, die beiden älteren Söhne bei Elisabeth bleiben, die beiden jüngeren bei ihrem Vater. Beide Seiten legten dagegen im Frühling 1920 Protest ein. Der Kampf zwischen Otto und ihr eskalierte bereits bei der Frage des Besuchsrechtes und der Übergabe zu Ferienaufenthalten. Elisabeth fürchtete zu Recht, dass Otto im Wissen um die Gesetzeslage, die den Vater als natürlichen Vormund und Familienvorstand sah, sofort gewinnen könnte, wenn er die Kinder auch nach der vereinbarten Zeit bei sich behielt.

Dass gegen eine derartige Gesetzgebung auch politisch immer weniger zu machen war, wusste Leopold Petznek als ihr Gewährsmann nur zu gut. Die politische Stimmung änderte sich. Woche um Woche wurde deutlicher, wie wenig von der Euphorie der Ausrufung der Republik geblieben war. Zwar hatten die Sozialdemokraten angesichts der Erleichterung und Aufbruchsstimmung, die in den Monaten nach der Abdankung des Kaisers trotz aller Not geherrscht hatten, im weitgehend bäuerlich und konservativ dominierten Österreich bei den Wahlen 1919 die Christlichsozialen knapp geschlagen. Spätestens mit den Verträgen von St. Germain kehrte aber Nüchternheit, Verzagtheit und Depression ein. Die Leute trauten der kleinen Republik, deren Grenzen von den Friedensverträgen diktiert worden waren, kein Überleben zu. Anstatt von großen Gesellschaftsveränderungen zu träumen, trauerten die Menschen der vergangenen Größe nach. Und kaum eine Bevölkerungsgruppe sollte den Stillstand stärker als die Frauen spüren. So wichtig die Frauen im Krieg für die Aufrechterhaltung der gesellschaftlichen Ordnung und die letzten Reste von Industrieproduktion gewesen waren, anstatt nun ihre rechtliche Rolle zu stärken, schielte die Gesellschaft immer unverhohlener nach dem starken Mann.

Als Otto am 15. Juli 1920 mit einer ganzen Gefolgschaft vor den Schönauer Schlossmauern eintraf, hielt Leopold sich zwar im Hintergrund, da auch das Scheidungsverfahren selbst noch anhängig war, in dem Elisabeth neuerliche Vorwürfe ehelicher Untreue nur schaden konnten, doch bestimmte er die Strategie, die vorerst in einer Hinhaltetaktik bestand. Eintritt in den Schlosspark wurde Otto nur ohne seine bewaffnete Begleitung gewährt. Otto ließ daraufhin seinen Trupp zurück, wollte sich jedoch von einem Gendarmen begleiten lassen. So wurde er vorgelassen. Die Kinder, so viel war bereits im Vorhinein klar, weigerten sich, mitzugehen. Gewalt wollte und durfte er keine anwenden, also trat er den Rückzug an.

Am nächsten Tag stellte er vor Gericht den Antrag, die beiden jüngeren Kinder der Mutter notfalls mit Gewalt abzunehmen. Sollte Elisabeth erneut für eine Verhinderung sorgen, müsste ihr mit einer hohen Geldstrafe gedroht werden. Und das Gericht gab dem Antrag statt. Erst als Elisabeth, die von Leopold nur mit Mühe zu beruhigen gewesen war, ein ärztliches Attest über die Verängstigung der Kinder vorlegte, aus dem hervorging, dass sie vor lauter Angst bereits erhöhte Temperatur bekommen hätten, wurde der Exekutionsbescheid zurückgezogen.

Als Nächstes stand Schloss Schönau der Besuch eines Polizei-Oberbezirksarztes bevor. Dieser Arzt reiste aus Wien an, kam zum gleichen Ergebnis wie der Hausarzt und empfahl dem Gericht, angesichts des monatelangen Gerangels fortan jede weitere Anstrengung sowie nervliche Belastung von den Kindern fernzuhalten. Otto ließ sich davon nicht abschrecken und verlangte umgehend eine weitere Untersuchung, um festzustellen, ob die Kinder zumindest bis Ebreichsdorf gebracht werden könnten, wo ihm eine befreundete Schlossbesitzerin ihr Gut zur Verfügung gestellt habe. Umgehend legte Elisabeth auch in dieser Frage ein Gutachten vor, das eine solche Möglichkeit ausschloss.

Als Letztes machte sich der Richter selbst ein Bild. Die Kinder ließen keinen Zweifel daran, dass sie nur mit Gewalt weggebracht werden könnten, und bettelten ihn an, die entsprechenden Anträge des Vaters endgültig abzuweisen. Dem entsprach der Richter schließlich, doch Otto ging umgehend in Rekurs und reichte zusätzliche Anträge zur Übergabe aller Kinder zwecks Ferienaufenthaltes ein, worauf sich wiederum Gutachten, Beschlüsse, Rekurse anschlossen.

Im Herbst wurde aufgrund des Wohnortes der Kinder, sicherlich aber auch aufgrund wachsenden Überdrusses, der Pflegschaftsakt von Wien-Landstraße dem Bezirksgericht Baden übertragen. Vom roten Wien aufs schwarze, christlichsoziale und im Falle Badens weiterhin auch monarchistische Land. Im Falle der Justiz mussten derartige Zuschreibungen aber nicht unbedingt gelten, wie Leopold Elisabeth zu beruhigen versuchte, die angesichts der großen Zugewinne der Christlichsozialen Partei in Niederösterreich kurz davor war, nach der Übertragung des Pflegschaftsstreites die letzte Zuversicht zu verlieren.

Tatsächlich ließen die ersten Amtshandlungen des nunmehr zuständigen Bezirksrichters Dr. Lamel auf faire Bedingungen hoffen. Elisabeth hatte ihm bereits zu Jahresbeginn 1921 eine Eingabe über den Verlauf eines Besuches der Kinder bei ihrem Vater geschickt, aus dem hervorging, dass Otto angesichts des Unwillens der Kinder ihm gegenüber bald die Nerven verloren hatte und Ernst Weriand eine Ohrfeige gab. Nun schickte Dr. Lamel nicht nur den Gerichtsarzt nach Schönau, sondern auch zwei Jugendgerichtshelferinnen. Alle drei kamen zum gleichen Ergebnis wie sämtliche Sachverständige bisher. Diesmal wurde bei Stephanie Fieber festgestellt, bei Rudolf eine weit über der Norm liegende Pulsbeschleunigung. Anstatt einen dementsprechenden Bescheid zu unterzeichnen, kündigte daraufhin jedoch Dr. Lamel selbst seinen Besuch an.

Elisabeth war allein darüber bereits außer sich. Über zwei Jahre ging das Gezerre nunmehr, ein derartiger Besuch zog alles noch mehr in die Länge. Kurz darauf erfuhr sie, dass Otto mit Dr. Lamel persönlich bekannt sei. Ab dem Moment öffnete aber der Stratege Leopold Petznek sein militärisches Arsenal. Der erste Schritt sollte nur eine Warnung sein, doch eine möglichst deutliche. So wurde der Bezirksrichter vor dem Schloss von einer Gruppe Arbeiterräte empfangen, die erklärten, die Kinder stünden unter ihrem persönlichen Schutz.

Petznek hatte dafür kein Überreden gebraucht. Die Leute im Ort waren seit langem über Elisabeths Mann empört, nachdem er während der schlimmsten Hungerzeiten des Krieges offenbar Fleisch an seine Hunde verfüttert hatte. Sie kannten zwar die Eskapaden Elisabeths, doch sie kannten sie auch als eine Frau, die trotz ihres schnell hochfahrenden Temperaments letztlich zur Stelle war, wenn es zu helfen galt. Eine Habsburgerin als eingetragene, aktive Sozialistin. Das war, so hatte es eine der Frauen Schönaus einmal zu ihr gesagt, als wollte einem die Wirklichkeit sagen, dass die Dinge sich manchmal doch zum Guten wenden.

So hatten sich an dem Frühlingstag 1921, an dem Dr. Lamel sich angesagt hatte, unzählige Menschen zu ihrem Schutz eingefunden. Sie empfingen den gutbürgerlichen Mann aus der k. u. k. Kurstadt Baden, in der 1917 und 1918 das k. u. k. Armeeoberkommando seinen Sitz gehabt hatte. Er wurde vor dem Schloss angehalten und ihm wurde erklärt, dass er gar nicht erst daran denken brauche, die Kinder alleine zu vernehmen. Diese stünden nun unter ihrem Schutz, genauso wie die Mutter, die so viel Gutes hier tue. Erst nach langem Verhandeln ließen sie ihn durch. Die Kinder blieben auch zum Badner Richter bei ihrer Verweigerungshaltung gegenüber dem Vater. Bald danach wurde bekannt, dass es eine Aussprache zwischen Lamel und Otto gegeben habe. Lamel ließ darüber noch verlauten, sie habe in *Herzlichkeit und Wärme* stattgefunden. Elisabeth hoffte trotzdem, der Badner Bezirksrichter habe ihrem Mann womöglich ins Gewissen geredet.

Doch es kam ganz anders. Lamel erließ am 17. März einen Exekutionsbewilligungsbeschluss zur Übergabe der Kinder von einer bis dahin selbst in dieser Rechtssache ungekannten Härte. Dementsprechend sollte jedem Widerstand gegen diese gerichtliche Verfügung mit Gewalt begegnet werden, wie Lamel schrieb. Denn es gelte, die allerersten Rechte eines Vaters zu wahren. Dies sei seine, Lamels, allerheiligste Pflicht als Richter. Deshalb sollten die Kinder nötigenfalls auch gefesselt übergeben werden. Noch am Tag seines Beschlusses erbat Lamel beim Bezirksgendarmeriekommando Baden Assistenz für die Exekution der Übergabe, die am 21. März 1921 um 8 Uhr früh stattfinden sollte. Er forderte 22 Polizisten in Bewaffnung an und bestellte den Kanzleioffizial Johann Zach zum ausführende Organ.

Die Truppe traf um 7 Uhr 45 vor dem Schloss ein. Es war ein trüber, für die Jahreszeit ganz typischer Tag. Im Schloss sah man hinter den Fenstern Lichter brennen, vor einer Stunde war noch Dunkelheit über allem gelegen. Leopold und Elisabeth hatten jedoch nicht nur über die Bewilligung der Exekution Bescheid erhalten, sondern über informelle Kanäle auch vom Ausmaß dieses Aufmarsches erfahren und sich dementsprechend vorbereitet.

Leopold sah, wie kurz vor 8 Uhr Otto mit einem Automobil vorfuhr. Elisabeth hatte er gebeten, sich mit den Kindern zurückzuziehen. Er kannte sie mittlerweile und bezweifelte nicht, dass sie zu allem bereit war. An dem Tag durfte sie sich aber keine Blöße geben, eine kurzfristige Verhaftung würde alles zunichtemachen. Es musste anders gehen, weniger greifbar.

Otto stand mit Kanzleioffizial Zach vor dem geschlossenen Tor, hinter ihnen hatten die Gendarmen Aufstellung bezogen. Der Hauslehrer kam den Wartenden vom Schloss her entgegen. Hinter ihm eine Handvoll Arbeiter. Ein Bild, wie es vom letzten Anlauf zu erwarten gewesen war. Der Hauslehrer sollte freundlich sein, das Öffnen des Tors jedoch verweigern. Es musste aufgebrochen werden, doch daran sollte sie auch niemand hindern. Erst danach ging es los.

Leopold warf einen Blick auf die lange Einfahrt. Danach schaute er noch einmal nach Elisabeth und den Kindern. Sie waren ruhig und er setzte sich kurz zu ihnen.

Vor dem Schloss tauchten nun immer mehr Arbeiter rings um den Trupp auf und machten den Offiziellen lauthals klar, dass sie zur Verteidigung hier seien und mit ihrem Leben dafür stünden. Das würde die erste Bedrohung sein, eine laute, ungestüme, doch eine unbewaffnete. Auf jedem Schritt in Richtung Schloss sollten Otto, der Gerichtsvollzieher und die Gendarmen umringt und umzingelt sein. Man konnte es bereits hören. Der Trupp durfte solcherart bis zum Schlosseingang gelangen. Die große Tür hatte bis zum letzten Moment geschlossen zu sein. Das war der Zeitpunkt für die beiden entscheidenden Bewegungen.

Ottos Trupp kam vor dem Schloss an. Leopold interessierte jedoch vielmehr, was vor den Schlossmauern geschah: Dort tauchten nun all die Dorfbewohner und die Arbeiterabordnungen aus den umliegenden Betrieben auf – weit mehr, als er angenommen hatte. Sie kamen aus Wöllersdorf, Enzesfeld, Hirtenberg, Felixdorf, Lichtenwörth, Sollenau, Leobersdorf und sogar Wiener Neustadt. Die meisten aber waren aus Blumau-Neurißhof. Sie strömten wie Schatten durch das Schlosstor herein. Sie würden den halben Park füllen. Geplant hatte Leopold seine Aktion lediglich mit einem Bruchteil einer solchen Menge. Er hatte nicht annehmen können, welche Eigendynamik sich entwickeln würde.

Die Arbeiterinnen und Arbeiter hielten sich perfekt an den Plan. Leopold war zufrieden, vor allem war er jedoch gerührt. Der Park rund um das Schloss wurde nicht nur immer voller, sondern noch einmal dunkler. Er sah, wie die ersten Gendarmen sich umblickten, sie mussten es eher gespürt denn gehört haben. Rund um sie weiterhin der erste Empfangstrupp von Arbeitern, die ihnen Vorträge darüber hielten, dass eine neue Zeit angebrochen sei, dass es vorbei sei mit den alten Gesetzen. Wie groß die Menge im Park war, konnten sie noch kaum sehen, doch sie wurden unruhiger.

Otto und der Gerichtsvollzieher hämmerten ans Schlosstor, traten danach zurück, um in den Fenstern nach einer Reaktion zu sehen. Nach dreimaligem Versuch rechneten sie wohl erneut mit keiner Bewegung. Jetzt sollten die Gardinen aufgehen und die Pistolen und Gewehre sichtbar werden, die von stummen und vermummten Arbeitern hinausgerichtet wurden. Im gleichen Augenblick öffnete ein Hausangestellter das Eingangstor. Immer noch strömten Leute in den Park, eine unhörbare, dunkle Menge. Leopold ging zurück zu Elisabeth und den Kindern. Er hatte vorgesehen, dass sie gemeinsam in die Vorhalle treten würden. Ohne Weinen, ohne Schreien, so hatte er es den Kindern immer wieder ganz ruhig erklärt. Dann würden die anderen umso mehr Angst und Scheu bekommen.

Er wusste weder, ob sie sich daran hielten, noch wusste

er, ob es wirklich funktionierte. Als Nächstes, so viel war klar, wäre eine Eskalation unausweichlich gewesen. Ihm war bewusst, dass die Arbeiter wie auch Elisabeth dazu bereit waren. Doch es ging um die Kinder, das hatte er ihnen eingebläut. Die Kinder konnte man nur anders gewinnen. Eine Eskalation verlängerte den Kampf bestenfalls.

Sie traten über die Stiegen in die Halle. An das Bild, wie vor dem Eingangstor im Hinuntersteigen langsam die Schuhe, die Hosen und erst dann die Oberkörper und die Köpfe von Otto und dem Gerichtsvollzieher sichtbar wurden, erinnerte er sich sein ganzes Leben lang. Die beiden standen einfach nur da. Hinter ihnen die Gendarmen, während der Begrüßungstrupp der Arbeiter mit dem Aufgehen der Tür still geworden war. Dahinter sah man bis zum Schlosstor nur Menschen, Leopold glaubte auch das Rauschen ihrer Schritte durchs morgenfeuchte Gras zu hören, doch vielleicht war es das Rauschen seines Blutes in all der Anspannung.

Otto blickte immer wieder zu den geöffneten Fenstern, ebenso der Gerichtsvollzieher. Von der grauen Menge hinter ihnen hatten sie noch nichts mitbekommen. Einen Schritt vor der Türe blieb Leopold mit Elisabeth und den Kindern stehen. Otto und der Gerichtsvollzieher Zach waren bereits angesichts der Pistolen und Gewehre der Vermummten ein Stück zurückgetreten. Weit konnten sie jedoch nicht. Die Menge im Park hatte sich beinahe lautlos um den Trupp Polizisten geschlossen. Leopold merkte, wie Otto instinktiv seinem Blick folgen wollte, jedoch zu stolz war, sich umzudrehen. Er starrte sie nur an, die Kinder, Elisabeth und ihn. Voller Verachtung. In dem Moment fiel Leopold auf, dass er Elisabeths Hand hielt. Sie hatten sich solche Gesten in der Öffentlichkeit bislang verboten. Otto durfte nicht noch mehr Munition bekommen. Nun fühlte er ein Zucken in ihrer Hand, ein Zucken am ganzen Körper. Nach außen war ihr nichts anzumerken, nichts Sichtbares, gleichzeitig hatte er das Gefühl, es öffne sich etwas ganz Unerhörtes an ihr, etwas unbezwingbar Weites.

Otto sah in dem Augenblick verloren aus. Nicht wie einer, der das Recht in seiner Hand hält, sondern eher wie einer, der sich kaum nach dem Weg zu fragen traut. Leopold sah ihn an. Otto schaute zurück. In dem Moment wusste Leopold, dass Otto im nächsten Moment auf ihn zukommen würde. Er würde auf ihn zukommen, um umdrehen zu können. Beinahe gleichzeitig drückte Elisabeth seine Hand noch einmal fester, während Otto den ersten Schritt machte und ihm bereits aus einigen Metern die Hand entgegenstreckte. Leopold nahm sie an, schüttelte sie kurz. Danach machte Otto kehrt und bedeutete wortlos dem Gerichtsvollzieher und den Polizisten, ihm zu folgen.

In dem Moment packte ihn Elisabeth auf so plötzliche Weise am Handgelenk, als müsste sie sich festhalten. Sie sah ihn wie eine aus einem Traum Aufgewachte an. Wie eine, die weder vom Traum noch von der Wirklichkeit genug weiß, um sich darin selbst zu erkennen.

Dann lächelte sie.

16

Immer wieder drang ein dünnes Brummen von der Autobahnbaustelle auf der anderen Wientalseite zu Elisabeth Petzneks Villa herüber. Mittendrin hörte sie Meslis Säge. Obwohl sie seit Jahren nicht mehr draußen gewesen war, wusste sie genau, was er tat. Sein Sägeblatt zog durch die im Winter unter der Schneelast abgebrochenen Äste der Bäume und Sträucher. Sie hörte sogar, dass er mehrere Äste gleichzeitig schnitt. Die Hunde drückten ihre Schnauzen gegen ihre Beine. Sie fragte sich, ob es Einbildung war, dass sie ihre Wärme nun an den gelähmten Beinen fühlte.

Als Leopold damals vor dem Schloss seinen Arm um sie gelegt hatte, vor allen Angestellten, vor den Arbeitern und Ottos abziehendem Trupp, hatte es sich in den ersten Augenblicken ähnlich angefühlt. Sie hatte so etwas nicht gekannt. Sie war neben ihm gestanden als Frau in ihrem 38. Lebensjahr. Bis dahin hatte sie nie erlebt, wie viel Platz in einer solchen Nähe sein konnte. Den Arm eines Mannes um ihre Schultern hatte sie immer anders erlebt, protzig, unsicher, besitzergreifend, scheu und meist ohne Empfindung.

Leopolds Arm und Leopolds Nähe aber verliehen ihr Sicherheit und Raum. So viele Momente es in den darauf folgenden Jahren auch geben sollte, in denen sie das schlichtweg nicht glauben konnte, es sollte sich daran nie etwas ändern. Leopold blieb selbst dann an ihrer Seite, als ihre parapsychologischen Experimente bald darauf jeglichen Alltag, jegliche Normalität in Schönau aufgelöst hatten. Der Anfang dazu lag bald nach Ottos Abzug im März in Stephanies Müdigkeit. Zuerst hatte sie nicht einmal Fieber gehabt und auch sonst keine Anzeichen einer Krankheit. Nichts, was Stephanies Apathie während des gesamten Sommers erklären hätte können. Natürlich führte sie ihren Zustand zuerst auf den Kampf mit Otto zurück, in dem es für die Kinder über beinahe zwei Jahre hinweg ungewiss war, wo sie weiter aufwachsen würden.

Stephanie war zu dem Zeitpunkt ein 12-jähriges Mädchen. Sie sah ihr ähnlich, mit jedem Jahr wurde das deutlicher. In Blicken, kleinen Gesten, manchmal nur einem Zucken, einer Betonung, oft nicht einmal im Äußeren, so konnte sich Elisabeth in Stephanie selbst zusehen. Diese Ähnlichkeit galt jedoch nicht unbedingt ihr selbst als Kind oder allmählich jugendlichem Mädchen, sondern ihr als bald vierzigjähriger Frau.

Doch dieses Spiegelbild begann während dieser Sommerwochen einzufrieren und zu erstarren. Stephanie wurde immer teilnahmsloser, und Elisabeth fürchtete sich, wenn sie bei ihr am Bett saß, sie scheute vor jedem gemeinsamen Augenblick zurück und hatte davor bald mehr Angst als vor Stephanies Zustand. Davon sagte sie jedoch den konsultierten Ärzten nichts. Derartiges erschien ihr zu abstrus, nicht zuletzt hatte sie immer noch Ottos Versuche, sie für verrückt zu erklären, im Hinterkopf. Und obwohl Otto sich im Scheidungsverfahren kooperativ zeigte, in Sachen Kinder sogar eine Erklärung abgegeben hatte, gegen den Status quo keine Rechtsmittel mehr ausschöpfen zu wollen, wollte sie sich keinerlei Blößen geben.

Es wurde Herbst, die Tage waren hell und warm. Abgesehen von der ständigen Niedergeschlagenheit Stephanies hätte es ein sorgloser Herbst sein können. Die Buben ließen mit Leopold Drachen steigen, der Kindergarten in Schönau wurde eröffnet, und auch die Ernte des Guts war die erste zufriedenstellende seit dem Krieg. Allein Stephanie bedeutete einen immer heilloseren Schrecken. Keine der Therapien hatte geholfen, ob kalte Bäder Stromanwendungen oder Homöopathie, nichts änderte ihren Zustand. Stephanie schien stets halb schlafend, reagierte weder auf Zuwendung, noch beschwerte sie sich, wenn längere Zeit niemand ihr Zimmer betrat. Alles schien ihr gleichgültig, während Elisabeth sie am liebsten gerüttelt und geschüttelt hätte und sich von ihr unterdessen selbst in Momenten angestarrt fühlte, in denen sie gar nicht bei ihr oder überhaupt im Schloss war.

Nach den Ärzten versuchte sie es eine Zeitlang mit Psychiatern, die aus der Schule des mittlerweile weltbekannten Arztes Freud kamen. Doch es änderte nichts, im Gegenteil, die Tochter wurde ihr noch unheimlicher. Parallel zu diesen Sitzungen hatte Elisabeth während der Wintermonate auch immer wieder Heiler geholt, so genannte Wender, aber auch Wünschelrutengeher und andere von ihren Fertigkeiten stets überzeugte Personen.

Als sie im Frühling schließlich von einem Mann im Traisental erfuhr, der ein Mädchen von ganz ähnlichen Symptomen geheilt hatte, entfachte dieser vor allem deshalb ihr Interesse, weil er sich erst gar nicht als Heiler bezeichnete. Offenbar handelte es sich bei jenem Mathias Zdarsky um einen akademischen Maler, der vor allem dafür bekannt war, eine neue Sportart erfunden zu haben, den alpinen Skilauf. Elisabeth hatte vor dem Krieg davon gehört. Damals war das Skilaufen zu einer richtigen Mode geworden. Doch eine Sportart, die im Winter, in der Kälte und in den Bergen betrieben werden musste, hatte sie nicht gelockt. Der Winter war für sie das Meer, nicht der Schnee.

In dem Jahr war sie aufgrund von Stephanies Zustand nicht ans Meer gekommen. Ende April kontaktierte Elisabeth brieflich die Familie jenes Kindes, das nach zwei Monaten bei Zdarsky angeblich seine gesamte Lebenskraft und Fröhlichkeit wiedererlangt hatte. Eine Woche später traf bereits eine Antwort von der Mutter des Mädchens bei ihr ein. Es war ein dickerer Brief. Nach dem Öffnen sah sie gleich den Grund. Die Frau hatte ein Foto mitgeschickt, darüber staunte Elisabeth bereits. Sie sah sich jedoch weder das Bild gleich an, noch las sie den Brief.

Sie saß in ihrem Boudoir, blickte in den Spiegel und spürte Schwere. Seit Wochen gab es keinen Moment mehr, an dem sie der Blick ihrer Tochter nicht ständig verfolgte. Alterslos war sie geworden, ihr zwölfjähriges Mädchen. Mit Augen, die sich an ihr, der Mutter, auf eine Weise festhielten, die sie erstickte. Natürlich mochte es sein, dass sie den Zustand ihrer Tochter im Nachhinein noch drastischer in Erinnerung hatte, als es der Fall gewesen war. Vielleicht brauchte sie das auch. Damals wie ihr ganzes Leben. Angesichts dessen, was die Fotografie in diesem Brief mit ihr machte.

Das Mädchen aus diesem Brief sah wie eine Zwillingsschwester von ihr oder Stephanie aus. Sie hätte im ersten Schreck nicht einmal entscheiden können, auf welche von ihnen beiden diese Ähnlichkeit eher zutraf. Von einem Moment zum anderen hatte Elisabeth nichts als Angst. Sie fürchtete sich vor dem Bild, sie fürchtete sich vor dem geheilten Mädchen und dachte allen Ernstes daran, Brief wie Bild wegzuwerfen, zu verbrennen, spurlos zu vernichten. Selbst auf die Gefahr hin, dass die Fähigkeiten dieses Mannes Stephanie tatsächlich aus ihrer Apathie reißen könnten.

Auf ihn, den Mann auf dem Bild, achtete sie zu dem Zeitpunkt nicht. Auf Zdarsky neben dem Mädchen, das so froh lachte. Zdarsky rückte ihr erst ins Bewusssein, als wenige Tage später, wie bereits von der Mutter angekündigt, auch ein Brief des kleinen Mädchen eintraf.

Sie wolle sich bereits im Vorhinein, so schrieb die Mutter, für die Schrift und die Fehler der Tochter entschuldigen. Ihre Tochter habe sich das Schreiben innerhalb kürzester Zeit selbst beigebracht, lasse sich in Bezug auf Rechtschreibung jedoch nicht das Geringste vorschreiben. Nun schreibe sie seit Tagen im Geheimen und beharre darauf, diesen Brief auch abzuschicken. Elisabeth hatte bei der Vorstellung eines solch eigensinnigen Mädchens geschmunzelt. In den Tagen darauf hatte sie das Mädchen wie den angekündigten Brief vergessen. Stephanie schien es in der Zwischenzeit um eine Spur besser zu gehen. Sie hatte sogar einer Ausfahrt mit den beiden Lipizzanern zugestimmt, die Elisabeth von ihrem Großvater geerbt hatte.

Eine Woche später lag dann ein Kuvert mit krakeliger Kinderschrift in Elisabeths Post. Sofort kam ihr die Schrift bekannt vor. Solche Buchstaben gab es nur in einer einzigen Handschrift:

Von ihr selbst als Kind.

Elisabeth Petznek zitterte. Sie lag in ihrem Bett, draußen das erste Nachmittagsgrau, und die Hunde starrten sie an. Am stärksten zitterten jetzt ihre Beine. Sie wollte schreien, sie konnte es nicht. Sie hielt den alten Brief in der Hand, sah zu den Hunden und spürte, sie wollten sie festhalten. Wie ein Rauschen ging es nun durch ihren Körper. Am liebsten hätte sie sich selbst umgestülpt, um alles nach außen zu zerren, was in diesem alten Körper ihr ganzes Leben gewesen war.

Es war unmöglich. Vielleicht war es das von Anfang an gewesen. In jenen Augenblicken schon, in denen sie damals in ihrem Boudoir saß. Vor ihr war der Brief dieses Mädchens gelegen, und auf einmal hatte sie nicht einmal mehr die Fotografie im Brief der Mutter betrachten müssen, um genau zu wissen, wie gut sie das Gesicht dieses Mannes Zdarsky kannte.

Nun hielt Elisabeth Petznek mit ihren alten Händen den Brief des Mädchens, sie betastete wie so oft sein Papier, es war kaum auszuhalten, doch sie öffnete ihn nicht.

Es war zu spät.

Postskriptum

Zehn Jahre nach Elisabeth Petzneks Tod meldete sich bei Mesli ein Mann, dessen Stimme am Telefon schwer zu vernehmen war. Mesli verstand ihn erst nach zweimaliger Nachfrage, bekam in seiner Aufregung jedoch nur mit, dass es Bundeskanzler Kreisky war, der dem Mann Meslis Nummer gegeben habe.

Zwei Tage später saß Mesli zum ersten Mal in seinem Leben einem Schriftsteller gegenüber. Hätte Mesli das bereits während des Telefonats gewusst, wäre es nicht zu dem Treffen gekommen. Nun aber ging es gar nicht um die Geschichte der Gnädigen Frau, sondern ums Schreiben, um Meslis Schreiben. Denn kaum hatte Mesli erzählt, dass seine Aufzeichnungen über die Gnädige Frau schon deshalb nichts wert seien, da er das Schreiben damals immer noch gelernt habe, hatte dieser Mann nur geantwortet:

Dann müssen Sie diese Geschichte schreiben, nicht ich …

Mesli wehrte ab. Ihm fehle doch zu viel. Er wisse nichts von ihrer Kindheit, von ihrer Jugend, von den ersten Männern oder vom Kaiser. Vor allem habe er keine Ahnung von der Politik, vom Krieg und all den Zusammenhängen, die man für ein solches Buch brauche. Er, der Portier, habe bereits Mühe gehabt, nur einen Bruchteil dessen zu buchstabieren, was er mit eigenen Augen gesehen und erlebt habe. Kein einziges Mal habe er sich seitdem in diesen Aufzeichnungen zu lesen getraut – und das sei nicht einmal den Fehlern oder seinen stilistischen Ungeschicklichkeiten geschuldet.

Mesli nahm einen Schluck von seinem Weißwein und fügte schnell hinzu:

Verstehen Sie, was ich meine?

Der Schriftsteller sah ihn an und nickte.

Sie müssten das jetzt eigentlich nur umstülpen – wie einen Mantel, antwortete er Mesli mit seiner etwas zu hohen Stimme … *die Innenseite der Geschichte haben Sie doch bereits.*

Und tatsächlich, für einen Augenblick glaubte Mesli ihn genau zu verstehen.